shine

SHINE

샤인
shine

제시카 정 지음
박지영 옮김

RHK
알에이치코리아

나의 골든 스타에게

1

'고개 들고, 다리 꼬고, 배에 힘주고, 어깨 펴. 그리고 온 세상 사람들이 나의 가장 친한 친구라는 듯이, 스마일.'

카메라가 내 얼굴을 향할 때 주문을 외우듯 머릿속으로 되뇌었다. 그리고 핑크빛 립글로스가 반짝이는 입꼬리를 올리며 '저에게 모든 비밀을 털어놓지 않으실래요?'라고 달콤하게 속삭이듯 미소 지었다.

하지만 비밀은 누설하지 않는 편이 좋다. 세 사람의 비밀은 두 사람이 죽어야만 지켜진다는 말이 있다. 내가 속한 세계, 즉 모든 사람이 나를 주시하고 있고 내가 지닌 비밀이 나를 죽일 수도 있는 이곳에서, 이 말은 완벽한 진리이다. 어쩌면 이 비밀은 내가 빛날 기회를 앗아갈지도 모른다.

"정말 좋으시겠습니다."

인터뷰어는 중년 남성이었다. 윤기가 흐르는 머리는 깔끔하게 뒤로 넘겨져 있었고 피부도 매끈했다. 핫 핑크 넥타이와 새빨간 와이셔츠가 덜 요란했더라면 좋았겠지만, 그래도 꽤 잘생긴 얼굴이었다. 그는 몸을 앞으로 바짝 당기며 앞에 앉아 있는 아홉 명의 소녀를 향해 눈을 번득였다.

완벽하게 세팅돼 있는 웨이브 머리, 미백 마스크 팩으로 수년간 관리한 덕분에 광채가 나는 도자기 피부, 각도까지 계산해 꼰 매끈한 다리, 파스텔 톤의 무지갯빛 스틸레토 힐.

"각종 음악 방송 차트에서 일 위를 휩쓸고 있어요. 데뷔 뮤직비디오도 대박이 났습니다. 이제 음원 차트 순위를 한 계단만 끌어올리면 올킬하는 것인데요. 다들 기분이 어떠신가요?"

"이보다 더 좋을 수는 없죠."

미나가 냉큼 대답했다.

그녀가 환하게 미소 짓자 완벽한 치아가 하얗게 빛났다. 나도 미나만큼 활짝 미소 짓느라 얼굴 근육이 떨렸다.

"꿈이 이뤄졌어요."

은지가 맞장구쳤다.

은지 입에서 딸기 맛 풍선껌이 부풀어 오르다가 터졌고, 그녀는 다시 풍선껌을 불었다.

"우리가 함께 이런 기회를 가질 수 있게 돼서 감사할 따름이에요."

리지도 끼어들었다.

덧바른 은빛 아이섀도 아래로 리지의 눈동자가 반짝였다.

눈빛을 바꾼 인터뷰어가 상체를 앞으로 숙이며 물었다.

"그런데 멤버들 사이는 어때요? 이렇게나 아름다운 아홉 명의 소녀가 한 그룹에 속해 있는데, 항상 좋은 관계를 유지하는 건 쉬운 일이 아니죠?"

레드 립스틱을 자로 잰 듯 완벽하게 바른 수민이 부드럽게 웃더니 입술을 샐쭉거리며 대답했다.

"세상에 쉬운 일이 있나요? 그래도 우리 아홉 명은 가족이나 마찬가지예요. 세상에 가족보다 중요한 건 없죠."

수민은 옆에 앉은 리지의 팔짱을 꼈다.

"우리는 언제나 함께예요."

"감동적이네요. 함께 활동하면 특히 어떤 점이 좋은가요?"

인터뷰어가 멤버들을 천천히 훑어보더니 나에게 시선을 고정했다.

"레이첼 씨?"

재빨리 인터뷰어 뒤에 있는 커다란 카메라를 응시했다. 카메라가 나를 줌 인하는 게 느껴졌다.

'고개 들고, 다리 꼬고, 배에 힘주고, 어깨 펴.'

몇 년 동안이나 준비해온 순간이었다. 활짝 미소 짓고, 인터뷰어가 나의 가장 친한 친구라고 생각했다. 갑자기 머릿속이 하얘졌다.

'말해, 레이첼. 뭐라도 말하라고. 그토록 기다린 순간이잖아.'

손에서 땀이 났다. 정적이 길어지자 다른 멤버들이 안절부절못하며 자리에서 꼼지락대는 모습이 보였다. 카메라가 나를 향해 뜨겁고도 따가운 열기를 쏘는 것처럼 느껴졌다. 입은 바싹 말랐고 목소리도 나오지 않았다. 결국 인터뷰어는 한숨을 푹 쉬더니 가엾다는 듯 나를 바라봤다.

인터뷰어는 이내 빙긋 웃으며 좀 더 쉬운 질문을 던졌다.

"아홉 명이 함께 많은 일을 겪으셨겠죠? 이렇게 성공적으로 데뷔하기까지 연습 기간만 칠 년이었어요. 연습생 시절에 꿈꿨던 일들이 그대로 실현되고 있나요?"

"네."

간신히 목소리를 쥐어짜 대답했다. 그 와중에도 미소는 잃지 않았다.

인터뷰어는 질문을 이어갔다.

"화려한 데뷔 신고식을 치르기 전 연습생 시절은 어땠는지 궁금합니다. 그 당시 합숙하면서 제일 좋았던 점은 무엇이었나요?"

적절한 대답을 찾느라 머리가 핑핑 돌았다. 손에서는 다시 땀이 났고, 나는 손바닥을 가죽 의자에 슬그머니 닦았다. 그때 문득 아이디어가 떠올랐다.

"이보다 좋은 게 있을까요?"

카메라를 향해 손을 쫙 펼쳤다. 그리고 아름답게 발려 있는 매니큐어가 보이도록 어색하게 손을 흔들었다. 새하얀 바탕에 라벤더색 스트라이프가 그려진 네일 아트였다.

"여덟 명의 소녀가 해주는 네일 아트. 항상 네일 아트 숍에 살고 있는 기분이죠."

'맙소사. 나 오늘 뭐 잘못 먹었나? 연습생 시절에 제일 좋았던 기억이 여자 여덟 명에게 공짜 네일 아트를 받을 수 있는 거라고

말한 거야?'

다행히 인터뷰어가 웃음을 터뜨렸다. 안도감이 내 몸을 훑고 지나갔다.

'그래. 할 수 있어.'

나도 함께 웃음 지어 보였고 다른 멤버들도 금세 따라 웃었다.

인터뷰어는 느끼한 표정으로 다른 질문을 건넸다.

"레이첼 씨, 팀의 리드 보컬로서 노래 실력이 출중하다고 칭찬이 자자합니다. 다른 멤버들이 레이첼 씨의 실력에 자극을 받아, 더 열심히 연습하고 있다고 생각하나요?"

얼굴이 달아올랐다. 빨개진 뺨을 가리려고 얼굴에 손을 얹었다. 정신이 다시 아득해졌다. 그 어떤 질문에도 능숙하게 대답하기 위해 수없이 연습했지만, 카메라 앞에만 서면 몸이 굳었다. 수백만 명이 나를 지켜보고 있다는 부담감 때문이었다. 카메라가 나를 향하고 있으면 몸과 생각이 서로 분리되는 것 같았다. 아무리 열심히 연습하고 준비해도 생각처럼 몸이 움직이지 않았다. 마치 목구멍에 골프공 크기만 한 혹이 생긴 것처럼 목이 메었다.

인터뷰어의 표정에서 미소가 사라지고 있었고, 당황한 나머지 아무 말이나 내뱉게 됐다.

"그러니까… 제 노래 실력은 좋죠."

리지와 수민이 서로 곁눈질하며 눈썹을 곤두세우는 모습이 힐끗 보였다.

'빌어먹을!'

"그런데 제 실력이 제일 뛰어난 건 아니에요. 그러니까, 음…. 우리 그룹 멤버들 모두, 우리 모두….”

“레이첼 말은 멤버들 모두 지금 하는 일을 사랑하고, 매일 서로에게 영감을 주고 있다는 뜻이에요.”

미나가 살짝 끼어들었다.

“그룹의 리드 댄서인 저는 아버지로부터 성실한 자세를 정말 많이 배웠….”

스피커에서 날카로운 소리가 울렸다. 미나는 하던 말을 멈췄고, 카메라가 꺼졌다. 인터뷰어의 얼굴에서 미소가 사라졌다. 그가 천천히 양복 재킷을 벗자, 겨드랑이 밑의 커다란 땀자국이 드러났다.

DB 엔터테인먼트에서 가장 뛰어난 연습생으로 꼽히는 아홉 명의 소녀들은 방금 진행한 모의 인터뷰에 대한 평가를 기다렸다.

“다음 주 평가 때는 더 적극적이면 좋겠어. 연습생으로 끝날지 혹은 케이 팝 스타가 될지는 얼마나 더 간절했는가에 따라 판가름이 날 수 있다는 사실을 명심해. 그리고 은지.”

은지가 겁먹은 표정으로 눈을 동그랗게 뜨고 그를 쳐다봤다.

“모의 인터뷰할 때 껌 씹으면 안 된다고 몇 번을 더 말해야 해? 규칙을 한 번만 더 어기면 바로 신입 연습생 클래스로 보낼 거야.”

얼굴이 창백해진 은지가 고개를 푹 숙였다.

“그리고 수민이랑 리지.”

두 사람이 고개를 들었다.

“조금 더 개성을 보여줘야 해. 매력도 없이 예쁜 메이크업 뒤에만 숨는 스타의 콘서트를 보려고 이십만 원을 내는 사람은 아무도 없어."

리지는 금방이라도 울음을 터뜨릴 기세였고, 수민의 뺨은 자신의 레드 립스틱만큼이나 붉게 물들었다.

"레이첼, 우리 이전에도 모의 인터뷰를 진행했었잖아. 넌 노래와 춤 실력은 단연 최고인데, 이 직업은 그게 전부가 아니야. 모의 인터뷰에서조차 스스로를 어필할 수 없는데, 어떻게 수많은 대중 앞에서 퍼포먼스를 할 수 있겠어? 또 방청객들 앞에서 해야 하는 실제 인터뷰는 어떻게 할 거니? 우리는 너한테 더 많은 것을 기대하고 있어."

그는 나를 바라보며 지겹다는 목소리로 말을 하고서는 앞주머니에서 담배를 꺼내며 연습실을 나갔다.

한 시간 동안 앉아 있던 스툴에서 녹아내리듯 내려와, 스틸레토 힐 때문에 쥐가 난 오른쪽 다리를 주물렀다. 얼굴에서 미소가 싹 가셨다. 이미 들었던 지적이었다.

'레이첼, 더 분발해. 레이첼, 카메라 앞에서 긴장을 풀어. 레이첼, 케이 팝 스타는 언제나 센스 있게 말하고, 사랑스럽고, 완벽해야 해.'

다리에서 느껴지는 통증 때문에 앓는 소리가 절로 나왔다. 컨버스 운동화로 갈아 신으려고 몸을 돌리다가, 자리에 앉아 나를 노려보고 있는 미나와 눈이 마주쳤다.

"또, 뭐?"

미나는 손톱 끝부분에만 포인트를 준 프렌치 네일 아트가 발려 있는 자신의 손을 쫙 펼쳐 보였다.

"여덟 명의 소녀가 해주는 네일 아트? 진심이니? 레이첼, 우리는 네 하인이 아니야."

미나가 눈을 부라렸다.

나는 속으로 그건 미나 본인도 잘 아는 사실이라고 생각했다. 오히려 미나야말로 하인을 부릴 만한 인물이었다. 미나는 한국에서 유서가 깊고 대단한 영향력을 지니고 있는 재벌가, 소위 C 마트 패밀리로 알려진 추씨 가문의 장녀이다. 주황색과 흰색으로 꾸며진 C 마트 매장은 전국 곳곳에 수천 개나 있는데, 김치부터 요구르트, 갓 만든 잡채, 'Your mom is my hamster.'라는 기괴한 콩글리시를 지껄이는 사리오 캐릭터기 그러진 형광색 운동복까지 안 파는 물건이 없다. 그러니까 미나는 부자 중에 부자이고 나에게는 엄청나게 성가신 존재이기도 하다.

"너 때문에 우리가 미디어 트레이닝 수업을 이렇게나 많이 받는 거, 알고는 있지? 응?"

화가 치밀어 올랐지만 미나 말은 사실이었다. 나도 다 알고 있었다. 그렇다고 해서 미나에게 굳이 그 사실을 확인받고 싶지는 않았다.

"스타에게 푹 빠져서 파자마 파티에 간 꼬맹이가 아니라 스타답게 인터뷰에 임할 수는 없어? 내가 한국계 미국인 공주님한테 너무 많은 걸 바라는 거니?"

몸이 딱딱하게 굳었다. 내가 미국, 더 정확하게는 뉴욕에서 나고 자란 것은 누구나 아는 사실이었다. 하지만 오늘 아침 수업에 삼 분 지각했다는 이유로 댄스 트레이너의 고함을 들은 데다 인터뷰 연습까지 망친 탓에 미나의 무례한 태도를 받아줄 기분이 아니었다.

"미나야, 인터뷰어가 너한테는 개인적인 질문을 하나도 안 하더라. 네가 생각하는 것만큼 너는 매력적인 사람은 아닌가 봐."

"나는 인터뷰 연습이 필요 없는 거지."

한숨이 나왔다. 아침 식사도 걸렀는데, 미나와 계속 말싸움을 하려면 적어도 한 끼 아니, 두 끼는 먹었어야 했다. 몸을 돌려 낡은 하얀색 가죽 토트백에 스틸레토 힐을 집어넣었다.

"지금 네가 대단한 사람이라도 돼서 나랑 말을 못 섞겠다는 거야? 너희 엄마가 예절도 제대로 가르쳐주지 않은 거니?"

"쟤한테 뭘 바라겠어요?"

모노그램 로고가 박힌 콤팩트 거울을 들여다보며 마스카라를 확인하던 리지가 콤팩트를 닫더니 나를 노려보며 말했다.

"레이첼 공주님은 엄마가 연습생 숙소에 발도 못 붙이게 하죠? 그래서 우리가 서로 매니큐어를 칠해주는 것 말고는 숙소에서 딱히 할 일이 없다고 생각하나 봐."

"그래도 노 대표님이 제일 아껴주니까 얼마나 좋을까? 우리 중 몇 명은 이 자리에 오기까지 남들보다 더 많이 노력해야 했잖아. 그런데도 대표님은 우리한테 관심도 없으시네."

은지가 한숨을 크게 쉬며 말했다.

"설마 네가 그 몇 명에 포함된다고 생각하는 건 아니지?"

수민이 고개를 확 돌려서 은지를 쳐다보며 물었다.

"네가 연습하다가 땀 흘리는 모습을 마지막으로 본 게 언제인지도 모르겠네."

"수민아, 땀 이야기가 나와서 하는 말인데 너 화장 좀 고쳐야겠다. 얼굴이 좀… 번들거려."

은지가 손가락으로 자기 얼굴 주변에 원을 빙빙 그리며 말했다.

"그래? 네 코는 가짜처럼 보여."

수민이 맞받아쳤다.

"너희 때문에 머리 아파지려고 해. 선배, 쟤들 좀 조용히 시켜요."

리지가 미나에게 징징댔다.

"좋지. 우리 카메라를 다시 켤까? 그럼 다들 곧장 입을 다물 텐데 말이야. 아참, 이 방법은 레이첼한네만 통하겠구나."

방 안은 깔깔대는 웃음소리로 가득 찼고, 내 얼굴은 분노와 수치심으로 달아올랐다. 반격해야 했지만 나는 반격하지 않았다. 그 대신 엄마가 늘 해주는 조언을 떠올렸다.

'더 큰 사람이 되렴. 그리고 언제나 올바른 길을 가도록 해. 다른 사람들에게 쩔쩔매는 모습을 보이지 마.'

엄마의 말을 가슴에 새기고 있기 때문에 반격하지 않는 척했지만, 그것이 거짓이라는 듯이 목이 메었다.

컨버스 운동화 끈을 질끈 묶고 일어났다.

"먼저 갈게."

"어. 가봐."

미나가 태연하게 대답했다.

다른 연습생들에게 과장되게 속삭이고 있는 미나의 모습과 얼굴에 기분 나쁜 미소가 번지는 그 사람들의 모습이 보였다.

　케이 팝의 중심지라고 할 수 있는 청담동 한복판에 위치한 DB 엔터테인먼트의 사옥은 티끌 하나 없이 반짝반짝 빛나는 모습으로 사람들의 시선을 강탈한다는 점에서, 이 회사가 배출하는 케이 팝 스타들의 모습과 똑 닮아 있다.
　여름이 되면 연습생들은 요가나 필라테스를 하기 위해 사옥의 루프톱 정원으로 모인다. 이때 햇볕에 조금도 그을리지 않으려고 파라솔 그늘이 있는 자리를 두고 싸움이 벌어지기도 한다. 티크 목재와 대리석으로 마감한 사옥의 로비에는 설악산에서 공수한 샘물이 흐르는 거대한 분수들이 놓여 있어 우아한 분위기를 자아낸다. DB 엔터테인먼트 이사진은 연습생들이 마음의 평온을 유지하고 최고의 잠재력을 발휘할 수 있도록 돕기 위해 분수를 뒀다고 말했지만, 다들 그게 얼마나 우스운 소리인지 알고 있다. 마음의 평온은 이곳에 존재하지 않는다. 특히나 '졸업 앨범'을 보고 있을 때면 더욱 그렇다. 졸업 앨범은 중앙 로비 분수를 둘러싸고 있는 벽을 지칭하는 말인데, 그 벽에는 DB 엔터테인먼트의 트레이닝 프로그램을 통해 데뷔한 모든 케이 팝 스타의 사진이 걸려 있다. (연습생 대부분이 '진짜' 고등학교 졸업 앨범을 갖지 못하기 때문에 졸업 앨범이라는 이름이 붙여지게 됐다.) 이 수업에서 저 수업으로 바쁘게 뛰어가는 동안 마주하는 사진 속 스타들의 완벽한 미소와 빛나는 머릿결은 연습생들이 고군분투해야 하는 이유를 다시 한번 상기시킨

다. 벽 한가운데에는 서울 음악 차트에서 일 위를 차지한 솔로 혹은 그룹의 이름이 새겨진 황금 명판이 있다. 모든 연습생은 그 작은 공간에 자신의 이름을 올리고 싶어 한다.

그곳을 지나치다가 잠시 멈춰 서서 황금 명판을 응시했다. 수년 전부터 알고 있었던 익숙한 이름들이 적혀 있었고, 하나하나 천천히 훑어보다가 시야가 흐릿해졌다. 표예리, 권윤우, 이지영… 그리고 넥스트 보이즈까지. 불현듯 끔찍했던 인터뷰 연습이 떠올랐다. 연습생이라면 피할 수 없는 스트레스, 긴장감, 탈수 상태가 뒤범벅돼 심장을 조이는 것 같은, 이제는 익숙해진 그 느낌이 들었다. 발걸음을 재촉해 건물 서쪽에 늘어서 있는 개별 연습실로 향했다.

최고의 스타들이 해외 콘서트에서 사용했던 잡다한 모형들과 소품들이 연습실 통로를 가득 채우고 있었다. 소품 중 절반이 일렉트릭 플라워와 강지나가 사용한 것이었다. 강지나는 최근 몇 년 동안 한국에서 제일 잘나가는 최대 규모의 걸 그룹으로 꼽히는 일렉트릭 플라워의 리더이자 황금 명판의 전설이다. 일렉트릭 플라워는 데뷔하자마자 정상의 자리에 올랐으며 그 이후로 단 한 번도 정상의 자리를 내주지 않고 있는 대단한 그룹이다.

DB 엔터테인먼트에 처음 들어왔을 때 일렉트릭 플라워, 그중에서도 특히 강지나를 동경했다. 그들이 현재 위치에 서기까지 어떤 일을 겪어야 했는지 알게 된 다음부터는 존경심이 더욱 커지게 됐다. 하지만 마음 한편으로는 그들의 이야기 뒤에 남겨져 있는 소녀들, 그러니까 결국 일렉트릭 플라워 멤버로 뽑히지 못한 그 소녀들의 이야기가 궁금하기도 했다. 나는 정상에 서게 될까? 아니면 그

림자 속에 남게 될까?

복도에 베이스 기타 소리가 울려 퍼졌고, 소리가 난 연습실 안을 슬쩍 들여다봤다. 이 년 차 연습생 한 명이 블루펄의 대표곡 〈Don't Give Up on Love〉에 맞춰 춤 연습을 하고 있었다. 팔을 좌우로 흔드는 동작에서 실수한 그녀는 몸을 축 늘어뜨리더니, 노래를 다시 처음부터 틀기 위해 다리를 질질 끌며 스피커 패널 쪽으로 걸어갔다. 단지 그 모습을 보는 것만으로도 온몸에 고통이 느껴졌다. 땀이 뚝뚝 떨어지는 이마와 새빨간 볼은 그녀가 이미 몇 시간째 연습을 하는 중이라는 사실을 말해주고 있었다. 이토록 힘든 과정을 반복하는 것이 어린 연습생들이 감당해야 하는 일상이었다.

복도 끝으로 가서 연습실 사용 가능 여부를 확인할 수 있는 전자 스크린을 눌렀다. 토요일이었고 아직 이른 시간이었기 때문에 오후에는 연습실에서 춤 연습을 할 수 있을 거라고 생각했는데, 아니었다.

'아, 말도 안 돼.'

모든 시간대에 예약이 꽉 차 있었다. 갑자기 몸이 뜨거워진 나는 두 주먹을 불끈 쥐었다. 리지 말이 맞았다. 나는 다른 연습생들과 달랐다. 대다수의 연습생들은 이곳에서 하루도 빠짐없이 온종일 머무른다고 해도 과언이 아니었다. 그들은 연습실에서 새벽 네 시까지 노래 연습과 춤 연습을 하다가 근처 숙소에서 잠을 청하고 일어나서, 다시 연습실로 돌아와 노래와 춤을 연습하는 생활을 반복하며 살고 있었다. 하루도 빠짐없이 말이다.

처음 DB 엔터테인먼트에 캐스팅되고 나서 서울에 가야 한다고 말했을 때, 엄마는 이를 쉽사리 동의하지 않았다. 서울에 간다는 것은 뉴욕에 정착한 우리 가족의 삶을 송두리째 바꿔야 한다는 것을 의미했기 때문이다. 여동생 레아는 다니던 학교와 친구들을 포기해야 했고, 부모님은 직장을 그만둬야 했다. 무엇보다 엄마는 내가 케이 팝을 왜 그토록 중요하게 생각하는지 이해하지 못했다. 엄청난 압박감, 수년에 걸친 지난한 트레이닝 과정은 물론 성형 수술 추문에 시달리게 될지도 모르는 연습생 생활은 더더욱 이해하지 못했다.

엄마의 마음을 돌리기 위해 삼 주쯤 애걸복걸하고 있었는데, 그때 할머니가 돌아가셨다. 당시 엄마와 나, 레아는 무척이나 슬퍼했고 많이도 울었는데, 엄마는 나와 레아가 할머니 장례식 때문에 학교에 결석하는 것을 원하지 않았다. 할머니의 장례식을 마치고 엄마가 다시 미국으로 돌아왔을 때는 나는 연습생이 되는 걸 거의 포기하기로 마음먹은 상태였다. 그런데 놀랍게도 엄마는 마음을 바꿨고, 나는 서울로 올 수 있었다. 다만 조건이 있었다. 평일에는 학교에 다니며 공부하고, 대학 진학의 가능성도 열어두고, 금요일 저녁과 주말에만 연습생 프로그램에 참여한다는 것이었다. (시간이 흐르고 난 뒤, 엄마에게 할머니가 돌아가시고 나서 왜 마음을 바꾸게 됐는지 물어봤다. 엄마는 대답 대신 무표정한 얼굴로 내 뒤통수를 톡 쳤다.)

이사진은 엄마의 조건을 받아들이려고 하지 않았지만, 노 대표는 이를 허용해주기로 했다. 내가 노 대표가 아끼는 운 좋은 연습생이었기 때문이다. 누가 누구인지도 모를 만큼 많은 연습생들 사이에서 나는 노 대표의 눈에 띄어 조금 더 관심을 받는 소수의 연습생이었다. 연습생 프로그램에서 받는 더 많은 관심은 더 큰 압박감을 의미할 뿐이지만 거의 유례가 없었던 경우였기 때문에, 나는 DB 엔터테인먼트에서 가장 많은 편의가 주어지는 연습생으로 소문이 났다. 그로 인해 '레이첼 공주'로 불리게 됐다. 여기에 미국 여권을 가지고 있는 한국계 미국인이라는 점과 미국식 마인드를 지니고 있다는 점이 더해지면서 나와 다른 연습생들 사이의 거리는 태평양보다 멀어졌다. 연습생으로 지낸 지 칠 년이 지났고 대부분의 연습생보다 연차가 높아졌지만, 레이첼 공주라는 별명은 계속 나를 따라다녔다.

주말에는 DB 엔터테인먼트에서 치열하게 연습하고, 평일에는 학교생활과 숙제를 끝내고 연습까지 해야 했기 때문에 겨우 네 시간 남짓만 잘 수 있었다. 또 학교에 양해를 구해 음악 자습 시간을 보낼 수 있도록 허가받았고, 매일 음악실에서 오십 분 동안 혼자 보컬 연습을 하며 감을 잃지 않으려고 노력했다. 하지만 다른 연습생들은 내가 입고 있는 깨끗한 옷, 단정하게 빗겨져 있는 머리, 숙소가 아닌 집에서 잠을 잔다는 사실만으로 나를 판단했다.

그중 최악의 사실은 그들이 옳다는 것이다. 연습생들은 365일 24시간을 연습에 투자한다. 대부분 숙소에 살며 한 달에 겨우 한 번쯤 집에 가기 일쑤이다. 말 그대로 케이 팝과 함께 숨 쉬고, 먹고, 자는 것이다. 어쩔 수 없이 나는 그들의 상대가 되지 못했다.

손바닥으로 이마를 꾹 누르며 숨을 고르게 쉬려고 애썼다.

데뷔를 해야 할 나이가 가까워질 무렵에는 엄마에게 온종일 연습할 수 있도록 허락해달라고 빌었지만, 그때마다 무덤덤한 반응만 돌아올 뿐이었다. 십 대가 아닌 나이에 걸 그룹으로 데뷔하는 경우는 거의 없으니, 이 년만 더 지나면 데뷔 기회를 놓치게 될지도 모른다는 사실을 엄마에게 어떻게 설명해야 할까? 일렉트릭 플라워는 칠 년 전에 열렸던 대규모 콘서트 DB 패밀리 투어 직전에 데뷔했다. 그 후 DB 엔터테인먼트에서 걸 그룹을 데뷔시킨 적이 없다. 그런데 DB 엔터테인먼트가 새로운 걸 그룹을 준비하고 있고, 조만간 데뷔시킬 것이라는 소문이 몇 달째 돌고 있다. 나는 또다시 칠 년을 기다릴 수 없다. 사실 단 칠 개월도 더 기다릴 수 없다. 그때는 이미 늦기 때문이다. 오로지 데뷔하겠다는 일념으로 모든 노력을 쏟아부었으니, 무슨 일이 있어도 데뷔 기회를 놓치지 않을 작정이었다. 설령 엄마가 반대하더라도 말이다.

"레이첼!"

얼굴에서 얼른 손을 떼고 도도한 무표정을 짓고서는 소리가 나는 쪽을 돌아봤다. 다시 미나에게 맞설 마음의 준비를 했는데, 포니테일 스타일로 묶은 굵고 까만 머리카락을 휘날리며 복도를 뛰어 내려오는 아카리가 보였다. 안도의 숨이 나왔고 미소가 지어졌다.

마스다 아카리는 천재 기술자인 아버지가 오산 공군 기지에 스카우트돼서, 열 살 때 부모님과 함께 서울에 왔다. 아카리는 도쿄에 있는 거대한 제이 팝 회사인 L 스타 레코드에서 트레이닝을 시작할 예정이었지만, 아카리 부모님은 딸이 어린 나이부터 혼자 떨어져 사는 것을 원하지 않았다. 그래서 아카리 아버지는 자신의 인맥을 동원해 아카리가 DB 엔터테인먼트의 연습생 프로그램에 참여할 수 있도록 손썼다. 나와 아카리는 둘 다 서울에서 이방인으로 살아가고 있다는 공통점이 있어서 그랬는지, 처음 만난 날부터 죽이 잘 맞았다. 모든 게 경쟁처럼 느껴지는 이 업계에서 친구를 사귀는 것은 결코 쉽지 않지만, 아카리는 내가 DB 엔터테인먼트에서 신뢰할 수 있는 몇 안 되는 사람 중 하나다.

"어디에 있었어?"

아카리가 나에게 팔짱을 끼며 물었다.

네 살 때부터 발레를 한 그녀에게는 무용수의 우아함이 배어 있다.

"미디어 트레이닝 수업을 받았어."

애써 밝게 대답했다.

아카리는 내 눈 밑의 다크서클과 울긋불긋한 피부를 보더니, 나를 부드럽게 잡아끌고 연습실을 벗어났다.

"너 찾으려고 여기저기 다 뒤졌어. 네가 신입 연습생 대면식에 안 올까 봐 걱정했거든!"

발걸음이 멈춰 섰다.

"안 돼. 제발 억지로 끌고 가지 마. 내가 그거 진짜 싫어하는 거 알지?"

"싫어해도 어쩔 수 없어. '대면식은 우리가 가족임을 상징하고, DB 엔터테인먼트에서는 가족이 우선입니다.'라는 말, 알지?"

아카리가 웃으며 말했다.

아카리는 얼굴을 잔뜩 구겨, DB 엔터테인먼트의 CEO이자 자칭 가족처럼 끈끈한 DB 엔터테인먼트의 가장인 노 대표의 표정을 똑같이 흉내 냈다.

"게다가 출장 뷔페도 온대."

음식 생각을 하자 위가 꿀렁거렸다. 문득 온종일 아무것도 먹지 않은 게 생각났다.

"날 유혹하려면 그 말부터 했어야지. 공짜 음식은 마다하지 않아."

"마다하는 사람도 있어?"

복도 끝으로 나를 잡아끄는 아카리를 순순히 따라갔다. 메인 로비는 사람들로 바글거렸다. 수업에 가는 연습생들과 주말에 부산에서 열릴 일렉트릭 플라워의 대규모 콘서트를 준비하는 직원들 모두 바쁘게 움직이고 있었다. 그 틈 사이를 걸어가 구내식당을 지나쳤다. 아시아 전역에서 유일하게 미슐랭 가이드에 소개된 기업 구내식당으로, 조 조나스나 소피 터너처럼 세계적인 슈퍼스타도 단지 밥을 먹기 위해 들렀을 만큼 유명한 곳이다. 안타까운 점은 정작 DB 엔터테인먼트에 속한 아티스트와 연습생들은 구내식당을 제대로 이용하지 못한다는 것이다. 매주 엄격한 몸무게 검사를 받아야 했기 때문이다. 또 무대에서 무대 의상이 터지기라도 하면 안 된다는 이유도 있다. (비아냥대는 게 맞다.)

사옥에서 가장 좋아하는 공간 중 하나인 강당에 도착했다. 빛나는 베이지 색 원목이 깔려 있고, 철제로 만든 샹들리에가 달려 있었다. 강당 한가운데 우뚝 솟아 있는 무대는 스타디움 투어의 느낌을 재현하고 있었으며, 무대 주변은 고급스러운 벨벳 좌석이 둘러싸고 있었다.

나와 아카리가 관객석 첫째 줄로 들어갈 때, 노 대표는 벌써 무대에 올라가 있었다. 늘 그렇듯 멋없이 머리부터 발끝까지 프라다 제품으로 휘감은 모습이었다. 그의 뒤로 신입 연습생들이 줄줄이 서 있었다. 무대 위에 선 아이들을 바라봤다. 아이들은 흥분과 긴장감으로 안절부절못하며 웃고 있었다. 노 대표의 눈빛은 우리를 평가하려는 듯 날카로웠는데, 그는 안경 뒤편의 눈으로 이 킬로미터 떨어진 곳에 있는 수준 미달의 연습생을 잡아낼 수 있었다. 그런데도 신입 연습생의 어깨 위에 살포시 손을 얹고서는 자상한 아버지처럼 보이려는 소용없는 노력을 하고 있었다.

노 대표가 미래의 케이 팝 스타들 앞에 놓인 도전 과제에 관해 이야기를 늘어놓는 동안, 내 눈길은 자꾸만 강당 한쪽 테이블 위에 마련된 음식으로 쏠렸다. 서양식으로 푸짐하게 플레이팅한 프로슈토, 무화과 샌드위치, 핑크 글레이즈드 도넛, 신선한 망고와 리치가 가득 담긴 과일 접시들. 이사진과 시니어 트레이너 몇 명은 이미 만찬 테이블 주변에 자리를 잡고 음식을 욱여넣고 있었다. 그 사이에서 눈에 익은 네온 핑크색 머리카락을 가진 사람이 보였다. 정유진 수석 트레이너였다. 그녀에게 손을 흔들었다.

유진 언니는 명동에 있는 노래방에서 〈스타일〉을 부르고 있는 나를 스카우트한 사람이다. 그때 나는 열한 살이었고, 여름 방학을 맞이해 레아와 함께 서울 할머니 댁에 놀러 와 있었다. 이제 열여덟 살이 된 나는 DB 엔터테인먼트에서 유진 언니를 가장 존경하게 됐다. 언니는 나의 멘토이자, 친언니 같은 존재이다. 유진 언니는 노 대표가 보이는 관심과 이례적인 대우만으로도, 내가 연습생 생활을 힘들게 보낼 것이라는 사실을 알고 있었다. 그녀는 괜히 본인까지 나를 가장 예뻐한다는 소문이 나, 내가 더욱 힘들어지는 상황이 발생하는 것을 원하지 않았다. 그래서 아카리를 제외하고는 나와 언니의 인연과 절친한 관계를 아는 사람은 아무도 없었다.

유진 언니는 살짝 손을 들어 답인사를 건넸고, 나이 많은 주름 투성이 이사가 언니 팔을 붙잡고 귓속말을 주절대자 재미있게 듣는 시늉까지 했다. 유진 언니는 강당 반대편에서 내가 계속 지켜보고 있다는 사실을 깨닫고 입 모양으로 '살려줘.'라고 말했다. 혼자 킥킥대던 나는 시선을 옆으로 돌리다가 테이블 위에 놓여 있는 큼지막한 주황색과 흰색의 메모지를 발견했다. 메모지에는 '추미나 그리고 그녀의 아버지를 대신하여 마음을 전합니다. 우리는 DB 엔터테인먼트 가족의 구성원인 것을 자랑스럽게 생각합니다. 맛있게 드세요!'라고 쓰여 있었다. 웃음기가 싹 가셨다. 공짜 음식을 마다할 수도 있을 것 같았다.

"입맛이 없어졌어."

순식간에 심드렁해진 내 시선을 따라간 아카리가 메모지를 발견했다.

"에이, 미나가 그렇게 나쁜 애는 아니야."

"너, 내 대면식 때 무슨 일이 있었는지 기억 안 나?"

아카리가 눈웃음을 띠었다.

"아아, 맞다. 내가 그 일화를 좋아하지."

    DB 엔터테인먼트의 연습생이 되고 난 다음 처음으로 열린 대면식이었다. 나는 대면식에서 선배 연습생들에게 허리를 숙여 인사해야 한다는 규칙을 전혀 모르고 있었다. 이제 막 뉴욕에서 서울로 왔을 때였는데, 부모님이 모두 한국인이기는 해도 미국에서 사는 동안 허리를 숙여 인사할 기회는 그리 많지 않았다. 어린 시절에 부모님의 교회 친구 댁으로 새해 인사를 드리러 간 경우에나 한국식으로 인사했다. 게다가 그때는 완전히 격식을 갖춘 절을 했다. (절은 할 만했는데, 절한 다음에는 어른들이 꼭 **빳빳한** 이십 달러짜리 지폐를 건네주셨기 때문이다.) 대면식이 단순한 환영 행사이고, 그저 다른 연습생들을 만나는 자리인 줄 알았다. 내가 당황해할 것이라고 생각한 유진 언니는 나이 많은 연습생들에게 허리를 숙여서 인사해야 한다고 미리 귀띔해줬고, 나는 한 줄로 서 있는 나이 많은 연습생들에게 허리 숙여 인사했다. 하지만 또래인 미나 앞에 섰을 때는 손을 내밀어 악수를 청했다. 악수를 하는 것이 올바르고, 또 정중하다고 생각했다. 하지만 미나는 내가 자기 배를 발로 걷어차고 머리카락에 침이라도 뱉은 양 화를 냈다.

    아카리가 그때 이야기를 하며, 최상급의 히스테리를 부리는 미나를 흉내 냈다.

"얘는 자기가 뭐라고 생각하는 거야?"

아카리는 웃느라 꺽꺽대면서도 계속 미나 흉내를 냈다.

"미국에서 왔다고 대단한 사람이라도 되는 줄 아나 봐? 어이, 신입! 예절부터 좀 배워."

미나가 노 대표에게 쪼르르 달려가 고자질한 일이 떠올랐다. DB 엔터테인먼트에서는 나이와 상관없이 연차가 높으면 무조건 선배인데, 내가 선배에 대한 예의를 갖추지 않았으니 벌을 받아야 한다고 떼썼던 바로 그 일 말이다. 고맙게도 유진 언니가 수습해줬지만, 그날 이후로 미나는 나를 파괴하는 일을 인생 목표로 삼은 듯했다.

"그 애 성질은 진짜⋯."

"그런데 너도 걔한테 끝끼지 인사 안 했지?"

"자기가 신이라도 되는 줄 착각하면서 돈 자랑이나 하는 파파걸한테는 인사 안 해."

"역시 내 친구야. 어린 레이첼은 지금의 네가 정말 자랑스러울 거야."

아카리가 내 등을 토닥였다.

아카리에게 웃어 보였지만 속으로는 심장이 철렁 내려앉았다. 시간을 되돌려 과거로 갈 수 있다면 그리고 적절하게 처신하는 법을 알았다면 정말로 그날에 했던 행동 그대로 행동했을까? 물론이라고, 당연히 미나의 콧대를 꺾을 것이라고 장담하고 싶지만, 이건 어쩌면 나 자신에게도 솔직하지 못한 대답일지도 모르겠다. 인터뷰 연습을 마친 후 도망치듯 나온 일과 다른 연습생들에게 맞서지 않은 일들이 떠올랐다. 유진 언니는 항상 다른 연습생들을 넘어서는 데 집중하고, 연습에만 매진하라고 조언했다. 끊임없이 언니의 말을 머릿속에 되뇌었다. 과연 열한 살의 레이첼은 지금의 레이첼이 자랑스러울까? 혹시 나를 겁쟁이라고 생각하지는 않을까?

아카리와 나는 신입 연습생들에게 인사를 받기 위해 대면식이 열리는 무대 위로 올라갔다. 다른 연습생들과 함께 한 줄로 서서 차례를 기다리고 있었다.

리지가 소리쳤다.

"너희 잠깐만! 공주하고 시녀는 맨 끝으로 가."

주변에 있던 여자 연습생들은 놀란 기색이 역력했다. 내 옆에 선 아카리가 몸을 돌려 리지를 노려봤다.

"너나 잠깐만이야."

아카리가 쏴붙였다.

"우리가 너보다 선배야. 다른 데로 안 갈 거야."

아카리는 리지에게 얼굴을 바짝 들이대고 눈을 부라리며 말했다.

리지는 불안한 눈빛으로 미나를 쳐다봤다. 미나도 딱히 할 말은 없었다. 리지와 미나 모두 아카리의 말이 맞다는 걸 알았다.

"쳇."

말싸움에서 진 게 확실해진 리지는 씩씩댔다.

"외국인 주제에."

연습생들이 우리를 쳐다보며 낄낄댔다. 더는 참을 수 없었다.

"아카리, 가자. 상대할 가치도 없어."

조용히 말했지만 내 뺨은 붉어져 있었다. 걸음걸이와 꼿꼿하게 경직된 등을 보니, 아카리도 무척 화가 난 상태였다. 아카리는 순순히 따라 나왔다. 이들은 상대할 가치조차 없었다. 또 대면식에서 치고받으며 싸우는 건 프로답지 못한 일이었다. 더욱이 나는 미나 같은 사람이 아니다.

만찬 테이블로 갔다. 유진 언니가 내 손을 꽉 잡았다.

"아까 괜찮았어? 꽤… 살벌하던데."

"괜찮아요. 걱정할 일 아니에요."

애써 미소 짓고는 언니의 찡그린 표정을 못 본 체하며 접시를 집어 들었다. 내 안에서 점점 크게 소용돌이치는 수치심을 먹는 일로 달래기 위해 아무 생각 없이 샌드위치를 향해 곧장 손을 뻗었다.

바로 그때 아카리가 내 손을 잡아당기며 고개를 저었다.

"샌드위치에 오이 들어 있어."

"웩."

나는 소스라치며, 샌드위치 대신에 그릴드 치즈가 올라간 베이컨 크림 피자를 담았다.

"고마워. 네가 날 살렸어."

"친구 좋다는 게 뭐겠어? 게다가 끔찍했던 2017년 오이 대재난 사건을 절대로 다시 겪고 싶지 않아. 네가 오이 샐러드를 딱 한 입 먹고 구내식당 바닥에 엄청나게 토했던 날을 생각하면… 나 아직도 악몽 꿔."

"나를 탓하지 마. 오이는 채소계의 조킹 같은 존재야. 몸에 좋다는 이유로 다들 좋아하는 척하지만 실은 최악이지. 끝맛도 끔찍해.

오이는 불량 식품으로 지정돼야 해."

아카리는 깔깔 웃었고, 나는 아카리 얼굴에 구겨진 냅킨을 던졌다.

어떤 연습실의 문을 열고 들어가더라도 그곳에는 정상급의 재능을 가진 십 대 청소년들이 있다. 이 아이들은 뛰어난 춤꾼이자 실력 있는 가수다. 게다가 세상에서 제일가는 '가십쟁이'이기도 하다.

"머리를 오렌지색으로 염색했다던데?"

은지가 말했다.

"그냥 오렌지색이 아니라, 빅머니 그룹의 멤버 로미오가 자기만 쓰려고 특별히 따로 제조한 그 오렌지색으로 염색했대요."

은색 바지를 입은 일 년 차 연습생이 아직 변성기가 지나지 않은 목소리로 대화에 끼어들었다.

물론 모든 가십의 내용은 한 사람에게 집중돼 있었다. 바로 제이슨 리. 제이슨은 DB 엔터테인먼트가 가장 최근에 배출한 케이팝 스타였다. 그의 소속 그룹인 넥스트 보이즈는 싱글 앨범 수록곡 〈True Love〉로 음악 차트에서 일 위를 차지했고, 제이슨은 모두가 꿈꾸는 졸업 앨범 황금 명판에 이름을 올렸다. 한때 사옥 내부에서는 물론이고 서울 어디서든지, 하나뿐인 자신의 진정한 사랑을 찾겠노라 노래하는 제이슨의 목소리를 들을 수 있었다. 그 당시에 노 대표는 무척이나 행복해 보였다. 다정하고, 겸손하고, 의리 있는 제이슨이 이사진과 다툼을 벌였다는 소문도 있긴 했지만, 정확한 내막을 아는 사람은 없었다.

오늘 있었던 일을 다 잊어버리고 싶어서, 밀키스를 홀짝이며 연습생들 사이에서 나돌고 있는 소문에 귀를 기울였다.

"노 대표님이 수집하는 레코드판을 제이슨이 훔쳤대."

숱이 많고 색이 레드 브라운인 앞머리를 가진 연습생이 속삭였다.

"우리 엔젤 보이가 뭘 훔쳤다고? 그럴 리 없어."

"노 대표님이 레코드판 몇 개 없어진 걸 눈치챌 수 있을까? 레코드판이 천 장쯤 있는데."

"장난해? 노 대표님은 레코드판에 심취해 있어."

"설사 제이슨이 도둑이너라도 무슨 상관이겠어? 너무 귀여워서 자를 수가 없다고!"

연습생 대여섯 명이 동시에 고개를 끄덕였다. 나는 고개를 절레절레 흔들었다. 훔친 레코드판, 염색 머리… 악명 높은 DB 엔터테인먼트의 루머 제조기가 만들어낼 수 있는 최악의 루머가 고작 이런 것일까?

몇 개월 전 연습생 최수지가 연습생 프로그램에서 갑자기 방출되는 사건이 벌어졌다. 이와 관련된 소문은 걷잡을 수 없이 커졌다. 최수지는 약물 문제에 연루돼 있었고, 약물 딜러에게 수천 달러를 빚지는 바람에 캄보디아에 있는 북한 식당으로 팔려 갔다는 소문도 돌았다. 한편 아카리는 길거리에서 귀여운 남자와 손을 잡고 걸어가는 수지를 봤다고 우겼는데, 나는 그 말도 믿지 않았다. 수지가 DB 엔터테인먼트의 엄격한 연애 금지 규칙을 어길 리가 없었다. 이 업계에서는 '불법적인 약물'이 '불법적인 연애'보다 더 자연스럽게 들린다.

작년에 부모님이 모두 일요일에 출근을 해야 했던 날이 있었다. 레아를 혼자 둘 수 없었기에 연습실에 레아를 데려갔는데, 그때 레아가 나의 숨겨진 딸이라는 소문이 돌았다. 레아를 돌보느라 평일에 연습을 할 수 없는 것이라는 이야기가 퍼지다가 이제 막 잠잠해진 참이었다. 물론 내가 레아보다 겨우 다섯 살 많다는 사실은 아무도 신경 쓰지 않았다.

"얘들아, 뒷담화가 아니라 연습에 더 집중해야지."

스트레칭을 하던 미나가 도도하게 말하고서는 자리에서 일어나며 노 대표를 힐끗 봤다. 어쩜 저렇게 뻔뻔할 수가 있을까? 미나는 천천히 다가오더니, 내 손에 들려 있는 접시를 보고 밝게 웃었다.

"레이첼, 대면식에 참여하지 못하다니 안타깝다. 하지만 자기 할 일을 제대로 알고 있는 우리 같은 사람에게 대면식을 맡기는 편이 더 낫긴 해. 너도 그렇게 생각하지? 음식이라도 맛있게 먹어."

이만하면 참을 만큼 참았다는 생각이 들었다.

"알겠어."

밝은 목소리로 대답을 한 다음 접시에서 베이컨 한 조각을 집어 우적우적 씹었다.

"나는 살이 안 찌는 체질이라 식단을 조절하지 않아도 되니까 정말 다행이야."

껍질을 벗긴 셀러리와 도토리묵이 가득한 미나의 접시를 대놓고 쳐다봤다. 우리 두 사람을 지켜보고 있는 어린 연습생들이 킥킥대기 시작했다. 미나는 충격과 분노에 찬 눈으로 나를 노려봤다. 내가 반격하는 상황에 익숙하지 않은 미나는 분명 이 일을 앙갚음할 게 뻔했다.

역시나 미나는 이전보다 큰 목소리로 말했다.

"오늘 밤에 시간 있으면 아카리랑 같이 연습생 숙소에 와서 함께 보컬 연습할래? 우리는 토요일 밤마다 다 같이 야간 연습을 하는데 너만 뒤처지면 안 되잖아."

연습생 숙소. 그래, 맞다. 미나는 내가 엄마 때문에 연습생 숙소에 갈 수 없다는 걸 알았다. 내가 대답을 하기도 전에 노 대표가 성큼성큼 걸어왔다. 미나는 보컬 보충 수업을 받더니, 발성하는 법을 터득하긴 한 것 같다. 그녀의 우렁찬 목소리가 이번에 확실히 보상을 받은 셈이다.

"야간 연습이라니, 그게 무슨 소리니?"

한데 모인 연습생들을 쭉 훑어보던 노 대표의 시선이 나에게 안착했다.

"레이첼, 네 아이디어니? 우리 DB 엔터테인먼트의 최고 노력파 연습생!"

노 대표가 웃으며 질문을 건넸다.

주변이 조용해졌다. 연습생들은 허리를 꼿꼿이 세운 채, 혹시라도 자신의 이름이 불렸을 때 좋은 인상을 남길 준비를 하고 있었다. 미나는 노 대표가 다시 나에게 주목하자 잔뜩 신경질이 난 것 같았다.

억지로 웃음을 지으며 대답을 하려는 찰나 미나가 갑작스럽게 끼어들었다.

"대표님! 저도 야간 연습에 참여할 거예요."

미나는 거의 소리를 지르다시피 크게 대답했다.

그녀의 접시에서 셀러리 몇 조각이 떨어졌다. 당황한 노 대표의 눈이 휘둥그레졌다가 빠르게 원상태를 회복했다.

"멋진 태도네. 본인한테 득이 되지. 음….."

"추, 추미나요. 아버지 성함이 추민희인데….."

미나가 낙담한 표정을 지었다.

"두 분이 오랜 친구 사이….."

"맞다. 그렇지. 민희 딸이구나!"

껄껄 웃는 노 대표의 눈에 안도감이 묻어났다.

"알려줘서 고맙군."

미나 얼굴에 미소가 넘쳐흘렀다.

"제가 감사하죠. 대표님, 저희 아버지와 곧 만날 예정이신가요? 아버지는 대표님이 저희 회사 크리스마스 파티에 오시는 게 정말 좋다고 늘 말씀하세요."

"맞아, 맞아. 민희한테 한번 연락해야 되는데….."

노 대표는 다시 껄껄 웃더니 나에게 시선을 돌렸다.

"레이첼! 정말 좋은 친구를 뒀구나. 너와 미나가 다른 연습생들에게 모범이 되는 것 같다. 너희 모두 야간 연습을 최우선시하길 바란다."

노 대표를 마주하자, 그의 안경에 반사된 내 모습이 보였다.

"특히, 곧 데뷔를 하고 싶다면 말이다."

속이 펄펄 끓었지만 동요하지 않았다. 미나는 비아냥거리는 표정으로 내 옆통수에 구멍이라도 뚫을 듯 나를 노려봤다.

하지만 나는 태연히 밀키스를 홀짝이고는 미소 지으며 미나에게 말했다.

"나도 갈게. 정말 기대된다."

노 대표는 흐뭇하게 고개를 끄덕였고, 나는 건배를 제안하듯이 밀키스 캔을 살짝 들어 올렸다. DB 엔터테인먼트 가족, 그리고 완전히 꼬여버린 이 상황을 위하여 건배.

2

앞에 놓인 축 처진 펀치 백을 향해 주먹을 날리자 이마 위로 땀이 쏟아졌다. 퍽. 미나의 비아냥거리는 표정. 탁. 엄마가 정한 엄격한 규율. 쿵. 미디어 트레이닝 수업에서 다른 아이들에게 맞서지 않고 자리를 피해버린 내 모습. 으악. 나를 화나게 만드는 것과 내 앞길을 막아선 사람들, 그리고 못난 나까지 떠올리며 쉴 새 없이 주먹을 날렸다.

펀치 백을 붙들고 있던 아빠가 앓는 소리를 냈다.

"우리 딸이 아빠를 많이 존경했나 보구나."

"네?"

지친 나는 숨소리를 거칠게 내뱉었다.

"아무래도 내 뒤를 잇고 싶어 하는 것 같아서."

아빠는 한때 프로 복싱 선수였다.

"그게 아니라면 어째서 우리 열일곱 살짜리 딸이 펀치 백을 이렇게 괴롭히겠어?"

"열여덟 살이요. 한국 나이로 열여덟 살이라고요."

데뷔 적령기가 끝나는 나이, 다시 말해 데뷔하기엔 너무 늦은 나이에 일 년 더 가까워졌다. 다시 펀치 백을 쳤다.

"앗! 딸아, 미안."

마지막으로 다시 한 번 주먹을 날리고는 뒤로 물러서서 거칠게 숨을 몰아쉬었다. 땀 때문에 포니테일 스타일로 묶은 머리가 목덜미에 들러붙었다. 이곳이 DB 엔터테인먼트의 연습실이었다면 민망한 기분이 들었을 것이다. 트레이너늘은 연습생들이 몇 시간 동안 연습하든지 간에 땀을 흘리면 무척 싫어했다. 아마추어 같이 후줄근하게 보인다며 핀잔을 줬다. 게다가 여자 연습생은 대부분 메이크업을 한 상태로 연습을 하기 때문에, 땀이 흘러 마스카라라도 번지면 보기에도 좋지 않았다. 하지만 복싱 체육관에서는 마음껏 땀을 흘릴 수 있었다. 누군가의 엉덩이를 힘껏 걷어차는 상상을 하면 통쾌한 기분도 들었다.

"별일 없니?"

"별일 없어요."

아빠가 자상한 눈빛으로 나를 바라봤다. 아빠는 아카리와 학교 친구들인 조 쌍둥이가 헤드기어와 복싱 글러브로 무장한 채 스파링을 하고 있는 체육관 한편으로 고갯짓을 했다. 아빠가 운영하는 복싱 체육관에 올 때 친구들과 함께 오곤 했다. 아빠는 우리에게 영광스러웠던 전성기 시절을 이야기할 수 있었고 우리는 아빠의 복싱 체육관에서 유산소 운동을 할 수 있었다.

아빠는 쿨한 성격이지만, 내가 연습생 생활에 대해 이야기를 한다면 결국 엄마 귀에 들어가게 만들 것이다. 그렇다고 해서 아빠가 비밀을 지키지 못하는 사람이라는 뜻은 아니다. 사실 아빠는 엄마에게 꽤 큰 비밀을 숨기고 있다.

"그나저나 수업은 어때요?"

아빠는 엄마가 펀치 백 뒤에 숨어 있을지도 모른다는 듯 주위를 두리번거렸다. 하지만 나와 친구들을 빼면, 언제나 그렇듯이 체육관은 텅 비어 있었다.

"괜찮아."

아빠는 헛기침을 했다.

"엄마나 레아한테 말 안 했지? 설마 말했니?"

나는 고개를 저었다.

아빠가 가족들 몰래 로스쿨에서 야간 수업을 듣고 있다는 비밀은 우연히 알게 된 것이다. 어느 날 체육관에 들렀는데, 체육관 사무실에서 법학 교과서를 발견하게 됐다. 무슨 책이냐고 묻자, 아빠는 얼굴이 붉어지더니 그냥 가볍게 읽고 있는 책이라고 둘러댔다. 무척 당황한 아빠는 이내 로스쿨에 다니고 있다는 사실을 털어놨다. 엄마와 레아에게는 말하지 말라고 신신당부했다.

"당연히 말 안 했죠. 그런데 이 년쯤 되지 않았어요? 이제 말해야 할 것 같은데요? 아빠 곧 졸업한다고요!"

"괜히 기대하게 만들기 싫어."

아빠는 내가 비밀을 처음 발견한 날 했던 말을 되풀이했다.

"체육관이 어렵다는 걸 가족들 모두 알잖아. 예전과는 달라…."

아빠는 말을 멈췄다.

뉴욕에서의 삶을 떠올렸다. 아빠는 프로 복싱 선수 시절 이름을 날렸다. 그 덕분에 웨스트 빌리지에 있는 우리 집 근처에서 운영했던 체육관은 언제나 사람들로 넘쳐났다. 엄마는 뉴욕 대학교 영문학과에서 정교수가 될 참이었다. 모두 바빴지만 우리 가족은 함께 시간을 보냈다. 학교가 끝나면 나와 레아는 엄마의 강의실 맨 끝에 앉아 색칠 공부를 하거나 숙제를 했다. 주말이면 체육관을 뛰어다니면서 사람들에게 물 잔과 수건을 건넸다. 엄마는 아빠를 도와 체육관 사무실에서 복싱 수업 스케줄을 짰고, 배달 물품들을 받기도 했다. 일과가 끝나면 나와 레아는 항상 아이스크림을 먹었고, 워싱턴 스퀘어 파크에 가서 거대한 비눗방울을 만드는 사람을 구경했다.

하지만 지금은 모든 일상이 변해 있었다. 엄마는 뉴욕 대학교에 있을 때보다 현재 일하고 있는 이화 여자 대학교에서 두 배는 열심히 일을 하는데도, 정교수가 되려면 몇 년은 더 기다려야 했다. 부모님 모두 일을 하고 내가 연습생 생활과 학교생활을 아등바등 병행하는 동안 레아는 매일 몇 시간씩 혼자 보내게 됐다. 서울에 온 지 일 년이 지난 후부터 운영하기 시작한 아빠의 체육관은 여전히 어려운 상황에 처해 있었다. 심지어 나와 내 친구들 빼고는 체육관에 아무도 오지 않는 주간도 있었다.

오늘만 벌써 세 번째로 목이 메었다. 아빠가 나의 연습생 생활을 진심으로 응원하고 있다는 건 알고 있다. 하지만 내가 꿈을 좇을 수 있도록 아빠가 자신의 꿈을 포기했다는 사실에 어쩔 수 없는 죄책감이 들었다.

아빠는 고개를 저으며 살짝 미소를 지었다.

"물론 이 체육관을 사랑하지만 아빠는 너와 레아, 엄마를 더 사랑해. 나에겐 세 사람이 가장 소중하단다. 내가 변호사가 되면 우리 가족이 경제적으로 좀 더 안정될 수 있겠지. 그런데 그냥… 두 사람을 실망시키기는 싫어. 특히 레아 말이야. 레아는 아직 열두, 아니 열세 살이고 작은 일에도 쉽게 들뜨잖아. 내가 성공할 수 있을지 조금만 더 지켜보자."

아빠 말을 이해하며 고개를 끄덕였다.

우리 가족은 내가 DB 엔터테인먼트의 연습생 프로그램을 통해 케이 팝 스타로 데뷔할 기회를 가지기 위해 무척 많은 것을 포기했다. 그런 가족을 실망시킬 수도 있다는 생각이 나를 끊임없이 괴롭혔다. 그러므로 나에게는 성공할 수 있느냐가 문제가 아니라 언제 성공하느냐가 문제였다. 성공 외에 다른 선택지는 없었다.

"이만하면 늙은이 같은 소리는 충분히 했네. 이제 친구들과 놀아라."

아빠가 밝은 목소리를 내려고 애썼다.

조 쌍둥이가 번갈아 가면서 잽과 크로스 동작을 하는 동안 아카리는 펀치 백을 잡고 있었다. 쌍둥이인 조혜리와 조주현은 지금 다

니고 있는 서울 국제 학교에서 가장 친하게 지내는 친구들이다. 사
학년이 됐을 때 이곳으로 전학해 왔는데, 전학 첫날에 교장 선생님
은 혜리와 주현이에게 내가 새 학교에 적응할 수 있도록 도움을
주라는 부탁을 했다. 우리는 바로 그날부터 친해졌다.

그 당시 다른 학생들이 내가 연습생인 것에 대해 어떻게 생각할
지 무척 걱정하고 있었다. 이상하다고 생각할까? 잘난 척한다고
여길까? 미나처럼 자기들에게 허리 숙여 인사하라고 시킬까? 하지
만 혜리와 주현이는 케이 팝 연습생이 무슨 문제냐는 듯, 내 손을
잡고 학교 이곳저곳을 소개했다. 두 사람은 반짝이 패브릭을 덧댄
내 컨버스 운동화를 흥미로워했고 뉴욕 패션 위크의 중심지인 브
라이언트 파크나 내가 소호의 부티크 거리 근저에 자리한 동네에
서 살았다는 사실에 더 관심을 가졌다. 그렇다고 해서 내가 그 주
제들로 할 수 있는 말이 많지 않았음에도 말이다.

혜리와 주현이는 둘 다 키가 크고 몸매가 호리호리했다. 날카로
운 광대를 가지고 있었고, 윤기 나는 갈색 웨이브 머리가 어깨 위
로 흘러내려 눈을 사로잡았다. 그녀들은 마음만 먹으면 뷰티 모델
이 될 수 있는 외모였고, 화장품 회사인 몰리 폴리의 상속녀들로서
그렇게 할 인맥도 있었다. 하지만 혜리는 오로지 가족이 운영하는
화장품 회사의 제조 및 디자인 부서가 혁신할 수 있는 방법에 대
해서만 고민하고 있었다. 그녀는 형광 리퀴드 아이라이너에 필요
한 화학 반응에 대해 끊임없이 떠들었고, 새로운 아이섀도 팔레트
패키지를 백 퍼센트 유기농 소재로 만들어 퇴비화가 가능하게끔
만드는 데에 관심이 있었다. 한편 주현이는 자신이 운영하는 유튜

브 뷰티 채널의 인기 덕분에 이미 유명 인사나 다름없었다. 입술에 착 발린 레드 립스틱부터 완벽하게 말려 올라간 속눈썹까지, 체육관에서 땀을 뻘뻘 흘리는 와중에도 그녀의 메이크업은 흠잡을 데가 없었다.

"우리 물 한잔 마시면서 쉴까?"

내가 복싱 글러브를 벗으며 물었다.

"제발 그러자. 운동 끝나고 누가 아이스크림이랑 핫도그를 먹자고 했던 것 같은데?"

혜리가 마지막 잽을 날리며 대답했다.

"네가 아이스크림 먹자고 했잖아."

주현이가 말했다.

"그래서?"

혜리가 씩 웃으면서 주현이 어깨를 살짝 쳤다.

"아이스크림 먹는데 핫도그가 빠질 수 있냐고 말한 건 주현이 너야."

"뭐, 틀린 말은 아니잖아."

아카리가 놓은 펀치 백이 앞뒤로 왔다 갔다 하며 삐걱댔다.

우리 모두 물병을 들고 물을 꿀꺽꿀꺽 마셨다. 아카리는 얼굴에 물을 살짝 뿌렸다.

"레이첼, 괜찮아? 오늘 평소보다 펀치를 좀 세게 날리는 것 같더라."

주현이가 손등으로 입을 닦으며 말했다.

"미나하고 있었던 일을 생각한 거야?"

아카리가 걱정스럽게 물었다.

"걔가 또 무슨 짓을 했는데?"

혜리도 흥분하며 물었다.

조 쌍둥이에게 미나가 노 대표 앞에서 나를 야간 연습에 초대한 사실을 말해줬다. 두 사람은 이해한다는 듯 고개를 끄덕였다. 두 사람 앞에서 DB 엔터테인먼트와 미나 이야기를 하며 분통을 터뜨린 게 이번이 처음은 아니었다.

"나를 완전히 함정에 빠뜨렸어."

그 상황이 다시금 떠올라 얼굴이 붉어졌다. 한숨을 푹 내쉬었다. 식단 조절을 들먹이며 미나를 도발해서는 안 됐다.

"엄마는 연습생 숙소에 절대 못 가게 힐 텐데, 내가 오늘 밤에 나타나지 않으면 미나는 분명히 노 대표님이 그 사실을 알아채도록 만들 거야. 그럼 나는 내 미래에게 작별 인사를 해야겠지."

생각만 해도 두려워서 온몸에 소름이 돋았다.

"그럼 가. 가서 미나를 포함한 다른 연습생들한테 너도 걔들만큼 자격이 있다는 사실을 보여줘."

아카리가 말했다.

"너는? 미나가 너도 불렀잖아."

아카리는 어깨를 으쓱했다.

"오늘 공군 부대가 가족의 밤 행사를 주최하는데 반드시 참석해야 해. 야간 연습에 갈 수 있으면 갈 텐데, 사실 내가 가든 안 가든 중요하진 않겠지만 말이야. DB 엔터테인먼트에 오 년이나 있었는데 노 대표님은 아직 내가 누군지도 모를걸? 유진 언니가 없었다면 지금쯤 난 분명히 잘렸을 거야."

아카리의 말을 듣고 움찔할 수밖에 없었다. 그녀는 공군 기지에서 가족과 함께 살고 있음에도 불구하고, 매일 DB 엔터테인먼트에 가서 미나를 비롯한 다른 연습생들과 동일하게 연습하고 있었기 때문이다.

아카리의 춤 실력은 믿을 수 없을 정도로 뛰어났다. 유진 언니는 자타공인 최고의 춤꾼이라 불리는 그룹 레드핫의 멤버 프랭키의 춤마저 무색하게 만드는 수준이라며 아카리의 춤을 칭찬했다. 하지만 재능만 있어서는 안 된다는 사실은 모두가 알고 있었다. 그렇기 때문에 연습생들은 절박한 심정으로 모든 노력을 쏟아부으면서, 노 대표와 다른 이사진의 눈에 띄려고 했다. 연습생들은 예외 없이 삼십 일마다 강당에 모여 이사진에게 월말 평가를 받는다. 월말 평가는 연습생 프로그램에 남을 만한 가치가 있는지 아니면 방출돼야 할지를 결정하는 시험이었다. 연습생 칠 년 차가 되자 끊임없는 평가가 일상처럼 느껴졌다.

몇 달 전 아카리가 월말 평가 후 노 대표의 사무실에 불려 갔었다. 이는 회사에서 나가야 한다는 통보를 받는 확실한 신호이기도 했다. 다시 말해, 아카리는 특출나지 못했다는 평가를 받았다는 뜻이었다. 유진 언니가 무슨 수를 써서 해결했는지 잘 모르겠지만, 아카리는 다음 날 돌아왔다. 말수가 줄었고 시무룩해 보였지만 어쨌든 살아남았다. 그 후 아카리는 단 한 번도 그날의 이야기를 꺼낸 적이 없었다.

"괜찮아. 신세 한탄을 늘어놓는 게 아니야!"

아카리가 웃으면서 얼른 주제를 바꿨다.

"오늘 딱 하루잖아. 그리고 다름 아닌 네 커리어가 걸려 있어."

"나도 아카리 생각에 동의해."

혜리가 물병 뚜껑을 닫으며 말했다.

"네가 그 무엇보다 원하는 거잖아. 안 그래? 야간 연습에 참여해서 성공할 수 있다면, 무조건 해야지."

맞은편에 있는 아빠를 슬쩍 봤다. 펀치 백을 묵사발로 만들 기세로 사방에 땀을 튀기며 주먹을 날리고 있었다.

"글쎄. 엄마가 노발대발할 텐데."

"그럼 모든 문제를 감수할 만한 가치가 있는 일이야?"

주현이가 고개를 가우뚱하며 물었다.

얼굴에 흐르는 땀을 닦았다. 감수할 만한 가치가 있느냐고? 매일 스스로에게 묻는 질문이었다. 끝없는 연습, 사라진 주말, 가족들의 희생, 간절히 바라는 꿈에 결국 닿지 못할 것 같은 반복되는 불안감⋯ 오직 케이 팝 스타가 되기 위해 이 모든 걸 견디고 있었다. 과거의 기억이 스쳤다. 열한 살의 나는 쉬는 시간마다 학교 화장실에서 케이 팝 뮤직비디오를 보느라고 수업에 밥 먹듯이 늦던 아이였다. 그런데 지금의 나는 어떤 면에서 전혀 변하지 않았고, 어떤 면에서는 완전히 변해 있었다.

"케이 팝은 내 전부야."

"그래, 맞아."

아카리가 맞장구쳤다.

"미나가 너를 과소평가했어. 우리 레이첼 공주님을 말이야."

체육관 형광등 아래에서 주현의 눈이 번뜩 빛났다. 주현이가 복싱 글러브를 벗고 핸드 랩을 풀자, 페일 핑크와 네이비블루 매니큐어로 정교하게 그려진 꽃무늬 네일 아트가 드러났다.

"이제 걔한테 가서 누가 한 수 위인지 보여줘."

엘리베이터에 타자마자 얼른 십팔 층 버튼을 눌렀다. 아빠가 나와 아카리를 부추겨 아빠의 스파링 상대로 삼십 분 더 운동하게 만드는 바람에 땀이 많이 났고, 빨리 집에 들어가 샤워를 하고 싶은 마음뿐이었다.

집에 들어가자 음악 소리가 들렸고, 곧이어 레아와 다른 여자아이들이 까르르 웃는 소리가 들렸다. 슬리퍼를 신고 거실로 향했다. 거실 바닥에 드러누운 레아가 학교 친구 네 명과 함께 휴대폰으로 일렉트릭 플라워의 최신 뮤직비디오를 보고 있었다. 그들이 보는 영상이 어떤 것인지 바로 알아챌 수 있었다. 최고의 스타 강지나가 다른 멤버들과 함께 주황색 점프 슈트를 입고 새까만 사운드 스테이지에서 춤을 추는 모습을 찍은 것이었다. 업로드가 된 지 하루 만에 삼천육백만 뷰가 넘는 조회 수를 기록한, DB 엔터테인먼트 역사상 가장 빠르게 퍼진 바이럴 영상이었다. 레아는 일어나서 헤어브러시를 마이크처럼 쥐더니 고음을 하나하나 힘 있게 부르며 열창했다. 나는 미소를 지을 수밖에 없었다. 레아에게는 분명 재능이 있었다.

헬로키티 큐빅 귀걸이를 하고 있는 하트 모양 얼굴형을 가진 여자아이가 나를 빤히 봤다. 그리고 옆에 있는 레아의 발을 콕 찌른 다음 나를 턱으로 가리켰다.

"네 언니 집에 왔어."

레아는 몸을 돌려 나에게 헤어브러시를 건넸다.

"언니, 받아!"

헤어브러시를 잡는 시늉을 했지만 노래는 이미 끝나고 있었다. 방에는 곧 어색한 정적이 흘렀다.

"아쉽다. 진짜 연습생의 퍼포먼스를 볼 수도 있었는데…."

하트 모양 얼굴형을 가진 여자아이가 아쉬운 표정을 지었다.

줄무늬 셔츠를 입은 다른 여자아이가 나의 떡 진 머리와 내가 입고 있는 늘어진 추리닝 바지를 봤다.

"저 언니 진짜 연습생 맞아? 레아가 다른 언니 말한 거 아니야?"

레아가 어색하게 웃으며 바닥에 털썩 앉더니 헤어브러시를 내려놨다.

"우리 언니 맞아. 나에게 언니는 한 명밖에 없어."

"응. 내가 레아의 하나뿐인 언니야."

"진짜?"

줄무늬 셔츠를 입은 여자아이는 당황해했다.

지금은 미나와 그녀의 무리도 이 사악한 꼬맹이들에게 상대가 안 됐다. 레아는 애써 억지웃음을 지었지만 두 뺨은 붉게 물들고 있었다.

"에이, 얘들아, 나를 믿어도 돼. 우리 언니가 진짜 연습생인지 확인하려고 구 학년 언니들이 DB 엔터테인먼트 사옥까지 따라간 일

기억나지? 그 언니들처럼 무례하게 굴지 말아줘."

"언니, DB 엔터테인먼트 연습생만 아는 이야기를 해줄 수 있어요?"

세 번째 여자아이가 몸을 앞으로 숙이고 눈을 동그랗게 뜨며 물었다.

"제이슨 리 본 적 있어요? 제이슨 리는 보름달이 뜰 때만 몰래 만나는 여자 친구가 있다던데요?"

네 번째 여자아이도 끼어들었다.

"그게 진짜예요?"

"아, 정말 로맨틱해."

"제이슨 리가 SNS에서 열성 팬 한 명을 추첨한 다음 그 팬과 하루를 보내는 깜짝 이벤트를 했었다는 게 정말이에요? 제이슨 리는 정말 최고예요!"

여자아이들의 대화를 듣는 내내 속으로 웃을 수밖에 없었다. DB 엔터테인먼트 밖의 소문 역시 '천사 소년' 제이슨의 순백한 명성에 걸맞았다.

"음, 그래…. 어… 그러니까… 사실 나도 제이슨 리를 자주 못 봐."

사실대로 말했지만, 레아 친구들이 원하는 대답은 아니었다.

"그럼 일렉트릭 플라워는 어때요? 멤버들끼리 친해요? 노 대표가 강지나를 제일 예뻐하죠? 강지나가 객관적으로 제일 예쁘긴 하니까요."

"나도… 모르겠는데?"

삼십 분간의 스파링이 남긴 여운을 온몸으로 느끼고 있는 탓에 아이들의 질문에 제대로 대꾸할 수가 없었다.

줄무늬 셔츠를 입은 여자아이는 짜증 섞인 한숨을 쉬었다. 그러더니 내가 벗어 놓은 땀에 전 티셔츠를 피해 조심스럽게 걸었다.

"연습생이 된다는 게 생각했던 것만큼 재미있거나 화려하진 않나 봐요. 착각한 우리 잘못이지. 가자, 얘들아. 코엑스에 가서 쇼핑이나 하자."

그녀는 다른 세 명의 아이들에게 고갯짓을 하고는 레아를 쳐다보지 않은 채 걸어 나갔다. 나머지 세 명 역시 얼른 일어서서 한 줄로 나를 지나쳐 간 다음 신발을 신었다.

"어? 근데 잠깐만! 나도 쇼핑 좋아해."

레아가 일어나 친구들이 나가는 것을 바라보며 말했다.

하지만 한 아이가 문을 닫았고, 레아의 어깨는 축 늘어졌다.

"미안, 레…."

말을 끝맺기도 전에 레아가 몸을 휙 돌렸다. 화가 난 레아 얼굴이 새빨갛게 달아올랐다.

"언니, 멋진 연습생 시늉을 하는 게 그렇게 어려워?"

깜짝 놀란 나는 주춤했다.

"뭐? 이게 내 탓이라고 하지 마. 너를 가십거리를 들려줄 수 있는 사람쯤으로 생각하는 아이들 말고 네 모습 그대로를 좋아해주는 친구들을 사귀는 건 어때?"

"언니가 아저씨 스타일의 추리닝을 입고 떡 진 머리를 하고서는 재들을 쫓아내지만 않았다면, 결국에 나를 좋아했을 수도 있지. 아빠 체육관에 여성 로커 룸도 있잖아. 게으르게 굴지 마."

레아가 쏘붙였다.

그 아이들은 레아의 진정한 친구가 아니긴 하지만, 레아는 단단히 화가 나 있었다. 아빠와 마찬가지로 레아 역시 본인이 자처해서 뉴욕과 그곳에서의 삶을 뒤로하고 지구 반대편인 한국으로 온 게 아니었다. 그럼에도 레아는 언니인 나의 모든 순간을 응원해줬다. 지금은 레아도 DB 엔터테인먼트의 연습생 프로그램 오디션에 참가하고 싶어 하는 눈치였지만 내가 겪은 일을 모두 지켜본 엄마는 절대로 이를 허락하지 않을 것이다. 레아도 그 사실을 알았다.

레아 친구들을 위해 일종의 쇼를 할 수도 있었다. 그렇게 한다고 해서 손해 볼 일도 없었을 것이다. 하지만 너무 늦어버렸다. 레아의 기분을 풀어줄 수 있는 방법을 생각했다.

"사실 DB 엔터테인먼트에서 일어나는 일을 말하지 않은 진짜 이유가 따로 있어. 바로 너한테 제일 먼저 알려주고 싶었기 때문이지. 따끈한 비밀 정보는 다른 사람이 아니라 너에게 제일 먼저 공유해야 하니까."

소파에 앉아 옆자리를 손으로 톡톡 치며 레아에게 앉으라는 눈짓을 건넸다. 레아는 마지못해 내 옆에 앉으면서도 보란 듯이 멀리 떨어져 앉았다. 아직 화를 풀 준비가 안 되긴 했지만 비밀 이야기가 궁금한 모양이었다.

미나와 미디어 트레이닝 수업에서 신경전을 펼친 것, 미나가 무슨 꿍꿍이속인지 나를 연습생 숙소에 초대한 것, 노 대표가 야간 연습에 미래가 달려 있다고 말한 것 등 오늘 벌어진 일들을 한껏 부풀려 말했다. 레아의 눈은 점점 휘둥그레졌고, 점차 옆으로 다가 오더니 결국 내 무릎에 앉아 있는 것과 다름없을 정도로 가까이에 앉아 있었다.

"언니, 연습생 숙소에서 보내는 밤이라니! 드디어 언니 꿈이 이 뤄진 것 같아."

레아가 소리를 지르며 내 어깨를 잡고 흔들었다. 나는 웃어 보 이며, 머리를 까딱거리는 인형처럼 레아가 잡고 흔드는 대로 가만 히 있었다.

"너무 좋아하지 마. 엄마가 야간 연습을 허락할 리가 없잖아."

"이, 맞다."

레아가 손으로 얼굴을 감쌌다.

주현이와 나눈 대화가 떠올랐다.

"당연히…."

결의에 찬 목소리로 계속 말했다.

"몰래 나가는 방법이 있긴 하겠지…?"

레아가 소리를 꽥 질렀다.

"내가 탈출 작전을 도와줄게. 벌써 작전 하나가 생각났어!"

"십팔 층인 우리 집 창문으로 나간 다음 벽을 타고 내려가는 작 전은 아니었으면 좋겠다."

드웨인 존슨을 향한 레아의 팬심은 우리 가족 사이에서 유명 했다.

"아, 알겠어. 그럼 다른 작전을 생각해볼게."

레아가 눈을 반짝였다.

"단 언니가 제이슨 리의 사인을 받아서 나한테 줘야 해. 내가 제이슨 리 제일 좋아하는 거 알지?"

"그럼, 당연하지. 누구한테 전해주는 사인이라고 말할까? 레아 김, 사랑스러운 나의 미래의 아내에게?"

레아는 다시 소리를 질렀다. 소파에 드러누운 채 기쁨에 젖어 공중에 발차기를 하기도 했다.

"그럼 나 죽을 거야. 아니, 먼저 사인을 액자 안에 고이 모셔놓고 나서 죽을 거야. 나 묻을 때 사인도 함께 묻어주기로 약속해."

레아는 다시 소파에 앉더니 내 손을 꼭 잡았다.

현관문이 열리고 엄마 목소리가 들렸다. 나와 레아는 눈빛을 교환했다. 우리는 새끼손가락을 건 다음 몸을 앞으로 당겨 주먹을 부딪치고 서로의 뺨을 비볐다. 이 세리머니는 몇 년 전에 만든 김 자매만의 새끼손가락 의식이었다.

그사이 엄마가 거실로 들어왔다. 손에 든 봉지 안에는 둘둘치킨에서 포장해 온 치킨이 들어 있었다. 우리의 저녁 식사 메뉴였다. 정교수 심사일이 다가올수록 엄마는 녹초가 돼 집으로 돌아왔기 때문에 요리를 할 수 없었다. 그 점이 불만스럽진 않았다. 원래 엄마에게 집밥이란 냄비에 신라면을 끓인 다음 달걀을 톡 깨서 넣고, 슬라이스 치즈 한 장을 얹는 것이었다. 맛있긴 했지만 소화가 잘 안됐다. 엄마가 고칼로리 음식인 라면을 일부러 끓여주는 것 같다고 생각한 적도 있다. 다음 날 연습하러 가는 나를 퉁퉁 붓게 만들려는, 일종의 무의식적인 방해 공작으로 말이다.

"배고프지?"

엄마가 치킨이 담긴 봉지를 건넸다.

나와 레나는 봉지 속에서 김이 모락모락 피어나는 치킨 박스를 꺼냈다. 마치 빅맥 소스에 버무린 것 같은 아삭한 샐러드와 깍두기를 비롯한 각종 반찬도 꺼냈다. 사월치고는 추운 날씨 탓에 부엌에 보일러를 틀어뒀는데, 그 덕분에 식탁 아래쪽 바닥이 기분 좋게 뜨끈뜨끈했다. 식탁에 앉아서 양념치킨 한 조각을 집어 들었고 손에는 매콤달콤한 소스가 들러붙었다. 엄마는 아빠가 제일 좋아하는 파닭 몇 조각을 따로 빼놨다. 오늘은 아빠가 늦게까지 체육관에 남아 펀치 백 청소를 하는 날이었기 때문에 함께 저녁 식사를 할 수 없었다. 일주일에 한 번 펀치 백 청소를 하는 날은 사실 지적 재산법 수업이 있는 날이었다.

"레아야, 오늘 하루 어땠어?"

"일렉트릭 플라워의 강지나는 정말 예쁜 것 같아요. 제이슨 리가 아이들이 음악 치료를 받을 수 있도록 자선 사업을 시작한대요. 정말 다정하지 않아요? 넷플릭스에서 한국 드라마 〈오 마이 드림스〉를 봤는데, 박도희가 빨리 기억을 되찾지 않으면 정말로 이제 그 드라마 안 볼 거예요."

레아는 강지나와 제이슨 리, 최근에 본 넷플릭스 드라마 이야기까지 쉬지 않고 재잘거렸다.

엄마는 샐러드를 깨작거리며 레아의 말에 건성으로 고개를 끄덕거리며 웃었다. 나는 치킨 껍질을 살살 벗기면서, 엄마가 나에게 오늘 하루가 어땠는지 물어봐 주길 기다렸다. 오늘은 토요일이었고, 엄마는 내가 DB 엔터테인먼트에 다녀온 날이라는 사실을 알고 있었기 때문이다. 마침내 재잘거리는 레아의 소리가 잦아들었다. 마음의 준비를 했다. 엄마가 무슨 일이 있었는지 물으면 오늘 일어난 일을 털어놓을 작정이었다. 그럼 내가 처한 상황을 이해한 엄마가 이를 딱하게 여기고는 오늘 밤에 연습생 숙소에 가는 걸 허락해줄 것이라는 희망을 품었다. 하지만 예상은 빗나갔다.

"레이첼, 숙제는 다 했니? 부탁한 집안일은 했니?"

엄마는 설거짓거리로 가득 찬 싱크대를 보며 인상을 찌푸렸다.

희망은 물거품이 됐다. 이를 악물었고 턱은 경직됐다.

"오늘 좋은 하루를 보냈어요. 하루 종일 연습하고 아빠 보러 체육관에도 갔어요."

말을 잠시 멈췄다.

"그리고 집안일은 죄송해요."

겨우 말을 내뱉었다.

치킨 뼈가 목에 걸린 느낌이었다. 연습에만 열중한 것이 눈치 보여서가 아니라 엄마가 나를 노려보는 눈빛 때문이었다. 뉴욕의 지하철에서, 특히 혼잡한 시간대에 레아나 내가 말을 듣지 않으면 엄마는 마치 '태어난 걸 후회하게 해줄 거야.' 하는 눈빛을 보이곤 했는데, 딱 그때 그 눈빛이었다.

엄마는 한숨을 쉬며 테이블 위에 놓인 토트백 속으로 손을 집어넣었다.

"언제나 연습이 우선이구나. 다른 것도 좀 해보면 어때? 한 가지 일에만 집착하는 건 건강하지 않아."

엄마는 토트백에서 종이 한 무더기를 꺼내 건넸다. 종이의 맨 위에는 '대학 입학 원서'라고 적혀 있었다. 엄마는 손뼉을 치며 활짝 미소를 지었고 나는 공포감으로 정신이 아득해졌다.

"레이첼! 너 주려고 챙겨 왔어. 내일 이화 여자 대학교에서 고등학생을 위한 입시 세미나가 열린대. 대학 입학 준비를 도와준다고 하네. 너도 참석하지 않을래? 거기 가면 원서를 작성하는 것도 도움받을 수 있을 테고, 세미나 후에 엄마가 캠퍼스 소개를 해줄 수도 있어."

속에서 열불이 났다. 대학 입학 원서 더미를 밀어내려고 손을 들었는데, 엄마 표정이 눈에 들어왔다. 웃음기를 띤 입술과 기대에 찬 눈이었다. 갑자기 죄책감에 사로잡혔다. 한국에 온 지 칠 년이 지나도록 엄마가 일하는 대학교 캠퍼스에 간 적이 없었다. 엄마가 연구실에서 일하는 동안 연구실 책상 밑에서 책을 읽던 뉴욕에서의 시간들과 비교하면 엄청난 변화였다.

대학 입학 원서를 내 앞으로 끌어당기며 말했다.

"제가 캠퍼스 구경하고 싶어 하는 거, 엄마도 알잖아요. 그런데… 내일은 못 해요. 내일은 일요일이라고요."

"우리는 지금 그저 내일 하루가 아니라, 앞으로의 네 삶에 대해 이야기하고 있는 거야."

엄마가 목소리에 힘을 빼고 대답했다.

"알아요. 그런데… 연습생 프로그램이 내 삶을 위한 것이에요. 트레이닝을 받기 위해 우리 가족 모두가 한국에 온 거 아니었어요?"

레아는 치킨을 내려놓고, 걱정스러운 눈빛으로 엄마와 나를 번갈아 봤다. 레아는 엄마와 내가 진로 문제로 말다툼하는 데 익숙했다.

엄마는 접시를 내려다보며 한숨을 쉬었다.

"한국에 오게 된 건… 여러 가지 이유 때문이었어."

엄마는 말을 더 이어갈 것처럼 입을 열었다가 가볍게 고개를 저었다. 그리고는 다시 나를 쳐다봤다. 엄마 눈에 눈물이 고인 듯했지만 목소리는 떨림 없이 분명했다.

"엄마가 배구 선수였던 사실은 너도 알고 있지?"

설마 겨우 고등학교 배구 선수로 뛴 경력을 케이 팝 트레이닝과 비교하려는 것일까?

"내가 그 꿈을 이루기 위해 모든 걸 포기했다면, 지금쯤 나와 우리 가족은 어떻게 됐을 것 같니?"

"엄마가 지금 나한테 강요하는 게 딱 그런 거잖아요. 입시 세미나 때문에 지금껏 노력해온 전부를 포기하라는 말이에요?"

치킨 한 조각을 껍질째 입에 욱여넣었다. 지금은 칼로리 걱정 따위를 할 때가 아니었다.

엄마는 어깨를 으쓱했다. 안타까워하면서도 단호한 표정이었다.

"모든 가능성을 열어두라고 제안하는 거야. 미래에 무슨 일이 일어날지 아무도 모르잖아. 혹시라도 연습생 생활이 잘 풀리지 않았을 때, 네가 당황하지 않길 바라는 거야."

엄마는 접시에 담긴 미나리무침을 깨작거렸다.

어느새 내 눈에는 눈물이 차올랐고, 눈물을 쏟지 않으려고 눈을 최대한 조심스럽게 깜빡였다. 칠 년이나 지났지만 트레이닝을 대하는 엄마의 태도는 아직까지 내 마음을 상하게 만들었다. 가끔 엄마가 서울에 온 걸 후회하는지, 내 재능을 믿기는 하는지 궁금했다. 입술을 꽉 깨물고 자리에서 먼저 일어나려고 했다.

그때 레아가 벌떡 서서 몸을 돌리더니 엄마를 바라보며 물었다.

"근데 엄마가 그 세미나 이야기를 꺼내다니 참 신기하네요. 쌍둥이 언니들이 주말 동안 입시 대비 스터디를 한대요. 과외 선생님까지 구해서 밤늦게까지 공부하기로 했나 봐요. 밤샘 공부 타임이라고 했던가? 언니, 맞지?"

레아는 엄마를 올려다보며 순진무구한 미소를 지었다.

지금이 아니면 더는 기회가 없었다.

"응."

허리를 꼿꼿이 세우고는 천천히 대답했다.

"레아, 네가 그걸 어떻게 알았어?"

"언니가 혜리 언니랑 통화하는 걸 엿들었어요."

레아가 아무렇지도 않게 거짓말을 하는 동안 치킨 씹는 일에 집중하는 척하며 열심히 표정 관리를 했다. 신사 숙녀 여러분, 미래의 오스카 수상자는 바로 제 여동생일 것입니다.

"레이첼, 왜 말 안 했니? 네가 제대로 된 수준에 오르려면, 바로 이런 게 필요해."

새롭게 솟구치는 짜증은 치킨과 함께 삼켜버리고 고개를 끄덕였다.

"그냥… 집안일에 아직 손도 대지 못했는데 밖에서 자고 오기 싫었어요."

설거짓거리가 가득한 싱크대에 눈길을 던졌다.

"설거지를 못 한 건 정말 죄송해요."

그리고 다시 한 번 죄송하다는 말을 덧붙였다.

"설거지는 오래 안 걸릴 거야. 식사를 마치면 쌍둥이 집에 가는 게 어때? 쌍둥이네 부모님을 잘 아는데, 서울에서 제일 훌륭한 과외 선생님을 구하셨을 거다. 남은 치킨도 챙겨줄 테니까 꼭 가져가고."

"정말요?"

거짓말을 한 탓에 잠시 마음이 무거워지기도 했지만, 전율하는 에너지가 온몸 구석구석 퍼져나가며 금세 무거운 마음을 밀어냈다. 연습생 숙소에서 보내는 첫날이라니, 꿈에 조금 더 가까워진 셈이다.

"엄마, 고마워요."

엄마는 미소를 지은 채 그릇을 치우고는, 우리를 등지고 서서 작은 초록색 플라스틱 용기에 치킨 몇 조각을 담았다. 레아가 엄지손가락을 번쩍 세워 보였고, 나는 윙크를 하며 입 모양으로 고맙다고 말했다.

설거지를 끝내자마자 후다닥 샤워를 마치고 나와, 젖어 있는 머리를 더치 브레이드 스타일로 땋았다. 그리고 블랙 레깅스에 품이 딱 알맞은 포근한 크림색 오프숄더 스웨터를 입었다. 한껏 차려입은 모습을 엄마가 본다면 의심할 수 있겠다는 생각이 들었다. 작년

봄에 동대문에서 산 스누피가 그려진 편안한 잠옷 셔츠와 바지를 스웨터와 레깅스 위에 또 입었다. 거울로 내 모습을 마지막으로 확인한 다음 가방을 들었다. 엄마가 챙겨준 치킨을 챙기는 것도 잊지 않았다. 그렇게 연습생 숙소에서의 첫날을 향해 길을 나섰다.

3

버스 정류장을 향해 걸어가는 내내 엄마의 말이 계속 귓전에 맴돌았다.

'혹시라도 연습생 생활이 잘 풀리지 않았을 때, 네가 당황하지 않길 바라는 거야.'

반드시 케이 팝 스타가 될 것이라는 보장이 없는 건 알고 있었지만, 너무 오랫동안 품어온 꿈이었기에 이 길이 아닌 다른 길은 상상하는 것조차 어려웠다.

케이 팝 스타는 여섯 살 때부터 바라온 꿈이었다. 그 당시 같은 반에 아시아계 여학생이 한 명 더 있었다. 그녀의 이름은 유지니아리였다. 유지니아는 중국 사람이었는데, 사람들은 나와 그녀가 사촌 사이인지 물었고 어떤 사람들은 쌍둥이냐고 묻기도 했다. 대수롭지 않은 해프닝 정도쯤으로 생각했다. 그러던 어느 날 내가 쉬는 시간에 벌에 쏘인 일이 발생했고, 조퇴를 하기 위해 엄마를 기다리고 있었다. 그때 보건실에 유지니아의 엄마인 리 아주머니가 들어왔다. 보건 선생님은 자신이 저지른 실수를 인지하지도 못한 채 활짝 웃으며 나에게 엄마가 왔다고 말했다.

세상이 나를 보는 방식과 나와 우리 가족이 나를 보는 방식이 다르다는 사실을 난생처음으로 깨닫게 된 순간이었다. 세상은 나의 얼굴, 눈과 코의 형태, 두껍고 곧은 까만색 생머리로만 나를 판단했다. 결국 나는 유지니아 같은 소녀들과 다를 바 없는 존재가 됐다. 우리가 서로 전혀 닮지 않았어도 마찬가지였다.

엄마가 학교로 나를 데리러 왔을 때 울음을 멈출 수 없었다. 벌에 쏘인 피부는 타는 듯이 따가웠지만, 머릿속에는 리 아주머니 생각밖에 없었다.

"내가 한국인이 아니었으면 좋겠어."

엄마 셔츠에 얼굴을 파묻고 펑펑 울었다.

집에 도착하자 엄마는 나를 침대에 눕히고 노트북을 가져왔다. 그날 처음으로 케이 팝 뮤직비디오를 봤다. 몇 시간 동안이나 엄마와 함께 뮤직비디오를 봤다. 뮤직비디오 속 가수들을 보고 넋을 잃게 됐다. 모두 개성 넘치고, 아름답고, 재능 있었다. 당연히 케이 팝에 홀딱 반해버렸다. 그 후로 끊임없이 뮤직비디오를 찾아 봤고, 제일 좋아하는 노래 가사를 달달 외웠으며, 주말이면 레아를 위한 작은 무대를 선보이기도 했다.

케이 팝은 내가 한국인이라는 사실을 자랑스럽게 만들어줬다. 세상 사람들에게 거부당한 기분이 들었던 사건은 그때가 유일했다고 말할 수 있었다면 좋겠지만, 애석하게도 그런 사건은 흔하게 일어났다. 점심 도시락 반찬으로 김치를 가져가면 친구들로부터 놀림을 당하기도 했고, 길모퉁이 슈퍼마켓을 지날 때 어떤 여자가 나에게 다가오더니 너희 집으로 돌아가라며 소리를 지른 일도 있었다. 바로 그 근처가 우리 집이었지만, 아마 그 집으로 가라는 의미는 아니었을 것이다. 또 핼러윈 데이에 헤르미온느 진 그레인저로 분장을 했는데, 다들 초 챙 분장을 한 것인지 묻기도 했었다. 이렇게 무수한 일을 겪는 동안 내 곁에는 변함없이 케이 팝이 있었다. 케이 팝 덕분에 나는 스스로 온전히 이해받고 있다고 느꼈다. 세상 어딘가에 내가 속한 곳, 사람들이 있는 그대로의 내 모습을 받아주는 곳이 있다는 생각이 들었다.

버스 정류장으로 걸어가는 동안 이 모든 일을 회상했다. 봄날의 서울 공기는 역시 시원하고 상쾌했다. 길 위에는 벚꽃이 우수수 떨어져 있었는데, 이 모습은 마치 바닥에 벚꽃으로 수를 놓은 것처럼 느껴졌다. 지나가는 이들의 신발 밑창에 달라붙어 멀리멀리 흩어진 꽃잎이 온 도시를 연분홍색으로 뒤덮었다.

포카리스웨트를 사러 길모퉁이에 있는 GS25 편의점에 들렀다가, DB 엔터테인먼트에서 몇 블록 떨어진 연습생 숙소로 향하는 버스에 올라탔다. 버스 안에는 커플 운동복 차림에 이어폰을 나눠 낀 젊은 연인, 퇴근길에 휴대폰으로 예능 프로그램 〈런닝맨〉의 지난 에피소드를 보는 회사원, 식료품과 공병이 가득한 보행 보조기를 꼭 붙잡고 있는 할머니가 타고 있었다. 빈 좌석에 앉아 포카리스웨트를 마셨다. 살짝 열린 창문 사이로 들어온 산들바람이 땋은 머리를 쓰다듬고 지나갔다.

옆에 있던 할머니가 나를 콕 찌르며 빈 병을 가리켰다.

"다 마셨어?"

"네, 할머니."

빈 병을 건넸다.

"고마워. 참 에쁘나."

할머니는 내 볼을 살짝 꼬집었다.

"감사합니다."

꾸벅 인사했다.

버스는 미끄러지듯 도로를 달렸고, 승객들이 타고 내릴 때는 끼익 멈춰 섰다. 뉴욕에 있는 동안은 부모님이 나 혼자 대중교통을 이용하는 걸 허락하지 않았기 때문에, 서울에 온 뒤 곧바로 대중교통에 적응하기가 쉽지 않았다. 다행히 서울의 버스와 지하철은 무척 빠르고, 깨끗하고, 편리했다. 서울의 모든 것이 그랬다. 서울에서 누릴 수 있는 가장 큰 장점을 꼽자면 어딜 가나 무료 와이파이가 터진다는 점이다.

휴대폰을 꺼내 혜리에게 재빨리 메시지를 전송했다.

만약 우리 엄마가 물어보면, 난 오늘 밤 너희 집에 있는 거야.

물론이지. 주현이가 우리 빼놓고 너무 재밌게 놀지는 말래.

곧장 도착한 혜리의 답장에 웃음이 나왔지만, 답장을 하지 않고 휴대폰을 주머니에 넣었다. 혹시나 엄마가 조 쌍둥이에게 이런저런 질문을 한다면 두 사람이 아는 내용이 적을수록 누설할 수 있는 정보도 적기 때문이다.

거짓말을 하고 연습생 숙소에 간다는 긴장감 때문에 정신이 아득해졌다. 목적지보다 한 정거장 먼저 하차해 조금 걷기로 했다. 미나와 다른 연습생들을 마주하기 전에 긴장감을 조금 가라앉힐 필요가 있었다. 숙소에 도착하기까지 반 블록 정도 남았을 때, 번뜩 잠옷을 벗어야 한다는 생각이 스쳤다.

길가에 쭉 늘어선 관목 중에서 특별히 크기가 큰 것 뒤에 쭈그리고 앉아, 잠옷 셔츠를 벗은 다음 토트백에 쑤셔 넣었다. 길거리를 살피며 아무도 오지 않는 것을 확인하고 나서 아등바등 잠옷 바지를 벗으려는데, 잠옷 바지가 발목에 걸렸다. 팔을 허공에 저었지만 바로 중심을 잡을 수가 없었다. 잠옷 바지가 프레즐처럼 내 양다리를 옭아매는 바람에 빙그르르 돌며 넘어졌고, 흙에 얼굴을 처박고야 말았다. 신음 소리를 내며 몸을 천천히 일으켜 세우고 스웨터에 묻은 흙을 털었다. 그나마 이 장면을 아무도 못 봤다는 게 천만다행이었다.

"와… 진짜 아프겠다."

순간 온몸이 굳었다. 고개를 슬쩍 옆으로 돌리자 인도 위로 산지 얼마 되지 않아 보이는 화이트와 블랙 컬러가 섞인 나이키 운동화 한 켤레가 눈에 들어왔다. 시선을 조금 더 위로 올렸다. 핏이 완벽한 아더에러 트랙 팬츠에 내가 가지고 있는 모든 옷의 가격을 합한 것보다 비쌀 게 분명한 버버리 스웨터가 보였다. 그다음 은색으로 하이라이트 염색을 한 머리, 반짝이는 갈색 눈, 풀도 벨 수 있을 만큼 날렵한 광대를 가진 소년이 눈에 띄었다.

그는 지나가던 평범한 소년이 아니었다. 바로 제이슨 리였다. 세상에나.

"괜찮아?"

제이슨이 걱정스러운 미소를 지으며 물었다.

"자, 도와줄게."

그가 손을 내밀었다.

"그쪽은… 제이슨 리네요."

말을 더듬으며 겨우겨우 일어섰다.

제이슨은 정식으로 데뷔해 스타덤에 오르기 전부터 유튜브에 올린 케이 팝 커버 곡 영상으로 이미 유명했었다. 제이슨이 올린 영상 한 편이 큰 인기를 끌자, 노 대표는 본인이 직접 제이슨이 있는 토론토에 갔다. 그리고 그를 설득해 서울로 데려와 넥스트 보이즈로 데뷔시킨 것이다. 그 후 제이슨은 순식간에 한국에서 가장 사랑받는 케이 팝 스타가 됐다. 백인과 한국인 혼혈인 제이슨의 외모는 그의 인기 요인 중에 하나였고, 아이부터 중년까지 너 나 할 것

없이 제이슨의 쌍꺼풀이 선명한 큰 눈과 이국적인 피부 톤에 열광했다. 외국 국적을 가지고 있다는 점 때문에 제이슨은 한국에서 가장 섹시한 케이 팝 스타로 뽑힌 반면 똑같이 외국 국적을 가지고 있는 나는 의무적으로 한국 문화 수업을 들어야 했다.

"아, 나에 대해서 들은 적이 있나 봐?"

그가 눈썹을 찡긋 세우며 활짝 미소 지었다.

확실히 제이슨은 '온 세상 사람들이 나의 가장 친한 친구라는 듯이' 미소 짓는 방법을 터득한 것 같았다. 사실 온 세상 사람들이 그를 친구처럼 생각하곤 했지만 말이다.

"무슨 이야기를 들었어?"

"음, 제 여동생 레아한테서 들었는데 당신이 음악 치료 자…."

"천사의 목소리? 악마의 미소? 신이 내린 몸매?"

"어… 네?"

"소녀 팬들은 나를 보면 자지러지잖아. 너도 넘어졌으니까, 그것도 뭐, 자지러진 셈이고."

제이슨은 혼자 중얼거리듯 계속 말했다.

"자, 요즘은 사람들이 나를 두고 뭐라고 떠들어?"

제이슨은 나를 내려다보며 활짝 웃었고, 벌어진 입술로 말도 안되게 귀여운 미소를 짓고 있었다.

"노 대표님 사무실에서 레코드판을 훔쳤다는 소문이 났어요."

대놓고 거만하게 구는 제이슨의 행동이 거슬렸다. 자선 사업을 하고 자신의 팬을 아끼는, 다정하고 겸손한 스타치고는 너무 건방진 태도였다.

"또 보름달 뜰 때만 만나는 숨겨둔 늑대 소녀 연인이 있다는 소문도 있죠."

"뭐? 그건 너무 심하다. 누가 그런 말을 해?"

제이슨은 상처받았다는 듯 강아지 같은 눈망울을 반짝이더니 얼굴 가득 음흉한 미소를 보였다.

"나는 노 대표님의 그 어떤 것도 안 훔친다고."

이런 사람이 전 세계인의 사랑을 받는 케이 팝 스타라니, 믿을 수 없었다.

"물론 안 훔쳤겠죠. 완벽한 평판에 흠집이 날 일은 절대 해서는 안 되죠. 그런데 마법을 부리면서 늑대로 변신하는 여자 친구가 있다는 소문은 괜찮은가 봐요?"

"신사는 함부로 비밀을 이야기하지 않지."

제이슨이 부드럽게 대답했다.

"그리고 이런 말 들어봤지? '사람들이 당신의 이야기를 할수록, 당신은 더욱 이야기할 가치가 있는 사람이 된다.'라는 말."

"당신 세계는 그렇게 돌아가나 봐요."

물론 제이슨 리가 하는 행동이라면 무조건 옳은 것이 돼버리기 때문에, 그는 DB 엔터테인먼트의 연애 금지 규칙을 진지하게 받아들일 필요도 없었다.

제이슨이 멈칫하며 나를 내려다봤다.

"나한테 화난 것 같은데?"

"아니요. 화 안 났어요. 연습이 끝나기 전에 연습생 숙소에 서둘러서 가려는 거예요."

스웨터 끝단을 아래로 잡아당기며 대답했다.

제이슨이 내 속옷을 보지 않았길 바랐다.

"연습생 숙소! 왜 진작 말 안 했어? 나도 숙소 가는 중이니까 같이 가면 되겠다."

"아니요. 됐어요."

제이슨은 내 대답에 아랑곳하지 않았다.

"내가 왜 네 이름을 모르지?"

제이슨이 고개를 갸우뚱했다.

"스누피 바지를 입고 돌아다닐 만큼 용감한 연습생은 이야기할 가치가 있는 사람인데 말이야."

민망함에 뺨이 또다시 붉어졌지만 최대한 침착하게 목소리를 가다듬으며 빈정댔다.

"혹시나 해서 말해두는데, 내가 가장 아끼는 잠옷이에요. 그리고 제가 아름다운 늑대 소녀가 돼줄 수 없어서 미안하네요."

"아닌데?"

"무슨 소리…."

"너 정말 아름다워."

나는 완전히 경직됐다. 제이슨이 지금… 뭐라고 말한 것일까?

"마음만 먹었으면 진작 내 머리통을 물어뜯었을 거잖아? 그리고 아직 못 봤나 본데, 오늘 보름달 떴어."

세상에나, 당장 이 상황을 빠져나가야 했다. 아래로 손을 뻗어 꼬인 잠옷 바지를 풀면서 매서운 눈빛으로 제이슨을 쳐다봤다.

"구경꾼은 필요 없는데요."

제이슨의 얼굴이 붉어졌지만, 이내 보란 듯이 천천히 몸을 돌리며 등지고 섰다.

"이게 더 낫니?"

분에 차서 잠옷 바지를 단번에 벗어 던지려고 했지만 허둥대는 바람에 허리끈이 또 발목에 걸렸다. 다시 중심을 잃고 앞으로 고꾸라지며 제이슨 등에 얼굴을 박았고, 넘어지지 않으려고 본능적으로 그의 허리를 감싸고야 말았다. 내 뺨이 그의 날개뼈 사이에 파묻혔다. 숨을 깊게 들이마시자 그에게서 단풍나무와 민트 향기가 났다.

"앞으로 들이대는 편이네."

얼굴은 안 보였지만 목소리만으로도 제이슨의 히죽대는 표정이 보이는 듯했다.

그는 고개를 돌려 어깨 뒤편으로 나를 쳐다봤다.

"아니다. 뒤로 들이댄다고 해야 하나? 거기 풍경은 좋아?"

차라리 나를 죽여라, 당장.

나는 뒷걸음질을 쳤고, 마침내 야속한 잠옷 바지를 벗어서 가방 깊숙이 쑤셔 넣을 때쯤에는 얼굴이 타오르는 듯했다. 집에 가자마자 이 바지를 불태우고 말겠다고 다짐했다.

"고마워요."

제이슨에게 엉거주춤 인사한 다음 그 자리에 서서 웃고 있는 그를 뒤로하고 연습생 숙소로 질주했다.

"천만에. 늑대 소녀!"

제이슨이 내 등에 대고 소리쳤다.

'끝내주는군. 별명이 하나 더 생겼네. 마침 필요한 참이었는데.'

나 자신을 포함해 제이슨, 찰리 브라운을 비롯한 모든 캐릭터들까지 전부 욕하면서 연습생 숙소 현관문을 활짝 열었다. 숙소는 연습생과 연예인들로 북적거렸고, 빈 소주병과 음료수 캔이 널려 있었다. 시끄러운 음악 소리 때문에 벽이 쿵쿵 울리는 것 같았다. 삼성전자에서 출시한 최신형 텔레비전에서는 최신 케이 팝 뮤직비디오가 흘러나오고 있었다. 제이슨도 연습생 숙소로 오고 있다는 사실이 떠올랐다. 이건 연습 모임이 아니라 파티였다.

한 무리의 남자들이 나를 향해 손을 흔들며 큰 소리로 인사했다. 얼굴이 눈에 익기는 했는데, 충격이 가시지 않아 누구인지 제대로 파악할 수가 없었다. 우선 천천히 그들에게 손을 흔들었다.

"어이, 제이슨!"

그중 한 명이 내 뒤를 바라보며 소리쳤다.

내 뒤쪽으로 제이슨이 들어왔고, 나는 즉시 손을 내렸다. 제이슨과 그의 친구는 한쪽 손을 맞잡으며 끌어당기고 다른 쪽 손으로 서로의 등을 두드리는, 남자들끼리 하는 인사를 나눴다. 정말로 당장 이 상황을 빠져나가야 했다.

제이슨 친구는 나를 위아래로 훑어보며 물었다.

"이 예쁜 여자 친구는 누구야?"

그 순간 알아챘다. 그가 단순히 제이슨의 친구가 아니라 넥스트 보이즈의 리드 댄서이자 세계적인 슈퍼스타 민준이라는 사실을 말이다.

"이쪽은…."

제이슨이 멈칫하며 나를 힐끗 봤다.

"레이첼이에요."

내가 대답했다.

다행히 목소리는 정상적으로 나왔다. 충격으로 모든 신체 부위가 작동을 멈춘 건 아니었다.

"DB 엔터테인먼트 시니어 연습생이에요."

"미국인이네."

나를 관찰하는 민준의 눈은 반짝였다. 왠지 그가 모욕적인 말을 할 것 같아 뒷걸음질했다.

"환영해, 레이첼. 나는 민준이야."

레아의 머리맡에 테이프로 붙여져 있는 포스터, 그러니까 매일 밤마다 레아가 키스하는 포스터 속 그 민준이 아닌 것 같았다.

"한잔하자."

당황스러운 마음으로 현관문을 바라봤다. 본능적으로 이곳을 떠나야 함을 알았다. 나는 연습을 하려고 했지, 파티를 하려던 게 아니었다.

그때 제이슨이 내 팔꿈치 뒤에 손을 얹었다.

"맞아. 레이첼, 같이 놀자. 물론 파자마 파티에 가야 하는 게 아니라면."

그가 장난스럽게 눈썹을 씰룩였고, 그런 그에게 눈을 흘겼다. 그리고 몸을 꼿꼿이 세우고 땋은 머리를 어깨 뒤로 넘겼다. 그래도 연습생 숙소까지 왔는데, 미나에게 얼굴은 보여주고 가야 했다. 무엇보다 레아에게 가져다줄 사인 없이 빈손으로 갈 수 없었다.

"한잔하는 거 좋죠."

파티 분위기는 한창 무르익고 있었다. 바처럼 생긴 곳으로 걸어가는 내내 발에 맥주 캔이 차였다. 바 옆에 있는 널찍한 거실에서 맥주잔에 자몽 맛 소주를 마구 따르고서는 남김없이 마시는 사람들도 있었다.

누군가가 나에게 잔을 건네줬다. 잔 가장자리에 입을 대고 술을 가볍게 홀짝이기만 했다. 나는 중심을 잃고 민망함을 자초하게 되는 일 자체를 꺼려 한다. 아까 전 일어난 사고처럼, 술을 마시지 않고도 그런 일을 잘하기 때문이다.

"레이첼!"

거실 건너편에서 나를 부르는 목소리가 들렸다. 바짝 긴장했다. 역겨울 만큼 가식적인 저 목소리는 어디에서나 알아들을 수 있었다. 미나가 나타난 것이다. 파티를 위해 완벽하게 치장한 미나는 한껏 멋을 낸 머리에, 아찔할 만큼 굽이 높고 반짝이는 스택트 힐을 신고 있었다. 미나는 미니스커트와 크롭 톱 옷매를 매만졌다. 미나 뒤에 선 은지와 리지는 핏이 완벽한 스키니 진을 입은 채 머리에 티아라를 쓰고 있었다.

"네가 연습 모임에 오다니 정말이지 너무 기쁘다."

미나가 은지와 리지에게 곁눈질하며 말했다.

두 사람은 웃음을 참으려고 손으로 입을 막았다.

나도 지지 않고 맞받아쳤다.

"나도 기뻐. 초대해줘서 정말 정말 고마워."

"레이첼, 옷이 깜찍하다."

내 옷을 훑어본 은지가 입에 껌을 구겨 넣으며 말했다.

"여동생한테 빌려 입었어?"

"머리도 예쁘네."

리지도 거들었다. 리지는 손을 뻗어 땋은 내 머리 한 가닥을 어깨 뒤로 툭 튕겼다.

"초등학생 때가 생각이 나네."

"레이첼, 그런데 너 좀 불편해 보여."

미나가 얼굴을 구기며 걱정스러운 표정을 꾸며냈다.

"노 대표님이 보살펴주지 않으면, 겉도는 기분이 드는 건 아니지? 아무리 레이첼 공주님이라도 파티에서 노는 법쯤은 당연히 알겠지?"

미나는 잔을 들어 술을 한 모금 마신 뒤 나를 차갑게 응시했다.

반격하고 싶었다. 미나에게 더러운 거짓말쟁이라고 욕하고 싶었다. 도대체 이 상황이 어딜 봐서 야간 연습 모임이냐고 따져 묻고도 싶었다. 하지만 반짝 나타났던 용기가 모두 사라져버렸다. 소맥을 한 모금 더 들이켰고, 독한 맛에 움찔한 나는 잔을 꽉 움켜쥐었다.

그때 갑자기 뒤에서 제이슨이 나타났다. 그는 나와 미나 무리를 번갈아 보더니 씩 미소 지었다.

"제이슨 오빠!"

미나가 앵앵거렸다.

"오빠가 온 줄 몰랐어요! 저 보러 온 거예요?"

미나가 가볍게 술을 마시며 물었다.

"사실 레이첼을 찾고 있었어."

"뭐… 뭐라고요?"

미나가 말을 더듬었다.

"그런데… 오빠가 레이첼을 어떻게 알아요?"

제이슨이 지금 여기에서 스누피 잠옷 이야기를 꺼내면, 내 두 손으로 그를 살려두지 않을 작정이었다.

"아, 우리 사이에 인연이 좀 있지. 나, 레이첼, 그리고 우드스탁."

미나가 무슨 말을 하려는 듯 입을 떼는 순간, 제이슨은 내 어깨에 손을 올리고 내 몸을 돌렸다. 그는 그 상태 그대로 나를 파티 인파 속으로 끌고 갔다.

"알려줄 게 있어요. 제 바지에 그려진 캐릭터는 우드스탁이 아니라 스누피예요. 우드스탁은 좀 어리숙한 작은 새고, 스누피는 의리 있는 파일럿 개라고요."

내가 웃으며 말했다.

우리는 거실 구석에 놓인 소파에 앉았다. 제이슨은 진지하게 내 말을 듣는 체하며 고개를 끄덕였다. 그리고 팔로 내 어깨를 감싸고 자신과 가까워지도록 끌어당겼다.

"맞아. 스누피 잠옷이 훨씬 낫지. 이해해줄래? 그저 그 자리를 빨리 벗어나고 싶어서 그랬어."

"무슨 소리예요?"

"음, 여자 세 명이 너를 둘러싸고 네 얼굴을 뜯어버리고 싶다는 듯이 쳐다보고 있었잖아."

피부에 와 닿는 그의 숨결이 따뜻했다.

"자리를 이동하는 게 좋은 생각이라고 판단했지."

아까 마신 소주가 슬슬 몸을 뜨겁게 만들고 있었다.

나는 미소를 지으며 대답했다.

"음, 이런 말이 있어요."

"무슨 말? 늑대 소녀."

"사람들이 당신을 쳐다볼수록, 당신은 더욱 쳐다볼 가치가 있는 사람이 된다."

피식 웃다가 작은 트림이 새어 나왔다. 놀란 나는 손으로 입을 틀어막았고, 제이슨은 웃겨 죽겠다는 듯 내 모습을 쳐다봤다. 제이슨은 나를 좀 더 끌어당겼다. 내 두 다리가 그의 다리 위에 포개져 있는 것처럼 보여질 정도로 가까워졌다. 머리가 핑핑 돌았다.

'이거 진짜야? 지금 제이슨하고 시시덕거리면 정말 안 되는데. 최수지처럼 연습생 인생을 끝내겠다고 자처하는 셈이잖아. 그렇다고 해서 최수지가 남자 친구를 사귀고 있었던 것은 아니지만. 아 참, 제이슨이 내 남자 친구인 것은 더욱 아니고. 이럴 수가. 나 지금 무슨 생각하는 거야? 이제 와서 레아에게 줄 사인을 해달라고 부탁할 수도 없어…'

취기로 인한 독백을 멈추기 위해 눈을 감았다.

그때 민준이 등장하더니 내 옆자리에 앉았다. 구릿빛 머리카락이 그의 눈을 덮었다.

"지루해."

그가 입을 뿌루퉁하게 내밀었다.

"그리고 배고파."

제이슨은 앉아 있는 자세를 바꾸며 나를 감싸고 있던 팔을 풀었다. 나도 모르게 몸이 떨렸고, 스웨터를 어깨 위로 끌어 올렸다.

"그럼 부엌에 가서 셰프들이 저녁 메뉴로 무엇을 준비해뒀는지 확인해봐."

제이슨이 민준에게 완곡하게 말했다.

"먹을 음식이라고는 케일 시금치 스무디밖에 없어. 그 사람들이 연습생 시절에 우릴 얼마나 굶겼는지 기억하잖아!"

민준이 코를 킁킁댔다.

"그런데 치킨 냄새가 나는 것 같지 않아?"

침을 꼴딱 삼켰다. 집을 나서기 전에 엄마가 플라스틱 용기에 치킨을 담아 준 것이 떠올랐다. 머뭇거리다가 가방에 손을 뻗었다.

민망했지만 민준에게 말을 건넸다.

"어… 이 치킨 말이에요?"

"앗싸!"

민준이 소리치더니 내 손에서 용기를 낚아채 뚜껑을 열었다.

"둘둘치킨이다. 내가 제일 좋아하는 치킨인데! 제이슨, 레이첼 정말 괜찮네."

제이슨이 웃음을 터뜨렸다. 민준은 치킨을 한 번에 두 조각씩 먹어 치웠다.

거실 건너편에서 매서운 눈빛으로 우리 셋을 지켜보는 미나의 시선이 느껴졌다. 미나는 가방에서 휴대폰을 꺼내 무언가를 확인하고는 얼굴을 찌푸렸다. 리지와 은지에게 휴대폰 화면을 보여주자, 두 사람 역시 얼굴을 찌푸리고 미나를 봤다. 휴대폰을 다시 가방에 집어넣고 벌떡 일어난 미나는 표정을 싹 바꾸더니 완벽한 미소를 지었다.

미나는 가볍게 박수를 치고 폴짝폴짝 뛰며 말했다.

"파티 피플, 주목! 여자들의 친목 도모 시간이 왔어요. 단, 연습생끼리만 할 거예요! 다시 말하면… 연습생이 아닌 사람들은 다나가주세요. 물론 남자라면 두 번 나가야겠죠? 제이슨, 당신도 나가야 해요. 레이첼 공주님에게서 떨어질 수 있다면 말이에요."

미나가 얄밉게 웃었다.

민준은 기름기가 묻은 손가락을 청바지에 닦더니 제이슨의 손을 잡고 그를 일으켜 세웠다.

"제이 스타, 이제 가자. 이태원에 새로 생긴 클럽에 가자."

제이슨이 몸을 숙이고 내 귀에 속삭였다.

"행운을 빌어."

다시 온몸에 전율이 흘렀다.

제이슨은 소파를 훌쩍 뛰어넘어 자신의 친구들 무리에 합류했고, 그들은 〈Fake Crush〉 후렴구를 함께 부르며 사라졌다.

아차, 레아에게 줄 사인을 받아야 했다. 벌떡 일어서서 그를 쫓아가려고 했지만, 소주를 마시며 제이슨과 시시덕거리는 시간을 보낸 탓에 머리가 핑핑 돌았고 다시 그 자리에 주저앉고 말았다.

미나가 샴페인을 가득 따른 술잔 두 개를 들고 내 옆에 앉았다. 주변에 있던 여자아이들도 잔에 샴페인을 채웠고, 거품이 보글보글 흘러넘쳐 손으로 똑똑 떨어지자 소리를 지르기도 했다.

"건배."

미나가 잔을 건네며 말했다. 내가 잔을 곧장 받지 않자 미나는 한숨을 쉬었다.

"레이첼, 제발. 긴장 좀 풀어라. 응? 그냥 다 같이 재미있게 놀자는 거야."

재미, 그래. 인정해야 했다. 오늘 밤은 나의 예상과 전혀 다르게 흘러갔지만, 재미있었다. 손에 들고 있던 맥주잔을 내려놓은 뒤 샴페인 잔을 받았다.

미나가 씩 웃으며 자기 잔을 들어 올리더니 다른 여자아이들을 향해 몸을 돌렸다.

"DB 가족을 위해! 그리고 한국에서 가장 빛나는 차세대 스타가 될 우리를 위해!"

다들 건배를 외치며 팔짱을 끼고 잔을 부딪치고는 샴페인을 단숨에 들이켰다. 나는 천천히 마셨는데도 샴페인이 생각보다 훨씬 독해 목구멍이 타는 것 같은 기분이었다. 기침이 나올 뻔했지만, 미나에게 캑캑대는 모습을 보여주고 싶지 않았다. 잔 밑바닥을 위로 치켜들어 억지로 잔을 비웠다.

여자아이들이 재잘재잘 떠들면서 샴페인을 마시는 동안 소파 깊숙이 몸을 파묻었다. 연습생 숙소를 둘러보자, 아카리가 생각났다. 아카리에게 메시지를 보내려고 휴대폰을 찾았지만 손가락이 둔해진 탓에 제대로 움직일 수 없었다. 가방끈과 괜한 씨름을 하다가 결국 포기했다. 아카리에게는 내일 이야기해주기로 했다.

샴페인 잔 때문에 손이 차가워졌다. 손을 얼굴에 대고 얼굴이 시원해지는 느낌을 음미했다. 술을 너무 많이 마셨다. 아니, 너무 빨리 마셨다. 모든 게 빙글빙글 돌고 있었다. 은지의 시끄러운 목소리가 귓가에 쟁쟁거렸고 음악이 슬로 모션으로 들리기 시작했다. 여전히 내 옆에 앉아 있는 미나를 쳐다봤다. 미나가 둘로 보이더니, 모든 물체가 둘로 보였다. 이 악몽에서 깨어나려고 눈을 깜빡였다. 그럼에도 내 몸은 자꾸만 소파 깊숙이 가라앉았고 정신이 점점 몽롱해졌다.

미나의 흐릿한 얼굴이 가까이 다가왔다.

"효과가 있어. 이제 얘는 절대로 안 뽑힐 거야."

뽑히다니? 무슨 소리일까?

"레이첼에게 현실을 좀 알려주자. 공주님, 신선한 공기를 좀 마시는 게 좋을 것 같은데?"

미나의 목소리가 나를 천천히 휘감았지만 반응할 기운이 없었다.

나를 둘러싸고 선 은지와 리지가 술을 마시며 웃었다.

"작고 예쁜 레이첼 공주님. 이번에는 노 대표님도 너를 구해주지 못할 거야."

리지가 고소해하며 웃었다.

그들의 대화를 다 듣고 있었지만, 몸이 수영장 밑바닥에 가라앉은 것처럼 말을 듣지 않았다. 그때 누군가 무슨 말을 했고 나는 걷잡을 수 없을 정도로 웃기 시작했다. 하지만 나 자신도 웃는 이유를 몰랐다.

"공주님, 이리 와. 같이 춤추자."

은지가 나를 끌어당기며 일으켜 세웠고, 나는 계속 웃어댔다. 아니면 은지가 웃고 있었나? 아니면 우리 둘 다 웃었나? 잘 모르겠다. 천근만근 무거워진 속눈썹 사이로, 그리 멀지 않은 곳에서 어슬렁거리는 미나가 보였다. 분명 춤을 추는 모습은 아니었다. 미나는 휴대폰을 내 쪽을 향해 돌리고 비열한 미소를 짓고 있었다. 은지가 나를 빙그르르 돌리자 방도 함께 빙그르르 돌더니, 방 안은 어느새 반짝이는 조명과 웃는 얼굴이 뒤섞인 물결로 변했다.

4

눈을 뜨자 제일 먼저 머리가 깨질 것 같은 두통이 찾아왔고, 그 다음에는 말라붙은 오이의 강렬한 향기가 코를 찔렀다. 메스꺼운 느낌이 들어 허겁지겁 양손으로 얼굴을 만졌다. 얼굴에 얇은 오이 조각들이 덮여 있었다. 공포에 질린 나는 오이를 떼어 바닥으로 던지면서 코로 숨을 쉬지 않으려고 애썼다. 구역질이 났지만 구토를 억누르려고 안간힘을 썼다. 지난밤에 도대체 무슨 일이 있었던 걸까?

자세를 고쳐 앉자 머리가 어지러웠다. 눈을 질끈 감고 크게 세 번 호흡한 다음, 겨우 눈을 뜨고 주변을 살펴봤다. 나는 빈 컵과 술병이 널브러진 거실 소파 위에 있었다. 천천히 기억이 돌아왔다. 이곳은 연습생 숙소이고, 야간 연습 모임은 알고 보니 파티였으며,

제이슨이 잠옷 입은 내 모습을 봤다…. 제이슨이 기억나 움찔했지만 다시 기억을 차근차근 더듬었다. 우리는 함께 연습생 숙소로 걸어왔다. 그다음에는… 무슨 일이 있었을까? 다른 사람들은 다 어디에 갔을까? 머리가 깨질 듯 아픈 와중에 시간을 확인하려고 가방 속을 뒤적이며 휴대폰을 찾았다.

갑자기 눈이 번쩍 뜨였다.

'제길, 제길, 제길!'

벌써 오전 열한 시, 그러니까 일요일 열한 시였다. 벌떡 일어나서 휘청휘청 복도를 따라 걸으며, 화장실을 찾기 위해 눈에 보이는 문들을 열어젖혔다.

연습일에 늦잠을 잤다는 사실이 믿어지지 않았다. 나에게 절대 일어날 수 없는 일이었다. 게다가 낯선 집에서 비참하게 길까지 잃어버렸다. 마음 한구석에서 엄마를 탓하고 있었다. 엄마가 애초에 연습생 숙소에 가는 걸 허락했었다면, 숙소 구조를 더 잘 알았을 것이다. 하지만 엄마 탓이 아니었다. 사실 내 탓이었다. 단 하루 만에 나를 믿지 않은 엄마가 옳았고, 나를 믿어준 모든 사람들이 틀렸다는 사실이 증명됐다.

'맙소사, 레이첼. 어째서 그렇게 미련하게 잘 속는 거야.'

계속 문들을 열어젖혔지만 침실들과 어질러진 이불장밖에 발견하지 못했다. 이불장 안엔 모양새와 냄새로 보아 구토로 추정되는 이물질이 말라붙어 있었다. 문을 쾅 닫았고, 다시 치밀어 오르는 메스꺼움을 억눌렀다. 화장실은 왜 가장 필요할 때 안 보이는 걸까? 다섯 번째로 연 문은 청소 도구함이었다. 짜증이 솟구쳤지만 부엌 싱크대에서 세수를 하는 선택지밖에 없었다. 종이 타월을 한 움큼 뽑아 얼굴의 물기를 닦고, 휴대폰 카메라를 거울로 삼아 최대한 봐줄 만한 상태가 되도록 준비했다. 급하게 그린 아이라이너가 조잡하게 보였지만 당장은 이 정도로 만족해야 했다. 옷도 지저분했다. 레깅스에는 샴페인 얼룩이 남아 있었고 스웨터에는 오이 팩 찌꺼기가 묻어 있었다. 다시 나오는 구역질을 겨우 참았다. 이를 꽉 물고 가지고 있는 유일한 여분의 옷을 집어 들었다. 이제 제이슨뿐만 아니라 다른 사람들도 내 스누피 잠옷을 구경할 수 있게 됐다.

밖으로 나가면서 부스스해진 땋은 머리를 풀어 헤쳤다. 비록 몸에서 오이 되비 같은 냄새가 나더라도, 헤어스타일은 괜찮을지도 모른다는 한 줄기 희망을 품기도 했다. 물결치는 웨이브를 기대하며 휴대폰 카메라를 힐끗 봤다. 절반은 들러붙어 있고 또 다른 절반은 감전을 당한 아인슈타인처럼 산발한 머리가 보였다. 엉망진창이지만 아무것도 수습할 여유가 없었다. 이미 너무 늦은 시간이었다. 거리를 질주하며 삐죽삐죽한 포니테일 스타일로 머리를 올려 묶었다. 발을 내디딜 때마다 속에서 메스꺼움이 느껴졌지만 DB 엔터테인먼트에 가야 했다.

마침내 강당에 도착해 문을 열었을 때는 숨이 턱까지 차 있었고 스누피 잠옷은 땀에 절어 있었다. 무대 위에 노 대표가 올라서서, 관객석 첫째 줄에 앉아 있는 DB 엔터테인먼트 이사진을 소개하고 있었다. 공포가 엄습해왔다. 이사진이 그 자리에 앉아 있다는 것은 월말 평가를 받는 날이라는 의미였다.

유진 언니, 수석 댄스 트레이너, 수석 보컬 트레이너, 수석 영양사, 그리고 수석 마케팅 및 홍보 담당자인 배 실장까지 모든 수석 트레이너들이 무대 위에 서 있었다. 모두가 한자리에 모여 연습생들의 실력이 얼마나 늘었는지 확인하고, 연습생 프로그램에 남길지 말지를 결정하는 것은 물론 시간과 돈을 더 투자할 가치가 있는지 없는지 판단하는 날이었다. 지각을 해서는 절대 안 되는 날, 오이 쓰레기차에 치인 사람처럼 등장해서는 절대 안 되는 날이었다.

심장이 터져버릴 것 같았다. 눈물이 차올라 눈시울이 뜨거워지는 게 느껴졌지만 모든 감정을 옆으로 밀어내야 했다.

'약한 모습 보이지 마. 여기서 살아남으려면, 강해져야 해.'

"지난 한 달 동안 여러분 실력이 얼마나 향상됐을지 모두가 기대하고 있습니다."

노 대표가 말했다.

번들거리는 프라다 슈트에서 반사된 빛 때문에 눈물이 났다.

"저와 이사진은 여러분이 무척 열심히 연습하고 있다는 사실을 알고 있습니다. 그래서….'

매의 눈으로 나를 발견한 노 대표가 말을 멈췄다. 헝클어진 머리와 우스꽝스러운 잠옷을 입고 있는 모습을 보고 충격을 받은 듯했다. 강당에 있던 사람들의 시선이 일제히 나에게 쏠렸다. 여기저기에서 웅성대는 소리가 들리기 시작했다. 그 거슬리는 소리가 계속 귓전을 때렸고 내 머리가 곧 터질 것 같았다.

"그래서 어… 꼭 최선을 다해주시길 바랍니다."

노 대표는 다시 침착하게 말을 이어나갔다. 그는 나를 향해 눈썹을 곤두세웠다.

"혼신의 힘을 다하세요."

할 수 있는 일이라고는 너무 창피해서 그대로 증발해버리고 싶은 마음을 감추는 것뿐이었다.

애써 고개를 빳빳이 들고 아카리에게 향했다. 아카리는 입을 쩍 벌리고 나를 쳐다봤다. 아카리의 완벽한 메이크업, 탱글탱글한 포니테일 헤어스타일, 몇 달 전에 편집 숍 에이랜드에 함께 가서 산 꽃무늬 크롭 톱 스웨트 셔츠를 보자, 부러움이 파도처럼 밀려왔다. 아카리에게서는 그야말로 빛이 났다. 오늘을 위해 철저히 준비한 모습이었다. 나도 제대로 갖춰진 모습으로 등장했어야만 했다. 사람들이 나에게 기대하는 모습이 바로 그런 것이었다.

"무슨 일이야?"

옆자리에 앉자 아카리가 속삭였다.

"말하자면 길어. 그런데 나도 정확히 무슨 일인지 잘…."

무대 위에서 나를 뚫어져라 응시하는 노 대표의 시선이 느껴져 말끝을 흐렸다. 그의 얼굴에는 무서운 미소가 드러나 있었다.

"앞서 말한 것처럼 오늘은 단순한 월말 평가가 아닙니다."

손으로 입을 막고 킥킥대는 미나와 다른 여자 연습생들이 보였다. 내 시선이 그녀들을 향하고 있다는 사실을 눈치챈 미나가 손가

락을 꼼지락댔다. 그리고는 샴페인 잔을 들어 건배하는 시늉을 하
며 입 모양으로 '건배'라고 말했다. 갑자기 지난밤의 기억이 물밀
듯이 몰려왔다. 샴페인, 미나의 얼굴, 모든 게 둘로 보였던 장면, 효
과가 있다고 외치던 미나의 들뜬 목소리….

"황금 같은 기회입니다. 한국의 어린 연습생들이 마다하지 않을
기회죠. 오늘 여러분 중 한 명이…."

다시 구역질이 일었고 배를 움켜잡았다. 고꾸라질 것만 같았다.
어제 과음을 한 것도 아니고 자제력을 잃을 행동을 하지도 않았다.
운이 지독하게 나빠서 생긴 사고도 아니었다. 이 모든 일은 미나
때문이었다. 미나가 한 짓이었다. 샴페인 잔을 건넨 사람도, 자기
친구들이 지켜보는 가운데 술을 마시라고 나를 부추긴 사람도 미
나였다. 미나가 내 술에 약을 탄 것이 분명했다. 충격에 사로잡혔
다. 온몸이 굳었고 완전한 무력감에 휩싸였다. 부당한 짓을 당한
나는 분노가 치밀었다. 이를 너무 세게 악무는 바람에 이가 부서질
것 같았다. 폭발 직전의 상태였다. 옆에 서서 웃음 짓던 미나의 이
미지가 머릿속에서 반복됐다.

'이제 애는 절대로 안 뽑힐 거야.'

"여기에 뽑힌다면, DB 엔터테인먼트의 슈퍼스타 제이슨 리의
새로운 싱글 앨범에 피처링을 맡게 될 것입니다."

사람들의 탄성이 강당에 울려 퍼졌고, 내 위는 경련을 일으켰다.
아카리가 놀란 얼굴로 나를 쳐다봤다.

"믿어져?"

아카리가 흥분한 목소리로 물었지만 나는 어젯밤 일과 미나 생

각만 되새기고 있었다.

"나 못 있겠어."

"레이첼!"

아카리가 내 옆구리를 찔렀다.

"집중해! 노 대표님이 방금 한 말 듣긴 했어?"

영혼 없는 눈빛으로 아카리를 응시했다. 머릿속과 배 속에서 샴
페인, 분노, 말라붙은 오이가 함께 소용돌이치고 있었다.

"레이첼, 집중해야 해. 이사진과 노 대표님이 제이슨과 듀엣 곡
을 부를 여자 연습생을 뽑는대. 단지 연습곡이 아니라, 진짜 노래
야. 오늘 월말 평가는 오디션이야. 바로 이거야! 네가 뽑힐 수도 있
다고!"

아카리의 마지막 말 한 마디가 마음속에 꽂혔다. 내가 뽑힐 수
도 있다…. 오늘 진행되는 월말 평가는 그동안 해왔던 평범한 월말
평가와 달랐다. 제이슨과 함께 노래를 부를 사람을 선발하는 것이
었다. DB 엔터테인먼트의 최고 스타와 함께 노래를 부를 수 있는
기회가 나의 것이 될 수도 있다는 의미였다.

'이제 얘는 절대로 안 뽑힐 거야.'

내 입에서 헉 소리가 절로 튀어나왔다. 미나는 오늘이 무슨 날
인지 다 알고 있었던 것이다. 미리 알고서는 나를 함정에 빠뜨린
게 분명하다.

아카리가 다시 나를 세게 쿡쿡 찔렀다.

"왜?"

놀란 내가 소리를 쳤다.

그제야 노 대표가 댄스 오디션을 치를 첫 번째 그룹을 호명했다는 걸 알아차렸다. 호명된 다른 연습생들은 이미 무대 위로 올라가고 있었다. 나는 정신을 차려야 했다. 앞으로 한 발씩 걸어 나가야 했다. 떨고 있다는 사실을 애써 숨기며 앞으로 걸어 나간 다음 무대 뒤쪽에 줄을 맞춰 섰다. 이사진은 아이패드를 들고 관객석 첫째 줄에 앉아 있었다. (몇 년 전부터는 연습생들의 실력을 기록할 때, 디지털 기기만을 사용했다.) 이사진은 엄숙한 표정으로 연습생을 한 명씩 호명하며 퍼포먼스를 시켰다.

미나가 옆에 서서 나를 위아래로 훑어보더니, 안타깝다는 듯 얼굴을 찌푸렸다.

"레이첼, 험난한 밤이었지? 네 꼴이 엉망이다. 그래도 잠옷은 귀엽네."

미나를 바닥에 때려눕히고 인조 속눈썹을 잡아 뜯는 내 모습을 상상했다. 하지만 그 순간 노 대표가 내 이름을 불렀고, 나는 무대 중앙으로 향했다. 스포트라이트가 나를 비췄다. 어설프게 화장을 한 얼룩덜룩한 얼굴이 강렬한 조명 아래에서 어떻게 보일지 겨우 짐작만 할 뿐이었다. 불안한 마음을 떨치고 트레이닝을 받은 대로 얼굴에 미소를 장착했다. 이사진에게 허리를 푹 숙여 인사한 다음 똑바로 섰다. 고개를 들고, 다리를 안으로 살짝 모으고, 배를 집어넣고, 어깨를 폈다. 그리고 마치 온 세상 사람들이 나의 가장 친한 친구라는 듯이 활짝 웃어 보였다. 몇몇 이사진은 같이 웃어줬지만, 대부분은 내 잠옷과 헝클어진 머리를 보고 혼란스러워했다.

'몰골이 아니라 춤만 보이게 만들자.'

속으로 계속 되뇌었지만 생각처럼 쉽지 않은 일이었다. 어제 있었던 미디어 트레이닝 수업을 떠올리며, 그나마 오늘은 내 모습을 촬영하는 카메라가 없으니 한결 나은 상황이라며 나 자신을 위로했다.

레아가 가장 좋아하는 일렉트릭 플라워의 노래가 흘러나왔고, 내 몸은 즉각 반응했다. 수천 번이나 연습했던 춤이었기에 몸이 춤 동작을 기억하고 있었다. 하지만 아직도 머리가 지끈거리는 탓에 움직임이 엉성했다. 계속 박자를 놓쳤고, 오른발을 디뎌야 할 때 왼발을 디디는 실수도 했다. 가슴속에 짜증이 차곡차곡 쌓였고 이 감정은 나를 더욱 짓눌렀다. 생각을 비우려고 할수록 상황만 악화될 뿐이었다. 내 바람대로 춤을 절도 있게 추지 못했고, 발을 높이 차지도 못했다. 마지막으로 스텝이 꼬였을 때는 숨이 턱까지 찼고 이마에 땀이 송골송골 맺혔다. 땀을 닦아내고 싶은 유혹을 뿌리쳤다.

'괜히 부족함을 부각시키는 행동은 하지 말자.'

케이 팝에서 춤은 관객들을 노래 속으로 끌어들이는 역할을 한다. 하지만 어색하게 웃는 표정과 당장이라도 소리를 지르며 강당을 뛰쳐나갈 듯한 표정을 보이는 이사진의 반응으로 판단하건대, 나는 춤을 엉망으로 추고 있었다.

"아유, 별로 안 예뻤어."

대열로 돌아가자 미나가 속삭였다.

미나가 내 쪽으로 몸을 기울이고 시끄럽게 킁킁대며 내 입 냄새를 맡더니 탄식을 내뱉었다.

"설마 너 지금 숙취가 남아 있는 거야? 중요한 날을 앞두고 파티를 즐기면 안 되지. 그게 어렵다면, 최소한 이라도 닦고 오던지."

미나를 쳐다보지 않았지만 속이 부글부글 끓었다. 절대로 그녀와 똑같은 저질스러운 인간이 되지 않을 것이다. 미나의 말에 미동도 하지 않았다. 내가 무대에서 악을 쓰지 않도록 지탱해준 유일한 버팀목은 미나의 머리를 잡아 뜯는 상상이었다. 머리카락을 전부 뽑을 필요도 없이 앞쪽만 넉넉하게 한 움큼 뽑아, 미나가 몇 주 동안 변발 스타일로 다니면 좋을 텐데….

여자 연습생들이 한 명씩 무대 위로 올라가 춤을 췄다. 아카리의 춤사위는 늘 그렇듯 우아했다. 그리고 너무나 인정하기 싫지만 미나가 연습생 중에 최고였다. 미나는 음악에 맞춰 박력 있게 춤을 추며 무대를 휩쓸고 다녔다. 완벽했다. 몇몇 연습생들은 조금 실수를 하기도 했지만, 나처럼 퍼포먼스를 망친 사람은 없었다. 나는 그동안 남들보다 뒤처지던 사람이 아니었다. 최악이 되는 건 나에게 사치였지만, 오늘의 최악의 무대는 내 차지였다.

미나를 비롯한 다른 연습생들과 달리, 나는 카메라 앞에서 생기 있고, 반짝이며, 사랑스러운 모습을 선보이지 못한다.

처음 DB 엔터테인먼트에 들어왔을 때만 해도, 무척 신이 났었다. 연습생 프로그램에는 나와 같은 마음으로 케이 팝과 한국을 좋아하는 아이들로 가득했다. 아니, 그렇다고 착각했었다. 나를 레이첼 공주라고 놀리고 미묘한 뉘앙스로 내가 미국에서 자랐다는 사실을 들먹이며 거리를 두는 아이들 때문에, 뉴욕에서 살던 때만큼이나 겉돌고 있는 느낌을 받았다. 나를 두고 이러쿵저러쿵 떠드는 말이 늘 머릿속에 맴돌았다.

미나와 그녀의 친구들은 원래부터 카메라 앞이 자기 자리라는 듯 활개를 쳤지만, 나는 카메라 앞에 서면 윙윙대는 소리만 들렸다. 트레이닝을 받은 지 수년이 지났지만 여전히 카메라는 방해물처럼 느껴졌다. 카메라를 응시하면 어디에선가 나를 쳐다보며 "쟤는 저기 있을 사람이 아니야." 하고 생각할 사람들이 떠올랐다. 그래서 실력을 더욱 완벽하게 갈고닦는 데 집중하기로 마음먹었다. 스텝이 꼬이거나 음 이탈이 나는 실수를 스스로 용납하지 않았다. 완벽하지는 않더라도 재능이 있었던 덕분에, 몇 년에 걸친 연습생 생활 동안 단단한 입지를 다질 수 있었다.

그런데 이 모든 것이 와장창 무너지려고 했다. 나는 여기까지인 걸까? 연습생 프로그램에서 방출되는 걸까? 스스로에게 진정해야 한다고, 과거 퍼포먼스도 어느 정도 참작해 평가받을 것이라고 말했지만, 사실 자신이 없었다. 쌍꺼풀 수술을 거절했다는 이유로 잘린 여자 연습생도 있었고, 인스타그램에 사진 한 장을 올렸다는 이유로 연습생들이 무더기로 방출된 적도 있었다. 이사진은 원하는 건 무엇이든지, 언제든지 할 수 있었다. 그들은 인정사정없었다. 목이 메었고 울음을 간신히 삼켰다. 무대에서 울거나 그 감정을 내비치기라도 한다면 이사진의 화만 부추길 뿐이었다.

이사진이 다시 내 이름을 호명했다. 노래를 부를 차례였다. 내가 만회할 수 있는 순간이었다. 지금 당장 최고의 모습을 보여줘야 했다. 아니면, 그야말로 끝장이었다.

마이크를 건네받았고 노래의 반주가 흘렀다. 2000년대 초반에 발표된 느린 템포의 곡이었다. 심호흡을 하고 노래를 부르기 시작했는데, 첫 음부터 목소리가 갈라졌다. 억눌러왔던 감정이 터지면서 음정이 더 흔들렸다. 이사진의 표정을 제대로 읽기 어려웠지만, 표정 관리를 하기 위해 안간힘을 쓰는 한 명이 보였다.

'안 돼. 노래를 망칠 수 없어. 망치지 않을 거야.'

눈을 감고 노래를 이어갔다.

엄마와 함께 침대에서 케이 팝 뮤직비디오를 봤던 그날을 떠올렸다. 틈날 때마다 레아와 그랜드 센트럴 터미널에 있는 위스퍼링 갤러리에 가서 몇 시간씩 노래를 흥얼거렸던 추억과 신입 연습생 시절 수업을 끝마친 나를 데리러 온 유진 언니와 함께 언니가 제일 좋아하는 노래방에 가서 1990년대 초반에 발매됐던 간지러운 발라드를 불렀던 기억을 떠올렸다.

음악은 어린 시절부터 나에게 행복을 느끼게 해주는 존재였다. 케이 팝은 언제나 내 곁을 지켜줬으며 이 세상에서 내가 서 있어야 할 자리가 어디인지 알려줬고, 세상 사람들이 뭐라고 말해도 나 스스로를 자랑스럽게 여길 이유를 가르쳐줬다. 또 모든 순간을 기쁘게 만들었다. 그래서 케이 팝이 나의 일부처럼 느껴졌다.

곧 안정적으로 노래를 부를 수 있었고 파도에 올라탄 서퍼처럼 멜로디를 탔다. 그 순간 희열을 발견했다. 내가 이 일을 하려고 하는 이유였다. 머리가 깨질 것 같았지만 느껴지는 희열에 집중했다.

노래를 부르는 동안 얼굴에 미소가 절로 피어났다. 후렴구에 접어들었을 때, 내 목소리와 나란히 흐르는 아름다운 화음이 들렸다. 관객석에서 감탄이 터져 나왔다.

'무슨 일이지? 숙취 때문에 헛것이 들리나?'

내 목소리가 아니었다. 테너 음역대의 묵직한 남자 목소리였다. 고개를 돌리자, 무대 뒤에서 제이슨이 나타나 함께 노래를 부르고 있었다. 깜짝 놀랐지만 리듬이 깨지지는 않았다. 제이슨의 목소리는 강한 파도처럼 나를 노래 속으로 더욱 깊이 끌어당겼고 더욱 높이 들어 올렸다. 제이슨이 나의 잠옷을 보고 우리끼리만 아는 농담을 기억한다는 듯이 눈썹을 찡긋했다. 우리 둘의 목소리가 함께 어우러져 섞이는 동안 서로에게서 시선을 떼지 않았다. 제이슨은 무대 반대편에서 나에게 다가오고 있었다. 그의 목소리는 마이크 없이도 널리 울려 퍼졌고, 내 목소리를 완벽하게 채워줬다. 나도 그에게 다가갔다. 우리 사이의 공간이 목소리로 가득 메워졌다. 우리 목소리는 서로 어우러지며, 밤하늘에 번쩍이는 번개처럼 무대 위를 밝혔다. 관객석 전체가 숨죽여 무대를 지켜봤다.

불현듯 놀라운 생각이 들었다.

'우리는 함께 노래할 운명이야.'

겨우 손가락 하나가 들어갈 만큼의 공간만 남기고 서로에게 다가섰다. 우리 사이는 어젯밤 내가 그의 등 뒤로 넘겨졌을 때, 그가 소파에서 내 몸을 자기 쪽으로 당겼을 때만큼 가까워졌다. 제이슨이 내 쪽으로 몸을 기울이자 골든 브라운색의 눈동자가 보였다. 그의 짙은 눈동자는 나에게 고정돼 있었다. 내 손에 쥐고 있는 마이크가 그의 목소리까지 담아냈다. 말 그대로 나와 제이슨은 함께 노래를 부르고 있었다. 최고의 화음을 이루며, 완벽하고도 조화롭게 말이다. 음악이 서서히 끝나갈 즈음 제이슨이 내 허리에 팔을 둘렀고 후렴구 마지막 부분을 함께 불렀다.

노래가 끝나자 우리는 가쁜 숨을 내쉬며 서로를 향해 미소 지었다. 나를 감싸고 있는 그의 팔은 단단하고도 따뜻했다. 잠시 완벽한 정적이 흘렀다. 곧 관객석에서 박수와 환호가 터져 나왔다. 다른 연습생들과 주니어 트레이너들이 소리를 지르며 박수를 치고 있었다. 미나와 그녀의 친구들만 언짢은 표정으로 침묵했다. 어리둥절했지만 마법이 일어난 것 같았다. 심장이 쿵쾅거렸다. 내가 미소 짓자 제이슨도 나에게 미소로 화답했다. 어젯밤에 본 득의양양한 미소와는 달리, 따뜻한 미소였다. 이 미소는 내 숨을 멎게 했다. 지금 속이 얼마나 안 좋은 상태인지 거의 잊어버리게 만들 정도였다. 하지만 바로 그 순간, 느닷없이 위가 뒤틀렸다. 상황 파악을 할 겨를도 없이 제이슨의 새하얀 운동화에 토하고 말았다. 제이슨은 눈을 껌벅이며 조금 전까지 눈처럼 하얗던 나이키 운동화를 내려다봤다. 강당에 다시 정적이 찾아왔다. 누군가 웃음을 터뜨렸는데, 굳이 고개를 들지 않아도 누구의 웃음인지는 뻔했다. 수치심으로 양 뺨이 타는 듯했고, 또다시 속이 울렁거리기 시작하며 몸에 경련이 일었다. 당장 이곳을 벗어나야 했다. 무대 아래로 뛰어내린 나는 휘청거리며 강당을 빠져나와, 허겁지겁 복도를 질주해 근처 화장실로 달려갔다. 화장실 문을 열고 들어가는 순간 위산과 담즙이 쏟아져 나왔다. 다행히 이번에는 세계적인 케이 팝 스타의 운동화가 아니라 변기에 구토를 하게 됐다. 속이 텅 빌 때까지 토했다. 속에 있던 모든 것을 비웠다. 내 자존심마저 없어진 것 같았다.

신음 소리를 내며 화장실 바닥에 웅크리고 앉았고, 비참한 기분에 젖어 얼굴을 무릎에 묻었다. 바닥 타일이 얼마나 깨끗한지는 알 수 없었지만 아무래도 상관없었다. 방금 내가 저지른 일이 DB 엔터테인먼트 역사를 통틀어 무대에서 일어난 최악의 사건임이 확실했다. 다시는 이곳에 얼굴을 내밀 수 없을 것 같았다. 제이슨이여, 안녕. 케이 팝 스타가 되는 꿈이여, 안녕.

화상실 문이 열렸다. 화장실 칸 안에서 잔뜩 긴장한 채 몸을 더욱 웅크렸다. 세면대 앞에서 뒷담화를 하는 은지와 리지의 목소리가 들렸다. 튜브형 립글로스 뚜껑이 열리는 소리도 들렸다.

리지가 먼저 말을 꺼냈다.

"그래서 어떻게 될 것 같아?"

"이사진이 걔를 안 자르다니, 믿을 수가 없어."

이사진이 나를 방출시키지 않았다는 안도감에 긴장이 풀렸다.

"노 대표님이 오늘은 제이슨과 듀엣 곡 부를 사람을 뽑는 오디션이었으니까, 아무도 안 자른대."

풍선껌이 터지는 소리가 들렸다. 입술을 내밀고 있는 은지가 보이는 듯했다.

"카메라로 찍은 사람 없나? SNS에 올려야 하는데."

'누군가 설마 그 대재앙의 순간을 찍었을까?'

나는 은지가 무슨 말을 하는지 들으려고 고개를 쭉 뺐다.

"없을걸. 그런데 오늘 사건이 너무 강렬해서, 앞으로 몇 달간 다들 이 이야기만 할 거야. 날 믿어."

리지가 낄낄대더니 숨을 내쉬었다.

"맞아. 우리 티셔츠라도 만들어야 하나. '레이첼 공주님, 2020년 구토 대재앙 생존자'라고 새겨서 말이야."

'으악. 그런 일이 일어나서는 안 돼.'

"이사진이 제이슨하고 듀엣 곡을 부를 사람으로 미나를 뽑았을 때, 걔 표정을 봤어야 했는데."

'아니나 다를까 미나가 뽑혔구나.'

"어차피 곧 알게 될 텐데, 그때 걔 표정은 봐줄 만하겠다."

"그때 사진 찍자. 그럼 티셔츠에 넣을 수도 있잖아!"

"좋아. 이제 레이첼 공주 이야기는 이만하면 됐다. 노 대표님이 아까 나를 똑바로 바라봤어. 가을에 있을 DB 패밀리 투어 소식을…."

놀라서 고개를 들었는데 리지 목소리가 아득히 멀어져갔다. 머리를 갑자기 홱 드는 바람에 몸에 경련이 났다. 손으로 입을 틀어막았다. 칠 년 만의 패밀리 투어였다.

'신인 걸 그룹이 곧 데뷔하겠구나.'

갑자기 모든 퍼즐 조각이 맞춰지기 시작했다. 미나는 단지 본인이 듀엣 곡 파트너가 되길 원한 게 아니라, 나를 눈앞에서 아예 치워버리고 싶었던 것이다. 패밀리 투어에 대해 미리 알고 있었던 게 틀림없었다. 당연히 제이슨과 듀엣 곡을 하게 되는 사람이 데뷔 가능성이 제일 크다는 사실도 알고 있었을 것이다.

다시 화장실 문이 열리는 소리가 들렸다. 복도에서 흘러나오는 웃음소리, 시끄러운 말소리가 화장실 안을 가득 채웠다. 어떻게 다시 저 밖으로 나가야 할까? 리지 말이 맞았다. 온통 내가 저지른 일에 대해서 떠들어댈 것이 분명했다. 어젯밤 제이슨이 한 말이 머릿속에서 맴돌았다.

'사람들이 당신의 이야기를 할수록, 당신은 더욱 이야기할 가치가 있는 사람이 된다.'

천천히 일어나 화장실 거울 앞으로 갔다. 잠깐, 내 어깨에 묻은 게 토사물인가? 거울 속에 비친 창백하고 땀에 전 사람, 그러나 결의에 가득 치 있는 사람, 바로 나 자신을 응시했다. 지금 미나는 자기가 원했던 결과를 정확히 얻었다고 착각할 수도 있지만 원했던 결과를 전부 얻지는 못했다. 내가 아직 이곳에 남아 있었다. 그리고 내가 이야기할 가치가 있는 사람임을 반드시 증명해 보일 것이었다.

5

"레이첼, 정신 차리세요!"

형광색 테니스공이 머리 위로 날아왔고, 얼른 머리를 수그리고 라켓으로 얼굴을 가렸다. 휴. 아슬아슬했다. 라켓 위로 슬쩍 고개를 빼자 새로 온 테니스 코치가 팔짱을 끼고 있는 모습이 보였다.

서울 국제 학교의 체육 시간은 체육 선생님 대신 프로 운동선수를 강사로 초청해 수업이 진행된다. 아이스 스케이팅 수업에는 아담 리폰, 수영 수업에는 케이티 레데키, 체조 수업에는 시몬 바일스가 왔었다. 지금 나를 노려보고 있는 사람은 호주 오픈 테니스 대회에서 세레나 윌리엄스를 꺾은 선수이자, 미국의 스포츠 주간지 《스포츠 일러스트레이티드》와 패션 매거진 《보그》 최신호 표지를 장식한 열여섯 살의 캐나다 테니스 신동이다.

"라켓은 공을 치라고 있는 거예요. 캡틴 아메리카 코스프레를 하는 것처럼 방패로 쓰는 게 아니라고요."

"죄송합니다. 슬로트 코치님."

흰색 테니스 스커트와 모자 매무새를 가다듬었다.

학교에 가는 날이면 으레 DB 엔터테인먼트에서 트레이닝을 받는 주말까지 분 단위로 카운트다운을 했다. 심지어 휴대폰 카운트다운 앱으로 매주 금요일 오후 세 시 삼십 분에 알람을 설정해두기도 했다. 하지만 오늘 그 앱은 무음으로 전환한 상태이다. 모든 연습생을 비롯해 트레이너, 이사진 앞에서 제이슨에게 토한 기억이 끈질기게 되살아났고, 이를 잠시라도 잊으려면 학교생활에 집중하는 것이 절대적으로 필요했기 때문이다. 삼 일이 지나는 동안 수치심은 나를 완전히 집어삼킬 듯 으르렁대는 화염에서 전신 일광 화상 정도로 누그러졌다. 여전히 고통스럽고 치료가 필요한 상태이긴 했지만, 어쨌든 나는 살아남을 것이다. 아마도… 살아남을 것이다. 체육 시간에 테니스공에 맞지만 않는다면 말이다.

조 쌍둥이에게 달려갔다. 두 사람은 코트 주변에 놓인 훈련용 콘을 향해 테니스공을 치고 있었다.

"레이첼, 네 눈이 완전히 판다 같아."

주현이 라켓을 내리고 몸을 숙여 내 얼굴을 찬찬히 뜯어봤다.

"내 사물함에 부기 제거용 라즈베리 아이 크림이 있는데, 그거 써도 돼."

"그렇게 못 봐주겠어?"

얼굴을 만지며 물었다.

"네가 미나하고 주먹 다툼을 하다가 얻어맞았다 해도 놀라지 않았을 거라고만 말해두자."

혜리는 농담을 하면서 테니스공으로 콘을 정확하게 맞추고는 하늘에 주먹을 휘둘렀다.

"앗싸! 중요한 건 각도지."

한숨을 쉬었고, 새어 나오는 하품을 참았다.

"차라리 그랬으면 좋겠다. 그 사건 이후로 한숨도 못 자."

주현이가 말을 건넸다.

"이제 그만 곱씹어. 오디션 망친 거, 또 세계에서 가장 유명하고 사랑받는 케이 팝 스타에게 토한 거, 싹 다 잊어버려."

"신발에다가 토한 거지."

"내 말이. 사실 별일도 아니잖아. 눈처럼 새하얀 나이키 운동화였던가?"

혜리가 구슬프다는 듯 한숨을 쉬더니 하늘을 바라봤다.

"편히 잠드소서. 제이슨 리의 운동화여, 당신의 마지막 순간이 너무도 빨리 와버렸군요."

조 쌍둥이가 테니스 라켓 뒤에 숨어서 낄낄댔다. 주먹을 쥐고 잽을 날리고 싶었지만 큰 하품이 새어 나오고야 말았다.

"이런, 너 정말로 그 생각하느라 밤을 꼴딱 새웠구나?"

혜리가 물었다.

"그냥 생각만 한 게 아니야."

코치가 다가오자 라켓을 앞뒤로 휘두르는 시늉을 했고, 그녀는 고개를 끄덕이고 지나갔다. 주머니에서 휴대폰을 슬쩍 꺼내, 인스타그램에 올라온 제이슨과 미나가 함께 노래를 부르는 영상을 보여줬다.

"밤새 이것도 쳐다봤어. DB 엔터테인먼트가 제이슨하고 미나가 듀엣 곡을 부르게 됐다는 사실을 발표했어."

울상을 지을 수밖에 없었다. 휴대폰에서 두 사람의 노랫소리가 흘러나왔다. 미나가 얼굴을 잔뜩 찡그리고 있다는 사실만이 유일한 위안이 됐다. 함께 보컬 수업을 받는 칠 년 내내 봐왔던 미나의 표정이었다. 이는 미나가 제이슨과 함께 부르는 후렴구의 고음역대를 제대로 소화하지 못하고 있다는 뜻이기도 했다. 하지만 DB 엔터테인먼트는 그 사실을 눈치채지 못한 게 분명했다.

다른 소속사들처럼 DB 엔터테인먼트도 연애 금지 규칙뿐만 아니라, 아주 엄격한 SNS 금지 규칙을 가지고 있었다. 연습생은 SNS에 게시물을 올려서도 안 됐고, 게시물에 등장해서도 안 됐다. 규칙을 어겼을 때 연습생 프로그램에서 잘리는 것만으로도 서러울 텐데, 병영 체험 캠프로 보낸다는 소문마저 돌았다. 이런 SNS 금지 규칙을 가진 DB 엔터테인먼트에서 미나가 등장하는 게시물을 올렸다는 것은 회사가 이번 듀엣 곡과 미나를 위해 꽤 큰 계획을 준비하고 있다는 의미이기도 했다.

혜리가 소리 내어 댓글을 읽었다.

"대박, 제이슨 리 솔로 활동을 목이 빠져라 기다렸는데…. 그나저나 이 여자 너무너무 예쁘다!"

"제이슨이랑 노래를 부르다니, 아마 최고의 연습생이겠지."

주현이도 댓글을 읽는 데 합세했다.

"너무 잘 어울린다."

휴대폰을 낚아채 주머니에 도로 집어넣었다.

"제발 그만해. 밤새 이미 그 댓글들 다 읽었어. 귀로 다시 확인할 필요가 없다고."

테니스 코트 반대편에서 슬로트 코치가 호루라기를 불었다.

"여러분! 이제 복식 경기를 할 겁니다. 시합을 하기 위해 줄을 서요."

"주현아, 안녕! 네가 리퀴드 아이라이너로 눈꼬리를 올려서 그리는 영상, 그거 어젯밤에 봤는데 정말 좋더라."

안소미가 조 쌍둥이를 보고 다정하게 웃으며, 나란히 선 나와 혜리 사이를 비집고 들어왔다. 안소미는 나를 밀치다가 테니스 라켓으로 내 무릎을 쳤다. 익숙한 상황이었다.

서울 국제 학교는 한국 최고 특권층을 위한 사립 학교다. 이곳에서는 상위 일 퍼센트 중에서도 일 퍼센트, 즉 아주 유명한 배우나 정부 관리의 자제들, 그리고 소미 같은 아이들이 교육을 받는다. 오십 년에 걸쳐 이 대째 시티성 회사를 경영하는 집안의 딸인 소미는 주현이와 혜리에게 끊임없이 아첨을 하곤 했다. 하지만 나는 신탁 자금도 없고, 이렇다 할 상속자도 아니라서 소미의 관심을 끌어낼 만큼 중요한 사람이 아니었다. 케이 팝 연습생이라는 신분도 소미의 관심을 끌기에는 역부족이었다.

소미가 고개를 돌려 물을 마시고 있는 나를 쳐다봤다.

"레이첼, 안녕? 듀엣 곡 이야기 들었어."

나는 사레들려 기침이 나올 뻔했다.

'안소미가 나한테 말을 걸었다고?'

조 쌍둥이를 쳐다보자, 두 사람도 나만큼 어리둥절한 표정을 지었다.

소미는 입을 삐죽 내밀며 안타깝다는 표정을 억지로 꾸며냈다.

"추미나가 C 마트 회장님 딸 맞지? 어렸을 때 프로방스에서 같이 여름을 보낸 적이 있거든."

'물론 그러셨겠지.'

"돈도 많고 재능도 있고. 미나는 둘 다 가졌는데, 너는 하나도 못 가졌네. 나는 DB 엔터테인먼트가 연습생을 뽑을 때 나름대로 기준이 있는 줄 알았지."

소미는 혀를 찼다.

이 말을 들은 주현이가 테니스 라켓으로 소미 얼굴을 갈길 기세로 성큼 다가갔지만, 같은 반 친구인 구경미가 나와 소미 사이를 비집고 들어오며 주현이를 밀쳤다.

"레이첼, 쟤 말 듣지 마!"

경미가 소리쳤다.

충격에 빠진 나는 경미를 쳐다봤다. 경미는 주현이의 열성 팬이었다. 그래서 주현이 대신 책이나 급식 식판을 들겠다고 자처하고, 주현이 사물함에 작은 선물을 넣어두기도 했다. 언젠가 한번은 경미가 학교에 강아지를 데려와, 주현이에게 쉬는 시간에 함께 놀자고 한 적이 있었다. 그런데 그 강아지가 오줌을 싸며 학교 남쪽에 있는 골프 연습장 잔디 위를 돌아다니는 바람에, 교장 선생님이 경미에게 강아지를 다시 집으로 데려가라고 말하기도 했었다. 그런 경미가 나에게 말을 건넨 일은 이번이 처음이었다.

경미가 내 어깨 위에 팔을 두르다가 높게 묶은 포니테일로 내 뺨을 칠 뻔했다.

"듀엣 곡 일 때문에 속상하겠다. 괜찮아? 이야기를 할 사람이 필요하면, 항상 네 곁에 내가 있는 거 알지? 연습생 생활에 대해서 모조리 말해도 돼."

"고마워… 경미야….'

놀라울 만큼 단단한 경미의 손아귀에서 빠져나오며 말했다.

"그런데 난 괜찮아."

"진짜? 확실해? 야, 우리 이렇게 테니스복 입은 채로 같이 셀카 찍자!"

경미가 휴대폰을 꺼냈다.

"코트에서 휴대폰을 사용하지 마세요!"

슬로트 코치가 성큼성큼 다가오더니 소미와 경미를 가리켰다.

"두 사람, 나오세요. 둘이서 시합할 차례예요."

소미는 투덜대면서 억지로 나갔다. 소미 뒤를 따라가던 경미는 나에게 아쉽다는 눈빛을 보냈다. 나를 보는 슬로트 코치의 눈빛이 매서웠다.

"코치님, 죄송해요."

"지금부터 준비 운동을 할게요!"

슬로트 코치는 다른 학생들을 힐끗 보더니, 내 쪽으로 몸을 기울이고 속삭였다.

"그런데 제이슨이 미나랑 데이트한다는 게 진짜예요?"

입이 떡 벌어졌다. 유명 테니스 챔피언이자 매거진 커버를 장식하는 스타마저도 가십에 관심을 갖는다고?

코치는 내 표정을 읽고 멋쩍게 웃으며 뒤통수를 긁적였다.

"농담한 거예요. 당연히."

머쓱하게 헛기침을 하더니 다시 반 아이들에게로 관심을 돌렸다.

"경미! 서브 잘했어요."

서울 국제 학교는 한강을 사이에 두고 강남을 마주 보고 있는, 그야말로 서울에서 가장 트렌디한 한남동 끝자락에 자리 잡고 있다. 한남동은 최고급 주거 지역 세 곳에 둘러싸인 동네이기도 하다. 특권층이 한남동을 선호하는 이유는 훌륭한 명품 매장이나 핫플레이스 식당이 많기 때문이기도 하지만, 서울의 여타 동네와 달리 대지 면적을 넓게 사용하고 있기 때문일 것이다. 덕분에 세계에서 가장 북적이는 도시인 서울에 세워진 우리 학교도 이만 이천여 제곱미터에 달하는 부지를 차지하고 있다. 그래서 관리가 잘된 테니스 클레이 코트, 올림픽 규격의 실내 수영장, 육상 트랙, 축구장 외에도 야외 및 실내 원형 경기장, 영화관, 아이스 링크를 갖추고 있다. 원예 동아리에서 심은 주홍색 난초가 학교 중앙 진입로부터 본 건물까지 심어져 있었고, 매주 수요일에는 불꽃놀이 모임과 시청각 미디어 동아리가 함께 미국 독립기념일 행사에 맞먹는 수준의 불꽃놀이 쇼를 선보였다.

수업이 끝나고 쌍둥이와 함께 로커 룸으로 가는 길이었다. 한쪽 벽에 다음 달에 개최될 '직업 탐구의 날' 홍보 포스터가 큼지막하게 붙어 있었다. 포스터에 적혀 있는 문구를 바라봤다.

'미래에 대해 생각해본 적이 있나요? 마크 저커버그와 메건 엘리슨이 당신을 돕기 위해 옵니다!'

얼굴을 찌푸렸다. 엄마는 분명 나에게 직업 탐구의 날 행사에 참석하라고 할 게 뻔했다. 이런 기회는 엄마와 아빠가 많은 경제적 희생을 감수하면서까지 나와 레아를 서울 국제 학교에 보내는 까닭이기도 했다. 할머니가 돌아가시면서 엄마에게 유산을 남겼는데, 그 돈은 아빠 체육관의 형편을 돕기보다 우리 둘의 등록금을 내는 데 들어갔다. 내가 집 근처에 있는 일반 고등학교에 진학해도 좋다고 말했지만 엄마의 대답은 단호했다.

"너한테 주어질 기회를 생각해봐."

내 의견은 묵살됐고 결국 서울 국제 학교에 다니게 된 것이다.

'내 미래는 어떨까?'

로커 룸 샤워실에서 쏟아지는 따뜻한 물을 맞으며 생각에 잠겼다. 오디션을 본 지 삼 일이 지났지만 다시 주목을 받을 수 있는 방법이 도통 생각나지 않았다. 테니스 수업 시간에 소미와 경미가 나에게 처음으로 말을 건 일이 떠올랐다. 하지만 그건 DB 엔터테인먼트의 인스타그램 게시물 때문이었다.

'DB 엔터테인먼트가 나에 대한 게시물을 업로드할 일은 절대 없겠지? 그런 일이 과연 일어나기나 할까?'

샤워가 끝난 후 쌍둥이를 따라 로커 룸에서 나오다가 한 남학생과 정면으로 부딪칠 뻔했다. 가운데 가르마를 탄 축 늘어진 갈색 머리에 뿔테 안경을 쓴 남학생은 무표정한 얼굴로 손을 들어 인사했다.

"대호야!"

혜리가 외쳤다.

혜리의 뺨이 발그레하게 변하며 입술 위로 옅은 미소가 번졌다.

"안녕, 혜리야. 프로젝트 준비는 됐니?"

"안 데리러 와도 되는데. 공학관에서 만나도 괜찮은데!"

"괜찮아."

대호는 주현이를 바라봤다.

"데리러 오는 거 싫지 않아. 주현아, 잘 지냈어?"

"응, 땡큐."

주현이는 나에게 팔짱을 끼고 눈을 찡긋했다.

"레이첼, 혜리가 실험실에서 열심히 연구하는 동안 학생 라운지로 에스코트해줄까? 요즘 날이 더워져서, 팥빙수 코너가 다시 열렸대."

"너 팥빙수 좋아해? 내가 마침 또 팥빙수 전문가거든. 팥과 빙수의 이상적인 비율을 과학적으로 검증해서 완벽한 팥빙수 레시피를 개발했어. 얼음을 갈아주는 기계도 만들었지."

대호가 귀를 쫑긋하더니 말했다.

"어… 와, 대호에게 숨겨진 면모가 있었구나?"

계속 주현이를 바라보던 대호가 주현이의 말을 듣고 활짝 웃었고, 나는 웃음을 참으려고 입술을 깨물었다.

혜리가 주현이와 대호를 번갈아 가며 쳐다보더니 말했다.

"나도 팥빙수 좋아해! 언제 한번 팥빙수 만들어줄 수 있어? 정말 훌륭한 레시피일 것 같아."

"물론이지."

대호가 머리카락을 옆으로 펄럭이며 고개를 끄덕였다. 혜리 얼굴빛이 그새 밝아졌다.

"내가 팥빙수 만들어줄 테니까, 주현이랑 나눠 먹어."

"어… 그래. 음, 물론이지."

혜리는 우리에게 건성으로 손을 흔들고 대호를 따라 복도를 걸어갔다.

"이따 보자."

안타까운 마음으로 혜리에게 손을 흔들고선 주현이를 슬쩍 봤다. 주현이는 자기 눈앞에서 막 펼쳐진 삼각관계를 전혀 인지하지 못한 채, 휴대폰으로 자기 눈썹 모양만 확인하고 있었다. 주현이는 똑똑한 아이치고는 정말 눈치가 없을 때가 있다.

"가자."

주현이가 운동 가방에 휴대폰을 던져 넣더니 나를 끌고 복도를 걸었다.

"팥빙수가 기다려."

거대한 스틸 유리창으로 햇빛이 쏟아지는 복도를 걷는 발걸음은 무거웠다. 지금 가장 가기 싫은 곳을 꼽으라면 바로 학생 라운지일 것이다. 학생 라운지는 늘 학생들로 북적였고, 최신 케이 팝 뮤직비디오가 흘러나오는 대형 스크린 주위에는 특히 더 많은 학생들이 몰려 있곤 했다. 나는 아직 제이슨과 미나에 대한 질문 세례를 받을 마음의 준비가 돼 있지 않았다.

"우리 스테인드글라스 도서관에 가서 숨을까?"

주현이를 설득해 반대편에 있는 으슥한 도서관으로 발걸음을 돌리려고 했다.

스테인드글라스 도서관은 몇 년 전에 미술 전공생들이 졸업 작품으로 〈미녀와 야수〉 첫 장면에 나오는 스테인드글라스 디자인을 도서관에 재현해 붙여진 이름이었다.

"왜? 도서관 한쪽 구석에 혼자 침울하게 박혀 있으려고?"

"침울하게 있을 계획은 아니었어."

엄밀히 따지면 거짓말은 아니었다. 푹신푹신한 안락의자에 쭈그리고 앉아 노트북으로 〈뱀파이어 다이어리〉를 다시 볼 계획이었으니 말이다.

"지금은 너를 강하게 키워줄 사람이 필요해. 〈뱀파이어 다이어리〉에 나오는 클라우스와 캐롤라인을 보면서 마음을 달랠 때가 아니라고."

망했다. 주현이는 나를 너무 잘 알고 있었다.

학생 라운지가 차츰 가까워오자 학생들이 흥분해서 떠드는 소리가 들렸다.

"큰 화면에 띄우자!"

경미의 날카로운 목소리가 들렸다.

설마 지금 제이슨과 미나 사진을 띄우려는 것일까? 인스타그램이 안겨준 굴욕감의 늪에서 겨우 빠져나왔는데, 다시 그 늪으로 떠밀려 들어가고 싶지는 않았다.

"그래서 도서관 말인데…."

말을 끝맺기도 전에 주현이는 나를 학생 라운지로 밀어 넣었다. 한 무리의 학생이 푹신푹신한 가죽 소파에 앉아서 무릎에 팥빙수를 올려놓은 채, 평면 텔레비전 앞에 바싹 붙어 뷰티 유튜버 영상을 보고 있었다. 예상 밖이었다.

마침 뒤를 돌아본 경미가 나와 주현이가 들어오는 모습을 보고 말을 걸었다.

"얘들아! 이 신예 뷰티 유튜버 좀 봐. 수원에 사는 여자래. 아이새도로 화장을 하는데, 나 이런 메이크업 스타일은 처음 봐."

주현의 표정이 굳어졌다.

"조회 수가 얼마나 돼?"

"대박이야. 열두 시간 만에 조회 수가 거의 오십만 뷰를 찍었어. 구독자 수도 거의 사백만 명이야!"

"심지어 내 구독자 수도 사백만 명이 안 되는데."

주현이는 믿을 수 없다는 듯이 말을 더듬더니, 팥빙수 코너로 가버렸다.

화면 속 여자는 부드럽고 반짝이는 파운데이션을 얼굴에 펴 바른 뒤, 눈꺼풀에 휘황찬란한 분홍색 벚꽃을 풍성하게 그린 다음 꽃잎에서 뻗어나가는 잔가지를 그리고, 가지 끄트머리마다 작은 보석을 붙이고 있었다.

주현이가 영상에 심취해 있는 나에게 팥빙수 그릇을 떠밀었다. 나는 팥빙수 얼음이 녹아 연유와 과일 시럽이 뒤범벅돼 죽이 될 때까지도 영상에서 눈을 뗄 수가 없었다.

"대단하지 않아? 자기 방에서 요리조리 화장하면서 놀던 평범한 소녀가 일약 스타가 됐어."

경미가 말했다.

바이럴 영상 하나가 가진 파급력은 실로 놀라웠다. 머릿속에서 구체적인 아이디어가 떠오르기 시작했다.

주현이가 나에게 팔짱을 끼며 말했다.

"아, 여기 짜증 나. 나 이제 도서관 갈래."

나는 웃음을 터뜨리며 주현이 볼에 뽀뽀를 해줬다.

"저 뷰티 유튜버는 네 실력의 반도 못 미쳐. 사용하는 화장품들도 친환경 제품이 아닌 거 봤어? 혜리가 펄쩍 뛰겠다."

주현이는 내 말이 위로가 된 듯 웃었다.

"맛있지? 너한테 필요했던 게 바로 이거지?"

녹고 있는 팥빙수를 떠서 먹던 주현이가 물었다.

숟가락을 들고 빙긋 웃으며 대답했다.

"아, 넌 아무것도 몰라."

6

DB 엔터테인먼트에서 트레이닝을 시작했을 무렵에는 향수병을 자주 앓았다. 향수병이 정말 심한 날에는 유진 언니가 나를 자신의 사무실에 숨겨줘서 그곳에서 펑펑 울었다. 언니는 내 등을 어루만졌고, 나는 언니의 책상과 책장을 뒤덮은 화분들 사이에서 유칼립투스 향기를 들이마셨다. 유칼립투스 향기는 뉴욕 곳곳에서 맡을 수 있는 달콤한 구운 견과류 냄새만큼이나 뉴욕을 떠올리게 만든다.

"자리에 앉아."

유진 언니는 고개 숙여 인사하는 나와 아카리를 사무실 안으로 들이며 말했다.

언니는 책상 앞에 놓인 하얀색 가죽 의자를 가리켰다. 그리고 눈을 찡그리며 내 얼굴을 들여다봤다.

"눈썹에 뭘 한 거야?"

"아, 어…."

언니를 보며 수줍게 웃었다.

"새로운 스타일을 시도해봤어요."

오늘 들었던 뷰티 및 프레젠테이션 수업의 주제는 눈썹 다듬기의 중요성이었다. 아카리의 숱 많은 일자 눈썹은 선생님이 말한 이상적인 한국식 보이 브로 스타일에 잘 부합했다. 반면에 내 눈썹은 손질이 조금 필요했는데, 너무 열중해 핀셋으로 다듬다 보니 나도 모르게 지나치게 손질하고 말았다. 왼쪽 눈썹을 쓰다듬으며, 눈썹이 모조리 뽑힌 부분이 아이브로펜슬로 잘 채워졌길 바랐다.

유진 언니는 인상을 쓰며 의자에 등을 기대고 앉아 팔짱을 꼈다.

"두 사람을 내가 어떻게 도와주면 될까?"

쌀쌀맞은 언니의 목소리가 낯설어 안절부절못했다. 아카리를 슬쩍 보자, 아카리가 응원하듯 고개를 끄덕였다.

'그래. 할 수 있어.'

크게 심호흡하고 본론으로 들어갔다.

"저에게 아이디어가 하나 있어요. 잘 활용하면 제이슨과 듀엣을 할 기회를 다시 얻을 수도 있을 것 같아요."

아카리에게 고개를 끄덕이며 신호를 보냈고, 아카리는 휴대폰을 꺼내 학교 라운지에서 본 뷰티 유튜버의 바이럴 영상을 재생시

컸다.

"이거 보셨어요?"

"물론 봤지. 지난 주말에 벚꽃 축제가 있었잖아. 어딜 가나 그 영상이 나왔어."

유진 언니의 미간 주름이 더 깊어졌다.

"지금 하려는 말이 뭐야? 우스꽝스러운 아이섀도 메이크업으로 오디션을 어떻게 만회하겠다는 거야?"

데뷔를 해야 할 나이가 점차 다가오며 상황이 이전과 다르다는 사실은 알았지만, 그래도 가끔은 유진 언니가 나를 소파에 앉히고는 마음껏 울도록 내버려 뒀던 그때가 그리웠다.

"그게 아니고요."

꿋꿋이 말을 이어갔다.

"언니 입으로 방금 말했듯이, 어딜 가나 이 영상이 나오잖아요. 에스케이투 브랜드가 이 유튜버의 스폰서가 돼주겠다고 제안하고…. 이제 이 소녀는 자기가 상상도 못 했던 기회들을 얻을 수 있어요. 영상 하나가 잘되면, 사람들은 이야기를 하죠. 나머지 사람들은 어쩔 수 없이 그 이야기를 들어야만 하고요."

항공 점퍼의 소매를 만지작거리며 말했다.

사실 〈오션스8〉의 산드라 블록처럼 멋진 여자들과 한 팀이 돼, 그녀들의 전문적인 지원을 받으며 멧 갈라에서 능수능란하게 작전을 수행하는 장면이 펼쳐질 것이라고 내심 기대했었다. 영화 속 주인공처럼 유진 언니 사무실에서 위풍당당하게 걸어 나오는 내 모습을 상상했었다.

심호흡을 하고 계속 말을 했다.

"미나 음역대가 제이슨과 듀엣을 할 만큼 높이 올라가지 않는다는 사실을 다들 알잖아요. 내가 노래 부르는 영상이 유명해져서 많은 관심을 받는다면 이사진이 주목을 할 테고, 그럼 나한테 다시 기회가 주어지지 않을까요?"

유진 언니는 아무 말도 하지 않았다. 아카리와 나는 그녀의 대답을 기대하며 몸을 앞으로 기울였다.

"지금껏 들은 이야기 중에 제일 황당하다."

나의 〈오션스8〉 판타지는 유진 언니의 한마디로 끝이 났다.

"레이첼, 네 오디션은 그냥 실망스러운 정도가 아니라 형편없었어."

시무룩해진 내가 의자에 몸을 파묻었다.

언니는 매서운 눈빛으로 계속 말했다.

"너는 칠 년 동안이나 DB 엔터테인먼트의 연습생으로 있었어. 이곳 시스템이 어떻게 돌아가는지 안다고. 아무도 너에게 회사에 남으라고 강요하지 않아. 네가 스스로 결정하고, 스스로 원한 거야. 네가 미디어 트레이닝 수업도 제대로 통과하지 못한다는 보고가 계속 들어오는데, 제이슨하고 듀엣 곡을 부를 수 있다고 생각하겠어? 그리고 아직도 카메라를 무서워하면서 바이럴 영상은 무슨 수로 찍을 건데?"

목이 메었다. 언니가 옳았다. 당연히 언니가 옳았다. 부끄러움과 수치심이 몰려왔다. 나는 어떻게 망쳐버린 오디션을 이토록 쉽게 만회할 수 있을 거라고 생각한 것일까? 입술을 깨물고 고개를 끄덕였다. 그리고 고개를 푹 숙인 채 무릎을 쳐다보며, 울지 않으려고 안간힘을 썼다.

"내가 말할 때는 나를 쳐다봐."

유진 언니가 날카롭게 지적했고, 나는 고개를 벌떡 들었다.

"레이첼, 모두 너에게 많은 기대를 했어. 특히 내가 기대를 많이 했지. 너는 너 자신만 창피하게 만든 게 아니라, 수석 트레이너인 나도 창피하게 만들었어. 지금 내 평판까지 위태로워. 네 퍼포먼스는 너와 나 모두에게 악영향을 미쳤어. 그러니까, 다시 설명해봐. 왜 우리가 다시 너에게 기회를 줘야 하는데?"

수치심이 다시금 가슴을 짓눌렀다.

"언니, 정말… 정말 미안해요. 언니를 실망시켰다는 걸 알아요. 하지만 내가 더 잘할 수 있다는 것도 알아요. 제발 다시 한 번만 기회를 주세요. 왜냐하면… 왜냐하면….'"

나를 쏘아보는 유진 언니의 차가운 눈빛이 공허하면서도 날카로운 카메라 렌즈처럼 느껴졌다. 할 말이 사라지고 있음을 깨달았다. 더 이상 무슨 말을 할 수 있을까? 만회할 수 있는 방법은 없었다.

"레이첼과 제이슨이 함께 부르는 노래를 들었을 때, 어떤 느낌이었는지 언니도 기억하잖아요."

아카리가 내 손을 쥐며 대화에 끼어들었다. 그리고 유진 언니를 정면으로 바라보며 자신감 있게 덧붙였다.

"그날 강당에서 언니도 황홀한 기분을 느낀 거 알아요. 모든 사람이 느꼈을 테니까요. 두 사람은 함께 노래할 운명 같았어요. 설마 아니라고 할 수 있어요?"

유진 언니 역시 강렬한 기세로 아카리를 쳐다봤다.

"그럼 SNS 금지 규칙을 어떻게 피할 계획인데?"

"우리가 업로드하면 규칙 위반이죠."

아카리가 음흉하게 웃었다.

"하지만 레이첼이 자기 계정에 영상을 올린 게 아니라면, 엄밀히 따져서 레이첼 잘못은 아니잖아요. 레이첼이 노래를 부르는 영상이 우연히 유출돼서 바이럴 영상으로 주목받는다면, 레이첼이 뭘 어쩌겠어요?"

'좋아. 이 시나리오에서 나는 산드라 블록이 아닐지 몰라도, 아카리는 케이트 블란쳇이야. 윤기가 자르르 흐르는 맞춤 슈트만 입으면 완벽하겠어.'

적합한 순간에 정확한 말을 할 줄 아는 아카리를 보고 감탄했다.

유진 언니의 시선이 다시 나에게 돌아왔다. 나는 눈에서 떨어지려고 하는 눈물을 얼른 닦다가 눈썹을 채우고 있는 아이브로펜슬이 지워졌다. 정말 엉망진창이었다. 늘 그랬던 것처럼 유진 언니가 당연히 발 벗고 나서서 도와줄 거라고 착각한 내가 어리석었다. 아무리 멘토일지라도 한계가 있는 법이다. 그리고 그날 뿜어낸 토사물은 확실히 한계선을 넘어섰다. 조심스럽게 고개를 들어 언니를 쳐다봤다.

언니는 날카로운 눈빛을 누그러뜨리고 한숨을 쉬었다.

"듀엣 퍼포먼스는 꽤 놀라웠어."

심장이 마구 뛰었다.

"다시 한 번 기회를 주면, 이번에는 절대 망치지 않겠다고 약속할게요. 스스로를 믿을 수 있는 방법을 가르쳐준 사람이 바로 언니예요. 난 해낼 수 있어요."

유진 언니는 책상 위에 놓인 작은 대나무를 문질렀다. 그리고 작은 상자에서 명함 한 장을 뽑고는, 휙 뒤집어서 굵은 펜으로 무언가를 적었다. 언니는 명함을 책상 건너편으로 밀었고, 그 명함 뒷면에는 이태원 어딘가의 주소가 적혀 있었다.

아카리와 나는 유진 언니를 올려다봤다.

언니는 음흉한 미소를 지어 보였다.

"내일 밤에 연습 끝나고 거기에서 만나자. 누가 따라오지 않는지 잘 확인해야 해. 알았지?"

아카리가 소리를 꽥 질렀다.

"우리를 도와준다는 뜻이에요?"

"오늘 대화는 이걸로 끝이라는 뜻이야."

유진 언니가 문 쪽으로 고갯짓을 했다.

나는 명함을 챙겨서 점퍼 주머니에 넣었다.

"레이첼."

밖으로 나가려는 나를 유진 언니가 불러 세웠다.

"내일까지 그 눈썹 좀 해결해. 온 세상 사람이 볼 영상인데, 최대한 예쁘게 보여야지."

가슴속에서 희망이 부풀었다.

"고마워요, 언니. 실망시키지 않을게요."

거울 앞에 섰다. 연보라색 셔츠의 피터 팬 칼라가 잘 보이도록 머리를 돌돌 말아 발레리나처럼 올려 묶었다. 악, 도서관 사서처럼 보이네. 올림머리를 푼 다음 연보라색 셔츠를 벗어 이미 탈락한 옷 무더기 위로 던졌다. 찢어진 블랙 팬츠에 가죽 재킷을 걸쳐 올 블랙 스타일로 연출해볼까? 아니면 소매가 하늘하늘한 레오파드 프린트의 맥시 드레스가 나을까? 오버 사이즈 데님 셔츠를 걸치고 짧은 하이 웨이스트 데님을 다리에 대고서는, 거울에 비친 내 모습을 봤다. 이건 절대 안 되겠군. 내가 원했던 건 '안녕하세요? 날 믿으세요. 날 선택하는 건 실수가 아니에요.'라고 어필하는 스타일링이었지, '안녕하세요? 레이첼이에요. 나는 스머프예요.'라고 어필하는 스타일링이 아니었다.

입을 옷을 다시 찾기 위해 옷장 문을 열었다. 옷장 문 안쪽에 테이프로 붙여 놓은 사진들이 보였다. 그중 한 장의 사진이 시선을 끌었다. 열한 살 때 가족과 함께 서울에 놀러 와 사촌들과 처음으로 노래방에 갔을 때 찍은 사진이었다. 그해 여름 내내 마이크, 가죽 소파, 네온 조명을 쏘는 디스코 볼, 탬버린은 물론 온갖 간식거리까지 갖추고 있는 노래방에 가는 날만 손꼽아 기다렸었다. 그 전까지는 우리가 살던 조그마한 뉴욕 아파트에서 노래를 부르던 게 전부였기 때문에 수년 동안 본 수많은 뮤직비디오에 나오는 케이팝 스타처럼 공연하는 느낌을 낼 수 있는 노래방에 가고 싶어 몸이 근질근질했다.

사진 속 그날 밤이 유진 언니를 처음 만난 날이기도 했다. 노래방에서 테일러 스위프트의 〈스타일〉을 열창하고 나자 사촌들이 환호성을 질렀다. 그때 뒤에서 박수를 치는 소리가 들렸고, 뒤를 돌아보니 열려 있는 문에 기대선 파란 머리의 여자가 보였다. (사촌이 화장실에 다녀온 후 문 닫는 걸 깜빡한 덕분이다.) 그 여자, 그러니까 유진 언니는 나에게 이름을 물었고, 노래하는 내 모습을 보니 자기가 아는 어떤 가수가 떠오른다고 했다. 그리고 명함을 건넸다. 부모님께 말씀드린 다음 전화해달라는 말을 덧붙이며 말이다.

옷장 맨 위 선반에서 화이트 크롭 톱 터틀넥과 그레이 컬러의 그리드 패턴이 그려진 와이드 팬츠를 꺼내 입은 뒤, 옷장 문을 닫았다. 책상 위에 놓인 주얼리 박스를 뒤져 커다란 골드 링 귀걸이를 착용했다. 그리고 머리를 반묶음 스타일로 묶어 부스스한 올림머리를 연출했다.

'완벽해.'

가방을 챙기고 클로그 가죽 샌들을 신으며 혼잣말을 했다.

그때부터 지금까지 유진 언니는 늘 내 곁에 있었다. 어렸을 때부터 케이 팝을 사랑한 나의 꿈이 이뤄질 수 있는 계기를 마련해준 사람이 유진 언니였다. 언니는 나처럼 케이 팝을 사랑하는 사람들이 전 세계에 존재한다는 것을 보여줬다. 케이 팝 가수가 되는 일이 점차 특별하게 느껴졌다. 노래를 부른다는 것은 이야기를 들려주는 일이었고, 세상 곳곳에서 음악을 듣는 사람과 교감하는 일이었다. 언니는 한국계 미국인이라는 나의 정체성이 이 업계에서 나를 돋보이게 할 것이라고 말했다. 언니는 내가 케이 팝을 사랑할 수밖에 없는 이유를 하나 더 만들어준 셈이다. 언니를 두 번 다시 실망시킬 수 없었다.

"길을 잃어버린 게 분명해."

유진 언니가 준 명함을 봤다. 아카리와 내가 똑같은 거리를 이십 분 동안 빙빙 돌았는데도 도무지 명함에 쓰인 주소지를 찾을 수가 없었다. 한 닭갈비 식당 앞을 너무 많이 지나가는 바람에 식당 안에 앉은 사람들이 창문 너머로 수상쩍다는 눈빛을 던지기도 했다.

"저쪽으로 한 번만 더 가보자."

아카리가 하늘하늘한 노란색 오프숄더 블라우스를 매만지며 말했다.

붉게 달아오른 아카리 목뒤에서 땀이 흘렀다. 그녀가 당황할 때마다 나오는 모습이었다.

"우리 저기 커피빈 뒤로는 안 가보지 않았어?"

아카리가 물었다.

"여섯 번쯤 갔지."

얼굴 위로 흘러내리는 머리카락을 후 불고 한숨을 내쉬며 대답했다.

휴대폰 속 네이버 지도 앱을 확대했다.

"이해가 안 돼. 바로 이곳이어야 하는데."

"말도 안 돼."

"내 말이 그 말이야. 우린 지금 우리가 찾는 곳에 대해 아무것도 모른다고."

"아니, 그 말이 아니라!"

아카리가 내 팔을 잡더니 나란히 주차된 오토바이들 뒤로 나를 끌고 갔다. 아카리가 가리키고 있는 길 건너편을 봤다. 그곳에는 어깨가 딱 벌어진 수염투성이 남자가 있었다. 그는 여기저기 흠집이 난 철문이 달린, 작고 나지막한 갈색 건물에서 걸어 나오고 있었다. 선글라스를 끼고 비니를 이마까지 내려 쓴 모습이었다.

"〈오 마이 드림스〉에 나오는 한민규야."

아카리가 흥분된 목소리로 말했다.

아카리를 멍하게 쳐다봤다. 지난 칠 년 동안 한국 드라마를 볼 시간이 별로 없어서 어리둥절했다.

"너도 알잖아. 박도희가 남자 친구 오토바이에서 떨어져서 기억을 잃으니까, 박도희를 납치한 사람. 한민규가 의사인 척하고 박도희 병실에 몰래 들어가서, 박도희가 지금까지 자기를 사랑했다고 거짓말을 했어!"

아카리가 걱정스럽게 이마를 찌푸렸다.

"우리 숨는 게 좋을 것 같아. 저 사람이 무슨 짓을 할지 어떻게 알아? 원한다면 지금 당장 우리를 납치할 수도 있다고."

"음, 아카리. 그건 저 사람이 맡은 배역일 뿐이야. 현실에서는 기억을 날조하는 납치범이 아니라는 거 너도 알잖아."

"아, 맞다."

아카리는 말을 멈추고 그가 사라진 골목을 노려봤다.

"그래도 믿음이 안 가."

그가 나온 건물을 바라봤다. 너무나 평범해서 그 건물이 있다는 것조차 알아차리지 못했다. 완전히 도색돼 있는 창문 때문에 내부를 들여다볼 수 없었고, 외관은 페인트칠이 시급해 보였다. 설마 혹시…. 호기심이 발동했고 아카리에게 따라오라는 손짓을 했다. 건물의 손잡이를 잡아당기자 철문이 부드럽게 열리더니, 마루가 깔린 좁다란 복도가 드러났다. 안으로 들어가자 문이 쾅 닫혔다.

나를 쳐다보는 아카리 얼굴이 창백해져 있었다.

"오늘 우리가 납치되지 않을 거라고 한 말, 다시 생각해볼래?"

손가락을 들어 아카리에게 '쉿' 하고 주의를 주고 귀를 기울였다.

"소리 들려?"

"우리 죽음이 임박해오는 소리? 물론 들리지."

아카리가 과장스럽게 속삭였다.

"아니, 이 바보야. 음악 소리."

복도 끝에는 두꺼운 벨벳 커튼이 달려 있었고, 그 커튼 너머에서 음악 소리가 새어 나오고 있었다.

아카리에게 몸을 돌리고 물었다.

"준비됐어?"

"아니?"

아카리가 불안한 듯 주변을 두리번거렸다.

나는 웃으면서 아카리 손을 잡고 커튼 뒤편으로 향했다. 벽 위에는 프랑스 시골 마을에서 그대로 옮겨온 듯한 신비로운 정원 풍경이 생생하게 펼쳐져 있었다. 천장을 가로지르는 등나무 줄기와 그 줄기에서 핀 분홍색, 보라색 등꽃이 머리 위에 드리워져 있었다. 우윳빛 유리와 금으로 만든 각진 샹들리에에도 꽃들이 주렁주

링 매달려 있었다.

방 안을 가득 채운 사람들은 보석 빛깔의 푹신푹신한 의자에 앉아서 이야기를 나누며, 오른쪽에 마련된 멋진 무대에서 어떤 남자가 연주하는 피아노 재즈곡을 감상하고 있었다. 구운 크루아상 냄새와 장미꽃 향기가 났다. 슬쩍 바라본 옆 테이블에서는 한 여자가 카페라테를 마시고 있었다. 카페라테 위에 우유 거품으로 그린 백조가 너무나 섬세해 금방이라도 날개를 펼치고 머그잔 밖으로 날아갈 것 같았다. 대박. 도대체 여기는 어디지?

"레이첼! 아카리!"

우리를 부르는 소리가 들렸다.

넋을 놓고 있던 나는 다시 정신을 차렸다. 유진 언니가 달려오고 있었다. 언니의 네온 핑크색 머리와 달랑거리는 브론즈 귀걸이가 물결치듯 흔들거렸다.

언니는 나와 아카리 어깨 위로 팔을 두르며 활짝 웃었다.

"올 때가 됐다고 생각했어. '광택'에 온 걸 환영해."

"여기가 어디예요?"

아카리가 물었다.

"그리고 언니, 한민규 알아요?"

"내가 설명해줄 수도 있지만, 나보다 설명을 더 잘해줄 사람을 알아."

유진 언니가 웃으며 우리를 한쪽으로 데려가더니, 아늑한 모퉁이 자리 앞에 멈춰 섰다. 왠지 모르게 낯이 익은 노부인이 도자기 잔에 담긴 차를 마시고 있었다. 노부인은 1940년대 할리우드 영화에서 바로 걸어 나온 것 같았다. 위로 쓸어 올린 은빛 머리는 클래식한 올림머리 스타일이었고, 어깨에 느슨하게 걸친 자수 실크 숄은 내가 그동안 봤던 옷 중에 가장 고급스러워 보였다.

"레이첼, 아카리. 이분은 우리 엄마야."

유진 언니가 자리에 앉으며 말했다.

"정유나 여사님."

'정유나? 유진 언니가 방금 어머니 성함이 정유나라고 한 거야?'

옆에서 아카리가 놀라는 소리가 들렸다.

"그… 정유나 선생님?"

아카리가 유진 언니를 쳐다보며 물었다.

"우아, 언니. 어떻게 우리한테 엄마가 원조 케이 팝 스타라는 사실을 한 번도 이야기 안 해줄 수 있어요?"

믿을 수가 없었다. 정유나 선생님은 진정한 전설이었다. 그녀이전에 케이 팝은 존재하지 않았다고 해도 과언이 아니었다. 은퇴후 사십 년이 지났지만, 여전히 모든 사람이 그녀의 이름을 기억하고 있었고 그녀를 변함없이 사랑하고 있었다. 심지어 일렉트릭 플라워는 마지막 월드 투어 때 정유나 선생님께 존경을 표하는 의미에서 이십 분간 그녀의 히트송들로만 무대를 꾸미기도 했다.

즉시 고개를 구십 도로 숙여 인사했다.

"안녕하세요."

아카리도 재빨리 나를 따라 인사했다.

"아이, 오래전 일이야. 나는 이제 케이 팝을 너희 같은 아이들에게 맡겼지."

유진 언니가 피식 웃었다.

"너희 꼭 물고기 한 쌍 같다. 파리 들어가기 전에 입 좀 다물어."

가슴이 터질 것 같았지만 최대한 차분한 미소를 지었다.

"그래서 지금 우리가 있는 곳이 어디예요?"

힐끗 바라본 아카리는 아직도 눈이 튀어나오려고 했다.

"광택이라는 언더그라운드 카페인데, 한국의 유명 인사들을 위해 내가 연 공간이야."

선생님은 찻잔을 들고 차를 마셨다.

"그들이 잠시라도 팬과 파파라치에서 벗어나서 쉴 수 있도록 만들었지. 내가 이 업계에 몸담고 있을 때는 마음 편히 쉴 수 있는 곳이 전혀 없었어. 그래서 늘 비밀스러운 공간을 바랐는데, 몇 년 전에 문득 이런 생각이 든 거야. 내가 그토록 원하는 공간이면, 직접 만들어보는 게 어떨까? 완벽한 장소를 찾느라 시간이 좀 걸렸지만, 지금 여기가 그 역할을 톡톡히 해주고 있지."

"정말 놀라워요."

아카리 눈이 더욱 커졌다.

"스타들을 위한 비밀 카페가 있다는 소문을 듣긴 들었는데, 진짜 존재할 줄은 상상도 못 했어요."

선생님이 조용히 웃었다.

"진짜란다. 이제 네 생각을 들어보자. 이 등나무 어떤 것 같니? 실내 인테리어를 좀 더 깔끔하게 바꿀까 고민 중이거든."

실내 인테리어 이야기를 하는 동안 아카리 얼굴에 미소가 피어났다.

맞은편에 앉아 있던 유진 언니가 내 손을 잡고 일어나며 말했다.

"다시 올게요."

아카리는 손을 흔들었고, 정유나 선생님은 아카리에게 크러시트 벨벳과 팬 벨벳의 장점과 단점을 설명하기 시작했다.

언니와 나는 함께 카페를 가로지르며 걸었다. 주변에 앉은 연예인들을 쳐다보지 않으려고 애썼지만 그게 말처럼 쉽지는 않았다.

'저기 앉아 있는 사람이 박도희와 김찬우인가?'

파스텔 컬러의 마카롱이 담긴 접시를 앞에 두고 상대방을 애틋한 눈으로 바라보는 두 사람은 드라마에서처럼 실제로도 연인 사이인 것 같았다. 얼른 시선을 돌렸다. 지금 둘은 사람들의 눈을 피해 광택에 온 것일 테니까.

"언니, 왜 언니의 엄마처럼 가수가 되지 않았어요? 저렇게나 영감을 주시는 분인데!"

"나도 엄마한테서 영감을 많이 받았어."

유진 언니가 인정했다.

"하지만 조금 다른 방식으로 받았지. 어렸을 때부터 나는 내가 무대에 오를 사람이 아니라고 생각했어. 그래서 차라리 엄마한테 배운 것들을 차세대 스타들을 이끌어주는 데 사용하기로 했지."

유진 언니가 내 손을 잡았다.

"무대를 위해 태어난 아이들 말이야. 레이첼, 너처럼."

가슴이 벅차오르기 시작했고 긴장되는 마음을 삼켰다.

'무대를 위해 태어난 아이.'

언니 손을 꽉 잡았다. 언니는 나를 데리고 무대 근처 테이블로 간 다음 의자를 빼줬다. 커피를 마시며 쉬고 있는 한국 최고의 스타들 사이에서 유진 언니와 이야기를 나누는 것도 좋겠다고 생각했다. 우리가 한때 그랬던 것처럼 말이다. (뭐, 전에는 스타들 대신 식물들 사이에서 이야기를 나누긴 했지만.) 하지만 아직도 이해되지 않는 부분이 있었다.

"언니. 여기가 정말 멋있긴 한데, 음…."

목소리를 낮췄다.

"우리 여기에서 뭘 할 거예요? 영상은요?"

유진 언니가 나에게 윙크했다.

"곧 알게 될 거야. 마실 음료 좀 가져올게. 바로 올 거야."

언니는 무대 옆에 있는 커피 주문대로 갔다.

손이 떨렸고 긴장을 풀기 위해서 냅킨을 한 장 뽑아 가장자리부터 낙서를 하기 시작했다. 언니 계획은 무엇일까? 정유나 선생님 앞에서 노래를 부르게 하려는 것일까? 그럼 그 영상은 확실히 대박이 나긴 하겠다. 아, 박도희와 김찬우를 영상에 출연시키려는 걸까? 나는 혼자 킥킥댔다. 레아의 친구들이 이 사실을 알게 된다면 엄청나게 놀랄 게 분명했다. 낙서를 한 냅킨을 옆으로 치우고 테이블 위에 놓여 있던 티스푼을 만지작거렸다.

'그런데 언니는 왜 이렇게 안 오는 거야?'

주변을 두리번거리며 언니를 찾다가, 박도희와 김찬우가 자리에서 키스하는 장면을 봤다.

'어! 두 사람 사귀는 거 맞네. 레아가 이 이야기를 들으면 기절 초풍하겠지.'

혼자 생각에 푹 빠진 나는 티스푼을 돌렸다. 하필 티스푼이 내 얼굴을 정확하게 때리고 말았다.

"아야!"

코를 문지르면서 혹시나 누가 이 광경을 봤을까 하고 마음 졸이며 주변을 살폈다. 다행히 스타들이 모인 곳에서 나는 구경할 만한 사람이 아니었다. 안도의 숨을 쉬며 의자에 편히 기대앉았다.

"와… 진짜 아프겠다."

7

제이슨이 내 옆에 있는 의자에 앉았다. 스웨터 소매를 돌돌 말아 팔꿈치까지 걷어 올린 그의 팔이 너무나 근사했다. 구릿빛으로 그을린 팔은 길쭉했고, 놀라울 만큼 매끈하고 단단해 보였다. 오디션이 있던 날 노래가 끝나갈 즈음, 제이슨이 내 허리에 팔을 두른 게 생각나서 침을 꼴깍 삼켰다. 그다음 순간 그의 운동화에 전날 밤에 마신 소주와 샴페인을 토해버린 기억도 떠올라 얼굴이 화끈거렸다.

"여기서 뭐 하는 거예요?"

당황해하며 물었다.

"항상 내가 앉는 테이블에 앉아 있는 건 너인데."

제이슨이 몸을 들이대고 눈을 찡긋하며 내 귓가에 속삭였다.

"내가 맞혀볼게. 지금 나 스토킹하는 거지?"

나는 억지로 웃음 지었다. 제이슨과 듀엣 곡을 부르기 위한 계획이지만, 그의 자존감을 더욱 북돋아줄 필요는 없었다. 이미 DB엔터테인먼트의 루머 제조기가 제이슨의 자존감을 충분히 올려주고 있었다.

제이슨은 의자에 등을 기대고 앉아서 능글맞게 웃었다.

"나 때문에 긴장하는 것 같은데?"

얼굴이 화끈거렸다.

"아닌데요. 단단히 착각한 것 같네요."

목소리에 지나치게 힘이 들어갔다.

"그래? 네 얼굴이 빨개서."

제이슨이 내 뺨에 한쪽 손을 댔다.

"뜨겁기도 하고."

내가 그의 손을 뿌리쳤다.

"저기요. 내 얼굴 만져도 된다고 한 적 없는데요."

제이슨이 양손을 들며 대답했다.

"맞다, 미안. 네가 혹시 아프진 않은지 확인하려고 했어. 정유나 선생님이 가꾼 아름다운 공간에 혹시 토를 하면 안 되니까. 배우들이 다 도망갈지도 몰라."

제이슨은 박도희와 김찬우에게 손을 흔들면서, 나에게만 들릴 만큼 작은 목소리로 말했다.

"배우들 비위 약한 건 유명해."

종업원이 따뜻한 커피와 페이스트리가 가득 담긴 접시를 들고 우리가 앉아 있는 테이블로 왔다.

제이슨은 커피로 손을 뻗으면서 여심을 녹이는 미소를 지었다.

"타이밍이 끝내주네요. 마침 이 커피 마시고 싶었는데, 어떻게 아셨어요?"

종업원이 환히 웃으며 고개 숙여 인사했다. 과연 제이슨에게 넘어가지 않는 사람이 있기는 할지 정말 궁금했다.

"그나저나, 용서해줄게."

제이슨이 통에 든 설탕을 커피에 절반쯤 쏟아부으며 말했다.

"토한 거 말이야."

긴장한 눈빛으로 제이슨을 바라봤다.

"제일 좋아하는 운동화를 버리긴 했지만, 그것 빼고는…."

제이슨이 픽 웃었다.

그의 미소를 보자 가슴이 철렁했지만 애써 감정을 감췄다.

"고마워요. 내 인생에서 가장 부끄러웠던 순간을 누군가가 비웃고 있다는 사실을 알게 돼서 기쁘네요."

갑자기 낯빛이 조금 어두워진 제이슨이 대답했다.

"알겠어, 알겠어! 운동화 이야기는 농담이었어. 하지만 이건 진담이야. 나도 DB 엔터테인먼트 오디션이 엄청 긴장된다는 거 알아. 다 겪어봤으니까."

차라리 내가 긴장한 것이었다면 좋았을 텐데…. 어쨌든 이 말에는 제이슨의 진심이 담겨 있다는 사실을 알 수 있었다.

그에게 고개를 살짝 끄덕였다.

"고마워요. 정말이에요."

제이슨은 빙긋 웃으며, 병에 든 크림을 커피에 완전히 쏟아부었다. 마지막 크림까지 탈탈 털어 넣더니 미안한 표정을 지어 보였다.

"아, 미안. 크림 필요했어?"

"괜찮아요. 나는 블랙커피가 좋아요."

캐러멜색이 나는 커피를 보며 미간을 찌푸렸다.

"밀크셰이크 맛이 나는 커피를 좋아하나 봐요."

"어쩔 수 없어. 달콤한 맛을 좋아하거든."

제이슨이 윙크하며 그 끔찍한 커피를 홀짝였다.

잠시 정적이 흘렀다. 꼭 어색했다고 할 수는 없지만, 편안한 분위기도 아니었다. 바이럴 영상을 만들어야 한다는 부담감이 내 마음을 짓누르고 있었다. 유진 언니는 무슨 생각일까?

"레이첼, 이야기 좀 해봐."

제이슨이 페이스트리를 집어 들면서 말했다.

"파자마 패션 아이콘이자 깐깐한 커피 허세꾼인 것 빼고, 넌 어떤 사람이야?"

할 말을 찾아 헤매느라 머릿속이 복잡해졌다. 케이 팝 연습생이에요? 하지만 이건 그도 아는 사실이었다. 데뷔하기 위해서는 무엇이든 할 거예요? 이것 역시 그가 이미 경험한 일이었다. 바이럴 영상을 만들어서 사람들에게 내 목소리가 미나보다 훨씬 낫다는 걸 증명해 보이고, 혹시라도 그 영상을 본 노 대표와 이사진이 오빠와 듀엣을 할 기회를 다시 주지는 않을까 하는 바람으로 여기에 왔어요? 당연히 그에게 할 수 없는 말이었다.

그때 마침 종업원이 다시 나타나서, 테이블 위에 작은 흰색 트레이를 올려놨다.

제이슨 얼굴에 미소가 가득 번졌다.

"너도 정말 좋아할 거야. 이 카페에서 제일 유명한 디저트거든."

트레이 한쪽에는 따뜻하게 녹인 밀크 초콜릿이 조그만 그릇에 담겨 있었다. 제이슨이 식용 꽃과 딸기로 가득 채워져 있는 동그란 솜사탕 중앙에 밀크 초콜릿을 붓자, 진저브레드 크럼블과 블랙베리 판나코타를 겹겹이 쌓아 올린 디저트 위로 솜사탕이 녹아내렸다.

"제가 마지막으로 먹은 디저트가 완전히 초라해지네요."

입 안 가득한 초콜릿과 딸기 맛을 음미하며 웅얼거렸다.

"엄마가 페이스트리를 사 오셨길래 속에 과일이 들어 있을 줄 알고 하나 먹었는데, 소시지랑 이상한 설탕 시럽, 옥수수가 들어 있었어요."

"평범한 페이스트리인 척하는 소시지빵이라니!"

제이슨이 스푼을 내려놓더니 실망스럽다는 표정으로 고개를 흔들었다.

"어째서 모든 음식에 핫도그 소시지를 넣을까요?"

부드러운 판나코타를 한 스푼 가득 떠먹으며 물었다.

"그리고 치즈도."

제이슨이 거들었다.

"또 치즈를 넣은 것도 많잖아. 치즈 라면."

"치즈 김밥."

"치즈 닭갈비."

"치즈 소시지."

제이슨이 웃음을 터뜨렸다.

"치즈 소시지에 치즈 소시지를 추가할 수도 있을까?"

"물론이죠. 여기는 한국이라고요. 당연히 더블 치즈 더블 소시지도 있어요."

우리는 함께 웃음을 터뜨렸다. 바로 그 순간만큼은 우리 둘을 제외한 모든 것이 사라졌다. DB 엔터테인먼트도, 미나도, 비밀 작전도, 마지막 기회도 존재하지 않았다. 마치 제이슨과 내가 평범한 인생을 사는 평범한 친구가 돼, 함께 커피를 마시고 근사한 디저트를 즐기고 있는 것 같았다. 하지만 찰나의 순간이 지나자 곧 웃음도 사라졌다. 연애 금지 규칙의 기준이 어디까지 적용되는지 몰라도, 연습생이 슈퍼스타와 함께 페이스트리를 먹으면서 시시덕대는 모습은 회사가 탐탁지 않게 여길 것이다.

시선을 돌리고 괜히 딴청을 피우면서, 입가에 묻은 시럽을 닦아 내려고 냅킨을 집어 들었다. 그러자 제이슨이 손을 뻗어 내 손목을 잡았다. 내가 미처 대응할 겨를도 없이 순식간에 일어난 일이었다. 얼어붙은 나는 황급히 그를 봤다. 그의 시선이 내 입술을 향해 있었다.

'맙소사. 지금 그걸… 하려는 건가? 안 돼!'

"냅킨에 그게 뭐야?"

제이슨이 내 손에서 냅킨을 낚아채 테이블 위에 펼쳤다.

'아. 그럼 그렇지….'

내 뺨이 붉어졌다.

"아무것도 아니에요."

냅킨을 다시 빼앗으려고 했지만, 제이슨은 내 손이 닿지 않도록 냅킨을 자기 쪽으로 가져갔다.

체념한 나는 한숨을 쉬며 말했다.

"그냥 낙서예요. 지루할 때 의상 스케치하는 걸 좋아해서요."

"의상?"

"네, 의상이요. 세계 패션의 수도라고 불리는 곳에서 자랐거든요. 그래서 사람들의 옷을 항상 유심히 구경하곤 했어요."

제이슨은 아무 말 없이 냅킨을 살펴봤다. 왠지 그가 내 옷장을 뒤지기라도 하는 것 같았다. 제이슨이 나의 내밀한 부분을 들여다보는 기분이 들었다.

"진짜로 직접 그렸어?"

의외라는 목소리였지만 기분 나쁘게 들리지는 않았다.

"잘 그렸다. 정말 잘 그렸어."

나를 쳐다보는 제이슨의 표정에는 꾸밈이 없었다. 그는 진심이었다. 심지어 조금 감명을 받은 눈치였다. 금방이라도 자기 얼굴이든 뭐든 그려보라고 할 것만 같았다. 그건 싫었지만 말이다. 재빨리 냅킨을 낚아채 돌돌 뭉친 다음 그의 커피 잔 안으로 던졌다.

제이슨 입이 쩍 벌어졌다.

"지금 저지른 짓, 취소해."

"아무것도 아니에요. 흔하디흔한 의상 그림이었어요. 그리고 그 커피는 너무 달았고요. 지금 내가 오빠를 당뇨병에서 구해준 거예요."

제이슨은 푹 젖은 냅킨을 두 손가락으로 건져냈다.

"아, 슬프네. 완벽한 커피였는데, 낙서가 망쳤네."

그가 멈칫했다.

"오, 가사로 나쁘지 않은데?"

그에게 새 냅킨을 내밀었다.

"여기에 써두는 게 좋겠네요."

그리고 농담을 덧붙였다.

"만약 DB 엔터테인먼트에서 직접 작사하는 걸 허락한다면 말이에요."

제이슨이 농담으로 받아칠 거라 생각했지만 그의 표정은 굳어 있었다. 그는 퉁명스럽게 웃더니 젖은 냅킨을 테이블 위에 올려놨다.

"너는 몰라도, 너무 몰라."

제이슨 얼굴에 그늘이 스쳤다. 한 번도 본 적 없는 표정이었다. 그가 내뿜는 강렬한 에너지는 흔적도 없이 사라졌고, 그의 어깨는 앞으로 축 처졌다.

"제이슨? 괜찮아요?"

그가 입을 떼려는 순간 마이크 소리가 날카롭게 울렸다.

무대 위 피아노 옆에 남자 네 명이 서 있었다. 그중 한 남자가 마이크를 톡톡 치면서, 우리를 똑바로 바라보며 웃고 있었다. 그를 단번에 알아봤다. 사실 네 명 모두 알아봤다. 제이슨이 속한 밴드,

넥스트 보이즈의 멤버들이었고 마이크를 든 사람은 민준이었다. 세계적인 슈퍼스타이자 내 가방에서 꺼낸 치킨을 맛있게 먹던 바로 그 사람.

"제이슨 리와 그의 숙녀 친구를 무대 위로 모시겠습니다."

경쾌하고 장난스러운 민준의 목소리가 광택에 울려 퍼졌다.

"이 카페 규칙이에요. 공짜 음료를 마시려면, 무대에서 노래를 불러야죠."

사람들이 환호했다. 그제야 피아노 연주가 멈췄고, 카페 여기저기에서 사람들이 웅성거리고 있다는 사실을 깨달았다. 사람들은 손으로 입을 가리고 속삭이면서, 우리를 향해 궁금하고 신기하다는 눈빛을 보내고 있었다. 궁금한 눈빛은 나에게, 신기한 눈빛은 제이슨에게 보내는 게 분명했다. 조금 전에 내가 박도희와 김찬우를 쳐다봤던, 그 눈빛이었다.

정유나 선생님과 아카리와 함께 앉아 있는 유진 언니를 발견했다. 언니는 나와 눈이 마주치자 윙크를 했다. 제이슨은 내 의자에 팔을 두르고선 나에게 느긋한 미소를 보냈다. 얼굴에 잠시 드리워졌던 그늘이 완전히 걷혀 있었다.

"무시해. 저번에 파티 끝나고 노래방에 갔는데, 내가 자리에서 빨리 일어났다고 민준이가 저러는 거야. 커피값은 내가 낼게."

유진 언니를 쳐다보자, 언니는 자신의 휴대폰을 슬쩍 가리키며 무대를 향해 고갯짓했다. 나는 다시 제이슨을 봤다. 이제야 상황이 이해되기 시작했다. 유진 언니가 나를 광택으로 데려온 이유가 바로 이거였다. 단순한 바이럴 영상이 아니라, 제이슨과 함께 나오는 바이럴 영상을 만들 계획이었던 것이다. 지금이 아니면 기회는 없었다. 용기 내어 제이슨의 손을 잡았다. 웅성대는 소리가 더욱 커졌다. 내가 자리에서 일어나며 미소 짓자, 놀란 제이슨이 눈을 휘둥그레 떴다.

"가요. 사람들이 이미 이야기하고 있어요. 우리가 이야깃거리는 제공해야죠."

제이슨이 따라 나오지 않을까 봐 마음을 졸였다.

다행히 그가 나를 보고 웃으며 자리에서 일어났다.

"잘 아네. 늑대 소녀."

그가 내 손을 꽉 쥐었다.

무대 위로 향하는 내내 심장이 미친 듯이 요동쳤다. 카페 안은 환호성과 휘파람 소리로 가득 찼다. 무대 앞에서 넥스트 보이즈 멤버들이 발을 구르며 휘파람을 불었다.

민준이 놀랍다는 표정으로 나에게 마이크를 건넸다.

"우리 모두 널 응원해."

민준이 윙크하며 말했다.

무대 반대편에 선 제이슨이 스탠드에서 마이크를 빼낸 다음 나를 바라봤다.

"준비됐어?"

사람들 틈에서 유진 언니를 찾았다. 언니는 엄지손가락을 세워 보이고는 휴대폰 카메라를 무대 쪽으로 돌렸다. 나는 숨을 깊이 들이마셨다. 카메라가 켜진 것이다.

"완벽히, 준비됐어요."

"삼백이십오."

제이슨이 마이크에서 얼굴을 돌린 채 나에게만 들리게 말했다. 내가 어리둥절한 표정을 짓자, 턱으로 자기 신발을 가리켰다.

"이 신발 가격이야. 삼백이십오 달러. 전에는 그냥 지나갔지만, 이 신발도 엉망으로 만들면 이번에는 신발 가격을 변상해줄 거라고 믿을게."

나도 모르게 마이크에 대고 웃음을 터뜨렸다. 어깨의 긴장이 풀리기 시작했다. 관객석이 점점 조용해졌고, 피아니스트는 귀에 익은 발라드 전주를 연주했다. 정유나 선생님이 1980년대에 발표한 발라드로 사랑을 노래한 듀엣 곡이었다. 모두가 나지막한 탄성을 내뱉었다. 나는 이 노래를 들을 때마다 눈물이 핑 돌곤 했다. 뉴욕 아파트의 조그마한 파란색 부엌에서 정유나 선생님의 노래에 맞춰 천천히 춤을 추던 엄마와 아빠가 떠올랐다. 식탁 밑에 앉아 그 모습을 바라보던 나는 그때 비록 어린 나이였지만, 엄마와 아빠가 사랑이 가득한 삶을 살아가고 있음을 알아챌 수 있었다. 지금 아빠는 체육관에서 늦게까지 일하면서 몰래 로스쿨 수업까지 듣고 있고, 엄마는 정교수가 되기 위해 주말까지 일하고 있다. 서로 바쁘게 지내느라, 엄마와 아빠가 함께 춤추는 모습을 본 지도 오래됐다는 생각이 스쳤다.

제이슨이 일 절을 부르기 시작했다. 그의 목소리는 그의 팔과 무척 닮았다. 단단하지만 부드러워서 마치 노래가 온몸을 따뜻하게 감싸 안는 것 같았다.

관객석으로 시선을 돌리자, 휴대폰을 꽉 쥔 채 나와 제이슨을 찍고 있는 유진 언니가 보였다. 카메라 렌즈를 보니 가슴속에서 익숙한 공포감이 스멀스멀 차올랐다. 온갖 생각이 머릿속을 가득 채웠고 점차 음악 소리가 멀게 느껴졌다.

'나는 무슨 생각이었던 거지? 바이럴 영상을 만들기로 결심하면, 카메라 공포증이 마법처럼 사라질 거라고 생각한 건가? 나 정말 바보 같은 생각을 했네. 무대 위에서 다시 토를 해야 하나? 그럼 확실한 바이럴 영상이 될 텐데.'

후렴구가 다가올수록 제이슨은 더욱 열창했다. 내가 화음을 넣어야 하는 타이밍이었지만, 나는 그대로 얼어붙었다. 입을 열었는데 정작 목소리가 안 나왔다. 두려움에 질린 눈으로 그를 바라봤다. 제이슨은 혼자 후렴구를 부르면서, 무대 위에서 내 손을 잡아당겼다. 하지만 내 팔은 내 몸통 옆에 붙어서 꿈쩍도 하지 않았다.

이 절이 시작되기 전 짧은 간주 구간이 흐를 때, 제이슨이 내 뒤로 걸어왔다. 그리고는 내 허리에 손을 얹더니 나를 돌리기 시작했다. 그러자 연습했던 동작이 본능적으로 튀어나왔고, 나는 스핀에 몸을 맡긴 채 빙글빙글 돌며 작은 무대를 가로질렀다. 불현듯 부엌에서 나와 레아가 빙글빙글 돌면서 놀았던 추억이 생각났다. 재미있다고 소리를 지르는 레아와 목청껏 노래를 부르는 나의 모습이 떠올라 웃음이 터져 나왔다.

'무대 위가 내 자리야.'

온몸에 따스한 온기가 퍼졌다. 나는 그의 손을 잡고 윙크한 다음 이 절이 시작되기 직전에 제이슨에게 입 모양으로 말했다.

'그때처럼 노래해요.'

관객석에는 정적이 흘렀다. 우리의 목소리는 화음을 이루며 울려 퍼졌다. 나는 내가 잡고 있는 그의 손에 온 감각을 집중했다. 강당에서 함께 노래했던 그날과 다름없었다. 우리는 마치 함께 노래할 운명을 타고난 것 같았다. 제이슨의 눈을 바라보자, 내가 느끼는 감정을 그도 똑같이 느끼고 있다는 사실을 알아챌 수 있었다.

나는 솔로 부분을 부르며, 부드럽게 그의 손을 풀고 무대 위를 걸었다. 난생처음으로 케이 팝을 듣고 한국인임을 자랑스러워하던 여섯 살의 레이첼이 떠올랐다. 뒤이어 노래방에서 목청껏 노래를 부르던 열한 살의 레이첼도 떠올랐다. 그때의 레이첼이 지금 무대에 선 내 모습을 보고 있다면 행복해할 것 같았다. 케이 팝 스타라는 꿈에 조금 더 다가간 것이다.

나와 제이슨의 목소리가 다시 어우러지기 시작하자, 아무것도 우리를 막을 수 없었다. 아드레날린이 샘솟았고 심장이 요동쳤다. 내 곁으로 걸어온 제이슨은 내 손을 꼭 잡았다. 그리고 내 뺨을 만질 듯 반대쪽 손을 들어 올리더니, 그대로 멈췄다. 그는 나에게 뺨을 만져도 되는지 묻고 있는 것이었다. 나는 이번만 그 질문에 답하기로 하고, 그의 손바닥에 내 뺨을 아주 잠시 갖다 댔다. 노래가 끝나가자 나는 서서히 뒤로 물러났다. 우리는 뜨거운 눈빛으로 서로를 바라봤다. 우리를 감싼 에너지가 말로 형용할 수 없는 모든 것을 대신 말해주고 있었다.

'함께 노래하는 게 마법 같아요.'

관객들이 환호했고 모두 일어나 박수를 보냈다. 제이슨은 웃으며 내 손을 잡고 관객석으로 몸을 돌렸다. 우리는 허리를 깊이 숙여 인사했다.

자리에서 일어나 무대로 나온 정유나 선생님이 나를 꼭 안아주며 말했다.

"정말로 사랑스러웠어."

선생님이 내 얼굴을 양손으로 감쌌다.

"최근 몇 년 동안 들은 내 커버 곡 중에 단연 최고였어."

"정말 감사합니다. 노래에 누를 끼치지 않길 바랐어요."

나는 다시 고개를 숙였다.

신생님은 제이슨도 안아줬다. 유진 언니가 사람들 틈에서 활짝 미소 짓고 있는 모습이 보였다. 나는 현실로 돌아왔고, 숨을 깊이 들이마셨다. 작전 일 단계가 끝났다.

그날 밤 침대에 누워 제이슨의 미소와 우리 둘의 목소리를 떠올렸다. 내 작전에 제이슨을 이용했다는 죄책감이 가슴을 쿡쿡 찌르기도 했지만, 어쩔 수 없었다. 제이슨이 본인 입으로 자기도 다 겪어봐서 안다고 말하기도 했을 만큼 그도 DB 엔터테인먼트의 트레이닝이 결코 호락호락하지 않다는 사실을 잘 알고 있었다. 꿈을 이루기 위해서 할 수 있는 건 무엇이든 해야 했다. 그럼에도 불구하고 죄책감이 조금씩 밀려왔다.

조 쌍둥이만 알고 있는 내 핀스타에 들어가 게시물을 훑어보면서 딴생각을 하려고 애썼다. 혜리와 대호가 온종일 실험을 하고 떡볶이를 먹은 사진이 보였다. 나중에 혜리의 짝사랑을 꼭 놀려주기로 했고, 사진을 두 번 두드려 '좋아요'를 표시했다.

그때 방문을 두드리는 노크 소리가 들리더니 엄마가 들어왔다.

"레이첼, 벌써 자니?"

"그냥 쉬고 있어요. 오늘 하루 종일 연습했거든요."

침대에서 몸을 일으켜 세우며 대답했다.

"숙제는 다 했어?"

아직 손도 대지 않은 숙제가 산더미처럼 쌓여 있었다.

"네, 엄마."

엄마는 트집 잡을 만한 것을 찾으려는 듯 내 방을 쭉 훑어보더니, 숙제만큼이나 산더미처럼 쌓인 옷 무더기에 시선을 고정했다.

"이 방 좀 봐. 완전히 난장판이네. 엄마가 계속 너의 꽁무니를 쫓아다니면서 청소해줄 거라고 생각하지 마."

"그렇게 생각 안 해요."

다시 침대 위에 털썩 누우며 말했다.

눈을 감고서 상상의 나래를 펼쳤다. 그 속에서 엄마는 요즘 트레이닝 수업이 어떤지 물었고, 나는 마법 같았던 제이슨과의 듀엣에 대해 상세하게 이야기했다. 어쩌면 엄마와 정유나 선생님의 원곡을 함께 듣고, 엄마와 아빠가 그 노래에 맞춰 춤추던 모습을 아직까지 기억한다고 말할 수도 있었다. 하지만 꿈에서 깨야 했다. 엄마의 잔소리는 끝날 줄 몰랐다.

"나 집에 왔어."

현관에서 아빠의 소리가 들렸다.

"여보, 여기 와서 당신 딸이 살고 있는 이 돼지우리 좀 봐."

아빠가 내 방으로 와서 엄마 옆에 섰다. 눈 밑에 다크서클이 드리운 아빠는 살이 더 빠진 것 같았다. 아빠는 늦게까지 체육관에서 일하고 로스쿨에서 야간 수업까지 듣느라 완전히 피곤에 절어 있었다. 아무래도 주현이의 부기 제거용 라즈베리 아이 크림을 드려야 할 것 같았다.

"당신 딸 정신 좀 차리게 이야기 좀 해줘."

"레이첼, 방 청소를 하렴."

아빠가 피곤한 목소리로 말했다.

"네, 아빠. 내일 치울게요."

안 그래도 힘든 아빠에게 스트레스를 더 주고 싶지 않았다.

"이제 됐다. 김씨 집안에 평화가 돌아왔네."

아빠는 겨우 입으로만 웃었고 피곤한 걸음으로 내 방을 나갔다. 엄마는 걱정스러운 듯 미간을 찌푸리며, 내 방문을 그대로 열어 놓은 채 아빠 뒤를 재빨리 따라갔다.

나는 직접 문을 닫으려고 침대 밖으로 나왔다. 문을 닫으려는 찰나 레아가 고개를 쑥 내밀었다.

"언니, 안녕."

레아가 재잘대기 시작했다.

"오늘 〈오 마이 드림스〉에서 무슨 일이 일어났는지 언니는 상상도 못 할걸? 박도희랑 김찬우가 헤어졌어. 알고 보니까, 박도희가 여태 몰래 바람피우고 있었더라고. 그런데 박도희 잘못은 아닌 게,

그 바람피운 남자가 최면을 걸었어. 그래서 박도희가 미혼의 공중 곡예사였고, 자기랑 호주에서 같이 살았다고 믿게 만든 거야."

광택에서 있었던 일이 생각났다. 레아가 가장 좋아하는 드라마 커플에 관한 비밀을 이야기해주고 싶어서 입이 근질근질했지만, 지금은 적절한 때가 아니었다. 말을 꺼냈다가는 레아가 절대로 내 방에서 나가지 않을 것 같았다.

레아를 문밖으로 내보냈다.

"동생아, 나중에 다시 와. 지금은 쉬는 시간이야."

"그런데 지금 같이 이야기할 사람이 없는데…."

나는 문을 잠갔다. 그리고 침대에 드러누워 다시 눈을 감았다. 죄책감이 밀려와 에스프레소 세 잔을 연거푸 마신 것처럼 심장이 빠르게 뛰었다. 노곤한 아빠의 눈과 귀여운 레아 얼굴이 자꾸만 생각났다. 내가 데뷔를 했다면 가족의 희생이 그만한 가치가 있었을지도 모른다. 가족들도 자신의 희생, 다시 말해 직장을 그만두고, 친구와 작별하고, 미국을 떠난 것이 결코 무의미하지 않았다고 생각했을 것이었다. 마음이 복잡해졌다.

카카오톡 메시지 알림이 울렸다. 유진 언니에게서 온 메시지였다.

인스타그램 확인해봐.

후들거리는 손으로 인스타그램에 들어갔다. 게시물 최상단에 광택에서 나와 제이슨이 노래를 부르는 영상이 올라와 있었다. 영상의 '좋아요' 수는 이미 이십만 개를 넘어섰다. 팔로우하고 있던 케이 팝 팬 계정과 가십 계정들을 쭉 훑어보는데, 이 영상이 없는 곳이 없었다. 유진 언니가 어떤 방법으로 영상을 흘렸는지 모르겠지만, 효과가 있다는 사실은 분명했다. 댓글들을 보는 동안 감히 숨을 쉴 수도 없었다.

'저 사람이 제이슨 여친인가?'

'여자 목소리 너무 좋다. 두 사람 목소리가 너무 잘 어울린다!'

'#보름달연인실화?'

'OMG! 나 지금 우는 중….'

'이 노래 어디에서 다운로드할 수 있음? 벨 소리로 쓰고 싶음!'

조 쌍둥이와 아카리가 보낸 메시지가 쉴 새 없이 도착했다.

세상에. 이럴 수가! 유진 언니는 우리 영웅이야.

인스타그램 알림이 울렸다. 슬로트 코치에게서 온 다이렉트 메시지였다.

레이첼, 축하해요. 혹시 제이슨과 테니스 레슨을 받고 싶으면 이야기해요!

메시지를 확인하고 있는데 내 방문을 두드리는 소리가 났다. 레아였다.

"언니! 문 좀 열어봐. 당장! 이거 진짜 언니야?"

하지만 정신이 아득해서 그 어떤 것에도 집중할 수가 없었다. 다시 침대에 누워 가슴 위로 휴대폰을 꼭 쥐었다. 웃음이 마구 터져 나왔다. 조금 전에 느꼈던 죄책감이 씻긴 듯 사라졌다. 황홀감에 젖어 소리를 질렀다.

'맙소사, 내가 해냈다!'

두 번째 기회에 한 걸음 다가섰다. 그리고 이번 기회는 절대 그냥 지나가도록 내버려 두지 않을 것이다.

8

열두 쌍의 눈빛이 나에게 고정된 채 나의 모든 행동 하나하나를 지켜보고 있었다. 블레이저 매무새를 가다듬고 블랙 스키니 진의 윗부분을 매만져 구김을 폈다. 오늘의 의상은 시크하고 프로페셔널하게 보이는 것이 목적이었다. 흠잡을 데 없는 케이 팝 연습생의 전형. 이사진에게 완벽한 인상을 남겨야 했다.

노 대표는 기다란 직사각형 회의용 테이블의 의장 자리에 앉아 있었다. 그의 얼굴이 마호가니 테이블의 매끈한 표면에 반사됐다. 그는 턱 밑에 손가락 끝을 모두 맞대어, 첨탑 모양을 만들고 있었다. 그 반대편에는 나와 유진 언니가 차려 자세로 서 있었다. 유진 언니는 며칠 전에는 공범자였다가 지금은 변호사가 된 것 같았다.

유진 언니가 상황을 설명했다.

"유출된 영상이 바이럴 영상이 됐어요. 대중들은 제이슨과 레이첼이 함께 노래 부르는 것에 환호하고 있죠. 그 영상은 인스타그램에서 한 주간 가장 많이 재생된 영상이고, 조회 수는 벌써 삼백만 뷰가 넘었어요. 사람들이 영상에 열광하고 있어요. 만약 레이첼이 제이슨과 듀엣 곡을 부른다면 사람들은 더욱 열광할 거예요. 흥행이 보장되는 거죠."

"잠시만요."

임 이사가 손을 들었다.

매부리코에 금속 테 안경을 걸쳐 쓴 임 이사는 노 대표보다 나이가 많고 깐깐했다.

"지금 우리의 스타에게 토를 한 연습생한테 다시 한 번 기회를 주자고 제안하는 겁니까? 미스 정, 미안한 말이지만 사적인 감정 때문에 올바른 판단을 못 하고 있는 것 같군요."

바이럴 영상에 대한 설명은 전부 유진 언니가 하기로 이미 논의하고 들어온 터라 나는 표정 관리를 하는 데 애썼다.

"제이슨은 확실히 그 일을 넘어가기로 결정한 것 같은데요."

유진 언니가 휴대폰을 가리키며 말했다.

"우리도 그렇게 해야 할 시기입니다."

"시기?"

심 이사가 믿을 수 없다는 듯 되물었다.

가느다란 그녀의 목에 핏줄이 선명해졌고, 입은 영원히 으르렁댈 것 같았다.

"겨우 이 주쯤 지났어요. 레이첼이 신뢰를 다시 회복하려면, 이보다 훨씬 더 오랜 시간이 걸릴 거예요. 애초에 신뢰 회복이 가능하다면 말이죠. 내가 이 회사에서 본 오디션 중에 최악이었다고요."

다른 몇몇 이사진도 수군거렸다.

나는 주먹을 꽉 쥐었다. 하지만 아무 말도 하지 않았다. 다들 내가 이 회의실에 존재하지 않는 양 이야기하는 게 너무 싫었지만, 말을 시키지도 않았는데 먼저 말하는 건 연습생에게 허락되지 않은 일이었다. 바이럴 영상의 당사자라도 어쩔 수 없었다.

노 대표가 손을 올리자 모든 사람이 말을 멈췄다.

"오늘은 이만하면 된 것 같습니다. 대다수 의견은 레이첼이… 준비가 아직 안 됐다는 거군요. 마지막으로 말하고 싶은 사람 있습니까?"

나는 체온이 치솟았다.

'뭐라고? 안 돼!'

이대로 끝나면 안 됐다. 고지가 코앞인데 여기서 끝낼 순 없었다. 내가 금방이라도 폭발할 듯 움찔하자 유진 언니가 내 팔꿈치를 부드럽게 만졌다.

유진 언니는 보일 듯 말 듯 고개를 저으며 말했다.

'상황을 더 나쁘게 만들지 마. 너는 이미 얇디얇은 얼음 위에 서 있어.'

심장이 철렁 내려앉았다. 언니가 옳았다. 듀엣 곡을 부르지 못하게 되더라도 회사에 남아 있는 것이 회사에서 완전히 방출되는 것보다 나았다. 작전은 실패였다. 눈물, 자존심, 마지막 한 줄기 희망까지 모두 억눌러야 했다.

유진 언니를 따라 회의실을 나가려고 몸을 돌렸는데, 갑자기 누군가 벌떡 일어나며 소리쳤다.

"잠시만요!"

언니와 내가 뒤를 돌아봤다. 새로 손질한 듯한 머리에 소년 같은 얼굴을 가진 젊은 이사가 휴대폰을 들고 서 있었다.

"문제의 영상을 보지도 않고 대화를 끝내면 안 될 것 같습니다. 노 대표님, 제 휴대폰을 프로젝터에 연결해도 되겠습니까?"

노 대표는 멈칫하더니 고개를 끄덕였다.

"그렇게 하시죠. 한 이사님."

한 이사는 나를 힐끗 바라보고 살짝 윙크했다.

'뭐지? 나를 도우려고 하는 건가?'

가슴속에서 희망의 불씨가 되살아났다.

휴대폰을 연결한 프로젝터에서 영상이 재생됐다. 제이슨의 노랫소리가 회의실을 가득 채웠다. 옛 노래의 친숙한 멜로디가 흘러나오자 이사진 몇몇의 표정이 누그러졌다. 화면 속 제이슨이 노래를 이어가자, 내 왼쪽에 있던 심 이사는 행복한 듯 숨을 내뱉은 다음 얼굴에 아득한 미소를 띤 채 가슴 위로 손을 꼭 쥐었다. 제이슨 앞에서 약해지지 않을 사람이 이 세상에 존재하긴 할까? 숨을 죽이고 내 노래 파트가 나오기를 기다렸다. 마침 내 목소리가 흘러나왔고 나는 노 대표가 있는 쪽을 슬쩍 훔쳐봤다. 그는 안경 뒤에 눈을 숨기고, 늘 그렇듯이 음악에 맞춰 손가락을 톡톡 두드리고 있었다. 모든 이사진이 그랬다. 심지어 몇몇은 미소를 지으며 노래를 따라 부르고 있었다. 노래가 마지막 후렴구에 달하자 심 이사가 손으로 눈가를 두드렸다. 나는 슬그머니 웃었다. 감격의 눈물은 언제나 좋은 신호이기 때문이다.

음악이 끝나자 화면이 검게 바뀌었다. 모두 박수를 쳤고, 한 이사는 휘파람을 불었다. 가슴속에서 희망이 커지고 있었지만 안심을 하긴 일렀다. 이걸로 충분했을까?

"인정할 건 인정할게요. 꽤 아름답네요."

심 이사가 떨떠름하게 말했다.

"대중은 두 사람이 함께 있는 모습을 무척 좋아해요."

한 이사가 자신의 SNS 게시물을 쭉 내렸다.

"SNS에서 이 퍼포먼스에 쏟아지는 반응은 그야말로 폭발적입니다."

"그건 그렇겠죠."

임 이사가 무뚝뚝하게 대답했다.

"우리가 애초에 레이첼의 재능을 의심했습니까? 이 연습생의 노래 실력은 모두 익히 알고 있습니다. 하지만 레이첼이 프로답게 활동할 수 있을까요? 다들 미디어 트레이닝 수업 보고서를 보셨을 겁니다. 과연 이 아이가 카메라 앞에서 퍼포먼스를 제대로 할 수 있을까요? 모든 걸 쏟아부어 DB 가족의 이미지를 지킬 수 있을까요? 그건 완전히 다른 문제입니다."

"맞는 말씀이에요."

심 이사가 동의했다.

"만약 레이첼이 제이슨과 함께 활동한다면 이미지가 완벽해야 해요. 하지만 오디션에서 레이첼이 보여준 모습은 완벽했다고 말하기 어렵죠."

"어째서 완벽해야 합니까? 두 사람이 듀엣 곡을 부르면 크게 히트를 칠 수 있습니다. 수치가 증명해주고 있으니까요. 이건 비즈니스 전략이에요. 두말하면 잔소리지만, 요즘 대중은 완벽함보다 진정성에 관심이 많죠. 이 영상처럼 말이에요. 다들 진정성 있고 공감대를 형성할 수 있는 스타가 자기 재능과 노력의 결과를 여과 없이 보여주길 원해요. 레이첼은 바로 그 지점을 만족시킬 수 있죠. 게다가 이 영상 속에서 레이첼이 카메라 울렁증을 확실히 극복했다는 것을 알 수 있지 않습니까?"

한 이사가 도전적으로 말했다.

그의 마지막 말에 내 얼굴이 뜨거워졌지만, 아무 말도 하지 않았다. 방금 들은 말을 믿을 수가 없었다. 모든 소속사 이사들이 비슷하겠지만, 특히 DB 엔터테인먼트 이사진은 지독할 정도로 엄격하고 자기 방식을 고수하는 것으로 유명했다. 소속사가 바라고 요구하는 바를 최우선시하지 않는 아티스트는 용납되지 않았다. 혁신보다 전통이, 진정성보다 기계적인 완벽함이 중요했다. 전형적인 케이 팝 스타일을 따라야 했다. 하지만 한 이사의 관점은 달랐다. 그의 새로운 관점을 어떻게 받아들여야 할지 알 수 없었지만, 그가 말을 할 때마다 나도 모르게 고개를 끄덕이고 있었다.

"레이첼."

노 대표가 내 이름을 불렀다.

나는 바로 허리를 꼿꼿이 세웠다.

"네, 대표님."

"왜 우리가 너에게 두 번째 기회를 줘야 하지?"

유진 언니를 바라보고 싶은 마음을 꾹 누르고, 노 대표를 똑바로 바라봤다. 그는 지금 내 대답을 원했다.

숨을 크게 들이마신 다음 턱을 들고 말했다.

"왜냐하면."

차분하게 말을 이어갔다.

"제가 얼마나 밝게 빛날 수 있는지에는 한계가 없으니까요. 이 영상은 그저 시작에 불과해요. 두 번째 기회를 주신다면, 저는 두 배 더 노력하면서 두 배 더 밝게 빛날 거예요. 세 번째 기회를 주신다면, 세 배나 더 밝게 빛날 거고요. 그리고 저는 누구보다도 잘해낼 수 있어요."

회의실에 정적이 감돌았다. 노 대표는 의자에 등을 기대고 앉았다. 그는 미러 렌즈 밖의 나를 뚫어져라 쳐다봤다. 나는 시선을 피하지 않고 당당하게 맞섰다.

노 대표는 흐뭇한 표정으로 고개를 끄덕이더니 옅은 미소를 짓고 말했다.

"회의 끝났습니다."

이사진이 소지품을 챙기는 동안 나는 가만히 서서 눈만 깜빡였다. 한 이사와 유진 언니 역시 나처럼 혼란스러운 표정이었다.

"잠시만요!"

문 쪽으로 가는 노 대표를 향해 소리쳤다.

그 바람에 온갖 DB 엔터테인먼트의 불문율이 깨지고야 말았지만, 그래도 알아야 했다. 노 대표가 뒤를 돌아보더니 눈썹을 치켜들었다.

"제가 제이슨과 듀엣을 부르게 되나요?"

노 대표 얼굴 가득 미소가 번졌다. 계산적인 그의 비뚜름한 얼굴을 보자, 팔에 소름이 돋았다.

"그래, 레이첼. 너는 제이슨과 노래를 부르게 될 거야. 하지만 듀엣은 아니야. 트리오가 될 거야. 너, 제이슨, 그리고 미나까지."

'트리오. 내가 제이슨, 미나와 노래를 부른다….'

"아, 그리고 레이첼."

"네, 대표님."

노 대표의 눈빛이 차갑고 날카롭게 변했다.

그가 나를 똑바로 바라보며 말했다.

"나는 사람들에게 세 번째 기회를 주는 타입이 아니야. 얼마나 밝게 빛나든 상관없이 말이야."

집으로 가는 버스에서 서둘러 내린 나는 레아에게 줄 간식을 사기 위해 던킨도너츠에 들렀다. 글레이즈드 도넛 한 상자와 레아가 제일 좋아하는 딸기 바나나 스무디를 샀다.

깨고 싶지 않은 꿈을 꾸는 것 같았다. 제이슨과 노래를 부르다니. 나, 레이첼 김이 제이슨과 노래를 부르다니! 얼굴 가득 미소가 번졌다. 문득 미나도 함께 노래를 부른다는 생각이 들어 살짝 김이 샜다. 미나는 계획에 없었는데 말이다. 하지만 그건 내일 걱정할 문제다.

나는 집을 향해 뛰어갔다.

"레아!"

문을 들어서자마자 소리치며 신발을 벗어 던졌다.

"언니 왔어. 네가 가장 좋아하는 두 가지를 들고 왔지. 간식하고
가십!"

거실로 들어오다가 순간 멈칫했다.

소파에 앉아 있는 엄마는 손가락 마디마디가 하얘질 정도로 힘
껏 휴대폰을 쥐고 있었다. 엄마는 나를 노려보며 입술을 세게 다물
었다.

"엄마, 집에 일찍 오셨네요."

머뭇거리며 말했나.

엄마의 표정을 보자 속이 울렁거렸다.

그때 머리를 스치는 생각이 있었다. 아빠 일이 분명했다. 아빠
가 로스쿨에 다니는 사실을 엄마가 알게 됐고, 우리가 그 사실을
숨긴 데 화가 난 것이다. 해명할 말을 찾느라 머릿속이 분주했다.

엄마가 먼저 입을 열었다. 완전히 무미건조한 목소리였다.

"이게 무엇인지 설명해볼래?"

엄마가 휴대폰을 들어 보였다. 천천히 그 앞으로 걸어갔다. 레
아에게 주려고 산 스무디가 내 손에서 녹고 있었다. 엄마의 휴대폰
속에서는 영상이 재생되고 있었다. 단순한 영상이 아니라 바로 내
가 나오는 영상이었다. 그런데 바이럴 영상이 아니었다. 연습생 숙
소에 간 날에 찍힌 영상이었다. 내 옷은 술과 땀으로 흠뻑 젖어 있
었고, 안에 입은 브래지어가 다 비쳤다. 완전히 술에 취해 제정신

이 아닌 나는 이유 없이 실실 웃고 있었다. 한 손에는 샴페인 병을, 다른 한 손에는 초록색 플라스틱 용기를 들고서는 테이블 위에서 춤을 추고 있었다. 엄마는 플라스틱 용기를 유심히 쳐다봤다. 영상 속 리지와 은지는 나를 더욱 부추기려고 휘파람을 불며 소리를 지르고 있었다. 나는 춤을 추는 것도 아니었다. 그저 팔다리를 마구 흔들며, 완전히 바보처럼 움직이고 있었다. 내 기억 속에는 전혀 남아 있지 않은 장면이었다. 빌어먹을, 미나는 내 술에 도대체 뭘 넣은 걸까? 그날의 일들을 되짚어봤다. 소파 위에서 잠든 모습, 반대편에 있는 미나를 본 기억, 미나의 휴대폰이 나를 향하고 있던 장면이 차례대로 떠올랐다.

"엄마, 어디….""

"누군가 오늘 나한테 이 영상을 보냈어."

엄마는 차분하게 말했지만 눈빛은 날카로웠다.

마른 침을 계속 삼켰다. 미나가 나에게 약을 먹이고 오디션을 방해하는 데에서 멈출 아이가 아니라는 걸 알아차렸어야 했다.

무슨 말이라도 하려고 입을 뗐지만, 엄마가 손을 들어 내 말문을 막았다.

"해명하기 전에 말해봐. 여기 연습생 숙소니?"

바닥으로 시선을 떨구고 고개를 한 번 끄덕였다.

"엄마가 연습생 숙소에 가지 말라고 했니, 안 했니?

"했어요."

갈라진 목소리로 힘없이 대답할 수밖에 없었다.

"그럼 너는 조 쌍둥이랑 공부한다고 거짓말하고, 엄마가 분명히 가지 말라고 한 숙소에 간 거네? 그리고 술에 취해 완전히 정신을 놓고는 너한테 티끌만큼도 도움이 안 되는 동료 연습생들 앞에서 스트립쇼를 했고?"

나는 고개를 들었다.

"엄마, 제발요. 엄마가 생각하는 그런 거 아니에요."

눈에 눈물이 고였다.

"왜 울어?"

엄마는 언성을 높이며 쏴붙였고 나는 겁에 질려 주춤했다. 엄마가 이만큼 화내는 걸 본 적이 없었다.

"네가 울 자격이 있는 행동을 했니? 눈물은 마음이 아픈 사람들이 흘리는 거야. 너는 미안한 마음조차 없잖아."

"미안해요!"

내가 소리쳤다.

"거짓말을 하게 돼서 정말 미안해요. 내 거짓말을 엄마가 이런 식으로 알게 된 것도 미안해요. 나는 상상도 못…."

"아빠가 영상을 보면 뭐라고 할 것 같니? 아빠 마음은 찢어질 거야."

엄마가 고개를 저으며 목이 멘 소리로 말했다.

"나는 처음부터 케이 팝 업계가 너한테 나쁜 영향을 미칠 것이라고 생각했어. 너를 망치고 있다고."

"아니에요."

강하게 반발했다.

얼굴 위로 눈물이 흘러내리고 있었다. 눈물을 닦아내려고 안간힘을 썼지만 눈물을 멈출 수 없었다.

"제발요, 엄마. 해명할게요."

"언제부터 이렇게 망신스러운 딸이 됐니? 어떻게 이런 짓을 저지를 수가 있어? 응? 지금 너는 통제 불능이야!"

죄책감과 후회 속에서 또 다른 감정이 떠올랐다. 그건 분노였다. 엄마는 나에게 해명할 시간을 잠깐이라도 줄 수 없을까? 엄마는 나의 엄마여야 했다. 내 편이어야 했다.

"엄마가 한 번이라도 날 응원해줬으면 거짓말을 할 필요도 없었겠죠. 내 트레이닝 때문에 우리가 서울에 오게 됐는데, 엄마는 지난 칠 년 동안 이 일을 내 취미 생활 쯤으로 취급했잖아요."

나는 결국 폭발하고야 말았다.

"내가 단지 몰래 집을 빠져나가고 싶어서 거짓말을 한 것 같아요? 엄마 때문에, 엄마가 세운 그 규칙 때문에 거짓말을 할 수밖에 없었어요. 이사진 눈에 띄어 무대에 설 기회를 나 자신에게 줘야 했으니까요. 참고로 이사진의 눈에 띄었고요. 대부분 부모님은 자기 딸이 제이슨 리와 다음 싱글 앨범에서 같이 노래하게 됐다고 말하면 자랑스러워할 거예요."

숨이 가빠졌고 갑작스럽게 말을 끝맺게 됐다.

엄마 얼굴에 놀란 표정이 스쳤다.

"듀엣을 하게 된 거야?"

"더 이상 듀엣은 아니지만, 아무튼 그래요."

마음을 진정시키려고 심호흡을 했다.

"내가 하게 됐어요."

"어… 축하해, 레이첼. 네가 얼마나 간절히 바라던 일인지 알아."

엄마 표정이 다시 굳어졌다.

"하지만 그렇다고 해서 그 일을 하기 위해 네가 저지른 실수가 없어지는 건 아니야. 이 업계는 너한테 해로워."

"해롭지 않아요, 엄마. 다만 치열해요. 최고의 모습만 용납하는 곳이에요."

엄마는 조소를 머금었다.

"최고의 모습?"

엄마가 휴대폰을 들었다.

"그럼 이게 최고의 모습이야? 술에 취한 상태로 동료 연습생들 앞에서 너를 구경거리로 만드는 모습?"

부끄러워서 얼굴이 달아올랐고 이제 입을 열어도 목소리가 나오지 않았다. 미나가 무슨 짓을 했는지, 영상 속의 내가 왜 그렇게 취했는지 설명하고 싶었다. 하지만 사실대로 말했다가는, 엄마에게 엄마가 옳다는 확신만 더 가져다줄 뿐이었다. 엄마의 생각은 옳지 않았다. 이번만큼은 아니었다.

엄마가 나를 바라보며 무뚝뚝하고 딱 부러지는 목소리로 가차 없이 말했다.

"내가 너를 너무 오래 방치한 것 같다. 더는 그 업계에 몸담지 못하게 할 거야. 특히 트레이닝 때문에 네가 이런 식으로 행동한다면 말이야."

엄마는 나에게 등을 돌리고 거실에서 나갔다. 믿을 수 없다는 듯한 눈빛으로 엄마를 응시했다. 엄마는 정말로 모든 일을 끝내려는 걸까?

부엌으로 다급하게 쫓아가서 말했다.

"더는 이 업계에 몸담지 못하게 한다는 말이 무슨 뜻이에요? 내 말, 못 들었어요? 제이슨 리와 노래하게 됐다니까요. 가을에 있을 DB 패밀리 투어 직전에요. 일렉트릭 플라워도 칠 년 전에 이런 식으로 데뷔했어요. 엄마, 이건 내가 지난 칠 년 동안 쏟아부은 노력이 이제 막 결실을 맺을 수 있게 됐다는 뜻이에요. DB 엔터테인먼트에서 나를 곧 데뷔시키려고 한다는 뜻이라고요."

나는 간절하게 빌고 있었다. 엄마가 나를 바라봐주기를, 나를 믿어주기를 바랐다. 그 간절함 속에는 내가 내뱉은 말을 스스로 믿고 싶은 바람도 있었다.

"제발, 엄마. 제발요. 이제 정말 다 됐단 말이에요."

엄마는 아무런 대꾸도 하지 않고, 냉장고에서 양파를 꺼내 썰기 시작했다. 스멀스멀 올라오는 불안함과 양파 냄새가 뒤범벅돼, 내 뺨 위로 눈물이 다시 쏟아지기 시작했다. 엄마가 뒤를 돌아 눈물을 주체하지 못하고 흐느껴 울고 있는 나를 바라봤다. 엄마는 여전히 경직돼 있었지만, 더 이상 분노에 가득 찬 시선으로 날 쏘아보지 않았다. 오히려 조금 슬퍼 보였다.

"레이첼. 세상에는 네가 이해할 수 없는 게 많아. 열여덟 살에는 이해할 수 없는 것들이지."

엄마가 한숨을 쉬었다.

"하지만 너는 내 딸이야. 너도 나를 이해하려고 노력해야 해. 일단 제이슨과 노래를 하렴. 그다음에 어떻게 해야 할지는 조금 더 생각해보마."

긴장한 어깨가 풀어지려는 찰나 엄마가 검지손가락을 세웠다.

"그런데."

엄마가 단호한 어조로 말을 덧붙였다.

"네가 직접 말했어. DB 패밀리 투어 때까지 데뷔하지 못하면, 너를 DB 엔터테인먼트 연습생 프로그램에서 빼낼 거야. 더는 말할 것도 없어."

엄마는 자르다 만 양파를 조리대에 그대로 올려두고 안방으로 들어간 뒤 문을 쾅 닫았다.

나는 의자에 주저앉았다. 레아에게 주려고 산 스무디와 도넛이 식탁 위에 초라하게 놓여 있었다. 어쩌다 불과 몇 시간 사이에, 세상 꼭대기에 서 있는 기분과 밑바닥으로 곤두박질치는 기분을 모두 느끼게 됐을까? 나는 다시 흐느꼈다. 이제 제이슨, 미나와 함께 부르는 이 노래는 데뷔하기 위해 거쳐야 하는 단계가 아니었다. 마지막 단계였다. 이번 일이 제대로 풀리지 않으면 내가 지금껏 노력해온 모든 것과 꿈꿔온 모든 것이… 끝나게 된다.

9

　운동을 하면 엔도르핀이 나온다는 말을 한 사람은 연습생 생활
을 겪어보지 않은 사람임이 틀림없다.

　"언니, 좀 쉬었다가 해야 할 것 같아. 몰골이 말이 아니거든. 벌
써부터 이마가 주름지고 있어."

　레아는 내 침대 위에 다리를 꼬고 앉아 허니버터칩을 먹고 있었
다. 우리 김 자매 중 한 명은 어느덧 짭짤한 음식을 모조리 달콤하
게 만들어 먹는 한국인의 입맛을 똑 닮게 된 것 같다.

　벽 거울에 비친 레아를 흘겨본 뒤, 몸을 숙이고 내 얼굴을 찬찬
히 들여다보면서 손으로 이마를 부드럽게 쓸었다.

　"무슨 주름?"

　"언니가 스트레스 때문에 삼 일이나 변비에 시달린 사람처럼 인

상을 쓸 때 생기는 주름이야."

레아는 허니버터칩을 공중에 던지고 입으로 받아먹었다.

"미나 언니하고 트리오 트레이닝을 시작한 뒤로는 쭉 그런 얼굴이야. 언니, 진짜 긴장 좀 풀어야 돼."

레아가 허니버터칩 봉지를 내 코 밑에 대고 흔들었고, 나는 그 냄새가 싫어서 얼굴을 찌푸렸다.

틀린 말은 아니었다. 노 대표와 담판을 벌인 뒤 일주일이 지났고, 여느 때보다 정신없는 나날을 보냈다. 끊임없이 몸무게 검사를 받고, 인터뷰 연습을 하고, 유산소 운동에 매진했다. 새벽 네 시에 일어나, 동이 틀 때쯤 사옥에 도착해 하루 종일 연습한 후 자정쯤 침대 위에 쓰러져 잤다. 그리고 다음 날 일어나 똑같은 루틴을 반복했다. 여전히 주말에만 연습을 할 수 있었지만, 당분간은 엄마와 트레이닝 스케줄로 입씨름할 생각이 없었다. 그렇지 않아도 팽팽한 긴장감이 감돌고 있었기 때문이다. 엄마의 최후통첩 이후로 우리는 거의 대화를 나누지 않았다. 시간이 흐르고 있었고, DB 패밀리 투어와 신인 걸 그룹 데뷔 일정이 가까워질수록 쉴 시간이 없었다. 일분일초가 아까웠다. 다행히 평일에는 레아가 나를 채찍질했다. 레아는 트레이너들 못지않게 엄격했다.

"언니, 다시 해봐."

내가 춤 대형으로 돌아가자 레아가 말했다.

"처음부터 다시."

레아는 휴대폰으로 음악을 재생시켰다.

그날 밤에만 벌써 백 번은 춘 것 같은 춤을 다시 추자, 온몸에 고통이 느껴졌다. 미나와 함께 찍은 리허설 영상을 보는 동안만 쉴 수 있었다. 이 절에 자꾸만 틀리는 춤 동작이 하나 있었다. 트레이너들의 혹평이 머릿속에서 맴돌았다.

'이 동작도 제대로 추지 못하면 절대로 데뷔 못 해. 레이첼!'

'네 춤 실력은 DB 엔터테인먼트의 수치다. 레이첼!'

'춤추는 모습이 동물원의 코끼리 같아. 레이첼!'

'레이첼!'

너무 늦게까지 연습한 탓에 레아가 내 침대에서 잠이 들었다. 레아 입가에는 허니버터칩 부스러기가 잔뜩 묻어 있었다. 내 눈꺼풀도 감기기 시작했다. 레아에게 이불을 덮어줬다. 그리고 빈 허니버터칩 봉지를 쓰레기통에 버리려고 했는데, 허니버터칩 한 조각이 남아 있었다. 너무 배고픈 나머지 설탕을 뿌린 감자 칩마저도 먹음직스럽게 보였다. 하지만 먹을 수가 없었다. 거의 매일 몸무게 검사를 받고 있는 데다 내일은 뮤직비디오 의상을 피팅하는 날이었다.

유진 언니가 전해준 뮤직비디오 촬영 소식은 나에게 충격을 줬다. 이사진은 뮤직비디오 촬영 날 카메라를 바짝 들이대도 내가 자연스럽게 행동할 수 있는지 매의 눈으로 지켜볼 것이다. 그렇지만 언니가 뮤직비디오용 의상 이야기를 덧붙였을 때, 충격이 조금 완화되긴 했다. 하루 종일 수십 벌의 옷을 입은 다음 뮤직비디오용 의상을 고른다고 했다. 물론 그럴 만한 가치가 있는 일이었다. 이사진이 내 몸에 대해서 비판하지 못하도록 관리해야만 했다. 한숨을 쉬며 쓰레기통에 허니버터칩 봉지를 던져 넣었다. 그리고 레아 휴대폰으로 음악을 다시 재생했다.

"배 좀 봐. 소가 따로 없네. 바로 벗어."

보라색 스팽글 코르셋 안에서 숨을 쉬려고 고군분투했다. 내 몸통에 완전히 밀착되는 코르셋이었는데, 행여나 코르셋이 터질까 하는 걱정을 하며 배를 힘껏 집어넣느라 배가 아플 지경이었다.

"아쉽다."

스타일리스트인 그레이스가 코르셋을 풀며 말했다.

어시스턴트들이 내가 끔찍한 연보라색 가죽 스커트에서 빠져나올 수 있게 도와줬다. 가죽 스커트 뒤에는 치렁치렁한 레이스가 길게 달려 있었다.

"인어 공주 콘셉트가 잘 어울리기를 바랐는데… 다음."

'하느님 감사합니다.'

그레이스는 나에게 한껏 과장된 벨 슬리브가 달린 트위기 스타일의 주황색 체크 원피스를 입힌 다음 한발 물러났다. 그리고는 인상을 찌푸리더니 허공에서 손가락을 빙글 돌렸다. 다음 의상을 가져오라는 신호였다.

하얀색 가죽 재킷과 하이 웨이스트 뱀피 쇼츠부터 어깨에 달린 러플이 귀까지 올라오는 금색 롬퍼, 시스루 레이스 소매가 달린 플로럴 점프 슈트와 청키한 실버 벨트까지. 바비 인형이 되는 일은 상상했던 것만큼 재미있지 않았다. 그레이스는 의상을 입고 나오면 곧장 다음 의상으로 갈아입으라는 손짓을 했기 때문에, 의상을 입고 난 다음 십 초가 지나기도 전에 벗어야 했다.

미나도 내 왼쪽에서 피팅을 하고 있었다. 사람들이 사방에 달라붙어 미나에게 핑크 라텍스 드레스를 입힌 뒤 지퍼를 올렸다. 미나 얼굴이 일그러졌다. 미나는 마치 풍선껌 같았다. 사람들이 나에게 똑같은 드레스를 입히지만 않았다면, 정말 웃긴 장면일 뻔했다.

"무슨 색을 입어도 묻히는 사람은 정말 흔치 않은데."

미나가 내 쪽을 흘깃 보며 말했다.

"네가 거기 서 있는 게 거의 안 보였어. 벽지에 완전히 묻혀서."

어시스턴트 한 명이 내 쪽을 바라보며 슬쩍 웃었다. 얼굴이 달아올랐지만 물러서지 않았다. 이제 물러설 수 없었다. 미나가 내 성공을 방해하기 위해 못 할 짓이 없다는 사실을 깨달았기 때문이다.

"그래도 다행히 중요한 사람들은 내가 보이나 봐. 그래서 네가 제이슨과 단둘이 노래하지 못하게 돼버렸잖아."

내가 부드럽게 말했다.

꽤 많은 사람이 킥킥댔고 분노에 찬 미나의 입이 떡 벌어졌다. 하지만 미나가 반격할 틈도 없이 그레이스가 끼어들어 블랙 프린지 원피스를 옷걸이에서 빼냈다.

"플래퍼 룩을 시도해보자."

내가 원피스를 입고 나오자 그레이스는 진주가 알알이 박힌 액세서리를 내 머리에 얹었다. 그녀는 나를 한 바퀴 돌리더니, 프린지를 정리하고선 턱을 긁적였다.

"좋아. 되겠다, 되겠어."

그레이스는 어시스턴트를 향해 손가락을 튕겨 딱 소리를 냈다.

"이 드레스, 후보 의상으로 표시해. 그리고 레이첼한테 구두 좀 신겨보자."

그때 희진 트레이너가 보리차가 담긴 물병과 아이패드를 들고 피팅 룸으로 들어왔다.

"레이첼, 미나. 몸무게 재자. 빨리 와. 나 시간 없어."

희진 트레이너가 재촉했다.

의상 팀은 내가 브래지어와 팬티만 입고 몸무게를 잴 수 있도록 원피스 벗는 것을 도와줬다. 몸무게를 잴 준비를 마치고 체중계 쪽으로 걸어갔고 미나가 내 뒤를 바짝 따라왔다.

"체중계에 올라가시죠, 레이첼 공주님."

미나가 과장스럽게 말했다.

미나에게 대꾸하지 않고 체중계 위에 섰다. 희진 트레이너는 체중계 옆에 쭈그리고 앉아서, 아이패드 위로 펜을 들고 체중계를 뚫어져라 봤다. 숫자가 떴다. 지난주보다 오 점 오 킬로그램이 더 나간다니, 말도 안 되는 일이었다.

입이 쩍 벌어졌고 말을 더듬었다.

"저는… 이건… 체중계가 고장 난 게 틀림없어요!"

"레이첼, 이게 무슨 일이야?"

희진 트레이너는 고개를 위로 확 젖히고 믿을 수 없다는 듯이 나를 쳐다보며 물었다.

"갑자기 살이 이렇게 많이 찌면 노 대표님한테 보고할 수밖에 없어. 그럼 분명 넌 트리오에서 제외될 거야. 일주일 만에 오 점 오 킬로그램이나 찌다니, 도대체 뭘 어떻게 한 거니?"

뒤에서 낄낄거리는 소리가 들렸고, 나는 고개를 홱 돌렸다. 미나가 체중계 끝에 올렸던 한쪽 발을 떼는 게 보였다. 나는 눈을 부라렸다. 또 미나였다. 내 체중이 더 많이 나가는 것처럼 보이게 하려고 체중계에 발을 올린 게 분명했다. 이건 정말 새로운 차원의 옹졸함이었다. 너무 화가 났고 금방이라도 폭발할 것 같았다.

"정말 한심한 방해 공작이네. 미나야, 너 비겁해 보인다."

낮은 목소리로 말했다.

"네가 무슨 말을 하는 건지 전혀 모르겠는데? 공주님."

미나는 상냥한 목소리를 꾸며냈지만 눈빛은 증오로 번뜩이고 있었다.

"네가 한 짓을 유진 언니한테 말하기만 하면, 너는 DB 엔터테인먼트에서 영구 제명이 될 거야."

미나가 거만하게 웃었다.

"그러니까 지금 네 말은, 행실이 바르고 완벽한 우리 레이첼 공주님이 연습생 숙소에서 술에 취해 있었다고 유진 트레이너에게 말하기만 하면 된다는 거야?"

"나는 술에 취하지 않았어. 네가 내 술에 무언가를 탔잖아. 나한테 약을 먹였잖아! 너랑 다른 연습생들이 나한테 고의로 그런 짓을 해서, 내가 오디션을 못…."

"그것 참 재밌는 이야기다. 레이첼."

미나가 내 말을 잘랐다.

"하지만 그걸 증명할 증거가 있으면 좋겠다."

미나는 나에게 조소를 흘리며 말했다.

미나는 유유히 자리를 떠났다. 득달같이 그녀를 쫓아가고 싶었지만, 소용없는 짓이었다. 미나 말이 맞았다. 나는 절대로 증거를 찾을 수 없었고, 설사 증거를 찾는다고 해도 나에게 무슨 도움이 될까? 내가 파티에 있었고 술을 마셨다는 것만 인정하는 꼴이었다. 그럼 제이슨과 노래할 기회를 잃게 될 것이었다. 혹시라도 그 영상이 유출되기라도 한다면, DB 엔터테인먼트에서 완전히 방출될 게 뻔했다.

이를 악물고 희진 트레이너에게 부탁했다.

"다시 한 번 체중을 잴 수 있게 해주세요. 착오가 있었을 거예요."

희진 트레이너가 짜증스러운 한숨을 내쉬었다.

"그럼 시둘러."

미나가 방해하지 못하도록 미나에게서 눈을 떼지 않았다. 체중계에 뜬 숫자는 지난주와 동일했다. 안도의 숨이 나왔고, 희진 트레이너는 만족스럽다는 듯이 고개를 끄덕였다.

"좋아, 이제 미나 네 차례야."

아이패드에 내 몸무게를 기입하며 희진 트레이너가 말했다.

미나가 체중계에 올라서며 숨을 참았다. 체중계를 본 미나 표정이 어두워졌다. 희진 트레이너 역시 입술을 쭉 내밀었다.

"지난주보다 일 킬로그램이 더 나가네."

그녀가 날카로운 목소리로 말했다.

"이것도 착오니?"

"저… 죄송합니다."

미나가 발끝을 내려다봤다.

"지난주 몸무게 검사 이후로 먹은 음식 전부 말해."

희진 트레이너가 낮고 무서운 목소리로 말했다.

이럴 수가, 먹은 음식을 전부 말해보라니. 당사자가 미나만 아니었다면 안타까운 마음이 들었을 것이다.

"그릭 샐러드, 추천해주신 스무디, 또⋯."

미나가 말끝을 흐렸다. 그리고 작은 목소리로 말했다.

"피자 먹었어요."

"몇 조각?"

"세 조각이요."

나는 '와우, 피자 세 조각이라니.'라고 비아냥대듯 낮게 휘파람을 불었다. 미나가 나를 흘겨보는 순간 부끄러운 마음이 들었지만, 곧장 미나가 몇 번이나 내 인생을 망치려고 노력했는지 떠올랐다. 그것도 불과 지난 몇 주 사이에 말이다.

"절제력이 하나도 없어! 이 일을 하기 싫으면 그냥 떠나. 지금 나가버려. 그만두고 싶어? 어? 그래? 네가 벌써 관둔 것처럼 굴어서 묻는 거야."

희진이 고개를 저으며 호통을 쳤다.

미나는 고개를 푹 숙이며 말했다.

"아니요. 죄송합니다. 그만두고 싶지 않아요."

미나가 입술을 깨물었다.

"다음 주에는 더 잘할게요."

"정말로 그러길 바란다. 그렇지 않으면 네 아버지에게 당신 딸이 너무 뚱뚱해서 케이 팝 스타가 될 수 없다고 말씀드려야 하니까. 아버지를 실망시키고 싶지 않다면 피자를 게걸스럽게 먹지 않는 편이 좋을 거야."

아버지 이야기가 나오자 미나 얼굴이 잿빛으로 변했다. 미나는 자신의 아버지와 노 대표가 얼마나 절친한 사이인지 늘 강조했다. 또 자신의 아버지가 모든 트레이너와 이사진을 위해 파티나 만찬을 주최하며, 그 덕에 트레이너나 이사진과 잘 알게 된 것에 대해 항상 으스대곤 했다. 하지만 지금 이 순간만큼은 그 돈독한 관계가 별로 도움이 되는 것 같지 않았다.

미나는 허리를 꼿꼿이 세우고 어깨를 쭉 폈다.

"아빠한테 아무 말씀 안 하셔도 돼요. 절대 몸무게가 늘지 않을 기예요. 약속해요."

희진 트레이너는 잔뜩 찡그린 얼굴로 아이패드에 간단한 메모를 적었다. 그리고 미나의 다리로 시선을 돌렸다.

"다이어트 효과가 없으면, 그 무 다리 좀 해결해줄 시술을 고려해보자. 네 살은 전부 종아리로 가."

희진 트레이너에게 미나를 열받게 만드는 방법에 대한 수업이라도 들어야 할 것 같았다. 그녀는 아이패드를 끄더니 피팅 룸을 나갔다. 미나가 체중계에서 내려왔다.

미나에게 환하게 웃어 보이며 말했다.

"재밌다. 안 그래?"

미나는 나를 노려보더니 씩씩대면서 내 어깨를 툭 치고서는 의상을 가지러 갔다.

오후에 춤 연습을 하기 위해 제일 좋아하는 아디다스 트레이닝 복으로 갈아입었다. 미나는 체중 검사 이후로 나를 쭉 무시했는데, 솔직히 말하면 오히려 이 상태가 더 만족스러웠다. 아예 말을 섞지 않고 앞으로 몇 개월 동안 함께 활동할 수 있는 방법을 찾아낼 수 만 있다면….

미나와 함께 복도를 걸어가는데 누군가가 친숙한 목소리로 노래를 부르고 있었다.

"다시! 고음에서 아직도 음정이 불안정해."

다른 누군가가 호통을 쳤다.

모퉁이를 돌자 보컬 연습실 밖에서 아카리가 벽에 등을 대고 기마 자세를 하고 있는 모습이 보였다. 보컬 트레이너는 옆에서 팔짱을 낀 채 아카리를 지켜봤다. 다시 노래를 부르는 아카리 이마에 땀이 맺혀 있었다.

"횡격막으로 호흡을 하란 말이야!"

트레이너가 소리를 질렀다.

아카리는 다리를 덜덜 떨기 시작했지만 꿋꿋이 노래를 불렀다. 아카리 목소리가 고음에서 갈라지자, 트레이너가 몸을 숙여 아카리 명치를 찰싹 때렸다. 아카리는 움찔했지만 노래를 멈추지 않았다.

벽에 기대 무릎을 직각으로 구부린 상태에서 노래를 부르는 벌은 제일 고통스러운 벌 중 하나이다. 또 횡격막을 단련해야 한다는 명분으로 명치를 계속 때리는데, 보통은 그냥 아프기만 할 뿐 횡경막이 단련되는 것 같진 않았다.

아카리 얼굴이 점점 빨개지는 것을 보니, 내 몸이 아파오는 것 같았다. 아카리가 눈물을 참으려고 안간힘을 쓰는 게 보였다.

트레이너가 더 세게 아카리를 때리며 소리쳤다.

"너는 너무 약해. 이것도 해내지 못하는데 어떻게 다른 일을 하려고 그래? 다시 해!"

나는 한숨을 쉬고서는 미나에게 시선을 돌렸다.

'어? 어디로 갔지?'

시계를 봤다. 춤 연습에 늦었다는 사실을 깨달았다. 최대한 조심스럽게 연습실에 들어가려고 했지만, 미나는 늦게 온 나를 보자마자 일부러 벽시계를 쳐다봤다.

"와, 레이첼. 삼 분이나 늦었구나."

미나가 트레이너들을 보면서 고개를 저었다.

"레이첼은 선생님들 시간이 얼마나 소중한지 모르나 봐요."

"미나야, 그만하면 됐다."

유진 언니가 미나를 나무랐다.

순간적으로 미소가 흘러나올 뻔했지만, 몸을 획 돌려 나를 보는 유진 언니의 시선이 매서워 멈칫했다.

"이제 둘 다 왔으니까 노래에 맞춰 춤을 춰보자. 시작할까?"

유진 언니가 다시 나에게 눈짓을 했고, 나는 모든 트레이너에게 고개를 숙이며 죄송한 마음을 전했다. 연습실 뒤쪽에는 세 명의 이사가 손에 아이패드를 쥔 채 앉아 있었다. 진짜로 잘해야 했다.

미나와 나는 연습실 한가운데에 대형을 맞춰 섰다. 음악이 시작되자 유진 언니가 카메라를 켰다. 카메라의 빨간 불빛이 윙윙대며 달려드는 모기처럼 느껴졌다. 바로 그때 복도에서 안간힘을 다해 고음을 내지르던 아카리의 결의에 차 있는 간절한 표정이 내 뇌리를 스쳤다. 윙윙거리는 소리가 여전히 귓가를 맴돌고 있긴 했지만, 일 점 오 미터 앞에 놓인 카메라가 아니라 머릿속에 떠오른 아카리 얼굴에 정신을 집중하려고 애썼다. 그러자 윙윙거리는 소리가 조금 잠잠해졌다.

제이슨과 함께 부르게 될 노래 제목은 〈Summer Heat〉였다. 순수한 에너지와 즐거움이 느껴지는 중독성 있는 가요로, 자유분방하고 걱정 없는 젊은 여름날을 담아낸 곡이었다.

나는 일 절을 무사히 소화했고 후렴구 안무의 복잡한 발동작 역시 실수 없이 해냈다. 하지만 노래가 이 절로 접어들자 긴장감이 찾아왔다. 레아와 일주일 내내 연습했음에도 불구하고, 아직 이 절한 부분의 안무를 완벽하게 소화하지 못했다. 집중하기 위해서 거울에 시선을 고정했다.

'자, 레이첼. 너는 할 수 있어.'

첫 번째 스텝을 제대로 마치고 두 번째 스텝으로 넘어갈 때, 몸은 이쪽으로 돌라고 하는데 머리는 그 반대쪽으로 돌라고 우겼다. 결국 박자를 완전히 놓치고 말았다. 반면에 미나는 흠잡을 데가 없었다. 미나가 모든 동작을 완벽하게 해냈다는 사실을 인정해야 했다. 춤추고 있는 미나의 모습을 슬쩍 봤다. 방 안을 휘젓고 다니는 미나의 춤 실력에 감탄했고 동시에 내 다음 스텝이 완전히 꼬였다는 사실을 깨달았다.

'망했군.'

재빨리 리듬을 되찾았지만 온몸이 급격히 뜨거워졌다. 머릿속은 올여름 첫 끼를 기대하는 굶주린 모기 천 마리가 윙윙거리며 득실대는 소리로 가득 찼다. 눈을 어디에 둬야 할지 알 수 없었다. 유진 언니? 카메라? 이사진? 노래의 마지막 소절이 지나는 내내 쩔쩔맸다. 마침내 노래가 끝났을 때는 감사한 마음마저 들었다.

연습실 문이 활짝 열리며 제이슨이 느긋하게 걸어 들어왔다. 한 손에는 롯데리아 테이크아웃 봉투를 들고 있었고, 다른 손에는 먹다 만 치킨버거를 들고 있었다. 제이슨이 이사진을 보고 방긋 웃자, 심 이사는 눈을 반짝이며 손을 흔들었고 나머지 두 명의 이사는 벌떡 일어나서 제이슨과 악수했다. 흔한 광경이었다. 제이슨이 치킨버거를 먹으면서 연습에 늦게 오는데도, 이사진은 여전히 그에게 푹 빠져 있었다.

"좋아. 이제 노래를 좀 들어보자. 파트 분배를 해야 하니까 각자 처음부터 끝까지 불러봐. 미나, 너부터 시작할게."

유진 언니가 말했다.

나는 땀에 전 상태로 의자에 앉았고 미나는 마이크 없이 반주에 맞춰 노래를 부르기 시작했다. 누군가 사옥 옥상에서 미나의 노랫소리를 들었다고 해도 놀랍지 않을 만큼 성량이 풍부했다.

제이슨은 냉큼 내 옆자리로 오더니 롯데리아 테이크아웃 봉투를 내밀었다.

"프렌치프라이 먹을래?"

제이슨이 속삭였다.

그를 무시하면서 미나 노래에 집중하려고 했다.

"미나야, 감정을 더 실어야지."

심 이사가 소리쳤다.

"목소리는 좋은데 아무 감정이 안 느껴져."

제이슨이 내 얼굴 앞으로 봉투를 더욱 바짝 들이댔다.

"치즈 소시지는 안 들어 있다고 장담할게. 어서 하나 먹어봐."

계속 그를 무시했지만, 슬쩍 올라가는 입꼬리를 감출 수 없었다. 재빨리 다시 정색했지만 한발 늦었다. 제이슨이 나를 보고 피식 웃었다. 휴, 내 입술이 나를 배신하다니.

"우리가 함께 노래를 부르게 된 사실이 참 멋지지 않아?"

"음. 꽤 멋진 것 같네요."

미나에게 시선을 떼지 않고 제이슨의 말에 대꾸했다.

"미나야, 누가 네 강아지를 죽이기라도 했다는 표정이다. DB 엔터테인먼트의 스타가 되는 게 너한테는 그런 의미니? 웃어!"

또 다른 이사가 소리쳤다.

그가 지적할 때마다 미나 목이 뻣뻣하게 경직됐다.

"정말 기대된다. 너는 그 이유를 알지?"

제이슨이 몸을 너무 바짝 들이대서, 그의 숨결에서 나는 프렌치프라이 냄새까지 맡을 수 있었다. 사실 그 냄새가 싫지는 않았다. 마지막으로 프렌치프라이를 먹어본 게 언제인지 기억나지도 않았다. 하지만 대꾸하지 않았다. 그런데도 제이슨은 나의 대답을 기다리며 커다란 갈색 눈으로 나를 쳐다봤다.

나는 한숨을 쉬며 말했다.

"알겠어요. 내가 졌어요. 왜…."

"레이첼!"

날카로운 목소리였다.

트레이너 한 명이 나를 노려보며, 조용히 하라는 듯 자기 입술에 손가락을 갖다 댔다.

"집중해. 매너도 없니?"

얼굴이 순식간에 붉어졌다. 반대쪽에서 유진 언니가 이마에 손을 얹고 부끄러워 죽겠다는 표정을 짓고 있었다. 제이슨에게서 등을 돌리고는 노래에 귀를 기울였지만 속이 부글부글 끓었다. 제이슨이 나에게 말을 걸었는데 왜 지적은 내가 받아야 하는 걸까?

하지만 제이슨은 금세 다시 몸을 기울이고 속삭였다.

"너 아직 내 대답 못 들었잖아."

정면을 응시하며 그를 무시했다. 오늘은 이미 찍힐 만큼 찍혔다.

"좋은 이유가 있는데, 정말이야."

제이슨이 내 어깨에 머리를 기댔다.

나는 그를 떨쳐내려고 어깨를 으쓱했다.

"정말로 안 궁금해?"

더 이상 참을 수가 없었다. 제이슨에게 쏴붙이려고 고개를 홱 돌렸는데, 그가 너무 가까이에 있어서 당황했다. 코가 닿을 듯 말 듯한 거리에서 제이슨이 나를 똑바로 응시하고 있었다.

"어?"

제이슨이 나지막한 목소리로 속삭였다.

"여태 네 눈이 갈색인 줄 알았는데 이렇게 가까이 보니까 금빛이 섞인 갈색이었네. 대부분의 사람이 너의 이런 점을 모르겠지?"

그가 미소 지었다.

"아쉽다. 정말 아름다운데 말이야. 그래도 내가 그 사실을 아는 몇몇 사람 중에 하나인 게 좋기는 해."

완전히 할 말을 잃은 나는 그를 쳐다봤다.

마침내 미나가 노래를 마치자 제이슨이 시계를 본 다음 말했다.

"죄송합니다. 여러분."

제이슨이 롯데리아 봉투를 공처럼 돌돌 뭉치며 일어났다.

"노 대표님과 어… 상의할 중요한 문제가 있어서 회의에 가야 해요. 먼저 자리를 떠야 하는 게 너무 싫지만 노 대표님이 부르면…"

제이슨이 '다들 잘 알죠?'라는 눈빛으로 쳐다보자, 모든 트레이너가 웃었다. 제이슨은 나를 보고 치아가 다 드러날 만큼 환하게 웃어 보인 뒤 연습실에서 나갔다. 그의 등 뒤로 문이 닫혔다.

10

제이슨과 함께 연습실에 있었다. 이번에는 나와 제이슨 둘뿐이었다. 제이슨이 들고 있는 봉투 안에는 맛있는 냄새를 풍기는 기름진 프렌치프라이가 가득했고, 우리는 연습실 벽 거울에 등을 대고 앉아 함께 프렌치프라이를 먹으며 웃고 있었다. 갑자기 제이슨이 나에게 몸을 돌리더니 내 눈을 지그시 응시했다.

"여태 네 눈이 갈색인 줄 알았는데 이렇게 가까이 보니까 금빛이 섞인 갈색이었네. 내가 그 사실을 아는 몇몇 사람 중에 하나인 게 좋기는…."

"정신 차려, 레이첼! 일어나, 레이첼!"

눈을 번쩍 떴다. 나를 내려다보는 주현이와 혜리의 다크브라운 색 눈동자가 보였다. 둘의 눈동자는 똑 닮았다.

"세상에. 레이첼, 괜찮아?"

경미가 물었다.

주현이와 혜리 사이로 고개를 내민 경미의 얼굴이 시야에 들어왔다.

"너, 테니스공 맞고 나가떨어졌어!"

지금 체육 시간인가? 클레이 코트 바닥을 짚고 조심스럽게 몸을 일으켜 세웠다. 머릿속에서 찰칵거리는 카메라 소리가 울리는 것 같았다. 맙소사. 설마 영구적인 뇌 손상을 입은 건가? 몸을 돌리자 슬로트 코치가 경미 손에 들려 있는 휴대폰을 빼앗는 모습이 보였다.

"경미! 저리 가세요. 코트 다섯 바퀴 도세요!"

코치는 몸을 숙여 내 이마에 난 혹을 살피더니 혀를 찼다.

"레이첼, 코트에서는 좀 더 주의를 기울여야 해요. 양호 선생님한테 가야겠어요."

"제가 데려갈게요."

조금 떨어진 곳에서 얼쩡거리던 경미가 냉큼 끼어들었다.

"경미, 뛰라고요! 당장!"

코치가 경미에게 호통을 쳤다.

"아니, 괜찮아."

주현이가 나를 보호하듯 내 옆에 서서 말했다.

"우리가 데리고 갈게."

혜리가 내 어깨에 팔을 감쌌다. 쌍둥이와 함께 코트를 빠져나갔다.

"애들아 고마워."

두 사람을 따라 탈의실로 들어가며 말했다.

탈의실 거울에 비친 내 모습을 얼핏 봤다. 두 눈은 초점 없이 흐리멍덩했고 이마는 부어 있었다. 멍이 남지 않길 바랐다. 푸르뎅뎅한 이마로 연습을 간다면 미나가 얼마나 기뻐할지 상상도 하기 싫었다.

"내가 방금 체육 시간에 기절한 거야?"

머리를 천천히 흔들며 물었다.

주현이와 혜리가 서로 눈빛을 교환했다.

"사실… 너 이번 주 내내 얼빠진 사람 같았어."

혜리가 대답했다.

"월요일 식물학 시간에도 노래 부르면서 분재를 다듬다가 가사 생각하는 데 정신이 팔려서 가지를 다 잘라버렸잖아."

주현이가 덧붙였다.

"또 학생 식당에서 춤 연습하다가 대호가 들고 있던 만두 라면 그릇을 쳐서 라면이 다 쏟아진 거 기억나? 그날 대호한테서 하루 종일 고기만두 냄새가 났어."

방긋 웃고 있던 혜리가 얼른 미소를 거두고 다시 걱정스러운 표정으로 나를 쳐다봤다.

"또 연극 수업 때….."

"알겠어, 알겠어. 나도 알아. 요즘 머릿속이 너무 복잡해서 그래.

알잖아, 연습 때문에."

'그리고 제이슨 때문에.'라고 생각했다. 이마에 테니스공을 맞고 기절했을 때 꿨던 꿈이 문득 떠올랐다. 하지만 그 이야기는 꺼내지 않았다.

"그래도 이제 곧 방학이니까 잘됐다. 푹 쉬고 재충전하면서 분재 다듬기도 연습할 수 있어."

혜리가 놀렸다.

나는 듣는 둥 마는 둥 했다. 학교 수업이 없는 방학이라도 평일에 연습하는 걸 엄마는 허락하지 않을 것이었다. 이번에는 아무래도 상관없었다. 나도 원하는 바였기 때문이다. 수업도 없고, 트레이닝도 없고, 해야 할 일도 없는 날을 바라고 있었다. 집에서 온종일 아무것도 하지 않고 빈둥거리고 싶어서 견딜 수가 없었다.

"언니, 일어나!"

손가락 하나가 내 볼을 찔렀다.

제이슨 꿈을 꾼 지 일주일이 지났고, 마침내 방학이 시작됐다. 느지막하게 일어난 다음 주현이랑 혜리와 치킨을 먹고 하루 종일 넷플릭스 드라마 〈마이 온니 러브송〉을 정주행할 원대한 계획을 세우고 있었다.

다시 누군가가 내 볼을 콕콕 찌르는 탓에 앓는 소리를 내며 간신히 실눈을 떴다. 플래드 스커트에 내가 지난달에 산 크림색 오버사이즈 스웨터를 입은 레아가 서 있었다. 레아는 침대로 올라와 내 몸 위에 앉았다.

"레아야, 조용히 해줘. 응? 그냥 자자. 쉿."

다시 눈을 감으며 말했다.

"언니, 제발 일어나. 중요한 일이야."

"레아야, 쉬는 날에 늦잠을 자는 것보다 더 중요한 일은 없어. 정확히 세 시간 뒤에 여동생이 언니의 침대로 아침 식사를 대령하는 것 빼고는."

눈을 감은 채 미소를 지으며 몸을 돌렸다. 나는 금세 다시 졸고 있었다.

"알겠어, 언니. 그럼 이따 봐."

레아가 침내에서 내려갔다.

레아 목소리가 왠지 모르게 마음에 걸렸다. 눈을 뜨고 팔꿈치로 몸을 겨우 일으켜 세웠다.

"알겠어. 뭐가 그렇게 중요한데?"

'제발 드라마 〈그녀의 사생활〉 정주행이라고 말하길.'

"어…."

레아가 입술을 깨물었다.

"내가 뭐에 당첨됐어. 어딜 가는 거야. 물론 언니하고 같이."

"그랬어? 그런데 나한테 아무 말도 안 했잖아…."

"말하려고 했었는데, 언니가 연습이며 학교며, 너무 바빴잖아…."

레아가 말끝을 흐렸다.

또 미안함이 몰려들었다. 눈을 번쩍 뜨고 익살스러운 표정을 지었다.

"그래서 오늘을 '김 자매의 날'로 정할 거야. 네가 하고 싶은 것이라면 전부 할 수 있는 날!"

레아가 활짝 웃었다. 레아 발을 잡고 간지럼을 태우자, 레아가 버둥거리며 도망가려고 했다.

"너무 궁금하게 하지는 마. 날 어디로 데려갈 건데?"

"넥스트 보이즈 비공개 팬 사인회에 응모했는데, 당첨됐어!"

레아를 계속 간질였다.

레아가 웃느라 숨을 할딱거리며 말했다.

"믿어져? 우리 팬 사인회에 가게 됐어. 오늘!"

손, 아니 온몸이 그대로 얼어붙었다. 레아를 빤히 쳐다보면서 레아가 농담이라고 말하길 바랐다. 하지만 레아는 침대에서 폴짝 뛰어내리며 소리를 지르더니 춤을 추면서 내 방을 휘젓고 다녔다. 레아는 진지했다. 그럼 그렇지, 이 아이는 레아였다. 미래에 제이슨 리의 아내가 되겠다는 사람.

"안 돼. 절대로 안 돼. 우리 팬 사인회에 안 갈 거야."

빙글빙글 돌던 레아가 그 자리에 뚝 멈춰 섰다.

"왜? 내가 하고 싶은 거 다 할 수 있다고 했잖아!"

고개를 저었다.

"그것만 빼고 다 할 수 있어. 레아야, 나는 넥스트 보이즈 팬 사인회에 못 가."

"왜 못 가?"

못 가는 이유는 백만 개쯤 있었지만, 첫 번째 이유는 제이슨을 필요 이상으로 자주 보고 싶지 않다는 것이었다. 제이슨이 곁에 있으면 가슴이 울렁거리는 이상한 느낌이 들었다. 제이슨을 자주 본다면, 그 느낌도 자주 느껴질 테고 심지어 그 느낌이 더 커질 수도 있었다. 모험을 하고 싶지 않았다. 데뷔가 코앞인 지금은 특히 그랬다. 제이슨은 내가 인정하고 싶은 것보다 훨씬 더 많이 내 머릿속을 차지하고 있어서, '제이슨 청소'라도 해야 할 판이었다. 레아에게 솔직한 마음을 털어놓을 수가 없었다. 레아에게는 이미 미안한 일투성이었다. 그렇지 않아도 요즘 레아를 실망시키는 행동만 했는데 거기에 짝사랑 도둑질까지 보탤 수는 없었다.

결국 레아에게 변명을 하게 됐다.

"민망하잖아. 나는 제이슨 소녀 팬이 아니라, 노래 파트너여야 한다고."

"그래. 언니가 그렇게 말할 줄 알았어."

레아가 정색하고 말했다.

이내 레아의 입꼬리가 쓱 올라가더니 음흉한 미소가 번졌다.

"그런데 팬 사인회 장소가 스타일 돔이라고 내가 말했던가?"

스타일 돔은 서울에 새로 생긴 옷 가게로, 초대받은 사람만 들어갈 수 있었다. 작년에 문을 열었지만 그곳에서 쇼핑을 하려면 대기 명단에 이름을 올려놓고 일 년 정도는 기다려야 했다. 심지어 강지나도 이 주나 기다린 끝에 겨우 예약을 했다는 소문도 있었다. 오트 쿠튀르, 하이패션, 빈티지 등을 다양하게 접할 수 있는 것은 물론 모든 가격대와 모든 스타일을 망라하는 패션 아이템들이 총집합한 곳이었다. 스타일 돔 안에 발을 들인다는 상상만으로도 손가락이 근질근질해서 냅킨에 낙서를 해야 할 것 같은 기분이었다.

"언니가 안 가고 싶으면 우리 자리를 다른 사람한테 주려고…."

레아가 다시 침대 쪽으로 걸어오며 얄궂은 미소를 띠었다.

"이 악마야! 그건 꿈도 꾸지 마."

소리를 지르며 레아를 껴안고 침대 위로 벌러덩 누웠다.

"음…. 팬 사인회에 갈 수 있을 것 같아. 이건 순전히 내가 세상에서 제일 좋은 언니이기 때문이야. 알겠지?"

레아도 소리를 지르며 나를 와락 껴안았다.

"맞아, 맞아, 맞아. 언니가 최고야! 내가 제이슨을 만나게 된다니, 믿을 수 없어!"

나는 스타일 돔에 가게 됐다는 사실을 믿을 수 없었다.

레아와 내가 집을 나섰을 때 밖은 아직 캄캄했다. 레아가 새벽 네 시에 날 깨웠을 때는 밖이 캄캄한 줄도 모르고 있었다. 레아는 팬 사인회에 우리 자리가 확실히 있다고 하더라도, 꼭두새벽부터 나서야 한다고 주장했다. 팬 사인회에 가는 것만으로는 부족하고 반드시 팬 사인회 앞줄에 서야 한다는 이유에서였다. 스타일 돔에 도착했을 때 이미 몇 사람이 줄을 서 있었고 우리는 그 뒤에 섰다.

레아는 피곤한지 꾸벅꾸벅 졸면서 계속 포스터를 떨어뜨렸다. 레아가 손수 만든 거대한 포스터에는 제이슨이 토론토의 유튜브 스타에서 케이 팝 돌풍을 일으킨 세계적인 스타로 발돋움하기까지의 여정을 일대기처럼 보여주는 사진이 나열돼 있었고, 반짝이 장식, 분홍색 마스킹 테이프, 손 편지도 잔뜩 붙어 있었다.

"그 포스터 내가 들게."

레아 손에서 포스터를 가져왔다.

"언니, 고마워."

레아는 하품을 참았지만 눈꺼풀은 반쯤 감겨 있었다.

점점 길어진 줄은 어느새 길모퉁이를 휘감고 있었다. 시계를 힐 끗 봤다. 한 시간이나 더 기다려야 했다.

"저기 있는 카페에서 마실 것 좀 사 올게."

길 건너편을 가리키며 말했다.

달콤한 음료를 마시면 레아가 기운을 차릴 수도 있었다.

"금방 올게, 알았지?"

레아가 반쯤 감긴 눈으로 고개를 끄덕였다.

한 손에 포스터를 쥐고 잽싸게 길을 건너 카페에 들어갔다. 카페 안을 빠르게 살폈다. 경미가 느닷없이 튀어나와, 제이슨 리 포스터를 들고 있는 내 모습을 카메라로 찍는 건 아닌지 마음 졸였다. 다행히 경미는 보이지 않았다. 커피를 마시고 있는 몇몇 아침형 인간과 밀걸레로 바닥을 닦는 종업원뿐이었다. 내가 마실 아이스커피와 레아가 마실 딸기 프라페를 주문한 다음 음료가 나오길 기다리며 카운터 옆에 서 있었다. 그때 후드 티를 입은 사람이 달려 나왔고, 그와 부딪치는 바람에 나는 이제 막 걸레질을 마친 바닥에 미끄러졌다. 어떻게든 균형을 잡기 위해 옆에 있는 카운터에 손을 뻗다가 포스터를 떨어뜨렸다.

"괜찮아요?"

뒤에서 익숙한 목소리가 들렸다. 단순히 익숙한 목소리가 아니었다. 고개를 들자 제이슨이 나를 내려다보고 있었다.

"레이첼?"

제이슨이 후드 티 모자를 내리며 깜짝 놀란 목소리로 말했다.

"안녕하세요."

인사를 건네며, 한쪽 발로 포스터를 슬쩍 뒤로 밀려고 했다.

하지만 제이슨이 조금 더 빨랐다.

"내가 주워줄게."

제이슨은 몸을 잽싸게 숙여 포스터를 집어 들고는 포스터를 돌려 봤다. 제이슨 얼굴 가득 으스대는 미소가 번졌다.

"이거 내 거야?"

제이슨이 기쁨에 겹다는 듯 물었다.

"다른 사람도 아닌, 레이첼 김이 손수 만든 포스터?"

이건 꿈일 것이다. 제이슨이 가지고 있는 포스터를 낚아챘다. 포스터 아랫부분이 찢어져 있었다.

"내가… 안…."

말문이 막혀 횡설수설거렸다.

"내 여동생이 만들었어요. 나랑 같이 왔거든요. 아 그러니까, 내가 여동생이랑 같이 온 거죠. 여동생이 오고 싶다고 안 했으면 여기 올 일이 없죠. 지금 방학이라서 같이 온다고 한 거예요."

'맙소사. 나 입 좀 다물 수 없나?'

"그래서, 이해했어요? 오빠가 정확히 이해할 수 있도록 다시 정리해서 말하자면, 포스터는 내 여동생이 만든 것이고요. 나는 여동생 때문에 여기 왔어요. 그런데 포스터가 찢어져서 아마 여동생이 정말…."

"십칠 번 손님, 주문하신 음료 나왔습니다."

바리스타가 외쳤다.

바리스타가 날 살렸다. 제이슨에게 등을 돌리고 겨드랑이에 포스터를 낀 채 음료를 들었다.

제이슨이 씩 웃으며 말했다.

"나도 사인회에 가야 해. 이따가 보겠네."

제이슨은 윙크를 하고선 서둘러 카페에서 나갔다.

다시 줄 서는 곳으로 향했다. 레아가 한 무리의 여자아이들에게 둘러싸인 것을 발견했다. 나는 레아가 그새 친구를 사귄 줄 알고 미소 지었다. 하지만 가까이 다가가서 보니 팔짱을 끼고 있는 레아는 곧 울 것 같은 표정을 짓고 있었다.

"네가 항상 말하는 것처럼 너의 언니가 정말로 DB 엔터테인먼트 최고의 연습생이면 네가 왜 제이슨을 만나러 팬 사인회까지 와야 해?"

여자아이들이 웃음을 터뜨리자 레아 얼굴이 새빨개졌다.

"너네 언니는 아마 최악의 연습생일 거야. 그러니까 제이슨 같은 진정한 스타와 멀찍이 떨어져 있는 거지."

레아가 서 있는 곳에 거의 도착할 때쯤 여자아이들 사이에서 눈에 익은 사람이 보였다. 그때 그 하트 모양 얼굴을 가진 여자아이였다. 가슴이 철렁 내려앉았다. 모두 우리 집에 놀러 왔던 아이들이었다. 레아에게 성큼성큼 걸어갔다. 한 손으로 음료를 조심히 들고, 다른 한 손으로 레아를 내 앞에 세웠다.

하트 모양 얼굴의 여자아이에게 웃으며 말했다.

"이제 줄 움직인다. 너희 자리로 돌아가는 게 좋을걸? 저기 끝으로 가."

하트 모양 얼굴의 여자아이가 나를 잠시 노려보다가 발걸음을 옮기더니, 다시 뒤를 돌아봤다. 그리고는 역겨울 만큼 가식적인 미소를 지으며 말했다.

"그나저나 레아야, 이 팬 사인회에 대해 알려줘서 고마워. 그런데 아무도 너와 이곳에 안 오고 싶어 한 사실은 좀 안됐다. 친구가하나도 없어서 언니와 올 줄 알았더라면 내가 다시 생각해봤을 텐데."

하트 모양 얼굴의 여자아이는 고개를 젖히며 웃고는 먼저 간 친구들을 따라잡으려고 뛰어갔다.

레아를 내려다봤다. 잔뜩 구겨진 레아의 얼굴은 눈물범벅이었다.

"레아야."

내가 조심스럽게 레아의 이름을 불렀다.

레아는 나를 쳐다보지 않고 스타일 돔의 이중문 안으로 저벅저벅 걸어갔다. 레아 뒤를 졸졸 따라가는 동안 벽돌로 가득 채운 가방을 멘 것처럼 내 어깨가 무겁게 느껴졌다.

뉴욕에 있을 때 레아는 너무 어렸기 때문에 친구들과 어울릴 기회가 많지 않았다. 한국에 오게 된 후 레아에게 친구를 사귀는 일은 더 어려운 일이 됐다. 전교생이 레아를 아는 건 순전히 나 때문이었다. 나는 소문을 몰고 다니는 DB 엔터테인먼트의 연습생이자, 예비 케이 팝 스타였다. 바로 이 점 때문에 전교생의 절반은 레아와 아예 상종하지 않으려고 했다. (우리 학교에 다니는 몇몇의 고상한 아이들은 케이 팝 유명인, 실은 어떤 유명인이라도 너무 졸부스럽다고 생각한다.) 나머지 절반은 뜨끈뜨끈한 연예인 가십을 듣고 싶어서 혹은 나에 관한 소문을 퍼뜨리고 싶어서 레아를 이용하려고만 했다.

뒤에 서 있는 사람들에게 떠밀려 스타일 돔 안으로 들어갈 때까지만 해도 넋이 나가 있었다. 하지만 고개를 들어 스타일 돔 내부를 보는 순간 레아가 못된 중학교 친구들에게 당한 일을 바로 잊어버렸다. 대나무와 유리로 만든 웅장한 엘리베이터가 스타일 돔 한가운데 우뚝 서 있었다. 엘리베이터는 칠 층을 가로지르며 으리으리한 채광창을 향해 쭉 뻗어 있었다. 각 층은 각기 다른 색으로 꾸며져 있었는데, 일 층은 흰색이었고, 칠 층은 검정색이었다. 내 주변에는 흰 옷들이 줄줄이 걸려 있었고, 크림색부터 진주색, 상아색, 그리고 너무 밝아 제대로 쳐다볼 수 없을 만큼 눈부신 네온 옐로우까지 완벽한 그러데이션을 이루는 옷이 진열돼 있었다. 그 옷들 속으로 몸을 던지고 싶었다. 눈앞에 펼쳐진 굉장한 광경에 완전히 정신이 빼앗긴 나머지, 맨 앞줄에 있다는 것도 몰랐다.

사인회 테이블은 엘리베이터 바로 앞에 놓여져 있었다. 테이블은 작은 폼폼이 달린 오프화이트 실크로 덮여 있었고, 옆에는 투명 플라스틱 의자가 놓여 있었다. 가장 먼저 민준이 나를 알아봤다.

민준은 제이슨 어깨를 툭툭 쳤다.

"너 여자 친구가 온다고 말 안 했잖아."

제이슨이 활짝 웃으며 손가락을 가볍게 흔들었다.

"와, 안녕? 나의 진정한 팬! 여기서 보게 되다니 기분 좋네."

레아가 온몸을 떨며 팔꿈치로 내 옆구리를 세게 찔렀다.

"아야."

고개를 숙이자 레아 얼굴에 가득 핀 웃음꽃이 보였다. 레아의 어금니가 다 보일 정도였다. 이제 못된 친구들의 말을 다 잊어버린 것 같았다.

레아는 내 신음 소리를 아랑곳하지 않고 말했다.

"언니, 빨리빨리 그 포스터 줘!"

"어… 포스터 말인데…."

찢어진 포스터를 내밀며 고개를 떨궜다.

"내가 카페에서 실수로 떨어뜨려서 조금 찢어졌어. 레아야, 정말 미안해."

레아가 잠시 상심한 표정을 지었다. 하지만 곧 다시 미소를 짓고 내 손을 꼭 잡았다.

"언니, 괜찮아. 실수였잖아. 게다가…."

레아는 주머니에서 마스킹 테이프를 꺼내 잘게 뜯기 시작했다.

"내가 철저하게 준비해서 왔지."

레아는 눈 깜짝할 사이에 찢어진 부분을 이어 붙이고, 제이슨이 앉아 있는 테이블 위에 포스터를 거침없이 내려놨다.

"제이슨 오빠, 오빠를 위해 준비했어요. 유튜브 시절부터 지금까지 오빠가 걸어온 여정이 어땠는지, 또 오빠의 노래 실력과 눈부신 헤어스타일이 어떻게 전 세계 팬들의 마음을 사로잡았는지 보여주고 싶었어요."

레아는 턱 밑으로 양손을 모으고 방긋 웃었다.

"저는 오빠의 넘버원 팬이에요!"

제이슨은 포스터 구석구석을 열심히 살피며 감탄했다.

"정말 마음에 들어. 토론토 농구 팀 랩터스의 스티커까지 붙였네! 이 포스터하고 같이 사진 찍어야겠다."

제이슨은 휴대폰을 꺼내서 포스터를 배경 삼아 셀카를 찍었다. 그리고 미소를 지으며 레아에게 가까이 오라는 손짓을 했다.

"우리 둘이서 셀카 찍을까?"

레아가 입을 떡 벌리며 손가락으로 자신을 가리켰다.

"셀카요? 저랑요?"

레아는 허겁지겁 테이블 뒤로 뛰어가더니 제이슨 옆에 기대섰다. 제이슨이 카메라 셔터를 누르는 동안 레아는 손가락으로 하트 모양을 만들며 포즈를 취했다. 나는 뒤로 한발 물러나 그 장면을 지켜봤다. 가슴이 벅차올랐다. 제이슨과 〈Summer Heat〉를 부르기 위해 트레이닝을 시작한 이후로 레아와 많은 시간을 보낼 수가 없어 미안하기만 했는데, 지금 레아는 무척 행복해 보였다. 그것만으로도 이곳에 온 보람이 있었다. 물론 이왕 스타일 돔에 온 김에 옷들을 좀 구경할 수 있다면 더욱 좋겠지만 말이다.

슬쩍 자리를 뜨려고 했는데 레아가 말했다.

"언니, 휴대폰 좀 빌려줄 수 있어? 오늘 아침에 휴대폰을 깜빡하고 안 챙겼는데 나도 사진 찍고 싶어!"

휴대폰을 건네줬고 레아는 제이슨과 더 많은 셀카를 찍었다. 레아가 제이슨에게 똑같은 표정으로 사진을 찍자며, 여러 가지 표정을 주문하기 시작했다. 너무 부끄러워서 쥐구멍에라도 숨고 싶은 심정이었다.

"놀란 표정! 디바 표정! 자, 이제 제이슨 리의 넘버원 팬 표정!"

제이슨은 레아가 원하는 대로 해줬고, 즐거워 보였다.

갑자기 제이슨이 나에게 말을 걸었다.

"레이첼, 이리 와. 셋이서 같이 사진 찍자."

"저요? 아, 아니에요. 괜찮아요. 됐어요."

고개를 저으며 뒤로 한발 더 물러났다.

"오늘은 레아의 날이거든요."

"우리 셋이 함께 찍은 사진이 있으면 엄청 좋을 것 같아!"

레아가 소리쳤다.

"거봐, 레아가 같이 사진 찍고 싶대. 오늘은 레아의 날이고."

제이슨이 말했다.

레아가 의젓하게 고개를 끄덕였다.

"오빠 말이 맞아. 오늘은 레아의 날이고, 내가 레아야."

레아가 달려와 내 팔을 잡아끌더니 자신과 제이슨 사이에 나를 세웠다.

제이슨은 나에게 휴대폰을 돌려준 다음 자신의 휴대폰으로 셀카를 찍었다. 레아는 '치즈'라고 말하며, 이번에는 양손으로 손가락 하트를 만들었다. 나는 최대한 밝게 웃었지만, 제이슨과 너무 가까이 붙어 있는 바람에 심장이 요동쳤다. 그토록 피하고 싶었던 상황이 일어난 것이다. 제이슨은 내 팔에 자기 팔을 둘렀다. 제이슨을 몰래 쳐다보다가, 나를 똑바로 바라보고 있는 그와 눈이 마주쳤다. 제이슨이 씩 웃었고 심장이 더 요동쳤다. 아니, 심장이 가슴 밖으로 튀어나갈 기세였다. 곁눈으로 옆을 살짝 보니, 민준이 우리를 보며 히죽거리고 있었다. 황급히 제이슨에게서 시선을 뗐다.

"됐어요. 충분히 찍었어요!"

너무 큰 목소리로 말하고 말았다.

"사진 보내줄게. 번호 교환하자."

머뭇거리자 제이슨이 눈썹을 치켜들며 말했다.

"서로 번호가 있어야지. 우리는 함께 일하고 있잖아. 그렇지?"

일리가 있는 말이었다. 휴대폰 잠금을 해제하고 제이슨에게 휴대폰을 건네긴 했지만 복잡한 심정이었다.

우리 뒤에 서 있던 초록색 머리를 한 팬이 언성을 높였다.

"거기, 혼자만 제이슨 보러 온 거 아니거든요. 알죠?"

짜증이 묻어나는 목소리였다.

"맞아요. 우리도 제이슨 만나고 싶다고요!"

검정색 넥스트 보이즈 콘서트 티셔츠를 입은 팬이 거들었다.

옆에 있던 하얀색 넥스트 보이즈 콘서트 티셔츠를 입은 그녀의 친구가 눈을 가늘게 뜨고 내 얼굴을 유심히 살폈다.

"잠깐. 저 사람 레이첼 김 아니야? 영상에서 제이슨이랑 같이 노래 불렀던 사람이잖아!"

"어머, 맞다."

검정색 티셔츠를 입은 팬이 말했다.

"레이첼, 목소리가 너무 좋아요!"

쑥스러워서 얼굴이 붉어졌다. 사람들이 날 알아본 경우는 처음이었다.

"감사합….."

"레이첼, 같이 사진 찍어줄 수 있어요? 제이슨도 같이요."

하얀색 티셔츠를 입은 팬이 물었다.

"잠깐, 나도 같이 사진 찍고 싶어요!"

초록색 머리를 한 팬도 소리쳤다.

"레이첼, 레이첼! 사랑해요!"

사람들이 앞으로 우르르 몰려왔고, 사방에서 내 이름을 외치는 소리가 들렸다. 나는 어색하게 웃음 지었다. 그리고 사인회 테이블 뒤로 한 걸음 물러나며 레아에게 팔을 둘렀다.

"쟤가 진짜 제이슨 여친이야?"

누군가 소리쳤다.

"너는 제이슨하고 데이트할 만큼 예쁘지 않아!"

또 다른 누군가가 소리쳤다.

좋았던 순간은 딱 이 초였다. 순식간에 마음이 불편해졌다. 사람들이 사인회 테이블 주변으로 몰려들었고 나를 만지려고 손을 쑥 내밀었다.

제이슨이 벌떡 일어났다.

"여러분, 진정하세요! 다들 뒤로 물러나세요!"

하지만 난리 통에 제이슨의 목소리가 묻혔다.

한 여학생은 급기야 레아 손에 있는 포스터를 찢어서 가져갔다.

"이봐요!"

내가 소리치며 포스터를 다시 가져오려고 했지만 소용없었다.

엄청난 인파였다. 넥스트 보이즈 경호 팀이 신속하게 투입돼 나와 레아를 경호했고, 소리를 지르고 있는 팬들 사이를 뚫고 지나갈 수 있도록 안내했다. 스타일 돔을 빠져나가기 전에 고개를 돌려 제이슨을 쳐다봤다. 구름처럼 몰려든 소녀 팬들이 자기의 이름을 외치고 있는데도 제이슨은 찌푸린 얼굴이었고 고통스러운 표정이었다.

"정말 무시무시했다."

지하철역으로 걸어가는 길에 레아가 말했다.

레아 얼굴이 흥분으로 반짝이고 있었다.

"내가 만든 포스터를 누군가가 훔쳐 간 게 믿기지 않아."

"화 안 나?"

"뭐? 안 나지. 끝내줬어! 사인회에서 우리 때문에 팬들이 난동을 일으킨 거야."

'먹잇감 쟁탈전에 더 가깝던데.'

레아의 손을 잡았다.

"이리 와, 레아야. 집에 가자."

그날 밤 침대에 누워 식물학 교과서를 읽으려고 애썼다. 조만간 제주도로 떠나는 대규모 수학여행이 예정돼 있었다. 성적이 구십점 이상인 학생들만 참여할 수 있는 수학여행이었다. 하지만 도무지 공부에 집중이 되지 않았다.

휴대폰에서 카카오톡 메시지 알림이 울렸다. '스위트 커피 보이'라는 아이디였다. 제이슨이었다. 메시지를 지우고 휴대폰을 내려놓고 싶었지만, 내 손이 제멋대로 움직였다. 어느새 헤벌쭉대며 제이슨이 보낸 사진들을 보고 있었다. 제이슨과 레아 둘이서 찍은 사진이 한 무더기 있었고, 그 밑으로 우리 셋이 함께 찍은 사진이 줄줄이 이어졌다.

레아의 다음 포스터에 쓸 사진들이야.

혼자 빙긋 웃었다. 내일 아침에 레아에게 이 사진들을 보여줄 생각을 하니 기분이 들떴다.

또 다른 메시지가 도착했다.

아 그리고….

사진 한 장이 휴대폰 화면에 뜨는 순간 숨이 멎는 듯했다. 우리 두 사람 얼굴이 화면을 가득 채우고 있었다. 사인회 장소에서 나와 제이슨의 눈이 마주친 바로 그 찰나에 찍힌 사진이 틀림없었다. 사진 속 제이슨은 입꼬리를 올리며 웃고 있었고, 나는 깜짝 놀란 얼굴로 입을 벌리고 있었다. 손가락이 삭제 버튼 위를 맴돌았다. 이 사진을 가지고 있으면 안 된다는 사실을 알았다. 가지고 있어봤자 별 소용도 없었다. 나와 제이슨은 아무 사이도 아닌데, 누군가 사진을 보고 우리 사이에 뭔가가 있다고 오해라도 한다면? 그런 위험은 감수할 가치가 없었다.

마지막 메시지가 화면에 떴다.

이 사진은 널 위한 거야. 잘 자, 늑대 소녀.

나도 모르게 입술 위로 스르르 미소가 번졌다.

11

'사이드 스텝, 골반 빼고, 미끄러지기. 그다음에… 아니다. 먼저 골반 빼고, 미끄러지고, 오른쪽 사이드 스텝… 아니, 왼쪽인가?'

얼굴 위로 흐르는 머리카락을 후 불고, 연습실 거울에 비친 내 모습을 봤다. 이 부분은 전체 안무 중에서 가장 쉬운 동작에 속하는데, 어째서 이렇게 쩔쩔매고 있는 걸까?

연습실은 금요일 오후 자율 연습 시간에 누구나 사용할 수 있었다. 학교 수업을 듣느라 매번 너무 늦은 시간에 도착하는 바람에 연습실을 사용할 수 없었지만, 오늘은 강남으로 쇼핑을 하러 가는 주현이와 혜리의 차를 얻어 타고 온 덕분에 연습실에서 연습할 수 있었다.

연습실은 연습생들로 북적였다. 연습실 뒤편에서 미나와 은지,

리지가 수다를 떨고 있었다. 미나의 시끄러운 웃음소리가 들리는 쪽을 돌아보다가 미나와 눈이 마주쳤지만 재빨리 시선을 돌렸다. 오늘은 그 누구와도 말을 섞고 싶지 않았다. 그저 자꾸만 실수하게 되는 춤 동작을 마스터하고 싶을 뿐이었다. 처음부터 다시 춤을 추며 거울 속에 비친 내 모습에 집중하려고 했지만, 댄스 트레이너의 매서운 눈빛이 아른거렸다.

"전부 틀렸어!"

지난 연습 시간에 재현 트레이너가 나에게 소리를 질렀다.

"이렇게 쉬운 동작을 어떻게 틀리냐? 유진 트레이너가 왜 널 인정하는지 도무지 이해가 안 간다. 다시!"

무표정을 유지하면서, 내 머릿속에서 반복 재생되는 '흑평 교향곡'에 그의 호통까지 더해지지 않도록 애썼다. 그리고 온 힘을 끌어모아 처음부터 다시 춤을 췄다.

하지만 얼마 지나지 않아 재현 트레이너는 음악을 껐다.

"아니야. 이미 틀렸어. 발을 떼기도 전에 벌써 머릿속이 생각으로 꽉 찬 게 다 보여. 다시 시작해."

심호흡을 하면서 이를 악물지 않으려고 조심했다.

하지만 재현 트레이너는 내 얼굴에 드러난 짜증을 눈치챘다.

"야, 이게 너무 어려우면 집에 가."

재현 트레이너는 다시 음악을 끄고 매섭게 말했다.

"나한테 건방지게 굴면 춤 실력이 늘 것 같아? 그렇게 정신 못

차리고 있지 말고, 더 노력하란 말이야. 이것도 못 추면 넌 아무것
도 못 해."

그 후 며칠이 지났지만 아직도 재현 트레이너의 목소리가 생생
하게 기억났다. 머릿속에서 끔찍한 회전목마가 돌고 또 도는 느낌
이었다. 그의 목소리가 생각날수록 춤은 더 엉망이 됐고, 춤이 망
가질수록 그의 목소리가 더 생각났다. 바닥 위로 쓰러졌다. 거울에
비친 내 모습은 이미 땀범벅이었다. 나 자신에게 화가 치밀었다.

나를 지켜보는 미나가 보였다. 그런데 무슨 영문인지 미나는 평
소처럼 날 업신여기는 표정이 아니었다. 답답해하는 표정이었다.
설마 좀⋯ 안타까워하는 건가? 나는 손으로 얼굴을 감쌌다. 미나
마저 나를 불쌍하게 여길 정도라면, 나는 정말로 비참해 보이는 게
틀림없었다. 미나는 금방이라도 나에게 걸어올 기세였다.

바로 그때 연습실 문이 활짝 열렸고, 한 이사가 들어왔다. 모든
연습생이 일제히 그를 쳐다보고는 자기들끼리 수군대기 시작했다.

"이사가 자율 연습 시간에 연습실에 왜 온 거지?"

"지저분한 일을 대신 시키려고 노 대표님이 보낸 게 분명해."

"누구를 자르려고 왔다는 말이야?"

"수민이가 요즘 엉망이기는 했어⋯."

리지가 몸을 꼿꼿이 세우고 손가락으로 머리카락을 뱅글뱅글
돌리더니 쌍꺼풀진 큰 눈을 깜빡였다. 예쁜 척하며 한 이사를 바라
보는 사람이 리지뿐인 건 아니었다. 다른 이사진과 비교하면, 한

이사는 한국판 크리스 헴스워스였다. 내 눈으로 직접 보지 않았다면, 나이도 많고 주름도 많은 정장 차림의 남자들 사이에 그가 앉아 있는 모습을 상상하기가 어려웠을 것이다.

한 이사는 연습실에 있는 사람들 절반이 수군대고 있고 나머지 절반이 자기를 애타게 쳐다보고 있다는 사실을 모르고, 성큼성큼 연습실을 가로질러 내 앞에 멈췄다. 나는 그대로 굳었다. 잠깐, 나 때문에 여기에 온 거야? 수군거리는 소리가 멈췄고 모든 연습생이 나를 주시했다.

"안녕, 레이첼."

한 이사가 쾌활하게 말했다. 그리고 몸을 숙이고 목소리를 낮췄다.

"어머니가 사무실로 연락하셨어."

내가 멈칫했다.

"아무 일 없는 거죠?"

"아, 그럼. 아무 일 없지. 그냥 네 안부를 확인하려고 전화하신 것 같았어. 그리고 저녁 먹으러 언제 올 수 있는지도 물어보셨고."

다들 우리 대화를 엿듣지 않는 시늉조차 하지 않았다. 조용히 키득거리는 소리가 터져 나왔다. 순간 나는 연습실을 나가서 영원히 돌아오지 말아야 할지, 아니면 사무실에 가서 전화기를 부숴버려야 할지 고민했다.

연습생들은 사옥에 있는 동안 휴대폰을 소지할 수가 없었다. 그래서 부모님들이 연락해야 할 일이 생긴다면 사무실에 전화를 거는 방법밖에 없었다. 그렇다고 해서 정말로 사무실에 전화를 거는 부모님은 없었다. 그건 아직도 어린애 취급을 당하고 있다고 공표하는 꼴이었으니 말이다. 이 정도 사건이라면 미나와 아이들이 최소 몇 주 동안 괴롭히기 충분한 일이었다. 나는 한 이사의 뒤를 조용히 따라가면서 아무도 쳐다보지 않으려고 했다.

은지가 쑥덕댔다.

"왜들 그래. 얘들아, 좋은 거잖아. 아마 레이첼 엄마는 딸이 응가를 했는지도 확인하고 싶을 거야."

얼굴이 후끈거렸다. 한 이사는 문 앞에서 잠시 발걸음을 멈추더니 미나에게 미소를 지었고, 미나도 재빨리 미소로 화답했다. 리지가 미나를 쳐다봤다.

미나는 손사래를 치며 말했다.

"아버지 친구야. 지난주에 우리 집에서 함께 저녁 식사를 했어."

"저, 한 이사님. 데리러 와주셔서 감사해요. 중요한 업무 보시는데 방해가 된 건 아니죠?"

복도를 걸어가며 말했다.

"전혀 아니야, 레이첼. 어머니가 연락이 왔을 때 사무실에 내가 있었을 뿐이야. 그리고 너도 한번 보러 가야겠다고 생각했지. 걱정하지 마. 나도 이해하거든."

그가 연습실 쪽으로 고개를 한 번 끄덕이고 말을 이어갔다.

"우리 어머니도 걱정이 많으셔. 나한테 하루에 다섯 번씩 전화하시곤 하지. 메시지로 연락하라고 항상 말씀드리는데, 휴대폰 글자가 너무 작대. 아….”

그가 양복 소매를 걷으며 시계를 봤다.

“전화를 드릴 시간이 이미 지나버린 것 같네.”

그의 손목에 채워진 시계를 봤다. 빈티지 시계였다. 가죽 스트랩은 낡았지만 매끈했고, 금으로 된 사각 페이스에는 그윽한 세월의 흔적이 보기 좋게 묻어 있었다.

“시계 정말 멋져요. 한 이사님.”

그는 시계를 쳐다보더니 미소 지었다.

“고마워. 원래 할아버지 시계였어. 할아버지가 DB 엔터테인먼트 이사 자리를 넘겨주실 때 이 시계를 함께 물려주셨지.”

한 이사는 나에게 자신의 손목을 보여줬다.

“시계 페이스 가장자리를 둘러싸고 있는 붉은 루비가 보이니?”

고개를 끄덕였다.

“할아버지가 우리 가문의 유산을 상징하는 의미로 특별히 넣었다고 하셨어…. 항상 ‘우리 한씨 가문 같은 집안은 없다.’라고 말씀하셨거든. 그런데 내가 비밀 하나 말해줄까?”

한 이사는 나에게 손짓했고 나는 그에게 몸을 기울였다.

“할아버지는 그저 열성 축구 팬이셨던 것 같아.”

그는 머리를 뒤로 젖히며 껄껄 웃었고 나도 옆에서 따라 웃었다. 모든 이사진이 한 이사 같다면, 자주 마주해도 괜찮을 것 같다.

“일요일에 드레스 리허설인데 기분이 어때? 너희 세 사람이 지금까지 얼마나 연습했는지 보려고 연습생들과 트레이너들, 이사진까지 전부 올 텐데. 준비는 다 됐니?”

불현듯 재현 트레이너의 매서운 표정이 떠올랐다.

"사실… 아뇨."

솔직하게 고백했다.

이 속도라면 도대체 언제쯤 준비가 될지 알 수 없었다.

"계속 연습하렴. 너는 할 수 있을 거야."

한 이사는 응원하듯 말했다.

제발 그의 말이 맞기를 바랐다.

다음 날 아침 미나와 함께 춤 연습 스케줄이 잡혀 있었다. 나는 마음을 단단히 먹었다. 재현 트레이너를 다시 보는 상황은 달갑지 않았지만, 춤 동작을 완전히 익히려면 그를 마주해야만 했다. 정해진 연습 시간 직전까지 연습실 문 앞에서 꾸물댔다. 안으로 들어가고 싶지 않았지만 겨우 문을 열고 고개를 빼꼼히 들이밀었다. 연습실 안에는 거울 앞에서 스트레칭을 하고 있는 미나 빼고는 아무도 없었다.

미나는 나를 쳐다보고는 몸을 돌리고 양손을 허리춤에 올렸다.

"슬슬 올 때가 됐다고 생각했지. 빨리 들어와. 시작하자."

가방을 털썩 내려놓고 미간을 찌푸렸다.

"재현 트레이너는 어디에 있어? 다른 트레이너들은?"

"근처에 있는 고급 사우나에서 마사지를 받으면서 욕조에 몸을 담그고 있지."

내가 눈썹을 치켜세우자, 미나가 짜증난다는 듯 손을 저었다.

"우리 둘이서만 연습할 시간이 필요하다고 생각했어. 그래서 아빠에게 부탁해서 트레이너들한테 우리 딸의 든든한 지원군이 돼주셔서 감사하다는 의미로 고급 사우나 이용권을 보내주라고 했지. 다들 넙죽 받아먹더라."

"그런데… 왜?"

목소리에 묻어나는 의구심을 굳이 감추려 하지 않았다. 문 쪽으로 뒷걸음쳤다.

"이해가 안 돼."

미나가 한숨을 쉬었다.

"너 순순히 협조 안 해줄 작정이지? 자, 들어봐. 알다시피 너는 자꾸 애먹는 춤 동작이 있고 나는 쉽게 부르지 못하는 노래 소절이 있어. 그래서 내가 아이디어를 떠올렸지."

미나가 내 쪽으로 걸어왔고 우리는 서로 얼굴을 마주 보며 서 있게 됐다. 나는 미나가 해코지를 할 경우에 대비해 한 손으로 문고리를 잡고 있었다.

"생각해봤는데, 우리 파트를 좀 바꾸면 어떨까? 예를 들면 내가 어려워하는 그 소절을 네가 부르고, 네가 잘 소화하지 못하는 그 안무를 내가 추는 거지. 그럼 모두 윈윈하는 거야."

미나 말에서 진심이 묻어났고, 심지어 들뜬 기색마저 느껴졌다.

"음, 그래. 모두 윈윈하겠지. 트레이너하고 이사진만 빼고. 우리가 그들이 내린 결정에 따르지 않는다는 걸 알면 길길이 날뛸 거야. 이봐, 추미나. 너는 내가 뻔한 함정에 정말로 걸려들 거라고 생각하는 거야? 너는 나한테 약을 먹였어. 내 오디션을 망치려 했고, 또 연습생 숙소 영상을 우리 엄마한테 보냈어! 물론 네가 한 짓을 내가 증명할 수는 없지만, 그렇다고 해서 네 제안을 덥석 받아들이겠다고 할 만큼 순진하지 않아. 네 말대로 했다고 치자. 그럼 너는 이사진한테 내가 약을 먹어서 내 안무 파트를 억지로 추게 만들었다고 거짓말을 할 사람이야. 그러니까… 그냥 나를 내버려 둬."

미나는 천장을 물끄러미 봤다. 미나 뺨이 살짝 상기됐다.

"그래. 다 내가 한 짓이야. 네 말이 맞아. 사과할 생각은 없어."

나는 숨을 크게 내쉬었다.

"놀랍기도 해라."

"그런데 지금은 널 속이려는 속셈이 아니야. 다들 처음에는 화를 내겠지만, 일단 우리 리허설을 보고 나면 이 방법이 최선이라고 깨닫게 될 거야. 우리 정말 미친 듯이 열심히 연습했잖아. 각자의 장점을 살릴 수 있는 길인데 조금만 바꿔보면 안 돼?"

일리가 있는 말이었다.

"제발."

미나가 양손을 모았다.

"시도만 해보면 안 될까?"

망설였다. 처음으로 미나의 피곤한 안색이 눈에 들어왔다. 반짝이던 눈빛 대신 어둡고 푸석푸석한 다크서클이 보였다. 무엇보다 미나는 계속 어깨를 주무르고 있었다. 내가 아픈 만큼 미나도 아픈 것 같았다. 미나는… 나 같았다. 의지가 넘쳤지만 완전히 지쳐 있었다. 나 혼자서만 살벌한 트레이닝 스케줄을 소화하고 있는 게 아니었다. 내가 하고 있는 모든 것을 미나도 똑같이 하고 있었다.

"알겠어. 좋아, 한번 해보자. 그런데 이번 연습만이야. 그러고 나서 어떻게 할지 생각해보자."

미나가 깊은숨을 내쉬며 어깨 긴장을 풀었다.

"그래. 좋아. 자, 네가 헤매는 춤 동작부터 시작하자. 네가 연습하는 걸 봤는데, 문제를 알 것 같아…."

일요일을 무척 좋아했다. 나에게 일요일은 늦잠을 자고, 레아와 하루 종일 만화 영화를 볼 수 있는 날이었다. 하지만 오늘은 특별한 일요일이었다. 지난 한 주 내내 벼락치기로 숙제를 하고 미나와 추가 연습을 하느라 정신없었다. 드레스 리허설이 있는 일요일 오후가 되자 완전히 진이 빠져 있었다. 미나와 내가 퍼포먼스를 약간 수정했기 때문에 불안하기도 했다. 그래도… 결과는 정말 좋았다. 적어도 내 생각에는 그랬다. 하지만 이사진이 수정된 퍼포먼스를 좋아할지 아니면 우리를 죽이려고 들지는 알 수 없었다.

무대 옆 공간에서 고개를 내밀고 관객석을 바라봤다. 연습생들, 트레이너들, 이사들이 제이슨과 미나, 내가 준비한 공연을 기다리고 있었다. 노 대표는 은빛 스트라이프 정장을 입고 반짝반짝한 블랙 로퍼를 신고 있었다. 그는 옆에 앉은 남자와 이야기를 나누고 있었다. 추민희 회장이었다.

지난 몇 주 동안 매일매일 몇 시간씩이나 미나 얼굴을 보지 않았더라도, 한눈에 미나 아빠임을 알아챌 수 있을 만큼 미나와 닮은 생김새였다. 두 사람 모두 이마가 널찍하고 이목구비가 날카로웠다.

"준비됐어?"

미나가 내 옆으로 다가왔다.

미나는 허리 부분에 우아한 실버 코르셋이 돋보이는 파격적인 네온 핑크색 드레스를 입고 있었다. 목에는 'Summer'라는 글자가 쓰여 있는 블랙 리본 초커를 차고 있었다. 나도 그녀와 똑같은 초커를 차고 있었는데, 내 초커에는 'Heat'라고 쓰여 있었다. 다이아몬드로 노래 제목을 수놓은 것이다.

나는 고개를 끄덕이면서 무릎까지 올라오는 화이트 스웨이드 부츠의 굽으로 바닥을 탁탁 쳤다. 하지만 입 안이 바짝바짝 타들어 갔다. 카메라는 없었지만 사람들로 가득 찬 강당은 카메라만큼이나 불편했다. 뒤에서 내 이름을 외치는 크고 활기찬 음성이 들렸다. 뒤를 돌아보자 아카리가 활짝 웃으며 서 있었다.

아카리는 깡충깡충 뛰며 다가왔다.

"드디어 이런 날이 오는구나. 네가 너무 자랑스러워! 지금까지 쏟아부었던 노력이 이제 결실을 맺기 시작…."

"애정 행각을 방해해서 미안한데."

미나가 아카리의 말을 자르며 우리 사이에 끼어들었다.

"레이첼은 지금 가야 해."

미나는 아카리를 보면서 살짝 비웃는 표정을 지었다.

"우린 미래의 케이 팝 스타로서 신경 써야 할 일들이 있다고…. 넌 모르겠지만 말이야. 제이슨이 무대를 시작한다, 가자."

미나는 아카리를 완전히 등지고 서서 나를 쳐다보고서는, 자신이 등장해야 하는 무대 오른쪽으로 걸어갔다. 아카리는 그 자리에 얼어붙은 채 멀어져가는 미나 뒷모습을 바라봤다. 아카리 눈은 분노로 차 있었다. 나와 아카리가 함께 이야기를 나눈 지도 오래됐다. 아카리 옆에서 미나 흉을 보고 싶은 마음이 굴뚝같았다. 하지만 음악이 시작되는 소리가 들렸다.

"나 가봐야 해!"

미안한 미소를 건네고 내가 등장해야 하는 위치로 달려갔다. 얼핏 뒤돌아봤을 때, 아카리는 조금 시들해진 표정을 짓고 관객석으로 발길을 돌리고 있었다. 나는 아카리 생각을 떨치려고 애쓰면서, 곧 아카리와 밀린 수다를 늘어놓을 시간이 많아질 거라며 나 자신을 위로했다.

조명이 어두워졌다. 무대로 고개를 빼꼼히 내밀고 제이슨의 실루엣을 훔쳐봤다. 그 순간 머릿속에서 아카리는 완전히 잊었다. 강당에 정적이 감돌았다. 긴장이 고조됐고 입술을 잘근잘근 깨물고 싶었지만 간신히 참았다. 메이크업을 망칠 수는 없었다.

스포트라이트가 켜지고 마침내 음악이 흘러나왔다. 제이슨이 빙그르르 도는 춤 동작으로 일 절을 시작했다. 몸에 꼭 맞는 스트라이프 슈트를 입고 페도라를 쓴 모습이 너무 귀여워서 눈을 뜰 수 없었다. 관객들이 음악에 맞춰 박수를 쳤다. 경쾌한 멜로디를 타는 제이슨의 목소리가 들렸다. 모든 음이 살아 있는 것처럼 자연스럽고 생동감이 넘쳤다. 나도 모르게 긴장이 스르르 풀렸고 짜릿짜릿한 기대감이 밀려왔다. 무대로 나가서 제이슨과 함께 노래하고 싶은 마음이 샘솟았다.

이 절이 시작되기 직전 조명이 다시 어두워졌고, 그 신호에 맞춰 나와 미나가 무대를 향해 또각또각 걸어 나갔다. 관객석에는 일순간 완벽한 정적이 흘렀다. 사람들의 시선이 느껴졌다. 누군가는 내가 이 자리에 어울리지 않는 사람이라고, 이 무대에 걸맞지 않는 사람이라고 말하고 있을지도 모른다는 생각이 스쳤다. 나는 얼어붙었다. 그때 조명이 번쩍 켜졌고, 관객석에서는 환호가 터져 나왔다. 연습생들이 소리를 질렀고 몇 명은 발을 구르며 휘파람을 불었다. 웃음이 슬며시 새어 나왔다.

'그래, 할 수 있어.'

유진 언니와 눈이 마주쳤다. 언니가 나에게 윙크를 보냈다. 이 퍼포먼스가 끝난 후에도 언니가 말을 걸어주기를 바랄 뿐이었다….

이 절이 시작됐고, 나는 기존의 안무대로 모델처럼 워킹하며 제이슨에게 다가갔다. 노래를 부르면서 리듬에 맞춰 사뿐사뿐 걸으며 무대를 가로질렀다. 그러니까, 새로운 노래 파트를 부르면서 말이다. 원래는 미나가 등장해야 하는 타이밍이었다. 트레이너와 이사진은 경직된 얼굴로 무대에서 벌어지고 있는 상황을 파악하려고 했다. 몇몇이 자리에서 몸을 뒤척였고 수군대기 시작했다.

"지금 뭐 하는 거지?"

"노 대표님, 대표님께서 허락하셨습니까?"

몇 소절을 부르고 난 뒤에 미나가 등장했다. 이제 몇 주 동안 나를 괴롭혔던 안무에 접어들 차례였다. 내가 무대 뒤로 스르르 빠졌다. 그러자 미나와 제이슨이 무대 중앙으로 걸어 나왔고, 두 사람은 손쉽게 춤 동작을 해냈다. 이 절 중간 무렵이 되자, 나와 미나는 자리를 바꿨다. 그리고 나는 미나가 불러야 하는 노래 파트를 열창했다. 내 목소리와 제이슨의 목소리가 완벽한 화음을 이루며 어우러졌다. 무대 위의 에너지가 강당 전체로 퍼져나갔다.

관객석에 앉아 양손을 둥그렇게 말아 입에 대고 환호성을 지르는 아카리의 소리가 들렸다. 심지어 몇몇 트레이너들도 이 순간을 즐기며, 노래를 따라 부르고 리듬에 맞춰 손가락을 튕겼다. 다만 관객석 첫째 줄에 앉은 노 대표 얼굴은 내 립스틱 색깔만큼이나 빨갛게 타오르고 있었다. 지금 우리는 번개처럼 강렬해 보일지 몰라도, 이 공연이 끝나면 폭풍우를 맞이할지도 모르겠다는 생각이 들었다. 노래가 끝나자 관객석에서 박수갈채가 터져 나왔다. 유진 언니는 나를 향해 고개를 저었지만 미소를 숨기지 못했다. 노 대표는 자리에서 일어나 무대 뒤편으로 향했고 다른 이사진이 그를 뒤따랐다. 추민희 회장도 노 대표를 따라갔는데, 그의 표정은 읽기가 어려웠다.

우리 셋은 관객들에게 인사를 하고 무대 뒤로 달려갔다.

우리는 함께 소리를 지르며 서로를 얼싸안았다.

"무대에서 둘 다 최고였어!"

제이슨이 우리를 힘껏 끌어안으며 말했다. 그리고 의미심장한 미소를 지었다.

"두 사람이 파트를 살짝 바꾼 거, 미리 경고해줘서 고마워."

"미안해요."

미나가 말했다.

"오빠가 이사님들한테 밀고하지 않길 바랐거든요."

미나는 곁눈질하며 말했지만, 얼굴에 떠오른 미소를 보니 제이슨을 놀리는 중이었다.

나를 감싸고 있는 제이슨 팔의 감촉 때문에 얼굴이 달아올랐다. 나는 재빨리 몸을 빼며 말했다.

"오빠도 정말 멋졌어요!"

"두 사람 정말…."

"괘씸하다! 권위를 완전히 무시했어."

노 대표가 성큼성큼 걸어오며 소리쳤고, 추민희 회장과 다른 이사진도 행진하듯 따라 들어왔다. 다들 표정이 어두웠고 화난 기색이었다. 노 대표는 곧 폭발할 기세였지만 그가 다시 입을 떼기도 전에, 한 이사가 중간에 끼어들더니 양팔을 벌려 나와 미나를 와락 끌어안았다.

"정말 환상적인 무대였어. 대단했어! 너희 세 명을 한 팀으로 구성한 건 탁월한 결정이었어. 너희가 한국 최고의 차세대 스타들이다. 물론, 두말할 필요 없는 제이슨 리까지 말이야."

한 이사는 우리 손을 잡고 흔들었다. 그리고 다른 이사진을 쳐다보며 물었다.

"세 사람의 케미가 정말 대단했죠? 아닌가요?"

"음… 흥미로웠죠."

심 이사가 마지못해 인정했지만, 노 대표의 눈치를 살폈다.

"제가 목격한 건 이 두 연습생이 각자의 역할을 바꾸고 지침을 어긴 겁니다."

임 이사가 우리를 비난하는 듯 눈썹을 곤두세우고 말했다.

"그게 어떻게 칭찬할 행동이 된다는 말입니까?"

"물론, 안 됩니다. 이 아이들이 퍼포먼스를 망친 결과를 가져왔다면 말이죠. 하지만 오히려 더 나은 퍼포먼스를 보여줬습니다. 저는 이를 혁신이라고 부르고 싶습니다. 차세대 케이 팝이죠!"

한 이사의 말에 몇몇 이사진은 동의를 한다는 듯 웅얼거렸지만 대부분은 인상을 찌푸렸다.

숨을 죽이고 노 대표를 힐끔 봤다. 뺨의 붉은 기운은 가셨지만 잔뜩 찌푸린 눈은 여전히 분노로 번득이고 있었다. 노 대표는 말없이 우리와 한 이사를 번갈아 쳐다봤다. 자신의 말을 거역한 우리에게 고함을 지르고 싶지만 한 이사의 의견에 반박할 수 없어서 갈등하는 기색이었다.

마침내 노 대표는 나와 미나를 똑바로 바라봤다.

"계속 연습해라. 퍼포먼스가 완벽해지기 전에는 다시 보고 싶지 않아."

노 대표는 휙 돌아서 나가버렸고, 나머지 이사진도 나갔다. 한 이사는 우리에게 엄지손가락을 세워 보이고 문밖으로 향했다.

"언제 만나도 즐거운 두 숙녀분들, 우리 나중에 볼까? 노 대표님께 하지 못한 말이 방금 떠올랐거든."

제이슨이 손을 흔들고 서둘러 떠났다.

아주 잠시 그의 뒷모습을 멍하니 응시했다. 제이슨이 떠나며 남긴 단풍나무와 민트 향기가 내 안으로 파고들었다. 하지만 미나가 나에게 말을 걸고 있다는 사실을 깨닫는 즉시, 현실로 되돌아왔다.

"미안, 뭐라고 했어?"

미나가 어깨를 으쓱했다.

"아니, 그냥. 제이슨이 용감하다고. 나였다면 지금 노 대표님 근처에 얼씬도 하기 싫을 텐데."

"아, 그건 그래."

어서 대화 주제를 바꾸고 싶었다.

"아무튼 옷 갈아입으러 가자. 그리고 자축할 겸 구내식당에 가서 팥빙수 먹는 게 어때?"

"음, 먹어도 될지 모르겠는데."

"에이, 우리 먹을 자격 있어. 무대에서 만 칼로리쯤 소모했을걸?"

"먼저 가. 뒤따라갈게."

미나가 커튼 쪽을 힐끗거리며 말했다.

미나의 시선을 따라가자 추민희 회장이 팔짱을 끼고 서 있는 모습이 보였다. 불편한 마음으로 그에게 인사를 하고 재빨리 탈의실로 갔다.

아무도 없는 탈의실에서 나는 작게 소리를 질렀다. 그 퍼포먼스는 나의 모든 것이었다. 아주 오랜만에, 마침내, 드디어 올바른 궤도에 오른 느낌이었다.

블랙과 화이트가 섞인 체크 스커트를 벗고, 제일 좋아하는 초록색 보머 재킷과 블랙 스키니 진으로 갈아입는 동안에도, 내 심장은 여전히 아드레날린을 뿜고 있었다. 강당으로 되돌아가면서, 미나에게 같이 팥빙수 먹자고 한 말이 떠올라 혼자 웃었다. 이틀 전까지만 해도 미나와 함께 있는 것 자체가 눈을 뜨고 꾸는 악몽처럼 느껴졌다. 하지만 지금 이 순간만큼은 새로운 시대의 서막이 열린 것 같았다. 머리를 포니테일로 올려 묶으며 미나를 찾기 위해 무대 뒤로 향했다. 미나가 아직 무대 뒤에 있을 것 같았다.

무대 끝에서 어떤 목소리가 들렸다.

"완전히 수치스럽다. 감히 이사진과 트레이너를 무시해?"

놀란 나는 경직됐고 커다란 스피커 뒤로 몸을 수그렸다. 몇 미터 떨어진 곳에서 추민희 회장이 미나에게 고함을 지르고 있었다. 그의 얼굴은 조금 전의 노 대표 얼굴보다도 빨갰다.

"네가 한 짓 때문에 사람들이 나를 어떻게 생각하겠어? 그딴 식으로 공연할 거면 집에 오지도 말고 다시는 내 앞에 얼굴을 내밀 생각도 하지 마라."

미나는 고개를 푹 숙이고 아무 말도 하지 않았다. 기죽은 미나의 모습은 한 번도 본 적이 없었다. 미나가 금방이라도 말대꾸를 하거나 반항심 가득한 눈빛으로 올려다볼 줄 알았지만, 미나는 그렇게 하지 않았다. 대신 가만히 서서 모든 말을 받아들이며 어깨를 잔뜩 움츠리고 있었다.

"내가 무슨 잘못을 했길래, 내 딸이 내 얼굴에 이렇게 먹칠을 하는지 모르겠다. 다시 또 나를 실망시킨다면 두 번째 기회는 없어. 그때는 더 이상 넌 내 딸이 아니야. 알아들었어?"

"네, 아빠."

미나가 조용히 말했다.

추민희 회장은 넌더리가 난다는 듯이 머리를 흔들더니 쿵쾅쿵쾅 걸으며 나가버렸다. 미나는 그 자리에 우두커니 서서 온몸을 바들바들 떨었다.

"미나야."

숨어 있던 곳에서 나오며 조심스럽게 미나를 불렀다.

미나 몸이 즉시 굳었다. 미나는 도끼눈으로 나를 노려봤다.

"저기, 너 괜찮아?"

"네가 무슨 소리를 들었든, 네가 나보다 낫다고 생각하지 마."

미나 목소리에 분노가 한껏 묻어 있었고 눈에는 분노의 눈물이 가득 고여 있었다.

"동정 따위 필요 없어."

"그렇게 생각 안 해. 나는 그냥 네가 괜찮은지…."

"네가 상관할 바 아니야!"

미나는 눈물을 닦으며 나를 밀치고 탈의실로 걸어갔다. 그리고 갑자기 멈춰 서서 뒤를 돌아봤다. 험악한 표정이었다.

"아, 그리고 우리 친구 아니야. 그러니까 친구인 척하지 마. 노래 한 곡 같이 부른다고 해서 내가 너한테 신경이나 쓸 줄 알아? 내가 너하고 팥빙수 따위를 먹으러 구내식당에 갈 것 같아? 이건 디즈니 영화가 아니야. 레이첼 공주님, 철 좀 들어!"

미나는 무대를 떠났다.

나는 우리의 새로운 시대가 시작되기도 전에 저무는 것을 봤다.

12

"다들 사랑하는 친구를 꼭 잡거라! 이제부터 길이 험해지거든!"

지프차가 제주도 산악 지대를 따라 질주할 때, 나는 차에서 거의 튕겨져 나갈 뻔했다. 거칠고 울퉁불퉁한 흙길은 요즘의 내 인생만큼 오르락내리락했다. 넥스트 보이즈 팬 사인회에서 일어난 소동과 일요일에 치른 드레스 리허설 이후로 트레이닝 자체를 떠올리는 것조차 버거웠다. 그 와중에 밤샘 공부의 기적이 일어났는지 나는 주현이, 혜리와 함께 식물학 수업 수학여행에 참가할 자격을 얻었다. 아름다운 제주도로 훌쩍 떠나, 자연의 경이로움을 느끼기로 했다. 그런데 직접 와보니 생명의 위협도 느끼게 된 것이다.

"그러게요. 아까… 어… 좀 울퉁불퉁했어요."

옆자리에 앉은 운전기사를 보고 불안하게 웃으며 말했다.

주현, 대호, 혜리는 뒷좌석에 앉아 손잡이를 움켜쥐고 있었다.

"아까는 울퉁불퉁한 구간이 아니었어. 자, 이제 간다!"

음… 그렇다면 내 인생보다 이 길이 조금 더 오르락내리락하는 것 같다. 아니, 내 인생은 이 길에 비하면 신중하게 설계된 원형 트랙을 빙글빙글 도는 롯데월드의 어린이용 놀이 기구처럼 느껴졌다. 차는 도로를 따라 돌진했고 나는 비명을 질렀다. 뒷좌석에 앉은 쌍둥이는 완전히 신이 난 목소리로 소리를 질렀다. 반면, 대호는 금방이라도 토할 것 같은 표정이었다. 차가 왼쪽으로 방향을 틀자 주현의 몸이 붕 떴고, 두 다리도 함께 공중으로 폴짝 솟더니 대호 무릎 위로 떨어졌다. 나는 백미러로 뒤를 봤다. 대호 얼굴이 붉어졌고 혜리는 낙담한 표정이었다. 주현이는 낄낄대며 다리를 내렸다.

"이 길 정말 험난하다."

주현이가 소리쳤다.

"정말 최고로 험난해."

귀까지 빨개진 대호가 맞장구를 쳤다.

혜리가 운전석 쪽으로 몸을 숙이며 말했다.

"아저씨, 조금 천천히 운전해주셔도 돼요."

"걱정하지 마. 나는 베테랑이거든."

그가 호쾌하게 대답했다.

"얘들아, 이제 왼쪽을 보렴. 조랑말이다!"

거울을 통해 혜리와 눈이 마주쳤고 나는 안타까운 웃음을 지었다. 혜리는 한숨을 쉬더니 턱을 괴고 창밖을 내다봤다. 그때 주머니 안에서 휴대폰 진동이 울렸다. 제이슨이었다. 내 얼굴도 대호만큼 붉게 달아올랐다.

섬 생활은 즐거워?

제이슨은 라이언 이모티콘을 덧붙였다. 선베드에 앉아 하트 모양 선글라스를 머리에 얹고 있는 라이언이었다. 나는 씩 웃었다. 때마침 내 머리 위에도 선글라스가 얹어져 있었다. 달리는 지프차 밖에 있는 조랑말들의 사진을 휴대폰으로 찍었다. 행복해 보이는 말들이 들판에 무성히 자란 풀과 야생화를 우적우적 씹으며 꼬리를 획획 흔들었다.

제이슨에게 사진과 함께 답장을 보냈다.

보다시피, 최고예요. 나의 새 친구들을 소개합니다.

부럽다. 네 친구들이 내 친구들보다 훨씬 멋져.

제이슨도 사진을 보냈다. 민준이 입에 햄버거를 통째로 욱여넣고 손가락으로 피스 사인을 하는 사진이었다.

우리는 휴대폰 번호를 교환한 뒤 계속 메시지를 주고받았다. 메시지를 그만 보내야 한다고, 제이슨과 거리를 둬야 한다고, DB 엔터테인먼트 신입 연습생들에게 연애를 하면 방출될 수 있다는 사실을 경고할 때 써먹는 일화의 다음 주인공이 되면 안 된다고, 그리고 무엇보다 지금 어피치 이모티콘을 보내면 안 된다고 생각했지만… 완벽하고도 적절한 이모티콘이 있으면 보낼 수밖에 없다는 건 모두가 아는 사실이다. 게다가 메시지는 데이트가 아니다. 무해하고, 무의미하다. 울퉁불퉁한 길을 따라 달리는 내내 휴대폰을 가슴에 꼭 안고 빙긋이 웃었다.

재밌는 사실! 전 세계 곳곳을 다 가봤는데, 제주도는 안 가봤어.

농담이죠?
그럼 한라봉을 먹는 마법 같은 경험도 안 해봤다는 뜻이네요?

먹어봤지. 다만 제주도에서 못 먹어봤어. 맛이 다르겠지?

다르죠. 한라봉은 꼭 제주도에서 먹어야 해요.

한라봉 먹으면 꼭 실시간으로 중계해줘.
한라봉 껍질을 벗기는 것부터 한 조각 한 조각 삼키는 것까지 세세하게!

아직 안 먹었어요.
사실 지금 해녀들 만나러 가요. 한라봉 먹는 것만큼 멋지지 않아요?

응, 그렇네.

서울 국제 학교답게 학부모들은 학생들이 제주도에서 가장 좋은 호텔에 묵어야 한다고 고집했다. 호텔은 지금까지 내가 다녔던 곳 중 가장 훌륭했다. 해수 풀장이 다섯 개나 있었고, 옥상에는 열대 정원이 꾸며져 있었다. 게다가 호텔 전용 해변에서는 매일 바비큐 파티가 열렸는데, 투숙객들은 해변 오두막과 안락의자에 앉아 노릇노릇하게 구워진 육즙 가득한 고기를 우아하게 먹을 수 있었다. 반 친구들은 플레이스테이션이 구비된 오락실과 로비에 있는 고급 베이커리를 빨리 구경하고 싶어서 엉덩이를 들썩였지만, 나는 해녀들과의 만남이 가장 기대됐다.

'제주의 인어'라고도 불리는 해녀들은 매일 심해까지 잠수하여 바닷물을 가르며 전복을 비롯해 조개, 해초를 건져 올린다. 이 전설적인 여성 잠수부들은 이제 적은 인원만 남아 있다. 오늘 일정 중 세 명의 해녀를 만나는 것이 포함돼 있었다. 세 명의 해녀가 등장할 때, 그녀들을 유심히 바라봤다. 희끗희끗한 머리카락과 얼굴에 깊은 주름이 눈에 띄었다. 모두 칠십 대 후반에서 팔십 대 초반의 나이였지만 분명 특별한 힘을 뿜고 있었다. 그녀들의 말을 귀담아들으려고 몸을 앞으로 바짝 당겨 앉았다.

"정말 고된 일이에요."

해녀 한 명이 양손을 활짝 펼치고 우리를 바라보며 말했다.

"하지만 우리는 가족을 부양하고, 생계를 유지하고, 또 전통을 잇기 위해서 물질을 하죠. 우리는 마지막 해녀이고, 그 사실을 자랑스럽게 생각합니다."

그녀의 목소리가 울려 퍼졌다.

"얼음장처럼 차가운 바닷물에 들어가야 할 때나 육체적 피로가 뼛속까지 스밀 때, 가장 필요한 건 우리가 강하다는 사실을 잊지 않는 거예요."

두 번째 해녀의 말을 들은 나는 온몸에 전율이 흘렀다.

"우리는 용감하고 또 강인합니다. 더는 이 일을 못 하겠다는 생각이 들 때는 지금껏 이 일을 해왔다는 사실 그리고 앞으로도 해나갈 거라는 사실을 떠올립니다."

세 번째 해녀가 당당하게 고개를 들며 말했다.

그녀는 몸집이 작고 등이 굽었지만 말을 내뱉을 때마다 카리스마가 풍겼다.

"자신의 힘을 스스로에게 상기시키는 일이 아주 중요합니다. 특히 한국에 사는 여성이라면 더 중요하죠. 자기 자신이 아니면 누가 응원의 말을 해주겠습니까? 아무도 없죠. 독립적인 인간이 되는 것, 할 수 있는 일을 제대로 아는 것, 그 일을 해내는 것은 전부 본인에게 달렸습니다."

나도 모르게 왈칵 눈물이 났다. 손등으로 눈물을 닦고, 그녀들이 들려준 말을 가슴속에 고이 간직하기로 했다.

해녀들이 진주 같은 말씀을 해주셨어?

이해했어? 진주?

제이슨의 말장난이 어처구니없었지만 그래도 웃음이 나왔다. 그러다가 멈칫했다. 손가락이 휴대폰 화면 위에서 맴돌았다. 지금까지 제이슨과 나눈 대화는 기껏해야 즐거운 말장난에 지나지 않았다. 진지한 이야기를 어떻게 전해야 할지 몰랐다. 솔직히 말하면, 내가 진지한 이야기를 꺼내고 싶은지도 확신할 수 없었다. 이모티콘을 보내거나 농담을 할 수는 있지만, 내 마음에 깊은 인상을 남긴 일에 관해 내밀한 속내를 드러내는 것은 단순한 대화와는 완전히 다른 의미였다. 해녀들의 이야기는 내 인생에서 꼭, 지금 이 시점에 듣도록 예정돼 있었던 것만 같았다.

제이슨에게 답장하지 않고 휴대폰을 내려두고는 혜리를 쳐다봤다. 혜리는 선베드에 앉아서 여행을 온 연인들이 주변을 거닐고 있는 모습을 바라보고 있었다.

"나들 행복해 보인다. 주현이와 대호도 언젠가 여기로 커플 여행을 올까?"

혜리가 한숨을 쉬었다.

"아, 왜 이래."

내가 애써 밝은 목소리로 대답했다.

혜리 어깨를 장난스럽게 콕 찌르며 덧붙였다.

"주현이가 대호를 이성으로 좋아하지 않는 거, 너도 알잖아."

"하지만 대호는 주현이를 좋아하는걸. 그리고 대호 정도의 매력이면 주현이가 대호를 좋아하게 되는 건 시간문제야."

혜리가 선베드에 주르륵 미끄러지듯 눕더니 챙이 넓은 모자로 얼굴을 가렸다.

"나는 대호한테 유령일 뿐이야."

"컴퓨터 프로그래밍을 엄청나게 잘하는 유령이지!"

혜리를 웃게 하려고 혜리 볼을 살짝 꼬집었다.

대호의 축 처진 머리, 구겨진 슬랙스 바지, 호주머니에 레이저 포인터를 꼭 넣고 다니는 버릇을 떠올렸다.

대호는 아침에 레이저 포인터로 즉석 꽃 수업을 해줬다.

"저기 있는 꽃 보여?"

대호가 레이저를 광선 검처럼 휘두르며 호텔 정원에 핀 꽃을 가리켰다.

"저건 참꽃이야. 제주도를 상징하는 꽃이지. 예쁘지?"

사실 나는 이런 대호의 모습을 매력적이라고 봐야 할지 잘 모르겠다. 그때 주현이는 거의 고개도 들지 않은 채로 계속 휴대폰만 보면서 전날 밤에 본인이 유튜브에 올린, 섬을 주제로 한 메이크업 영상의 실적을 확인하고 있었다.

"솔직히 말하면, 내 생각에 걔는 정말 주현이 타입이 아니야."

완곡하게 돌려 말했다.

"누가 내 타입이 아닌데?"

고개를 들자 주현이가 우리 쪽으로 걸어오고 있었다. 홀터 톱에 카고 카프리 팬츠를 입고, 긴 포니테일을 흔들며 다가오는 주현이는 정말 근사했다. 카고 카프리 팬츠를 멋지게 소화할 수 있는 사람은 주현이밖에 없다. 내가 그 바지를 입었더라면 아마 학부모처럼 보였을 것이다.

"어… 〈오 마이 드림스〉에 나오는 김찬우."

내가 황급히 둘러댔다.

"진짜 네 타입 아니지? 그렇지?"

"응. 김찬우는 너무 백마 탄 왕자님 스타일이야."

주현이가 코를 찡긋거리며 대답했다. 그리고 얼굴을 모자로 가리고 누워 있는 혜리를 내려다봤다.

"혜리? 너 혜리야?"

"응."

혜리가 작고 우울한 목소리로 대답했다.

"아, 진짜. 너희 찾으려고 여기저기 다 돌아다녔잖아."

주현이가 혜리 얼굴을 덮고 있는 모자를 집어 든 다음 혜리를 의자 밖으로 끌어당겼다.

"나 배고파 죽을 것 같아. 뷔페 가자!"

뷔페 테이블은 중앙 연회장을 완전히 가로지르며 쭉 뻗어 있었다. 접시를 들고 음식이 차려진 테이블로 달려들어, 갓 잡아 올린 신선한 연어부터 아스파라거스, 볶은 청경채, 밤을 넣고 지은 뜨거운 쌀밥까지 한가득 담았다. 한쪽 구석에 있는 비빔밥 코너가 눈에 들어왔다. 두 번째 접시에 담길 음식을 위해서 배 속의 공간을 어느 정도 남겨야겠다고 생각했다.

주현이와 혜리, 나는 함께 자리를 잡고 앉았다. 우리 옆 테이블에서 젊은 연인이 연어 요리를 먹으며 와인을 마시고 있었다.

주현이가 와인병을 힐끗 보더니 살짝 휘파람을 불었다.

"로맨틱하다."

"그러게."

혜리가 동의하며 부러운 눈빛으로 연인을 쳐다봤다.

"정말 로맨틱해."

연인의 모습을 슬쩍 봤다. 완벽하게 로맨틱한 장면이었다. 두 사람 모두 추리닝과 티셔츠를 입은 편안한 옷차림이었다. 큼지막한 샤넬 선글라스 뒤에 가려져 있는 여자의 얼굴에는 화장기가 없었다. 메이크업을 하지 않았는데도 그녀의 피부는 잡티 하나 없이 매끈했다. 수많은 연예인이 탐내는, 무심한 듯 멋진 분위기가 그녀에게서 풍겼다. 여자 얼굴을 너무 대놓고 바라보고 있다는 사실을 깨달은 나는 재빨리 시선을 돌렸다. 하지만 그녀는 내가 쳐다보는 줄도 모르고 있었다. 맞은편에 앉은 남자와 말다툼 중이었기 때문이다. 이럴 수가, 결국 완벽하게 로맨틱한 장면은 아니었다.

"제발 식사할 때만이라도 그 이야기를 안 꺼낼 수 없어?"

여자가 속삭이며 말했지만 목소리에서는 분노가 들끓었다.

"네가 그 문제에 대해서 전혀 말을 안 하려고 하니까 그렇지. 언제쯤 우리 미래에 대해서 진지하게 대화할 건데?"

남자가 꿋꿋이 말을 이어갔다.

어두운 회색 티셔츠를 입은 남자는 반삭 머리를 하고 있었다. 보통 그런 헤어스타일은 더 험악해 보이기 쉬운데, 왠지 그는 부드러운 인상이었다. 적어도 그의 뒤통수는 그랬다. 사실 그의 뒤통수밖에 안 보였다.

두 사람이 언성을 높였고, 주현이와 혜리가 걱정스러운 눈길로 그들을 바라봤다. 갑자기 주현이가 놀라며 손으로 입을 막았다.

주현이는 우리 쪽으로 얼굴을 돌리고는 목소리를 낮춰 속삭였다.

"대놓고 보지는 말고, 저 여자 손톱 좀 봐. 프렌치 네일에 나선형 조개껍질 무늬를 그렸지? 저 디자인, 샘이 한 거야."

혜리와 내가 눈만 껌벅이자 주현이가 한숨을 쉬었다.

"왜 이래 진짜? 샘 몰라? 서울에서 최고로 인기 있는 네일 아트 디자이너인데? 아무나 그녀에게 관리를 받을 수도 없어. 잘나가는 스타들만 겨우 예약을 잡을 수 있다고! 난 샘의 디자인을 금세 알아볼 수 있지."

혜리가 여자 손톱을 보려고 자리에서 몸을 쭉 뺐다.

주현이가 혜리의 옆구리를 찌르며 말했다.

"대놓고 보지 말라고 했잖아."

좀 더 조심스럽게 고개를 돌려 두 사람의 대화가 격양되는 장면을 몰래 지켜봤다.

"바로 지금이 진지한 대화를 나누기에 제일 좋은 때라고."

남자가 고집스럽게 말했다.

"칠 년이 지났어. 이제 계약도 끝나가고, 곧 재계약 협상을 해야 하잖아. 이제 하루 종일 일하고, 고생하고, 끊임없이 스트레스받으며 살지 않아도 돼. 바로 지금이 네가 원하는 바를 요구할 때야. 마땅한 대우를 해달라고 해. 제발! 그 사람들이 너를 형편없이 대했잖아. 도대체 왜 고민하는 거야?"

"우리가 맺는 계약이 그렇게 간단하게 진행되지 않는다는 걸 너도 알잖아. 게다가 나는 케이 팝이 전부야. 괜히 무리한 요구를 했다가 그 사람들이 어떻게 반응할지도 모르는데, 위험을 무릅쓸 수 없어. 그리고 내 생각만 할 수 없다고! 팬들은? 팬들을 실망시킬 순 없어."

귀가 번쩍 뜨였다. 케이 팝?

"팬들을 실망시키느니 차라리 스스로를 실망시키겠다고?"

남자가 고개를 저으며 말했다.

"그렇게 간단한 일로 치부하지 마."

여자가 매섭게 받아쳤다.

"일렉트릭 플라워가 아무것도 아니라는 듯 박차고 나올 수 없어. 어떻게 나한테 그런 식으로 말할 수 있어? 다른 사람들은 몰라도 자기는 이해할 거라고 생각했어."

일렉트릭 플라워? 그제야 그들의 대화 내용이 이해됐다. 그녀는 일렉트릭 플라워의 리드 보컬 강지나였다. 신경을 쓰지 않은 듯 부스스하지만 은근히 멋이 나는 스타일을 연출한 사실이 놀랍지가 않았다. 진짜 연예인이었기 때문이다.

나는 재빨리 남자에게 주목했다. 목소리가 귀에 익긴 했지만 누구인지 떠오르지 않았다. 순간 강지나 매니저일지도 모른다고 생각했지만, 그와 강지나가 손을 잡고 깍지 낀 모습이 눈에 들어왔다. 잠깐… 남자 친구인가? 나는 눈썹을 찌푸렸다.

몇 개월 전에 레아와 함께 봤던 일렉트릭 플라워 인터뷰 영상을 떠올렸다.

연애 금지 규칙의 일환으로, DB 엔터테인먼트가 여자아이들에게 달달 외우도록 하는 문장이 있다.

'너무 바빠서 데이트를 할 시간이 없어요. 남편에게 헌신할 수 있는 여유가 생기기 전에는 결혼 생각이 없어요.'

스타든 연습생이든 마찬가지였다. 우리처럼 강지나도 방침을 따랐다.

눈을 감고 강지나가 인터뷰에서 한 말을 떠올렸다.

"무언가를 놓치고 있다는 생각은 안 드세요?"

"전혀요."

인터뷰어가 물었을 때 지나의 대답이었다.

"싱글인 상태가 좋아요. 그리고 일렉트릭 플라워 자매들만 있으면 돼요. 멤버들이 옆에 있는데 왜 외롭겠어요?"

내 눈앞에 있는 강지나가 빈 접시 위에 냅킨을 올리고 의자를 뒤로 밀었다.

"밖으로 가자. 바람 좀 쐬야겠어."

앞에 앉아 있는 남자가 계산을 하고 오겠다고 말하는 소리가 들렸다. 그는 자리에서 일어나 레스토랑 입구 쪽으로 걸어갔다.

지나는 잠시 가만히 앉아서 그를 응시하더니 자리에서 일어났다. 그리고 우리 옆을 지나치며 우리가 앉아 있는 테이블을 슬쩍 내려다봤다. 바로 그때 휘둥그레지는 그녀의 눈을 봤다.

강지나는 멈춰 서서 나에게 고개를 내밀었다.

"저기, 레이첼 김 맞죠?"

혜리는 지나를 보고 입을 쩍 벌릴 만큼 놀랐고, 주현이 역시 포크에서 청경채를 뚝 떨어뜨렸다.

"어… 맞아요. 안녕하세요."

침을 꼴딱 삼키고 억지로 밝게 웃었다.

지나가 미소로 화답하더니 선글라스를 들어 올렸다.

"저는 강지나예요. 바이럴 영상 보고 알아봤어요. 기발한 전략이었어요."

지나가 웃으며 테이블 위에 놓인 내 손에 자기 손을 올렸다.

"영상이 대박 났을 때, 이사진 표정을 전부 구경했으면 좋았을 텐데."

어깨 긴장이 풀렸고 내 얼굴에 진짜 미소가 번졌다.

"정말 엄청났어요. 진짜 무섭기도 했고요. DB 엔터테인먼트에서 오래 살아남을 수 있는 비결 좀 알려주세요."

다시 우리를 쳐다보는 그녀 얼굴에서 미소가 빠르게 사라졌다.

지나는 몸을 숙이고 내 눈을 정면으로 응시하면서 낮은 목소리로 말했다.

"내가 DB 엔터테인먼트에 관해서 조언해주길 바라는 거예요?"

나는 지나 쪽으로 바짝 당겨 앉았다. 주현이와 혜리도 엉겁결에 앞으로 몸을 기울였다. 지나는 같이 있던 남자의 등 뒤로 시선을 돌렸다.

"절대로 남자 친구 사귀지 마세요."

놀라움을 감추지 못했다. 혹시 내 얼굴에 '제이슨 리 생각을 멈출 수가 없어요.'라고 새긴 도장이 마구 찍혀 있는 걸까?

"무슨 말이에요?"

"그냥 날 믿어요. 사랑을 하면서 동시에 케이 팝 스타가 될 수는 없어요. 남자 친구가 있으면 단순히 힘든 게 아니라, 위험하죠. 추민희 회장이 노 대표를 꽉 쥐고 있고, 두 사람 모두 완벽하지 않은 여성 스타에게 결코 투자하지 않을 거예요. 완벽하면서 싱글이어야 하죠."

추민희 회장? 미나 아빠인데? 그 사람이 무슨 상관이라는 의미일까? 더 물어볼 틈도 없이, 반삭 머리를 한 남자가 테이블로 다가와 지나의 어깨에 손을 올렸다.

"가자, 자기야. 비행기 시간 거의 다 됐어."

지나가 그에게 미소를 지었다.

"갈게."

지나는 어두운 표정으로 나에게 고개를 한 번 끄덕이고 다시 선글라스 뒤로 숨은 뒤, 레스토랑을 빠져나갔다.

주현이와 혜리 얼굴을 쳐다봤다. 쌍둥이는 온종일 태양 아래에 앉아 있었던 사람처럼 정신이 혼미해 보였다.

혜리가 씩 웃었다.

"우리가 강지나를 만났다니, 믿을 수 없어!"

주현이도 숨을 내쉬며 함께 웃었다.

"강지나? 나는 송규민을 만난 게 안 믿긴다!"

"송규민?"

깜짝 놀라며 되물었다.

"텐 스타스의 리드 보컬 송규민? 요즘 들리는 소문에 아리아나 그란데랑 케이 팝-팝송 크로스오버 듀엣 곡을 녹음한다는 그 송규민? 무슨 소리야?"

"레이첼."

주현이가 고개를 저으며 말했다.

"너, 강지나랑 같이 있던 남자 얼굴 못 봤어?"

학교 친구들은 호텔 앞 해변에서 석양을 배경 삼아 배구를 했다. 웃음소리가 해변에 퍼졌다. 하지만 나는 강지나와의 이상한 만남을 마음속에서 떨치지 못하고 있었다. 줄무늬 선베드에 앉았다. 파도 속에서 물장난하는 혜리와 대호의 모습과 휴대폰을 번갈아 쳐다봤다.

제이슨의 메시지가 도착했다.

한라봉 생중계를 기다리고 있어.

너무 후다닥 먹어버렸어요. 미안해요! 딱 하나 먹었어요.

사실 세 개 먹은 것 같아요.

솔직히 말하면, 네 개 먹었어요.

와, 별명을 늑대 소녀에서 한라봉 몬스터로 바꿔야겠다.

갑자기 지나가 했던 말이 떠올라 메시지를 쓰다가 멈췄다. 케이 팝 스타가 사랑에 빠지는 일이 정말 위험한 걸까? 지나는 남자 친구를 사귀는 일이 레아가 좋아하는 드웨인 존슨 영화만큼 위험하다는 듯이 말했다…. 하지만 자신도 남자 친구와 함께 제주도에 휴가를 온 마당에, 위험하면 얼마나 위험하다는 걸까? 게다가 지나의 남자 친구도 세계적인 케이 팝 스타였다. 머리가 핑핑 돌았다. 이 모든 상황을 어떻게 이해해야 할지 알 수 없었다.

손에 쥐고 있던 휴대폰이 다시 울렸고, 그 소리에 화들짝 놀란 나는 꼬리에 꼬리를 무는 생각에서 깨어났다.

저기요? 한라봉 몬스터, 거기 있어?

네. 생각 좀 하느라고요. 머리가 복잡해서요. 요즘 정신이 없었거든요.

흠. 지금 너한테 필요한 게 있어. 셀프케어 데이.

셀프케어 데이?

응! 머릿속을 꽉 채운 일들을 하나도 생각하지 않으면서 재충전하는 날.
이봐, 너 미국에서 왔잖아. 미국 사람들은 셀프케어 데이 엄청 좋아한다고.

웃음이 나왔다.

셀프케어 데이라… 지금 나한테 꼭 필요한 일이네요.

한참이 지나서야 그의 다음 메시지가 도착했다.

그럼 같이 하자. 너랑 나.

잠깐… 제이슨도 셀프케어 데이를 보내고 싶다는 말인가? 나와 같이?

제이슨은 라이언과 어피치가 해맑게 풀밭을 구르고 있는 이모 티콘을 덧붙였다. 나는 입술을 깨물었다. 안 된다고 대답해야 한다는 걸 알았다. 메시지를 주고받는 행위도 지켜야 할 선을 한참 넘는 일이었다. 게다가 지나의 말까지 머릿속에서 소용돌이치고 있었다.

'남자 친구가 있으면 단순히 힘든 게 아니라, 위험하죠.'

미안하지만 그럴 수 없을 것 같다고 답장을 쓰기 시작했다.

바로 그때 제이슨의 메시지가 하나 더 도착했다.

레아가 빠지면 셀프케어 데이가 아니지.

멈칫했다. 레아도 초대하는 건가? 제이슨과 온종일 시간을 보낼 수 있는 기회를 거절한 사실을 레아가 알면, 나를 절대로 용서하지 않을 것이었다. 팬 사인회 때를 회상했다. 사인회에 같이 갈 친구도 없는 레아에게 친구가 얼마나 필요한지가 떠올랐다. 같이 놀자고 조르는 레아를 뒤로하고, 잠을 자야 한다거나 또 연습을 해야 한다는 이유로 문을 닫아버렸던 모든 시간들이 스쳤다. 셀프케어 데이는 마침내 레아에게 미안했던 일들을 만회할 수 있는 기회였다. 레아에게 잊을 수 없는 추억을 선물할 수 있는 일이기도 했다. 게다가 레아가 함께 있다면 나와 제이슨 사이에 무슨 일이 생길지도 모른다는 걱정을 할 필요도 없었다. 순전히 레아를 위한 일이었다. 제이슨을 위해서가 아니었다.

여러 이유를 들어 나 자신을 설득하다 보니, 정말로 그럴싸하게 느껴지기 시작했다. 마음이 바뀌기 전에 얼른 답장을 보냈다.

좋아요.

"이봐, 바이럴 영상 소녀."

주현이가 내 옆에 털썩 주저앉으며 꼬불꼬불한 빨대가 꽂힌 코코넛을 내밀었다.

"수학여행은 영원하지 않아. 우리랑 같이 좀 놀자. 응?"

주현이가 내 손에서 휴대폰을 빼앗으며 나를 일으켜 세웠다.

코코넛 한 모금을 마시고, 주현이를 따라 해변으로 갔다. 주현이 말이 맞았다. 내 인생에서 지금 이 순간은 영원하지 않을 것이다. 지금은 친구들과 함께 제주도의 푸른 바다를 즐겨야 했다.

13

"언니, 나 좀 잡아줘! 이제 흔들리기 시작해!"

"레아야, 우리 아직 이륙하지도 않았어….”

"아, 그러게. 내가 움직였어.”

레아는 푹신푹신한 베이지 색 좌석에서 콩콩 뛰던 걸 멈추고, 우리가 타고 있는 전용기 구석구석을 살폈다.

나와 레아는 제이슨과 함께 셀프케어 데이를 보내러 가는 비행기 안에 있었다. 제이슨은 오늘의 일정은커녕 목적지도 알려주지 않았다. 하지만 그는 아침 여덟 시에 운전기사를 우리 집으로 보냈고, 우리는 어느새 전용기에 올라타 있었다. 친절한 승무원이 탄산수, 포근한 담요, 신선한 과일과 브리 치즈를 잔뜩 쌓아 올린 음식을 가져다줬다.

"내 인생에서 제일 멋진 날이야."

비행기가 이륙하자 레아가 입 안에 포도알을 던져 넣으며 말했다.

겉으로 웃었지만 내 심장은 재주넘기를 하고 있는 듯 요동쳤다. 놀라울 정도로 호화스러운 기분이 드는 건 말할 필요도 없고 나에게 행운이 찾아온 느낌이 드는 것도 분명했지만, 시간이 지날수록 긴장감이 걷잡을 수 없이 커졌다. 제이슨과 보내는 하루라니. 지난 며칠 동안 대수롭지 않은 일이라고, 레아를 위한 결정이라고 나 자신을 속였지만, 말 같지도 않은 핑계일 뿐이었다.

두 시간 후, 인터콤에서 파일럿의 안내 방송이 흘러나왔다.

"여러분, 안녕하세요. 우리는 약 이십 분 뒤에 착륙하겠습니다."

레아는 신이 나서 꽥 소리를 질렀다.

"백 퍼센트 화창한 날씨이고요. 함께 비행해주셔서 감사합니다. 도쿄에 오신 걸 환영합니다."

'지금… 도쿄라고 했나?'

비행기에서 내리자마자 우리를 기다리고 있는 제이슨이 보였다. 블랙 티셔츠를 입고 선글라스를 낀 제이슨은 무심한 듯 멋있었다.

레아가 제이슨을 보고는 냅다 뛰어가서 그를 양팔로 껴안았다.

"제이슨! 꿈만 같아요!"

레아가 소리쳤다.

제이슨도 웃으며 레아를 꼭 안아줬다. 나는 천천히 다가가서 멋쩍은 미소를 머금고 물었다.

"여기가 정말 도쿄예요?"

제이슨이 씩 웃더니 자동차 문을 열었다.

"직접 확인해. 타."

운전기사는 부드럽게 차를 몰아 공항을 빠져나간 뒤 고속도로로 향했다. 레아가 창문을 내리고 창밖으로 고개를 내밀었다. 밖에는 화려한 네온 간판이 달린 높은 빌딩들과 조용한 주거 지역에 자리 잡은 투박하고 소박한 집들이 펼쳐지고 있었다. 믿기지 않았지만, 정말로 도쿄에 있었다. 나는 아카리에게 도쿄에 있다는 사실을 알려주려고 휴대폰을 꺼냈다.

제이슨이 내 손에서 휴대폰을 가져가며 말했다.

"레이첼, 셀프케어 데이에 휴대폰 사용은 금지야. 오늘은 온전히 쉬는 날이라고."

아카리에게 미안한 마음이 들었지만, 제이슨이 내 휴대폰을 주머니에 집어넣도록 내버려 뒀다. 트레이닝부터 수학여행까지 바쁜 일정이 계속돼, 드레스 리허설 이후에 아카리와 만나 서로의 근황을 확인할 시간이 없었다. 도쿄에서 보는 모든 것을 머릿속에 생생하게 담아두기로 했다. 아카리와 직접 만나 수다를 떨 때, 그동안 있었던 수많은 에피소드와 더불어 도쿄에 온 일도 꼭 말하리라 다짐했다.

제이슨은 신이 난 강아지처럼 미소 지었고, 어느새 나도 그에게 미소를 보내고 있었다.

"알겠어요. 셀프케어 데이 마스터. 다음 일정은 뭐예요?"

"당연히 점심이지!"

자동차가 멈춰 섰다. 차에서 먼저 내린 제이슨이 나와 레아를 위해 문을 잡아줬다.

"두 사람, 일본에 와본 적 있어?"

우리 둘 다 고개를 젓자 제이슨이 빙긋 웃었다.

"음. 그렇다면 멋진 경험을 하게 될 거야. 하라주쿠에 온 걸 환영해."

톡톡 튀는 컬러의 상점 간판들부터 길거리를 지나는 사람들이 입에 물고 있는 무지갯빛 솜사탕까지, 사방에 색의 향연이 펼쳐져 있었다. 무엇보다 스트리트 패션이 내 시선을 빼앗았다. 노란색 선 드레스를 입은 내 스타일이 수수하게 느껴질 정도였다. 분홍색 튤 스커트, 레트로 니 삭스, 에나멜 핀으로 완전히 뒤덮인 원피스 등 모두 내 눈길을 사로잡았다. 바이올렛 컬러로 옴버 염색을 한 여학 생이 메탈릭 컬러의 바시티 재킷을 멋지게 걸쳐 입고, 코카콜라 병 모양의 핸드백을 멘 것을 보고 감탄이 절로 나왔다. 정말이지, 이 도시가 너무 좋다.

제이슨이 레아 손을 잡고 한 레스토랑으로 들어갔다. 나도 두 사람을 뒤따라갔는데, 마치 사인펜 통 안으로 들어가는 느낌이었 다. 밝은 초록색 가발을 쓴 여종업원이 길고 반짝이는 속눈썹을 깜 빡이며, 함박 미소와 커다란 팔짓으로 우리를 안내했다.

"가와이 몬스터 카페에 오신 걸 환영합니다!"

그녀를 따라 들어간 방 안에는 사탕 빛깔 샹들리에가 달려 있었 고 분홍색과 노란색 스트라이프 무늬 벽지가 벽을 휘감고 있었다.

또 거대한 플라스틱 마카롱과 파란색 퍼와 보라색 퍼로 장식된 램프들이 있었다.

레아가 내 손을 잡았다.

"언니, 천국에 온 것 같아."

터치스크린 메뉴판을 훑어보면서 이것저것 주문했다. 무지개 컬러를 지닌 면으로 만든 파스타, 초콜릿 치킨, 여러 가지 색감의 딥 소스에 찍어 먹는 샌드위치, 식용 글리터를 넣어 반짝거리는 음료수, 알록달록한 롤케이크와 아이스크림콘을 꽃은 대왕 파르페…. 제이슨을 힐끔 쳐다봤다. 음식을 끊임없이 주문하는 나와 레아를 보며 킥킥대는 제이슨이 금방이라도 〈이상한 나라의 앨리스〉에 나오는 매드 해터로 변신할 것 같았다.

"유니콘을 먹고 있는 기분이야."

레아가 음식마다 숟가락을 찔러보며 말했다.

"미안한 기분이 들어야 하나?"

"걱정하지 마. 유니콘이 만든 음식이지, 유니콘으로 만든 음식이 아닐 거야."

제이슨이 레아를 안심시켰다.

레아는 마음 놓고 음식을 먹었다. 레아와 잘 지내는 제이슨의 모습에 살짝 반했다. 열세 살짜리 여자아이와 온종일 함께 보내는 걸 좋아하는 남자는 그리 많지 않다.

내 옆에 앉은 레아는 샌드위치 하나를 뚝딱 해치우고는 두 번째 샌드위치를 먹기 시작했다.

"천천히 먹어. 그러다가 배탈 난다."

레아는 고분고분하게 샌드위치를 내려놓더니 분홍색 프렌치프라이를 입에 넣고 오물거렸다.

난생처음 하라주쿠를 구경하느라 무척 신이 난 나는 긴장하고 있었다는 사실을 잊어버렸다. 하지만 내 팔꿈치에서 고작 몇 센티미터 떨어진 곳에 제이슨 팔꿈치가 있다는 생각이 들자, 다시 온몸이 찌릿찌릿해졌다. 발에 쥐가 났다가 피가 마구 몰릴 때의 느낌이었다. 혹은 절대 하지 말아야 하는 일을 도무지 안 할 수가 없어서, 결국 하고야 말 때의 느낌이었다.

"여기 어떤 것 같아?"

제이슨의 물음에 선뜻 대답하지 않자, 그는 짐짓 화난 척을 했다.

"뉴욕에도 똑같은 카페가 있다고 말하지는 마. 독특한 곳 찾느라고 엄청 고생했으니까."

떨리는 목소리를 감추려고 괜히 장난을 쳤다.

"물론 있죠. 주말마다 갔어요. 사실 형형색색의 탄수화물을 먹으며 자랐어요."

"그렇게 먹으면 어떻게 되는지 알아?"

제이슨이 몸을 기울이며 작당 모의를 하듯이 목소리를 낮췄다.

"사람 반, 유니콘 반?"

나도 속삭였다.

"사실 괴물이 된다고 말하려고 했는데."

웃음이 터졌고 조금씩 긴장이 풀렸다. 아무래도 그동안 쓸데없이 생각이 많았다. DB 엔터테인먼트는 내 인생의 대부분을 통제할 수도 있다. 하지만 아무리 DB 엔터테인먼트라고 해도, 나와 제

245

이슨이 요상한 음식을 입에 욱여넣는 레아를 지켜보는 것을 두고 데이트를 한다고 말할 수는 없을 것이다. 오늘은 그저 제이슨과 함께 보내는 즐겁고 느긋한 하루였다. 곁에 있으면 너무나 좋은 제이슨, 맥앤치즈를 열심히 먹는 모습이 너무나 귀여운 제이슨…. 정신 차려, 레이첼.

"이제 어디로 가요?"

점심 식사가 끝나고 우리를 번화가로 안내하는 제이슨에게 레아가 물었다.

"마리오 카트 게임해본 적 있어?"

레아와 나는 눈빛을 교환했다.

"두어 번 해봤죠. 왜요? 지금 오락실 가요?"

내가 대답하자 제이슨이 장난기 가득한 눈을 반짝였다.

"그건 아니고."

십오 분 뒤, 우리는 현실판 마리오 카트 투어를 하기 위해 진짜 고카트를 타고 도심을 누빌 만반의 준비를 하고 있었다. 제이슨은 우리가 쓸 모자까지 준비해왔다. 요시 머리 모양의 모자, 거대한 버섯돌이 모자, 그리고 정수리 부분에 왕관이 고정된 피치 공주의 금발 가발이었다.

"공주님."

제이슨이 레아에게 금발 가발을 씌우고 머리를 숙여 인사했다.

레아는 깔깔대며 고카트를 구경하러 뛰어갔다. 나는 제이슨 손에서 요시 모자를 집어 들었다.

"레이첼!"

제이슨이 요시 모자를 향해 손을 뻗으며 소리쳤다.

"미안해요. 버섯돌이 모자를 제대로 소화할 자신이 없어요."

제이슨이 한숨을 쉬더니 웃으며, 버섯돌이 모자를 머리에 푹 눌러 썼다.

"음, 나는 괜찮을까?"

제이슨은 창문에 비친 자기 모습을 힐끗 봤다.

"사실… 나 좀 멋있네?"

제이슨은 고개를 좌우로 움직이며 모자를 머리에 맞춰 썼다.

"거대한 버섯돌이 모자조차 오빠의 자존감에 흠집을 내지 못하네요."

제이슨 머리를 톡톡 두드리며 놀렸다.

제이슨은 고카트로 달려가며 외쳤다.

"김 자매가 나를 잡을 수 있는지 보자고!"

제이슨은 소리치며 페달을 세게 밟았다.

레아와 나도 허겁지겁 고카트에 탔다. 레아를 먼저 앞 좌석에 앉게 하고 안전띠를 단단히 매줬다. 제이슨을 추격하려는 찰나, 레아가 배를 문지르며 울상이 된 표정으로 고개를 돌려 나를 쳐다봤다.

"언니, 나 속이 좀 안 좋아."

"정말?"

안전띠를 풀고 레아의 상태를 자세히 살펴보려고 몸을 숙였다.

"이거 타지 말고…."

말을 끝맺기도 전에 레아 볼이 부풀어 올랐다.

'오, 신이시여. 내가 저 표정을 잘 알지.'

레아는 내 선드레스 위로 무지개 빛깔 토사물을 한바탕 쏟아냈다. 레아 얼굴이 창백한 초록색으로 변했다. 나는 거의 소화되지 않은 맥앤치즈와 프렌치프라이 찌꺼기가 피부에 달라붙은 것도 신경 쓰지 않은 채, 레아를 재빨리 고카트에서 꺼내 인도로 데려갔다. 지나가던 사람들이 안쓰러운 눈빛으로 쳐다봤다. 요시 모자를 쓴 여자와 그녀 팔에 안긴 금발 가발을 쓴 소녀가 토로 범벅이 돼서 도쿄 길바닥에 쭈그리고 앉아 있는 모습은 사람들에게 제법 신기한 장관일 것이다.

"괜찮아?"

제이슨이 내 고카트 옆에 자신의 고카트를 멈춰 세웠다.

"뒤를 돌아봤는데 두 사람이 없는 거야!"

제이슨은 나와 내 드레스, 레아를 보면서 상황을 파악했다.

내가 제이슨 운동화에 토했던 그 끔찍한 사건을 들먹일까 봐 걱정했다. 하지만 제이슨은 그저 모자를 벗더니 레아를 팔로 감싸고 등을 토닥이기 시작했다.

"나 괜찮아요."

레아가 쌕쌕거린 다음 양손으로 상기된 얼굴을 꽉 눌렀다. 그리고 내 쪽으로 몸을 기울여 작게 이야기했다.

"정말로 내가 제이슨 오빠 앞에서 토한 거야?"

레아가 무척 부끄러워하며 속삭였다.

"걱정하지 마. 나도 그런 적 있거든."

레아에게 윙크했다.

"가자, 레아야."

제이슨은 레아 등에 손을 올리고 조심히 잡아 일으켜, 레아가 설 수 있게 도와줬다.

오늘 단 하루 동안 내 심장이 천 번쯤 밖으로 튀어나가는 줄 알았다. 제이슨은 나에게 미소 짓더니 레아를 내려다봤다. 그 눈빛이 무척이나 다정하고 든든했다. 지금까지 드라마 속 세상에서나 존재한다고 생각했던 눈빛이었다.

"돌아가는 비행기에 드웨인 존슨이 나오는 최신 영화를 준비해 뒀어."

아무래도 셀프케어 데이에서 회복하기 위해서는 또 다른 셀프케어 데이가 필요할 것 같다.

한 시간 뒤 우리는 다시 비행기 안에 있었다. 레아와 나는 길거리에서 저렴하게 산 미키 마우스 잠옷을 입고 있었다. 레아는 보들보들한 담요를 두르고 생강차를 홀짝이며, 휴대용 블루레이 플레이어로 드웨인 존슨이 맨해튼 한복판에서 위험을 헤쳐나가는 영화 장면을 봤다.

레아가 잠깐 헤드폰을 벗고 우리를 쳐다보며 잠시 머뭇거리더니 손으로 헤드폰 줄을 배배 꼬면서 멋쩍은 표정을 지었다.

"제이슨 오빠, 나 때문에 고카트 못 타서 미안해요. 오빠가 보는 앞에서 토한 건 더 미안하고요."

제이슨은 다정한 미소를 지어 보이며 레아 머리카락을 쓰다듬어 헝클어뜨렸다.

"걱정하지 마. 오빠 좋다는 게 뭐야?"

레아는 활짝 웃으며 담요 밑으로 꿈틀꿈틀 파고들었다.

나는 블루레이 플레이어를 들고 영화 목록을 훑어봤다.

"와, 〈마녀 배달부 키키〉가 있네요! 지브리 영화는 다 좋아했어요. 뉴욕에 살 때 제일 친한 친구하고 초콜릿 프레즐 먹으면서 지브리 영화 보는 게 우리 전통이었어요."

내가 방긋 웃으며 말했다.

스튜디오 지브리의 영화는 향수를 불러일으켰다.

제이슨도 함께 웃으며 대답했다.

"나랑 내 친구들도 지브리 영화 좋아했어. 〈센과 치히로의 행방불명〉과 〈하울의 움직이는 성〉 중에서 어떤 영화가 더 나은지 이야기하면서 싸우기도 했지."

"당연히 하울이죠!"

내가 웃으며 말했다.

"물론이지."

제이슨이 맞장구를 쳤다.

"캘시퍼가 최고야."

나는 케이 팝 스타가 되기 전의 제이슨, 그러니까 방에서 유튜브에 올릴 커버 곡 영상을 찍고 금요일 밤마다 친구들과 영화를 보는 제이슨을 상상했다.

"그때로 다시 돌아가고 싶어요?"

제이슨은 고개를 옆으로 기울였다.

"어떤 면에서는 그렇지. 난 토론토에서 태어났잖아. 한국에서 얼마나 오래 살든지, 난 이곳에 완벽하게 속할 수 없다는 생각이 늘 마음 한구석에 있어. 이해돼? 나는 완벽한 한국인이 아니라, 한국계 캐나다인이잖아."

제이슨은 말을 멈추고 나를 바라봤다.

계속 말을 해야 하는지 고민하는 것 같았다. 제이슨에게 살짝 미소를 지어 보였다.

"그리고 난 혼혈이잖아. 이건 또 완전히 다른 이야기야."

내가 공감하며 고개를 끄덕이자 제이슨이 말을 계속 이어나갔다. 그의 말이 점점 빨라졌다. 자기 안에 오랫동안 쌓이고 쌓인 생각들이 터져 나오는 듯했다.

"두 세계에 영원히 걸쳐 있을 것 같은 기분이 들어. 아시아 인이라고 하기에는 너무 백인 같고, 백인이라고 하기에는 너무 아시아인 같지. 마치 내가 양쪽 사람들을 모두 속이면서, 나도 그쪽에 속해 있다는 걸 납득시키려고 애쓰는 것 같아. 솔직히 말하면 나도 내가 어느 쪽에 속하는지 잘 모르겠어."

제이슨이 웃으며 손으로 뒤통수를 문질렀다.

"미안. 내가 하는 말, 이해가 돼?"

"완전히 이해해요."

내가 동의했다.

"나는 혼혈은 아니지만, 한국계 미국인이잖아요. 오빠와 똑같은 감정을 느껴요. 내가 미국에서 왔기 때문에 한국에서 나를 완전한 한국인으로 인정해주지 않는다는 생각을 하곤 해요. 그런데 반대로 내가 한국계 사람이기 때문에 미국에서도 나를 완전한 미국인으로 인정해주지 않죠. 이상해요. 둘 사이 어디쯤 존재하는 기분이랄까."

그동안 이런 생각을 한 번도 소리 내어 말해본 적이 없었던 것 같았다. 갑자기 멋쩍은 기분이 들었다. 제이슨은 내가 하는 말을 정확히 이해한다는 듯이 그리고 자기도 똑같이 느낀다는 듯이, 나를 보며 천천히 고개를 끄덕였다.

"그런데 후회는 안 해. 한국에 와서 케이 팝 커리어를 시작한 것 말이야."

제이슨이 말을 멈추고 살짝 미소를 던졌다.

"그래도 여름 캠프에 한 번쯤 가봤으면 좋았을 텐데."

"나는 자동차 여행이요."

"여름밤에 자동차극장에 가보고 싶어."

"단합 대회를 해보고 싶어요."

"친구들과 단체로 쇼핑몰에서 아르바이트를 해보고 싶어."

"졸업 무도회에 가보고 싶어요."

제이슨이 웃었다.

"맞아, 졸업 무도회! 프롬 파티! 왜 한국에는 없지?"

"그러니까요. 미국에서는 다들 하는데 말이에요. 오빠 휴대폰 좀 줘봐요."

제이슨이 순순히 휴대폰을 건네줬고, 나는 인스타그램에 들어가 'promposal' 해시태그를 검색한 다음 결과물을 쭉 내려 봤다. 레아가 요즘 이 해시태그에 푹 빠져 있었기 때문에 프롬 파티 관련 영상들을 자주 봤다. 영상 속 사람들은 파트너에게 프롬 파티에 함께 가달라고 프러포즈를 하기 위해서 플래시 몹을 하고, 사물함을 풍선으로 가득 채우고, 보물찾기 게임을 만들었다.

"내가 제일 좋아하는 건, 이거예요."

상자 안에 알파벳 모양 도넛으로 'PROM?'이라고 적혀 있는 사진을 보여줬다. 보기만 해도 기분이 좋아지는 사진이었다.

"완전히 클래식해요. 누가 도넛 상자 안에 평범한 도넛 말고 다른 게 들어 있다고 상상하겠어요? 볼 때마다 감동이에요."

"진심이야?"

제이슨이 마子 웃었고, 너무 크게 웃는 바람에 제이슨 코에 주름이 잡혔다.

"이렇게 로맨틱하고 호들갑스러운 프롬포즈가 많은데, 하필 그중에 도넛 프롬포즈가 제일 좋다고?"

"이게 어때서요? 단순하니까 기발한 거예요! 게다가 거절당하더라도 도넛을 잔뜩 먹으면서 마음을 달랠 수 있다고요."

제이슨이 웃으며 머리를 흔들었다.

"우리 엄마도 이런 이벤트에 호들갑을 피웠을 거야. 내가 프롬포즈한다고 하면 날 도와줄 웨딩 플래너를 고용하고, 당일에 불쑥 나타나서 비디오 녹화까지 했을걸? 그렇게 좀 요란스러우셨어."

제이슨 말을 듣자 심장이 죄이는 듯했다. 제이슨이 열두 살 때 엄마를 잃은 건 다 알려진 사실이었다. 내 옆에서 부드럽게 코를 골며 자는 레아를 바라보다가, 레아의 얼굴을 덮은 머리카락을 얼굴 뒤로 쓸어줬다. 열두 살. 지금의 레아 나이와 비슷했다. 레아의 나이에 엄마를 잃고, 그 사실을 전 세계가 알게 되는 건 어떤 기분일지 감히 상상조차 할 수 없었다. 갑자기 제이슨 손을 감싸고 싶은 충동이 들었지만, 그렇게 하지 않았다.

"어머니가 지금 오빠 모습을 봤다면 무척 자랑스러워하셨을 거예요. 난 알아요."

제이슨이 멈칫하더니 얼굴에 슬픈 미소를 띠었다.

"있잖아. 우리 엄마가 너를 정말 좋아했을 것 같아."

깜짝 놀란 나는 어떻게 반응해야 좋을지 고민했다.

"왜 그런 말을 해요?"

아주 여리고, 쉽게 깨질 것만 같은 순간이었다. 우리가 함께 보낸 이전의 순간들과 달랐다. 대화 주제를 바꾸려고, 제이슨과 진지한 분위기를 이어가지 않으려고, 속마음을 너무 드러내지 않으려고 했다. 머릿속을 뒤져 무언가 아니, 뭐라도 찾으려고 했다. 하지만 아무것도 떠오르지 않았다. 차라리 이 순간을 깨뜨리지 않기로 했다. 숨죽인 채 가만히 있었다.

제이슨이 고심하며 말했다.

"연습실에서 내가 너와 노래하게 돼서 정말 좋다고 했던 말 기억나? 왜 좋은지 알고 싶냐고 물어봤던 것도 기억나려나?"

고개만 끄덕였다. 여전히 무슨 말을 꺼내야 할지 알 수 없었다. 이성이 따라잡을 수 없을 만큼 심장이 빠르게 뛰었다. 하지만 내일 후회할지도 모를 말을 섣불리 하고 싶지 않았다.

"너랑 같이 있으면 진정한 내가 될 수 있는 것 같아."

제이슨은 나를 바라보더니 어느새 내 손을 잡았다.

"함께 노래 부를 때도, 그냥 이렇게 이야기할 때도."

제이슨 손바닥에서 전해진 온기가 내 몸 구석구석으로 퍼져나갔다.

제이슨이 엄지손가락으로 내 손마디를 부드럽게 문질렀다.

"네 앞에서 난 아무것도 꾸며낼 필요가 없어…. 네가 곁에 있으면, 그냥 좋아."

이성을 앞지른 심장은 너무 빨리 뛰어서 이제 보이지도 않았다. 제이슨이 한 말 중에 내 가슴을 파고드는 말이 있었다.

'네 앞에서 난 아무것도 꾸며낼 필요가 없어.'

내가 이 말에 얼마나 공감하는지 서서히 깨달았다. 조 쌍둥이, 레아, 유진 언니, 부모님, DB 엔터테인먼트 이사진…. 돌이켜보면 그동안 나는 주변 사람들을 위해 내 자신을 꾸며내려고 노력해왔다. 쉴 새 없이 완벽한 레이첼, 착한 레이첼, 재능 있는 레이첼, 언니 레이첼, 딸 레이첼이 돼야 했다. 하지만 제이슨과 함께 보낸 오늘만큼은 온전한 나였다. 몇 개월 만에 나는 있는 그대로의 레이첼 김이 될 수 있었다. 그리고 이건 정말 멋진 기분이었다.

제이슨에게 내 감정을 모조리 전하고 싶었지만, 알 수 없는 감정이 나를 붙잡았다. 솔직하게 말하게 되면 마치 돌이킬 수 없는 길을 가야 할 것 같았다. 그 길로 가면 지난 칠 년 동안 쏟아부은 모든 노력이 위태로워질 수 있었다. DB 엔터테인먼트에서의 나의 삶이 완벽하지 않더라도, 특히 지금 더욱 불안정하더라도, 어쨌든 내 삶이었다. 또 내 가족의 삶이었다. 그러므로 나는 삶을 외면할 수가 없었다. 가족이 나를 위해 희생한 모든 것들, 내가 바라온 모든 것들을 저버릴 수가 없었다. 아직은 때가 아니었다.

"어머니는 날 좋아하셨을 테고, 그럼 아버지는 어때요?"

경쾌하게 되물었다.

다시 농담을 주고받는 분위기로 전환하기 위해서였다.

"온 가족 마음에 들 만큼 내 인상이 좋아야 할 텐데요."

제이슨은 웃었지만 답답해하는 표정이 얼굴에 스쳤다.

"아빠의 마음을 얻는 건 좀 더 어려워. 하지만 누군가 그 일을 해낸다면 아마 너일 거야."

제이슨 표정이 다시 부드러워졌다.

"레이첼. 너한테 할 말이 있어. 내 생각에⋯."

제이슨은 말을 멈추더니 머리를 흔들고 셔츠 옷깃을 폈다.

"내 생각에⋯ 그러니까⋯ 너 혹시⋯."

그때 마침 잠에서 깬 레아가 하품을 하면서 내 몸을 향해 기지개를 쭉 켰다.

"언니, 우리 도착했어?"

"아니, 아직."

대화가 끊긴 데 안도하며 대답했다.

제이슨의 질문이 무엇이든, 아직 대답할 준비가 되지 않았다.

"계속 자."

레아가 다시 꾸벅꾸벅 졸았다.

다시 제이슨을 보고 웃으며 말했다.

"우리도 좀 쉬어야죠. 긴 하루였잖아요."

"맞아."

제이슨이 나를 보고 어중간하게 웃으며 말했다.

"음, 잘 쉬어."

제이슨 눈에는 실망과 정확히 짚어낼 수 없는 다른 감정이 뒤섞여 있었다. 제이슨에게 등을 돌리고 의자에 기댔다. 마음 한편으로는 제이슨이 다시 내 손을 잡고, 레아가 우리의 대화를 끊기 전에 하려고 했던 질문을 해주길 바랐다. 하지만 제이슨은 그렇게 하지 않았다. 서울로 돌아가는 내내 그는 아무 말도 하지 않았다.

14

'카톡!'

카카오톡 메시지 알림이 울렸다. 레아에게서 온 메시지였다.

언니, 파이팅!

뒤이어 카카오 캐릭터들이 다 함께 깃발을 흔드는 이모티콘이
도착했다. 레아에게 무대 뒤 대기실에 앉아 있는 내 사진을 보냈
다. 스프레이로 손질한 머리는 윤이 나고 반짝거렸다. 스타일리스
트, 의상 담당자, 트레이너들이 대기실에서 바쁘게 움직이며 일렉
트릭 플라워가 출연하는 DB 여름 게릴라 콘서트를 준비하고 있었
다. 바로 이 콘서트에서 나와 제이슨, 미나가 준비한 싱글 앨범의

라이브 뮤직비디오를 찍을 예정이었다. 사람들로 북적이는 대기실은 후덥지근했지만, 내 피부에는 닭살이 돋고 있었다. 유진 언니가 뮤직비디오를 찍는다는 사실을 처음 알려줬을 때는 실제 콘서트 무대 위에서 촬영하게 될 줄은 몰랐다. 행여 실수라도 저지르게 된다면 그 영상이 인터넷에 영원히 돌아다닐 것이었다. 절대 그런 일이 일어나서는 안 됐다. 실수하지 않을 것이고, 내가 실수하는 걸 스스로 용납하지 않을 것이다. 그래도 행운이 따르면 더 좋을 것 같았다.

"거의 다 했어요."

헤어 디자이너가 거울에 비친 나를 보고 웃으며 머리에 꽃 장식을 고정했다.

"떨려요?"

"아뇨."

나는 살짝 웃으며 대답했다.

"네. 사실 조금요."

"분명 잘할 거예요. 어쨌든 제이슨 리와 함께 노래하잖아요! 정말 운이 좋네요."

침을 꿀꺽 삼켰다.

"음, 그렇네요. 그런데 이것 좀 제 머리에 붙여주실 수 있어요?"

손목에 차고 있던 빨간색 헤어밴드를 빼서 건넸다.

"행운의 부적 같은 거예요."

말하면서도 우스꽝스럽다는 생각이 들었지만, 헤어 디자이너는 재미있다는 표정을 지었다.

"머리를 묶어 올린 부분에 고정할 수 있을 것 같아요."

지난주에 주현이와 혜리가 명동에서 사준 헤어밴드였다.

나와 주현이, 혜리는 수많은 상점과 길거리 음식 가판대가 양옆으로 쭉 늘어선 거리를 걷고 있었다. 유튜브 채널 구독자 수를 삼백만 명 이상으로 만들어줄 완벽한 헤어 액세서리를 찾는 것이 주현이의 목표였다.

"제이슨이 너랑 레아를 전용기에 태우고 도쿄로 여행을 떠났다는 게 아직도 안 믿겨."

주현이가 고개를 저으며 말했다.

"완전히 클래스가 다른 구애야."

"구애가 아니었어. 셀프케어 데이였다고."

내가 얼굴을 붉히며 해명했다.

"제이슨이랑 얼마나 더 썸 탈거야?"

혜리가 콘 아이스크림을 먹으며 물었다.

콘 위에는 흰색과 녹색이 섞인 소용돌이 모양의 소프트아이스크림이 혜리 팔뚝 길이만큼 높게 얹어져 있었다.

"너와 제이슨 사이의 케미를 부인해봤자 소용없어."

"그런 게 아니야."

내가 고집스럽게 말했다.

하지만 나조차도 내가 진실만 이야기하고 있지 않다는 걸 알았다. 도쿄에서 돌아온 이후로 제이슨 생각을 멈출 수가 없었다. 식물학 수업 시간에는 분재를 네 그루나 잘라버렸다. 체육 시간에는 주현이가 꼭 나의 테니스 파트너가 돼줬다. 내가 멍하니 서 있으면 혼자 코트를 누비면서 공을 전부 받아치겠다는 배려의 뜻으로 말이다. 내 마음은 복잡한 생각으로 가득 차 있었다. 더 자세히 말하면, 제이슨을 생각할 때조차 나는 오직 제이슨만 떠올리는 게 아니었다. 지나의 말도 함께 생각했다. 제주도에서 지나가 한 말을 하나도 빠짐없이 되새기고 있었다.

'남자 친구가 있으면 단순히 힘든 게 아니라, 위험하죠.'

최수지가 남자 친구 때문에 연습생 프로그램에서 잘렸다는 소문을 증명한 사람은 없었다. (사실 지난주에 신입 연습생이 자기 엄마가 DB 엔터테인먼트 관리 팀에서 일헤서 잘 아는데, 최수지가 방출된 이유는 쌍꺼풀 수술 부작용 때문이라고 장담했다.) 더군다나 지나의 남자 친구는 송규민이었다. 또 지나는 송규민과 손을 잡고 있었다. 그것도 공개적으로 말이다. 그런데도 남자 친구가 도대체 왜 그토록 위험한 존재라고 말하는 걸까? 지나를 못 믿는 건 아니지만, 그렇다고 믿는 것도 아니었다. 다만… 그녀가 한 말을 어떻게 받아들여야 할지 알 수 없었다. 설사 그 말을 이해했더라도 제이슨을 향한 내 감정을 어떻게 정의해야 할지 알 수 없었다. 또 그 감정을 알았더라도 어떻게 행동해야 할지 알 수 없었다. 레아를 무척 아끼고 내 곁에 있는 것이 좋다고 말하는 이 귀여운 남자가 왜 위험하다는 것일까? 고작 남자 때문에 이제까지 쌓아온 나의 커리어, 그리고 케이 팝 가수가 될 나의 미래를 통째로 위험에 빠뜨릴 수는 없었다. 요약하자면, 모든 것이 엉망진창이었다.

"지금 이런 것들은 생각도 하면 안 돼."

쌍둥이에게 손을 내저으며 말했다.

"뮤직비디오 촬영이 주말에 잡혀 있어. 나 지금 멘붕 상태야. 얼마나 많은 카메라가 한꺼번에 날 찍는지 알아?"

주현이가 멈칫하더니 액세서리 가게 진열대에서 반짝이는 빨간색 헤어밴드를 하나 집어 들었다.

"자, 행운의 부적이야. 우리 행운이 너한테 갈 거야."

주현이가 내 팔목에 헤어밴드를 끼워주는 동안 혜리는 지갑을 꺼냈다.

혜리가 계산한 다음 나에게 윙크하며 말했다.

"무대에서 이 부적이 효력을 발휘하는 걸 보면 좋겠다."

내 머리에 고정돼 있는 헤어밴드를 봤다. 생각보다 의상과 꽤 잘 어울렸다. 립스틱 컬러와 찰떡궁합이었고, 입고 있는 블랙 크롭 톱과 체크무늬 팬츠에 색감을 더했다. 오늘의 스타일 콘셉트는 '하트 퀸을 만난 케이 팝'이었다. 헤어밴드가 잘 보이게 머리를 살짝 기울이고 셀카를 한 장 더 찍어서 쌍둥이에게 보냈다.

아카리에게도 사진과 메시지를 함께 보냈다.

무대에 올라갈 준비가 거의 다 됐어.
조 쌍둥이에게 받은 작은 선물이랑 같이! 어때?

모든 연습생이 콘서트에 와야 했지만, 아카리가 아직 보이지 않았다. 사실 도쿄에서 돌아온 이후로 아카리를 아예 보지 못했다. 아카리와 말 한마디도 나누지 못한 채 몇 주가 지난 게 이상했다. 지난주에 난생처음으로 도쿄에 간 사실을 아카리가 아직도 모른다는 건 더 이상했다. 아카리가 메시지를 읽었다는 표시가 떴다. 하지만 아카리는 답이 없었다. 나는 한숨을 쉬고 아랫입술을 깨물었다. 요즘 시간을 함께 보내지 못해 아카리가 화가 난 것 같았다. 조만간 어떻게든 만회해야 했다.

"레이첼, 방금 이게 너한테 왔어."

한 이사가 반짝이는 리본으로 묶인 핑크색 종이 박스를 들고 불쑥 나타났다. 그가 다 알고 있다는 듯한 표정으로 미소를 지었다.

"어떤 사람이 이걸 여기로 보냈어."

"저한테요?"

상자를 받아 들고는 리본을 풀고 뚜껑을 열었다. 그 안에는 알파벳 모양의 연분홍색 도넛으로 'GOOD LUCK'이라고 적혀 있었고, 끝에는 하트 모양 도넛이 놓여 있었다. 입술 사이로 웃음이 새어 나왔다. 제이슨이었다. 제이슨이 프롬포즈를 기억하고 있었다.

"누구한테서 온 거야?"

미나가 염탐하듯 걸어왔다.

나는 상자를 움켜잡고 내 쪽으로 당겼다.

"모르겠어."

미나는 수상하다는 듯이 눈을 가늘게 떴다. 트레이너와 이사진 몇 명도 의심쩍은 눈길을 보냈다.

"레이첼, 그거 귀엽다."

재현 트레이너가 다가오더니 상자를 들여다봤다.

"이거… 하트니?"

몇 주 전부터 나를 괴롭히던 지나의 경고가 다시 떠올랐다. 온 갖 생각이 서로 충돌하며 머릿속을 헤집는 와중에, 마음 깊숙한 곳에서 불안한 감정이 커지기 시작했다. 이제 조금만 있으면 무대에 올라 제이슨과 노래를 부를 수 있었다. 조금만 있으면 한국에서 제일 인기 있는 케이 팝 스타와 뮤직비디오를 찍을 수 있었다. 지금이야말로 어떤 트레이너에게도, DB 엔터테인먼트의 그 누구에게도 의심할 여지를 줘서는 안 됐다. 온몸을 덮었던 닭살이 사라지고, 대신 머리끝부터 발끝까지 붉게 물들었다.

'제길, 제길, 제길. 뭐라고 대답하지?'

"제가 보낸 거예요."

대기실로 들어오는 아카리가 보였다. 아카리는 쾌활하게 웃고 있었다.

"베프를 위한 행운의 선물."

트레이너들과 이사진이 안도하더니, 밝게 웃으며 의심의 눈길을 거뒀다. 미나는 어깨를 으쓱하고 자리를 떠났다.

달려가서 아카리를 껴안으며 말했다.

"아카리! 너 보니까 정말 좋다. 너무 보고 싶었어!"

"나도 너 보니까 정말 좋아. 백만 년 만에 보는 것 같아."

아카리는 나를 꼭 껴안고 나서 한발 뒤로 물러서더니, 오묘한 미소를 지었다. 그리고 도넛 상자를 향해 고갯짓을 하며 목소리를 낮췄다.

"그런데 진짜로 누가 보낸 거야?"

아카리의 갑작스러운 질문에 당황한 내가 멈칫했다.

"나도 음… 잘 몰라."

말을 더듬으며 대답했다.

아직 나는 제이슨 이야기를 입 밖으로 꺼낼 마음의 준비가 되지 않았다. 내 안에 엉켜 있는 감정의 매듭을 풀기 전까지는 말할 수 없었다. 제이슨을 생각할 때마다 매듭이 더 꼬였지만 말이다.

"알겠어."

어색한 정적이 흘렀다. 아카리는 팔을 늘어뜨리고 팔꿈치를 만지며 고개를 돌렸다. 그러다 이내 밝아진 목소리로 말했다.

"카드가 있네."

아카리가 상자를 가리켰다.

"저 카드가 수수께끼를 풀어줄 것 같아."

아카리가 카드를 집으려는 듯 손가락을 움직였다. 나는 재빨리 카드를 낚아채 움켜쥐고는 떨리는 손으로 카드를 펼쳐 봤다. 누가 보냈는지 적혀 있지 않았지만, 짤막한 메모는 적혀 있었다.

'무대 뒤에서 만나.'

제이슨이 나를 보고 싶어 한다. 여기에서, 당장. 심장이 몹시 쿵쾅거렸다. 나도 제이슨이 보고 싶었다.

"아카리, 미안한데 아무래도… 레아를 잠깐 보고 와야 할 것 같아."

미안한 미소를 지었지만 아카리 얼굴에서는 미소가 사라졌다.

대기실을 서둘러 나가는 내내 마음이 무거웠다. 아카리에게 만회해야 할 일이 하나 더 늘었다.

허겁지겁 무대 뒤로 갔다. 일렉트릭 플라워의 공연이 막 시작되고 있었다. 커튼 너머로 사람들이 야광 봉을 흔들고 있는 모습과 맨 앞 좌석에서 레아가 노래를 따라 부르며 휴대폰으로 모든 순간을 녹화하고 있는 모습이 얼핏 보였다. 무대 중앙에는 파란색 메탈릭 점프 슈트를 입은 지나가 완벽한 모습으로 서 있었다. 제주도에서 그녀가 한 이야기가 마음속에서 거품처럼 일어났지만 다시 꾹눌러 담았다. 제이슨이 보였다. 제이슨은 무대 뒤편 으슥한 구석에 서서 공연을 보고 있었다. 무대 의상으로 갈아입은 그는 몸에 꼭맞는 연회색 맨투맨에 헐렁한 블랙 조거 팬츠를 입고 있었다.

제이슨은 내가 다가오는 걸 느낀 듯 고개를 돌렸다. 미소 짓는 그의 얼굴에는 내가 한 번도 보지 못한 긴장한 표정이 감돌았다.

"안녕하세요."

"안녕."

제이슨은 양 주먹을 맞부딪치더니, 땅을 쳐다보고 다시 고개를 들어 수줍은 얼굴로 나를 보며 말했다.

"내 선물은 마음에 들었어?"

수줍게 묻는 제이슨을 보자 가슴이 벅차올랐다. 나는 속으로 '네!'라고 힘껏 소리쳤지만, 겉으로는 조용히 고개를 끄덕였다.

"그럼요. 마음에 들었어요."

제이슨 얼굴이 밝아졌다.

"기쁘다."

제이슨이 심호흡을 하고 앞으로 다가와 내 손을 살짝 잡았다. 나는 손을 빼지 않았고, 제이슨은 내 손가락 사이로 자기 손가락을 포개 손깍지를 꼈다.

"네가 아직 마음의 준비가 되지 않았다면 너한테 부담을 주면서까지 이걸, 그러니까 우리 관계에 대해 이야기하고 싶지 않아. 비행기에서… 넌 내가 무슨 말을 꺼내려고 했는지 알면서도 내가 말을 하지 않길 바라는 것 같았어."

제이슨 피부가 내 피부에 닿자 모든 걱정이 녹아내렸다. 제이슨을 선택하고 싶었고, 그럴 수도 있을 것 같았다. 마음속 실타래가 풀리고 있었다. 하지만 풀린 실타래는 선택을 도와주기는커녕 나를 이리저리 잡아끌었다. 내가 어느 쪽을 따라가야 할지 더욱 갈피를 잡을 수 없었다. 무대 위에 있는 지나와 일렉트릭 플라워, 관객석에 있는 레아, 그리고 다시 제이슨을 쳐다봤다. 지난 칠 년 동안 케이 팝 스타가 되는 것이 나의 유일한 꿈이었고 바람이었다. 하지만 이제는 그 꿈을 이루는 것만으로 충분치 않다면? 끝없는 연습과 희생, 노곤한 아빠의 얼굴에 드리운 그늘, 엄마 목소리에 묻어나는 짜증, 레아의 슬픈 표정 등을 전부 감수해야 할 만큼 케이 팝 스타가 가치 있는 꿈이 아니라면? 내가 인생에서 무대와 노래 그리고 그 이상을 모두 원한다면?

제이슨을 봤다. 그리고는 깨달았다.

"맞아요. 그때는 마음의 준비가 되지 않았어요. 그런데 지금은… 됐어요."

떨리는 목소리로 말했다.

내 손을 꽉 쥐는 제이슨의 눈에는 희망이 빛나고 있었다.

"오빠하고 모험을 해보고 싶어요."

용기 내어 말을 내뱉긴 했지만, 일렉트릭 플라워가 발표한 곡 중 올해 가장 큰 사랑을 받은 〈Starlight River〉의 퍼포먼스가 시작되자 몸이 주춤했다. 제이슨과 연애할 준비는 됐을지 몰라도 공개 연애를 할 준비는 되지 않았다.

"그런데… 여기서 말고요. 사방에 사람들이 있잖아요."

제이슨이 내 곁으로 다가왔고 우리 사이의 간격은 좁아졌다. 제이슨이 너무 가까이 있어서 그가 숨을 거칠게 몰아쉴 때마다 그의 가슴이 오르락내리락하는 게 느껴졌다.

"뭐가 두려운데?"

바로 그때 하늘에서 거대한 암막이 스르륵 내려와 스타디움 전체를 뒤덮었다. 이윽고 먹물 같은 밤이 내려앉은 듯 사방이 캄캄해졌다. 일렉트릭 플라워가 무대에서 계속 노래를 이어나가자, 엘이디 등이 켜졌고 암막은 별빛으로 가득 채워졌다. 스타디움 전체가 조그마한 빛의 물결로 출렁였고, 관객들은 탄성을 지르며 황홀한 표정으로 야광 봉을 흔들었다.

제이슨은 나에게서 눈을 떼지 않았다. 희미한 별빛에 그의 광대가 어렴풋이 드러나는 것만 빼면, 우리는 칠흑 같은 어둠 속에 파묻혀 있었다. 제이슨이 한 손으로 내 얼굴을 부드럽게 감쌌고, 나는 눈을 감고 그에게 몸을 기울였다. 제이슨 입술이 내 입술에 지

그시 와 닿았다. 제이슨이 손으로 내 목뒤를 받치자 온몸으로 그의 온기가 스며들었다. 마치 내 몸속에서 불꽃이 타닥타닥 일어나는 것처럼 손끝까지 따뜻해졌다. 제이슨과 노래 부르는 일이 마법처럼 여겨졌다면 이건 완전히 다른 느낌이었다. 제이슨이 스르르 손을 내려 내 허리를 끌어당길 때는 숨이 목에 걸리는 듯했다. 제이슨 목에 내 팔을 둘렀다. 제이슨 입술이 벌어졌고 나도 입술을 벌렸다. 숨을 깊게 들이마시자 그의 향기가 내 심장에 파고들었다. 단풍나무와 민트 향기였다.

일렉트릭 플라워의 무대가 끝나자 관객석에서 박수와 환호성이 터져 나왔다. 하지만 나는 거의 알아차리지 못했다. 별빛 암막이 올라가자 햇빛이 나시 스타디움 안으로 쏟아졌고, 빛이 우리 두 사람 사이로 가득 들어왔다. 나는 얼른 제이슨에게서 몸을 뗐다. 나만큼 제이슨도 황홀한 표정이었다.

"다음이 우리 차례예요."

내가 속삭였다.

"맞아."

제이슨이 조금 갈라진 목소리로 대답했다.

"두 사람, 거기 있었네."

미나가 보였다. 미나가 스틸레토 힐을 신고 빠르게 걸어오고 있었다.

"어서 올라갈 준비하자."

서둘러 미나를 뒤따라가는 동안에도 입술은 찌릿찌릿했다. 무대에 집중하려고 했지만 마음은 아직도 제이슨과의 키스에 머물러 있었다. 키스…. 맙소사, 내가 제이슨과 키스를 했다니.

스타디움에 진행자의 목소리가 울려 퍼졌다.

"신곡 〈Summer Heat〉 무대를 최초로 공개합니다. 여러분, 제이슨 리, 레이첼 김, 추미나를 반갑게 맞이해주세요!"

맨 앞 좌석에 앉은 레아가 다른 관객들과 함께 환호하며 박수를 쳤다. 미나가 먼저 느긋하게 걸어 나갔고, 그녀는 관객석에서 쏟아지는 환호를 마음껏 즐겼다. 미나를 뒤따라가려는 찰나, 내 손을 잡는 다른 손이 느껴졌다. 옆을 돌아보자 제이슨이 미소를 지으며 내 손을 꽉 쥐고 있었다. 나도 제이슨의 손을 꽉 쥔 다음 얼른 났다. 그리고 제이슨과 함께 태양이 밝게 내리쬐는 무대 위로 걸어 나갔다. 이 순간만큼은 카메라 천 대가 날 비추고 있어도 끄떡없을 것 같았다.

15

　여름이 되면 사람들은 가족과 함께 오리 보트를 타러 한강에 가거나, 부산 해운대 해수욕장에 가서 불꽃놀이를 구경하거나, 부처님 오신 날을 기념하는 연등 행렬을 보러 가기도 한다. 하지만 우리 가족에게 여름이란 오로지 냉면을 먹는 계절이다.

　테이블 위에 얼음처럼 차가운 냉면 네 그릇이 놓여 있었다. 냉면마다 얇게 썬 배와 오이, 소고기, 완전히 익힌 달걀 반 개가 올라가 있었다. 다만 내 냉면 그릇에는 오이가 빠져 있었다. 엄마는 호출 벨을 눌렀고, 종업원에게 레아 냉면 그릇에 얇게 썬 배를 조금 더 올려달라고 부탁했다. 엄마는 냉면을 먹을 때마다 그렇게 하곤 했다. 아빠도 언제나처럼 자기 냉면 그릇에 둥둥 떠 있는 살얼음을 건져서 내 냉면 그릇에 담았다. 얼음을 많이 먹으면 아빠는 이를 덜덜 떠는 반면에 나는 냉면을 아주 차게 먹는 걸 좋아하기 때문이다.

"레이첼, 요즘 너한테서 반짝반짝 빛이 난다."

식탁 맞은편에 앉은 아빠가 나를 보고 활짝 웃으며 말했다.

"당연하죠. 지난주 언니 퍼포먼스는 정말 최고였어요."

레아는 식초를 더 넣은 다음 냉면을 한입 가득 후루룩 먹었다.

"콘서트 퍼포먼스 중에서 하이라이트였어요. 우리 언니라서 그러는 게 아니라, 언니는 정말 무대를 위해 태어난 사람이에요."

"고마워, 레아야."

냉면을 가위로 자르고 있는 엄마는 아무런 말이 없었다. 연습생 숙소에서 찍힌 그 영상을 본 이후로 엄마는 나에게 거의 한 마디도 건네지 않았다.

콘서트가 끝나고 집으로 뛰어 들어온 레아가 모든 퍼포먼스가 얼마나 대단했는지, 어떻게 나와 제이슨, 미나가 음정 하나 틀리지 않고 동작 하나 삐끗하지 않으면서 스타디움에 있는 관객들을 전부 일으켜 세워 열광하게 만들었는지에 대해 마구 떠들었던 날을 생각하면 살짝 목이 메었다. 그때 엄마는 웃지도 않았고, 축하 인사를 하지도 않았다.

"이제 슬슬 DB 엔터테인먼트가 패밀리 투어 날짜를 발표할 때가 됐구나."

엄마는 그저 짤막한 말을 건넬 뿐이었다.

나는 한 입 베어 문 달걀을 억지로 삼켰다.

그때 휴대폰 진동이 울렸고, 몰래 휴대폰을 확인했다.

혹시, 너 피곤해? 네가 온종일 내 마음속을 뛰어다니던데.

심장이 터지는 이모티콘이 덧붙여져 있었다. 코웃음을 쳤다. 별로 놀랍지도 않지만, 알고 보니 제이슨은 유치한 작업 멘트의 선수였다. 하루에 적어도 세 번은 기가 막힐 정도로 유치한 메시지를 보냈다. 하지만 싫지 않았다.

"레이첼, 괜찮니? 복권이라도 당첨된 것처럼 웃고 있구나."

"아무것도 아니에요."

하지만 아빠 말이 맞았다. 너무 활짝 웃는 바람에 뺨이 아플 지경이었다. 휴대폰을 집어넣고 모처럼 가족과 보내는 시간에 집중하려고 했다. 아빠가 우리와 함께 저녁을 먹을 수 있을 만큼 집에 일찍 들어온 건 정말 오랜만이었다. 아빠는 늦게까지 일하고 더 늦게까지 공부하느라, 다크서클이 판다 수준에 이르렀다.

냉면을 먹는 아빠를 틈틈이 바라보는 엄마의 미간에 주름이 잡혔다. 엄마가 아빠를 무척 걱정하고 있었다. 아빠가 밥을 먹다 말고 깜빡 정신을 놓지는 않을지 확인하려는 것처럼 보였다. 피로와 스트레스에 시달리는 엄마와 아빠였지만, 레아의 말을 경청하며 반응해줬다. 레아는 멀티태스킹 기술에 통달한 것이 분명했다. 대화를 잠시도 멈추지 않고도 휴대폰으로 인스타그램에 들어가 '좋아요'를 눌렀고 동시에 케이 팝 가십 블로그의 글을 읽었다. 무척이나 인상적인 광경이었다. 레아가 〈오 마이 드림스〉에서 김찬우가 기억을 상실한 일화를 재잘대는 동안 내 마음은 며칠 전의 그날에 가 있었다.

연습이 끝난 나와 제이슨은 그가 통째로 빌린 영화관에 가서 몇 시간을 함께 보냈다. (한국 문화의 좋은 점 중 하나는 비밀 연애를 하기가 꽤 쉽다는 것이다. 프라이빗 영화관은 물론이고 프라이빗 노래방도 있으며, 대부분 식당에 프라이빗 룸이 따로 마련돼 있다.) 우리는 보고 싶은 영화를 고를 수 있었다. 제이슨이 〈부산행〉을 보자고 했지만, 좀비가 나오는 영화를 그다지 좋아하지 않는 나는 〈금지된 사랑〉을 보자고 졸랐다. 내가 태어나기도 전에 개봉한 영화이지만, 엄마가 제일 좋아하는 영화였기 때문에 뉴욕에 있을 때 종종 봤었다. 사실 지금까지 최소 서른 번은 봤을 것이다. 그러니까 제이슨과 서른한 번째로 보게 된 셈이다. 영화 속에서 존 쿠삭이 대형 카세트 플레이어를 들고 이온 스카이의 창문 밖에 서 있는 장면은 언제 봐도 질리지가 않았다.

"내가 저렇게 세레나데를 해주면 좋겠어?"

팔로 나를 감싸고 있던 제이슨은 몸을 숙여 내 코끝에 키스했다.

"물론이죠."

최대한 진지한 표정으로 대답했다.

"저렇게 할 수 있을 거라고 생각해요? 내 말은, 대형 카세트 플레이어를 들고 저렇게 가만히 서 있을 수 있냐고요. 쉽지 않을 텐데요. 케이 팝 안무보다 훨씬 고난도예요."

제이슨도 정색하는 표정을 짓고는 나를 봤다.

"지금 나의 세레나데 능력을 의심하는 거야? 사람의 정곡을 찔러 자극하는 법을 잘 아네. 레이첼 김, 이리 와. 지금 당장 가자. 길거리 세레나데를 해줄게."

제이슨이 농담하는 거라고 생각하고 웃음을 터뜨렸다. 하지만 제이슨은 자리에서 일어나 나를 문 쪽으로 잡아끌었다.

"제이슨, 하지 마요!"

나는 거의 소리치듯 말했다.

"같이 밖에 나가면 안 된다고요. 왜 내가 여기에서 따로 보자고 한 것 같아요? 연애 금지 규칙이 얼마나 엄격한지 알잖아요!"

제이슨이 웃으며 대수롭지 않다는 듯 말했다.

"DB 엔터테인먼트에서 그 규칙 자체를 강요하려는 건 아니야. 탈선하지 말라는 의미이고 그냥 겁주려는 거야. 날 믿어."

제이슨이 내 어깨를 꼭 껴안았다.

"우리는 괜찮을 거야."

나는 못 믿겠다는 듯 눈썹을 곤두세웠다. 마음 한쪽에서는 지나가 한 경고 따위는 던져버리고 제이슨을 믿고 싶었다.

칠 년이라는 긴 시간 동안 DB 엔터테인먼트에서 미디어 트레이닝 수업을 받고, 춤 연습을 했다. 게다가 모든 연습생이 받았던 기마 자세 벌까지 지겹게 받았다. 그럼에도 불구하고 제이슨과 함께 있다는 사실만으로도 나는 위태로워질 수도 있었다. 더 이상의 모험은 감당할 수 없었다.

"오빠는 어떤 세계에 사는지 몰라도, 내 생각에 DB 엔터테인먼트는 절대로….'

"레이첼."

제이슨이 내 말을 자르더니 애간장을 녹이는 미소를 지었다.

"지금 다른 곳에 가고 싶지 않아. 왜 내가 다른 곳에 가고 싶겠어? 여기 너랑 같이 있을 수 있는데. 그것도 단둘이 말이야."

제이슨이 성큼 다가왔고, 우리는 함께 휘청거리며 소파 위로 넘어졌다. 제이슨은 나에게 키스하려고 몸을 기울이며 내 머리카락을 움켜쥐었다.

"언니, 언니? 내 말 들었어?"

"응?"

정신이 번쩍 든 나는 다시 냉면집으로 돌아왔다.

레아가 동그랗게 뜬 눈으로 나를 바라보고 있었다. 유령이라도 본 듯 완전히 창백해진 얼굴이었다.

"이거 알고 있었냐고."

레아가 휴대폰을 들어 화면을 보여줬다.

"강지나가 일렉트릭 플라워를 탈퇴한대!"

내 얼굴에서 미소가 즉시 사라졌다.

"뭐?"

레아의 휴대폰을 가져와 기사들을 쭉 살펴봤다. 기사 제목이 전부 비슷했다.

'강지나가 일렉트릭 플라워에게 영원한 작별을 고했다. 강지나가 DB 엔터테인먼트를 떠난다. 디바 퀸 강지나의 다음 행보는 어떻게 될까?'

레아는 다시 휴대폰을 가져간 뒤 목을 가다듬었다.

"언니, 이거 들어봐."

레아가 기사 하나를 읽기 시작했다.

"강지나가 어렵지만 꼭 필요한 결정을 내렸다. 강지나는 전속 계약 기간 칠 년이 종료됨에 따라 재계약을 하지 않고 전설적인 케이 팝 걸 그룹, 일렉트릭 플라워를 떠나기로 했다. 한국에서 소속사와 아티스트 사이에 맺을 수 있는 법정 최대 전속 계약 기간은 칠 년이다. 나머지 일렉트릭 플라워 멤버들은 삼 년간의 재계약을 맺은 반면에 강지나는 케이 팝 업계를 영원히 떠나는 것으로 알려졌다. 익명의 강지나 측근이 이렇게 제보했다. '사치품, 옷, 돈. 이 모든 게 지나를 자만하게 만들었어요. 지나는 통제력을 완전히 잃기 전에 한발 물러설 때라고 판단했죠. 지나 스스로 자기가 너무 변해버렸다고 말했어요. 지나는 케이 팝 괴물이 돼가고 있었어요.' 언니, 근데 이 기사가 믿어져?"

레아가 휴대폰을 내리며 말했다.

"강지나 없는 일렉트릭 플라워는 어떻게 될까?"

말문이 막혔다. 내 마음은 제주도로, 그녀를 처음 만난 그때로 금세 되돌아갔다. 지나는 제멋대로 구는 스타처럼 보이지 않았다. 오히려 눈에 잘 띄지 않는 스타일이었고, 휴가지에서 가볍게 와인 한잔을 즐기는 평범한 여자처럼 보였다. 하지만 내가 뭘 알긴 할까? 그날 강지나가 와인 한 병을 비우고 밖에 나가서 와인 오십 병을 더 샀을지도 모를 일이었다. 레아가 지나와 일렉트릭 플라워에 관한 기사를 읽어줄 때, 내 입에서 왠지 모를 신맛이 났다. 냉면 때문은 아니었다.

늑대 소녀, 안녕. 내 기억이 맞다면, 아마 지금쯤 쉬는 시간이 시작됐겠지? 맞아? 아니야?

사물함에 기대서서 빙긋 웃으며 재빨리 답장을 보냈다. 제이슨이 학교 수업 시간표를 거의 꿰고 있어서 쉬는 시간마다 통화를 했다. 지난 기말고사 기간에 학생들이 긴장을 풀 수 있도록 학교에서 강아지들을 준비했는데, 그때 쉬는 시간마다 강아지들과 놀았던 것보다 제이슨과 이야기를 하는 것이 훨씬 좋았다.

맞아요. 영상 통화 할까요?

사실 좀 색다른 영상 통화를 생각하고 있었지.

휴대폰 진동이 다시 울렸다. 제이슨의 답장이라고 생각했는데, 혜리에게서 온 메시지였다.

장미 정원으로 와줄 수 있어?

물론이지.

혜리에게 답장을 보냈다. 혜리가 대호 때문에 장미 정원에서 울고 있는 건 아닌지 걱정됐다. 학교 야외 라운지를 지나 축구장을 가로질렀고, 학교 부지 경계에 있는 한적한 장미 정원에 도착해 혜리를 찾았다.

다시 휴대폰이 울렸다. 이번에는 제이슨에게서 온 메시지였다.

뒤를 돌아봐.

고개를 돌리자 제이슨이 장미로 만든 아치형 입구 아래에 서 있었다. 제이슨은 나를 보자마자 휴대폰을 가로로 눕혀 양손으로 들어 올리더니 대형 카세트 플레이어를 든 시늉을 했다. 커다란 미소가 내 얼굴 가득 퍼졌다.

"제이슨, 여기서 뭐 해요?"

"너를 위한 세레나데를 하고 있지."

제이슨이 휴대폰으로 음악을 재생하자 〈금지된 사랑〉 OST인 〈In Your Eyes〉가 흘러나왔다. 제이슨은 존 쿠삭이 됐고, 나는 이온 스카이가 됐다. 진정 내 인생 최고의 순간이었다.

제이슨이 씩 웃었다.

"이래도 내가 허황됐어?"

웃음을 터뜨리지 않을 수 없었다. 심장이 잠깐잠깐 멎었다가 다시 뛰는 것 같았다. 다음 수업 시간을 알리는 종소리가 울렸고, 문득 제이슨과 내가 탁 트인 공간에 있다는 사실을 깨달았다. 누구든지 우리를 볼 수 있었다. 갑자기 뒷덜미에서 식은땀이 나기 시작했다. 제이슨의 손을 잡아당겨 장미 덤불 뒤에 쭈그리고 앉았다.

"제이슨! 이건 정말 좋은 생각이 아니에요. 누가 우리를 보면 어쩌려고 그래요?"

작게 소리를 질렀다.

등줄기에서 식은땀이 흘렀다.

"그건 걱정하지 마. 혜리가 입구에서 망을 봐준다고 했어. 누가 오면 오늘 특별 모임 때문에 장미 정원에 못 들어간다고 말해주고 있지."

제이슨이 눈썹을 씰룩이며 말했다.

새어 나오는 웃음을 겨우 참았다.

"좋아요. 하지만 그렇다고 해서 밖에 사람들이 아예 없는 건 아니에요. 이 층이나 삼 층 창문에서 우리를 볼 수도 있고요. 자, 이제 가요."

제이슨을 일으켜 세우며 말했다.

"따라와요."

제이슨을 학교 건물 안으로 안내했다. 복도 모퉁이를 돌 때마다 주변을 살폈다. 지나다니는 사람이 없는 걸 확인하고선 서둘러 제이슨을 음악실로 들여보냈다. 음악실은 이 시간에 늘 비어 있었다. 음악실 문을 꼭 닫고 밖이 내다보이는 창문의 커튼을 친 후에야, 두 팔을 활짝 벌리고 있는 제이슨의 품에 안겼다. 그의 가슴에 얼굴을 파묻자 몸이 녹아내릴 것 같았다. 이렇게 직접 제이슨을 보는 게 분명 영상 통화보다 훨씬 나았다.

"오빠가 학교에 있다는 사실이 안 믿겨요."

"음, 내가 고등학교를 못 다니기는 했지."

제이슨이 미소를 지으며 내 머리카락을 귀 뒤로 쓸어 넘겼다. 마침 제이슨이 음악실 구석에 있는 기타를 발견했다.

"완벽하군. 이제 정말로 세레나데를 불러줄 수 있겠어."

제이슨은 기타를 들고 어깨끈을 둘렀다.

"제이슨 주크박스가 신청곡을 받습니다. 무슨 노래가 듣고 싶으신가요?"

나는 머리를 흔들며 크게 웃었다.

"아! 그렇다면 명곡 〈U로 시작하는 러브 레터〉 어때요?"

넥스트 보이즈의 데뷔 곡을 들먹이며 제이슨을 놀렸다.

피아노 의자 위에 다리를 꼬고 앉아 기대에 찬 표정으로 제이슨이 기타 튜닝을 마치길 기다렸다.

제이슨이 기타 코드를 잡으며 노래를 부르기 시작했다.

"너에게 편지를 쓸게. 베이비. 그리고 키스로 편지를 붙일게. 편지는 U로 시작하고 U로 끝나. 내가 그리워하는 사람은 오직 너이니까. 오오."

제이슨은 우스꽝스럽고 과장된 표정을 지으며 일부러 익살스럽게 노래했다. 그의 노랫소리는 여전히 근사했고, 기타 소리와 함께 들으니 특히 좋았다. 제이슨이 기타를 칠 줄 안다는 사실을 거의 잊고 있었다. 유튜브에 커버 곡을 올리던 시절에 제이슨은 항상 기타를 치며 노래했지만 이제 기타를 연주하며 노래를 부르지 않았다. 다른 멤버들과 노래를 부르고 춤을 추는 무대를 선보였다. 익숙하게 기타를 연주하는 제이슨의 실력이 새삼 놀라웠다.

"제이슨 주크박스의 다음 신청곡은!"

"감미로운 옛날 노래."

제이슨이 매끄럽게 다음 곡으로 넘어갔다.

"I'll be your dream, I'll be your wish, I'll be your fantasy, I'll be your hope, I'll be your love, be everything that you need."

그가 부르는 팝송을 듣고 웃음을 터뜨렸다. 그럼 그렇지. 새비지 가든 노래보다 더 좋은 고전 명곡이 있을까?

"그 노래를 이길 만한 노래가 있을지 모르겠네요."

제이슨 눈이 빛났다.

"그렇군. 그럼 이 노래는 어때?"

제이슨은 기타의 박자를 늦추더니, 한 번도 들어본 적 없는 멜로디를 연주했다. 하지만 그 멜로디는 나를 단번에 사로잡았다.

"앞으로 갔다가 또 뒤로 가. 밀었다가 또 당겨. 빠르게 추락했다가 또 자유롭게 날아. 나는 반밖에 남지 않은 물, 또 반이나 남은 물. 두 은하 사이에 갇혀버린 걸까."

듣는 사람의 마음을 위로해주고 동시에 마음을 단단히 붙잡아주는 노래였다. 지금까지 제이슨이 발표한 노래들과 비교하면 인디 음악에 더 가까운 노랫말이었다.

"나는 모래성에 사는 왕일까, 바다를 헤매는 아이일까. 나는 둘

다 아니면서 둘 다야. 나는 오로지 나야. 나는 해변이야."

제이슨의 노래가 마지막에 다다를 무렵 나는 숨을 내뱉었다. 무 아지경에서 깨어난 것 같았다.

"정말 아름다운 노래네요. 누구 노래예요?"

제이슨은 수줍게 미소 짓더니 기타를 제자리에 가져다 놨다.

"사실 내가 쓴 노래야. 제이슨 리가 원곡자라고."

"오빠가 자작곡을 만드는 줄 몰랐어요."

광택에서 내가 제이슨을 놀렸을 때 그가 보였던 반응이 떠올랐 다. 케이 팝 스타가 직접 가사를 쓰도록 DB 엔터테인먼트가 허락 하지 않을 것이라고 말했던 그 순간이 말이다.

"왜 나한테 말 안했어요?"

"이 노래는 DB 엔터테인먼트 스타일이 아니야."

제이슨은 아무렇지도 않다는 듯 어깨를 으쓱했지만, 그의 경직 된 미소가 진짜 속내를 드러내고 있었다.

"하지만 나에게 의미가 있고, 나의 삶을 솔직하게 담아낸 노래 를 정말로 부르고 싶어. 내가 두 가지 정체성 사이에서 언제나 갈 팡질팡하는 모습을 담아낸 이 노래처럼."

제이슨은 말을 멈추고 나를 바라봤다.

"그렇다고 해서 내가 넥스트 보이즈나 DB 엔터테인먼트, 회사 가 나를 위해 한 일들에 감사해하지 않는다는 뜻은 아니야. 그냥 이건 서로 다른 문제지."

"제이슨, 굳이 설명하지 않아도…."

말을 끝맺기도 전에 음악실 문이 벌컥 열렸다.

제이슨과 나는 깜짝 놀라 펄쩍 뛰었다. 다행히 조 쌍둥이가 음악실 안으로 들이닥친 것이었다. 두 사람 모두 가쁜 숨을 몰아쉬면서 손에 휴대폰을 쥐고 있었다.

"거봐, 레이첼 여기 있을 거라고 했잖아."

혜리가 득의양양하게 말하면서 숨을 골랐다.

"두 사람은 내가 이곳에 있는 줄 어떻게 알았어?"

놀란 내가 물었다.

"장미 정원에 없길래, 음악실에 잠입했을 것이라고 생각했지. 케이 팝 스타들이니까."

혜리가 웃으며 말했다.

"아, 그리고 둘 다 그렇게 안 고마워해도 돼."

혜리가 고개를 까딱했다.

"제이슨, 내 속임수 메시지가 또 필요하면 언제든 말해요."

제이슨이 혜리를 보고 씩 웃었다.

"자, 됐고. 지금 그게 중요한 게 아니야."

주현이가 혜리를 밀치고 우리에게 다가오며 말했다.

주현이는 나에게 자기 휴대폰을 건넸다. 주현이 얼굴이 흥분으로 밝게 빛나고 있었다.

"DB 엔터테인먼트가 〈Summer Heat〉 뮤직비디오를 한 시간 전에 공개했는데, 조회 수가 벌써 이천만 뷰가 넘었어. 다들 이 노래를 좋아해."

맙소사. 뮤직비디오가 오늘 공개되는 사실을 전혀 모르고 있었다. 제이슨 표정을 보니 그 역시도 몰랐던 것 같았다. 휴대폰 주위로 모여서 다 함께 뮤직비디오를 봤다. 맨투맨 셔츠를 입은 제이슨, 분홍색 드레스를 입은 미나, 그리고 내가 있었다.

"내가 고화질 영상에 등장하다니!"

"저 헤어밴드 너랑 진짜 잘 어울린다."

혜리가 말했다.

"다시 말하지만, 그렇게 안 고마워해도 돼."

영상을 보는 와중에도 조회 수가 올라갔다. 믿을 수가 없었다. 이게 꿈일까? 현실일까?

"엄청난 속도로 벌써 차트 백 위 안에 진입했어."

주현이가 말했다.

"아닐 거야."

조심스럽게 대답했다.

너무 놀라서 눈앞에 보이는 결과를 믿을 수가 없었다.

"맞아!"

주현이가 다시 말했다.

그대로 얼어붙었다. 조 쌍둥이는 음악에 맞춰 춤을 추고 노래를 따라 부르며 환호성을 질렀다. 제이슨이 나를 와락 안았다. 그리고 나를 번쩍 들어 빙글빙글 돌렸다. 사람들이 〈Summer Heat〉 뮤직비디오를 좋아했다. 우리 셋을 좋아했고, 나를 좋아했다. 칠 년 동안 그토록 열심히 노력한 결과가 마침내 결실을 맺은 것이다. 제이슨이 나를 바닥에 내려놨을 때 터져 나오는 웃음을 참을 수가 없었다.

"우리 자축해야지!"

제이슨이 내 어깨에 손을 얹고 내 눈을 똑바로 바라보며 말했다.

"너랑 나, 우리 진짜로 데이트를 하는 거야."

방방 뛰던 쌍둥이는 가만히 서서 드라마를 감상하듯 우리를 지켜봤다. 망설여졌다. 행복감이 비누 거품 꺼지듯 톡톡 터졌다. 물론 나도 제이슨과 함께 데이트를 하고 싶었다. 하지만… 어떻게? 그건 불가능했다.

천천히 고개를 저었다.

"제이슨, 이미 끝난 대화잖아요. 우리는 그런 데이트 못 해요. 함께 밖으로 나가면 사람들이 분명 우리를 알아볼 거예요. 특히 지금은 더 위험해요."

주현이의 휴대폰을 턱으로 가리키며 말했다.

"알겠어."

제이슨이 체념하듯 대답했다.

"그러니까 네 말은 사람들이 우리를 알아보지 않으면 데이트를 할 수 있다는 거네?"

"제이슨."

짜증 섞인 한숨을 내쉬며 설명했다.

"오빠는 한국에서 제일 유명한 사람이에요. 어떻게 아무도 우리를 못 알아볼 거라고 생각해요?"

제이슨이 주현이를 보며 웃었다. 주현이가 그 뜻을 이해하고 환한 표정을 지었다. 주현이는 내 어깨를 잡고 나를 의자에 앉히더니 화장품 파우치를 뒤지기 시작했다.

"그냥 나한테 맡겨."

주현이가 음흉한 미소를 지었다.

"다 끝나고 나면, 두 사람은 자기 얼굴도 못 알아볼 거야."

16

롯데월드에 도착한 우리는 제일 먼저 장난감 가판대로 갔다. 가판대에서는 풍선, 비눗방울 기계, 그리고 상대방의 머리를 톡톡 때릴 때 소리가 나는 뿅망치를 팔고 있었다. 주현이는 자기가 한 말을 완벽히 지켰다. 짙게 분장한 제이슨 얼굴을 보고 또 봤다. 제이슨 얼굴은 새하얗게 칠해져 있었고 커다란 블랙 도트와 레드 도트로 뒤덮여 있었다. 아무런 의심도 하지 않는 젊은 직원이 제이슨에게 뿅망치 두 개를 건넸다.

"짠. 분장도 했고, 기념품도 샀고. 즐길 준비됐어?"

분장한 내 얼굴 위로 웃음이 번졌다. 무지개 빛깔의 번개 글리터로 그린 별들이 내 이마부터 턱 사이를 뒤덮으며 반짝거리고 있었다.

"준비됐죠."

솜사탕 냄새, 우리를 반짝반짝 비추는 회전목마 조명, 스피커에서 흘러나오는 음악 소리를 마음껏 누렸다.

어린 시절에 여름이 되면 한국에 놀러 와 롯데월드에 오곤 했는데, 그때 이후로 롯데월드는 처음이었다. 레아와 나는 롯데월드가 세상에서 제일 좋은 곳이라고 생각한 적도 있다. 우리는 온종일 롤러코스터를 탔고, 실내 테마파크와 야외에 있는 매직 아일랜드를 바쁘게 왔다 갔다 했었다.

제이슨 손을 잡았다. 평범한 연인처럼 밖에 돌아다니는 일이 황홀할 만큼 좋았다. 내가 제일 좋아하는 롤러코스터인 아틀란티스를 타기 위해 돌길을 따라 제이슨과 걸었다. 슬슬 긴장이 풀린 나는 그에게 몸을 기댔다.

"레이첼."

줄에 서서 기다리는 동안 제이슨이 말했다.

"저 소리 들려?"

귀를 기울이자 스피커에서 흘러나오는 〈Summer Heat〉가 들렸다. 내 얼굴 위로 미소가 피어났다.

"레이첼?"

입을 벌린 채 제이슨을 뚫어져라 보고만 있었다는 것을 깨달은 나는 웃음을 터뜨렸다.

"아, 괜찮아요. 아니, 엄청 좋아요! 정말 꿈만 같아요."

제이슨이 웃으며 조용히 노래를 따라 불렀다. 그리고 내 어깨를 잡았다.

"재미있는 게 뭔 줄 알아?"

"재미있는 거요?"

"알게 될 거야."

제이슨이 뒷줄에 선 여학생들을 향해 몸을 돌렸다.

"이 노래 어떤 것 같아요? 완전 좋죠?"

나는 웃으며 제이슨의 팔을 찰싹 때렸다. 여학생들은 우리 또래처럼 보였고, 롯데월드에서 파는 귀여운 머리띠를 쓰고 있었다. 그녀들이 쓰고 있는 미니 마우스 스타일 머리띠에는 밝은 컬러의 폴카 도트가 그려진 큰 리본이 달려 있었다.

"완전 좋아요. 이 노래에 푹 빠졌어요."

보라색 리본 머리띠를 쓴 여학생이 대답했다.

"벌써 가사도 다 외웠다니까요. 뮤직비디오 봤죠?"

빨간색 리본 머리띠를 한 여학생이 손을 늘어뜨리더니, 좋아서 기절하는 시늉을 했다.

"제이슨은 정말 심각할 정도로 멋져요."

분홍색 리본 머리띠를 한 여학생이 자신의 휴대폰으로 뮤직비디오를 틀고, 제이슨 얼굴을 확대했다.

"농담이 아니라, 내가 나중에 제이슨 같은 아기를 낳으면 좋을 것 같아. 사람이 어떻게 이토록 귀여우면서 동시에 재능까지 넘칠 수 있지?"

"저 감미로운 목소리로 매일 잘 자라고 말해준다고 상상해봐."

보라색 리본 머리띠를 한 여학생이 말했다.

세 여학생은 함께 깔깔댔다. 그리고 나와 제이슨이 함께 있다는 것을 완전히 잊어버린 듯 자기들끼리 뮤직비디오를 보면서 수다를 떨었다.

"제이슨 솔로지?"

"제이슨은 어떤 여자를 좋아할까?"

"당연히 아름다우면서도 말도 안 되게 재능이 출중하고 성숙한 사람이겠지."

제이슨은 웃으며 여학생들이 하는 말을 전부 당연하다는 듯이 들었다. 나도 억지로 웃으려고 했지만 그녀들의 대화를 더 이상 듣고 있기가 불편해졌다.

"제이슨과 같이 노래하는 저 두 여자와는 완전히 다를 거야. 쟤들 저러는 게 믿어지니?"

분홍색 머리띠를 한 여학생이 경멸하듯 말했다.

"그렇지? 완전히 난잡해 보여."

빨간색 머리띠를 한 여학생이 눈을 흘겼다.

"의상 좀 보라고. 몸매가 다 드러나잖아. 역겨워. 어린아이들도 보는 거 모르나?"

내 얼굴을 뒤덮은 분장 아래의 뺨이 뜨거워졌다. 그날의 의상은 몸을 거의 드러내지 않았다. 또 옷을 직접 고를 수 있는 것도 아니었다. 설사 그랬더라도 그들이 왜 나를 그렇게 판단하는 거지?

"이 여자는 드레스를 소화할 몸매도 안 돼."

보라색 머리띠를 한 여학생이 미나를 가리키며 말했다.

"저기요. 그 무 다리 좀 치워요. 보고 싶어 하는 사람 없거든."

"그리고 제이슨하고 화음 넣는 이 여자."

내 얼굴이 화면에 나타나자 분홍색 리본 머리띠를 한 여학생이
비웃으며 말했다.

"집착하는 타입 같아. 뒤에서 제이슨 꼬시려고 할걸? 이 여자가
제이슨을 쳐다보는 눈빛 좀 봐. 너무 대놓고 티 내는 것 같지?"

"제이슨과 가까이 있을 수 있다니 정말 운이 좋네."

"그런데 솔직히 DB 엔터테인먼트는 다른 사람을 뽑았어야 해.
얘들은 부족한 실력을 만회할 만큼 예쁘지도 않아."

더 이상 참을 수가 없었다.

"나 이제 아틀란티스 안 타고 싶어요."

금방이라도 눈물이 터져 나와 분장을 망칠 것 같았다. 수다에
흠뻑 빠진 여학생들은 내가 줄에서 빠져나가는 것도 알아차리지
못했다.

제이슨이 나를 뒤쫓아 왔다.

"잠깐만, 잠깐만."

내가 빠르게 걷자 제이슨이 나와 발걸음을 맞추려고 뛰었다.

내 팔꿈치를 잡으며 제이슨이 말했다.

"괜찮아?"

정말 몰라서 묻는 걸까?

"꼭 물어봐야 알아요? 저 사람들이 하는 말, 못 들었어요?"

제이슨이 안쓰러운 표정으로 고개를 끄덕였다.

"맞아. 내 퍼포먼스에 대한 다른 사람의 평가를 듣는 건 어려운
일이야. 절대 익숙해지지도 않고."

제이슨이 내 어깨에 팔을 두른 다음 나를 음식 가판대 쪽으로

이끌었다.

"하지만 널 위로해줄 수 있는 방법을 난 알고 있지. 바로 캐러멜 팝콘!"

가볍게 이 상황을 넘기려고 하는 제이슨의 모습에 당황했다. 내가 화가 난 이유는 단순히 좋지 못한 평가를 들었기 때문이 아니었다. 제이슨을 무조건 찬양하고 나와 미나를 무턱대고 욕하는, 성차별적이고 부당한 태도 때문이었다. 제이슨은 이 문제의 본질을 모르고 있는 것일까? 제대로 문제를 짚고 넘어갈 작정으로 입을 열었다가 내 기분을 풀어주려고 애쓰는 제이슨의 모습을 보고, 이내 입을 다물었다. 제이슨은 가장 큰 캐러멜 팝콘을 주문하고 신나게 재잘댔다. 지금까지 완벽했던 하루를 망치기 싫었다. 어쨌든 우리의 첫 번째 공식 데이트였기 때문이다. 하고 싶은 말을 삼키고는 팝콘을 받아 들었다.

"내 인생의 또 다른 여인에게 널 소개해야겠다."

"미안, 뭐라고요?"

그날 밤 한 번도 가본 적 없는 조용한 동네를 거닐게 됐다. 우리가 분장을 지워도, 아무도 우리를 알아보지 못한다고 제이슨이 장담한 동네였다. 우리는 한 포장마차에 도착했다. 빨간색 앞치마를 두르고 빨간색 머리 망을 쓴 사장 아주머니가 어묵, 떡볶이, 꼬마 김밥, 소주를 팔고 있었다. 빨간색 천막으로 만든 작은 술집 안은 한국 길거리 음식 특유의 훈훈한 냄새로 가득했다. 냄새를 깊이 들이마시자 위가 꿀렁거리며 반응했다.

"와, 내가 제일 좋아하는 손님이 왔네."

아주머니는 쾌활하게 말을 건네며 제이슨의 볼을 꼬집었다.

"몇 주 동안이나 안 온 거야! 너무 말랐네."

"안녕하세요."

제이슨이 고개를 숙이며 인사를 했다.

"이모, 맹세코 진심인데요. 볼 때마다 점점 젊어지는 것 같아요. 비결이 뭐예요? 계속 이렇게 젊어지면, 포장마차가 데이트 신청을 하러 온 잘생긴 젊은 남자들로 꽉 차겠어요."

우리가 플라스틱 의자에 앉자, 아주머니는 떡볶이 한 그릇과 김이 모락모락 나는 어묵 꼬치를 가져다줬다.

"아부하기는. 자, 이제 예쁜 여자 친구랑 맛있게 먹어."

제이슨이 나에게 윙크를 하더니 아주머니를 다시 쳐다봤다.

"여자 친구요? 이 사람이 내 여자 친구라고 생각했어요? 아, 이모. 저 상처받았어요! 제가 이모만 바라보는 거 알잖아요."

아주머니는 못 말리겠다는 표정을 지었다.

"아이고, 이 귀여운 것. 나한테 왜 이러는지 다 알지."

그녀는 참치 김밥이 쌓여 있는 접시로 손을 뻗었다. 김밥은 매운 참치, 깻잎, 게맛살, 단무지, 당근, 달걀, 시금치, 우엉이 가득 들어 있어 터질 듯했다.

아주머니는 참치 김밥을 우리 테이블 위에 올리며 말했다.

"두 사람, 맛있게 먹어라."

아주머니는 제이슨을 보며 미소를 짓고는 간이 카운터 뒤편의

자리로 돌아갔다. 나는 어묵을 크게 베어 물었다. 머리부터 발끝까지 훈훈한 온기가 돌았다.

제이슨이 씩 웃으며 말했다.

"어때? 최고지? 다 먹고 김밥도 먹어봐. 서울에서 제일 맛있는 김밥이야."

나는 웃으면서 고개를 끄덕였다. 하지만 따뜻한 어묵을 먹으면서도 롯데월드에서 있었던 일이 잊히지 않았다. 여학생들이 했던 말 때문이 아니라, 제이슨의 반응이 계속 마음에 걸렸다. 아니, 오히려 그의 무반응이 신경 쓰였다. 머리를 절레절레 저으며 어묵을 다시 베어 물었다.

'잊어버려, 레이첼. 그냥 오늘을 즐기면 돼. 괜히 큰일로 만들지 마.'

"아줌마!"

우리 옆 테이블에서 누군가가 소리쳤다.

"소주 한 병 더 주세요!"

제이슨과 나는 목소리가 들리는 쪽을 쳐다봤다. 여자 세 명이 테이블에 둘러앉아, 접시에 가득 담긴 닭발과 달걀말이를 먹고 있었다. 그중 한 명은 완전히 취해서 소주를 병째로 들고 마셨다. 초록색 소주병을 움켜쥔 그녀의 손톱에는 나선형 조개껍질 무늬가 정교하게 그려져 있었다. 나는 그대로 굳어버렸다. 저 손톱, 전에 본 것 같은데….

17

서울로 떠나오기 직전 어느 추운 겨울날, 레아와 함께 뉴욕 집 근처 아이스크림 가게에 간 적이 있었다. 엄마는 우리가 길 건너편 도서관에 가는 줄 알고 있었다. 하지만 레아가 '마지막으로 뉴욕을 추억할 아이스크림'을 먹으러 가자고 졸랐고, 늘 그렇듯 나는 레아를 이기지 못했다. 집으로 돌아가야 하는 시간, 그러니까 엄마가 예상하는 우리의 귀가 시간이 불과 몇 분밖에 남지 않았는데 레아는 가게에서 제일 큰 크기의 아이스크림을 주문했다. 그리고 그 딸기 아이스크림을 얼굴에 죄다 묻히면서 순식간에 먹어 치웠다.

지나가 포장마차에 앉아 입 안에 닭발을 욱여넣으면서 턱 밑으로 매콤한 양념을 질질 흘리는 모습을 보자, 그 당시의 레아 모습이 불현듯 떠올랐다. 지나는 닭발을 무척 격렬하게 씹고 있었다.

바삭하게 구운 뼈 없는 닭발이 그녀 치아 사이에서 똑똑 끊어지는 게, 고스란히 느껴질 지경이었다. 뉴욕에서 상상할 수 있는 그 어떤 치킨 윙보다 맛있어 보이는 닭발이었다. 지나는 입을 헹구는 것처럼 소주를 들이킨 다음 손등으로 입술을 닦았다. 맞은편에 앉은 친구 두 명이 천천히 마시라며 그녀를 말렸지만 지나는 그들의 손을 뿌리쳤다. 믿기지 않았지만 지나가 틀림없었다.

"저 사람 혹시…?"

제이슨이 말끝을 흐렸다.

나와 마찬가지로 제이슨도 충격에 휩싸였다. 지나가 고개를 돌렸고 그녀의 시선은 나를 향했다. 아니, 나를 뚫고 지나갔다. 소주 때문에 흐리멍덩해진 눈으로 주변 사물을 제대로 보기가 힘든 것 같았다.

지나의 친구 한 명이 그녀의 손에서 소주병을 빼앗으려고 하자 지나가 소리쳤다.

"내 거야. 가져가지 마!"

지나는 거친 얼굴로 포장마차 안을 둘러봤다. 이윽고 제이슨을 발견한 지나는 테이블에서 일어났다. 그때 소주병이 그녀 손에서 미끄러졌고 쨍그랑 소리가 났다. 술 취한 호랑이처럼 휘청휘청 걸어오던 지나가 다시 나를 똑바로 쳐다봤다.

"당신."

지나가 손가락으로 나를 가리키며 말했다.

어눌한 말투였다.

"당신 알아요. 레이첼 김. 데이트 중인 것 같네. 내가 데이트하지 말라고 경고하지 않았어요?"

지나는 제이슨을 엄지손가락으로 가리켰다. 당황한 제이슨은 눈썹을 찡그리고 나와 지나를 번갈아 쳐다봤다. 나는 망설이다가 제일 먼저 머릿속에 떠오른 대로 의자 하나를 뒤로 뺐다.

"여기에 앉으세요. 어떻게 지냈어요? 잘… 지냈어요?"

지나가 날카로운 웃음을 터뜨렸다.

"오, 제발 날 동정하는 그런 헛소리는 집어치워요. 당신도 내가 DB 엔터테인먼트에서 쫓겨난 거 알잖아요. 온 세상이 다 안다고요. 아, 미안. 그게 아니지."

의자 위로 털썩 주저앉은 지나는 다리를 꼬다가 넘어질 듯 휘청하더니 금세 균형을 되찾고 활짝 웃었다.

"내가 재계약하지 않기로 선택한 거죠."

지나가 비아냥대며 말했다.

"DB 엔터테인먼트가 사람들한테 그렇게 이야기하잖아요. 안 그래요?"

내가 미간을 찌푸렸다.

"회사가 그렇게 이야기한다니, 그게 무슨 소리예요?"

"레이첼, 왜 이래요."

그녀 얼굴에서 미소가 사라졌다.

"다른 사람은 몰라도, 당신은 케이 팝 세계가 얼마나 이중적인지 반드시 알아야죠. DB 엔터테인먼트는 우리 인생을 완전히 통제하고 있잖아요. 그런데 갑자기 나보고 내 생활을 스스로 돌보지 못했다고요? 지금껏 내가 입었던 옷, 내가 했던 말과 행동 전부

DB 엔터테인먼트가 시켜서 한 거라고요! 이런 짓까지!"

지나는 화려한 손톱을 번쩍 들었다.

그녀의 언성이 높아졌다.

"비싼 옷과 메이크업으로 치장시켜 자기들이 원하는 모습대로 만들고선, 그 완벽한 이미지를 대중이 소비하게 만들어요. 그런데 이제 와서 내가 디바였다고요?"

지나는 내 쪽으로 의자를 당겨 앉았다. 너무 바짝 몸을 밀착시키는 바람에 그녀 숨결에서 나는 소주 냄새도 맡을 수 있었다.

"잘 들어요, 레이첼. 본인이 지금 어디에 발을 들이려고 하는지 정확하게 알아야 한다고요. 계약서에 서명하는 순간, 인생에서 십 년을 잃는 거…."

"잠깐만요. 케이 팝 계약은 칠 년 동안만 지속되는 줄 알았는데요? 법으로 정해져 있지 않나요?"

지나가 입을 씰룩이더니 또다시 기괴하게 웃었다.

"아, 순진한 아이네. DB 엔터테인먼트는 법망을 어떻게든 빠져나갈 수 있어요. 자신들이 원하는 대로 할 수 있다는 말이에요. 일렉트릭 플라워의 멤버들과 내가 데뷔를 앞두고 계약서에 서명했던 날, 회사는 우리에게 삼 년 연장 계약서에도 서명을 하라고 강요했어요. 그 계약서는 스위스의 어느 은행 금고 안에 들어갔고요. 나중에 법정에서 아무런 문제가 없도록, 당연히 날짜를 늦춰 적었어요."

그녀가 나를 뚫어져라 쳐다봤다. 분노와 나에 대한 동정이 뒤섞인 눈빛이었다.

"아무도 당신한테 말 안 해줬어요? 화려함? 유명세? 다 소속사와 이사진이 만든 환상이에요. 그리고 그 사람들은 당신에게서 모든 걸 빼앗을 거예요. 당신을 책임감 없고, 손이 많이 가는 여자 스타로 몰아가서 다른 소속사가 얼씬하기도 싫게 만들죠."

지나는 웃었지만, 그 웃음은 이내 흐느낌이 됐다.

"그 사람들은 당신을 철저하게 망친 다음에 마치 당신이 스스로를 파괴한 것처럼 보이게 만들 거예요. 날 봐요. 내 커리어는 이제 끝났어요."

"하지만 왜요?"

지나가 한 말을 이해하려고 애쓰느라 머리가 어지러웠다.

"왜 당신한테 그런 짓을 하겠어요?"

"레이첼, 내가 뭐라고 했어요?"

지나는 내 눈을 쳐다보며 이쑤시개로 떡볶이를 집었다.

"케이 팝 스타한테 남자 친구는 위험하다고요."

가슴이 철렁 내려앉았다.

"제주도에서 당신과 함께 있었던 남자요? 송규민?"

지나는 고개를 끄덕였다.

지나는 한층 누그러진 목소리로 말을 이어갔다.

"네. 그 대단한 송규민이요. 송규민은 칠 년 계약이 끝났을 때, 더 나은 조건으로 재계약을 했어요. 돈을 더 많이 받았죠. 송규민은 나도 그렇게 할 수 있을 줄 알았어요. 그래서 나보고 함께 비밀 휴가지에 가서 의논해보자고 했죠. 무슨 비밀 휴가지… 안 그래요? 한국에서 가장 유명한 여행지에 가서는…. 그리고 이제 뭐, 비밀이 누설됐죠. DB 엔터테인먼트는 얼른 나한테서 손을 뗐어요. 그리고 송규민도요."

내가 지나의 말을 이해하는 동안 그녀는 떨리는 숨을 내쉬었다.

"그러니까… 잠깐만요. 송규민이 당신을 찼다는 말이에요?"

지나는 양손으로 얼굴을 감쌌다. 그리고 갑자기 악을 쓰더니 주먹으로 접시를 내리쳤다. 떡볶이 양념이 여기저기 튀었고, 내 얼굴에도 묻었다.

"당연히 송규민이 날 찼죠! 이런 이야기 결말은 항상 똑같아요. 남자 친구를 사귀잖아요? 그 남자 친구는 우리 인생을 망치고 도망가는데, 비난을 받지도 않고 떳떳해요. 송규민 소속사가 송규민에게 여자 친구가 있든가 말든가 신경이나 쓸 것 같아요? 당연히 안 써요. 남자한테 적용되는 규칙과 우리한테 적용되는 규칙은 엄연히 달라요. DB 엔터테인먼트는 우리가 가족이라고 말하지만, 사실 우리에겐 관심조차 없어요. 나한테 관심 없고, 물론 당신한테도 마찬가지예요. 사실 아무한테도 관심 따위를 가지지 않죠. 회사의 유일한 관심사는 우리를 시키는 일이라면 다 하는 케이 팝 기계로 만들어서, 자기들을 위해 돈을 긁어모으게 하는 것뿐이죠. DB 엔터테인먼트, 확 망해버려라! 노 대표, 추민희, 다 망해버려! 나는 이 케이 팝 업계를 불태우고도 남을 비밀들을 다 안다고!"

지나의 친구들이 양옆으로 와서 팔을 한쪽씩 잡고 그녀를 일으켜 세웠다.

"우리 예쁜이. 지나야, 이제 갈 시간이야."

두 사람이 지나를 데리고 포장마차 밖으로 나갈 때, 지나는 다시 나에게 시선을 고정하고 소리쳤다.

"레이첼, 추민희를 조심해요. 추민희나 추민희가 애지중지하는 딸하고 더 이상 엮이지 말라고요. 내 말 알아들었어요?"

지나는 포장마차를 떠났다. 그녀의 고함도 이내 밤하늘 속으로 사라졌다. 그제야 내가 떨고 있다는 사실을 깨달았다. 이 업계를 불태울 비밀을 안다는 게 무슨 뜻일까? 어째서 계속 추민희 회장의 이야기를 꺼내는 걸까? 지나의 말도, 이 끔찍한 데이트도 잊어 버리고 싶었다. 하지만 지나의 표정과 비명이 도무지 잊히지 않을 만큼 뇌리에 강렬하게 각인됐다. 내가 먹은 김밥과 떡볶이가 단단히 얹힌 느낌이 들었다.

테이블 맞은편에 있는 제이슨을 바라봤다. 제이슨은 사방으로 튄 떡볶이 양념을 닦고 있었다.

"불쌍한 지나."

제이슨이 고개를 저으며 말했다.

"이런 일을 겪다니 정말 안됐어. 분명 괴로울 거야."

제이슨 말투에서 느껴지는 태도가 거슬렸다.

그를 날카롭게 쳐다보며 대꾸했다.

"당연하죠. 지나가 하는 말 전부 들었잖아요. 어떻게 안 괴롭겠어요?"

제이슨이 고개를 끄덕였다.

"나도 들었지. 그런데 잘 모르겠어. 모든 일에는 양면이 있으니

까. DB 엔터테인먼트가 돈을 잘 안 주긴 하는데, 지나도 말했다시
피 우리한테 옷도 주고 집도 줘. 조금만 신경 쓰면 돈을 모으기가
그리 어렵지 않아."

제이슨이 어깨를 으쓱했다.

"내 말은, 내가 회사로부터 꽤 괜찮은 대우를 받는다는 거지."

"왜냐하면 오빠는 제이슨 리니까요."

지나가 송규민에 대해 한 말이 떠올랐고 짜증이 치밀었다.

"당연히 좋은 대우를 받겠죠. 사람들은 오빠가 저지른 최악의
행동이 로미오가 특별히 제조한 오렌지색 머리를 훔친 것뿐이라
고 생각하니까요!"

"뭐라고?"

제이슨이 당황한 표정으로 나를 쳐다봤다.

나는 한숨을 쉬었다. 지금은 DB 엔터테인먼트의 루머 제조기가
만들어낸 소문을 논할 때가 아니었다.

"아무튼, 그건 중요하지 않아요. 하지만 오빠가 이 업계에서 공
공연하게 행해지는 이중 잣대를 몰랐다고 말하지는 마요. 여자들
한테 들이대는 기준과 남자들한테 들이대는 기준은 달라요."

제이슨이 인상을 썼다. 낮에 들었던 의구심이 다시 맹렬하게 밀
려오고 있었다.

"다 알죠? 그렇죠?"

갑자기 몇 주 전에 있었던 연습 시간이 머릿속을 스쳤다. 연습
에 늦은 제이슨이 롯데리아 봉투를 품에 안은 채 느긋하게 들어와
서 이사진에게 태평한 미소를 지었던 그날 말이다.

"솔직히 말하면, 아니야."

제이슨이 미간을 찌푸리며 대답했다.

"결국에는 DB 엔터테인먼트도 사업이야. 남자와 여자를 다르게 대한다고 해서, 이익이 더 많이 남는 것도 아니잖아."

진심으로 하는 말인지 혼란스러웠다.

"롯데월드에서 만난 여학생들은요? 오빠는 무조건 칭찬하면서 나하고 미나는 무작정 욕하는 걸 직접 들었잖아요."

"레이첼. 그건 단지 두세 사람의 의견일 뿐이야. 누구나 감수해야 하는 일이지. 나도 그렇고. 그렇다고 해서 업계 전체가 성차별적이거나 편파적이지는 않아."

나는 숨을 깊이 들이쉬었다. 그가 하는 말은 그의 진심이었다. 이 사실이 믿기지 않아서 헛웃음마저 나왔다.

손으로 얼굴을 문지르며 말했다.

"케이 팝 속에서 살아가는 사람이 이 업계를 그렇게 편파적으로 보고 있다는 사실이 그저 놀랍네요."

제이슨이 더욱 미간을 찌푸렸다.

"그게 무슨 뜻이야?"

그때 포장마차 천막이 펄럭였다. 이제 막 안으로 들어온 연인이 호기심 가득한 표정으로 나와 제이슨을 쳐다보고 있었다. 속에서 무언가가 역류하는 것처럼 목구멍까지 공포가 치밀었다. 우리를 알아본 것일까? 온몸이 땅으로 가라앉는 느낌이었다. 문득 가족과 함께 냉면을 먹었던 날부터 이 느낌이 마음속에서 자라고 있었다는 사실을 깨달았다. 지나가 일렉트릭 플라워와 재계약하지 않는다는 뉴스를 레아가 알려준 바로 그날 말이다.

내가 틀렸다. 지나는 제이슨과 사귀는 게 그저 어려운 일이 아니라 위험한 일이라고 경고했다. 정말로 그랬다. 하지만 동시에 부당한 일이기도 했다. 나는 DB 엔터테인먼트에게 인생을 바쳤다. 그런데 제이슨과 내가 함께 내린 이 결정이 결국 나를 파괴할 것이다. 오직 나만 파괴할 것이다. 팬, 음악, 마법 같은 경험…. 이루고 싶었던 모든 것에서 나만 떠나도록 강요받을 것이다.

아주 오랜만에 삶의 실타래들이 깔끔하게 정리됐고, 나를 하나의 결론으로 이끌었다. 제이슨과 함께 있는 시간이 아무리 좋아도 나는 데뷔를 해야만 했다. 제이슨과 사귄다면 내 커리어는 시작되기도 전에 끝장날 수 있었다. 가슴이 짓눌리듯 숨을 쉬기가 어려웠다.

"우리 사이가 이렇게 될 때까지 내가 가만히 있었다니 스스로도 믿기지가 않네요. 이 관계가 나를 망칠 거예요."

제이슨이 얼굴을 누그러뜨리더니 테이블 맞은편으로 손을 뻗어 내 손을 잡았다.

"레이첼, 그렇게 이야기하지 마. 강지나가 남자 친구하고 무슨 일이 있었든, 우리와 달라. 노 대표님께 우리가 서로를 정말 소중하게 생각한다고 말씀드리면 충분히 이해하실 거야. 오히려 우리를 위해 기뻐해주실 거야."

"우리를 위해 기뻐해준다고요?"

손을 빼면서 쏴붙였다.

"제이슨, 정신 좀 차려요. 오빠와 송규민은 규칙을 어겨도 봐주겠지만 나는 아니에요. 나는 발을 한 번만 헛디뎌도 아웃이라고요. DB 엔터테인먼트는 그동안 제일 잘나갔던 스타인 강지나도 쫓아내는 선에서 그치지 않았어요. 철저히 망가뜨렸죠. 그리고 뒤도 돌아보지 않는다고요. 고작 연습생인 나는 얼마나 내치기 쉬울지 상상해봐요!"

"제발, 레이첼. 그런 사람들 아닌 거 알잖아."

제이슨이 애원했다.

"단지 나랑 사귄다는 이유로 너한테 그런 짓을 하지 않을 거야."

제이슨을 바라보다가 깨달았다. 내가 무슨 말을 하든지 제이슨은 우리 둘의 처지가 다르다는 사실을 이해하지 못할 것이다. 제이슨은 언제나 DB 엔터테인먼트의 천사 소년이었지만, 나는 이 자리에 오기까지 치열하게 쟁취해야만 했다. 그런데 아직도 간신히 매달려 있는 느낌이었다. 깨끗하고 완벽한 회사의 명성에 먹칠을 할 수도 있는 나의 티끌을 발견하는 순간, DB 엔터테인먼트는 나를 단칼에 자를 게 뻔했다. 제이슨과 사귀는 일은 만회할 수 없는 나의 티끌이었다.

"제이슨, 이제 끝이에요."

테이블에서 일어나며 말했다.

"더 이상 못 하겠어요. 꿈을 이루기 위해 너무나 열심히 노력해왔기 때문에, 아무것도 내 앞길을 막게 내버려 둘 수가 없어요. 그게 당신이라도요."

제이슨이 나를 바라봤다. 충격에 빠진 표정이었다.

"네가 이렇게 심하게 과잉 반응하다니 믿을 수가 없어."

그의 말이 나의 가슴을 갈기갈기 찢었다. 제이슨이 무슨 말을 해주길 바랐는지 몰라도, 방금 한 그 말은 아니었다. 나는 뒤도 돌아보지 않고 포장마차를 나갔다. 제이슨이 날 부르는 소리가 들렸지만 신경 쓰지 않았다.

밖으로 나가서 마구 달렸다. 지하철을 탈 때까지 계속 달렸다. 숨이 턱까지 찼고 가슴이 미어졌다. 눈물을 삼키면서 울지 않으리라 마음먹었다. 나는 옳은 일을 한 것이다. 유진 언니를 떠올렸다. 언니가 위험을 무릅쓰면서까지 바이럴 영상을 만들 수 있도록 도와준 일과 입장이 난처해지더라도 끝까지 내 편을 들어준 일을 생각했다. 그리고 가족을 떠올렸다. 내가 우리 가족을 다시 한 번 실망시키게 할 수도 있었다는 사실과 지난 칠 년 동안 노력한 모든 것들을 내팽개칠 뻔했다는 사실을 생각했다. 너무나 부끄러웠다. 지금까지는 감정에 휩쓸려 행동했지만, 이제 정신을 차려야 했다. 몇 주만 있으면 DB 패밀리 투어 일정이 발표될 것이었다. 다시 궤도에 올라야만 했다. 여느 때보다도 온 정신을 집중할 작정이었다. 오로지 나만 생각하기로 했다. 트레이닝에 전념하면서 제이슨 리를 완전히 피할 것이다.

18

제이슨 리를 피하는 나의 작전은 간단했다. 복도에서 마주치면
뒤돌아 가기, 연습하는 동안 눈 마주치지 않기 그리고 가장 중요한
것은 이거였다. 아빠 체육관에 있는 펀치 백이 제이슨 얼굴이라고
상상하기. 꽤 효과가 있는 방법이었다. 지난 육 개월 동안 체육관
에서 보낸 시간을 합친 것보다 최근 오 일 동안 보낸 시간이 더 많
았다.

펀치를 세게 날렸다.

"윽!"

펀치 백이 아빠 배를 쳤고 아빠는 신음했다.

"조심해. 아빠가 이제 나이를 먹어서 예전 같지 않단다."

"미안해요, 아빠."

일 분쯤 쉬면서 얼굴에 땀을 닦고서는 재빨리 다시 펀치 자세로 돌아갔다.

"우리 좀 쉬는 게 어때? 갈비뼈 부러질까 봐 겁난다."

"제 갈비뼈는 괜찮아요."

"아니, 네 것 말고."

아빠가 씩 웃으며 바닥에 주저앉더니 이리 와 앉으라며 손으로 옆자리를 톡톡 쳤다. 지친 아빠는 앓는 소리를 냈다.

내가 아빠의 곁에 앉자 아빠가 입을 뗐다.

"그래, 무슨 고민 있니?"

고민이 한두 가지가 아니었지만, 아무것도 그리고 누구와도 말하고 싶지 않았다.

"아니요, 아빠. 다 괜찮아요."

아빠가 눈을 가늘게 뜨고 내 피곤한 표정과 억지 미소를 살폈다. 아빠는 순간 멈칫했지만 내 대답을 받아들이기로 한 것 같았다.

"알겠다. 네가 그렇게 말한다면."

"정말 괜찮아요. 이제… 아빠 근황을 이야기해보는 게 어때요?"

"사실 나는 할 말이 있지."

아빠가 후드 티 주머니에 손을 넣어 구겨진 하얀색 카드를 꺼내 건넸다. 궁금한 마음으로 카드를 받아 들고 천천히 펼쳐 봤다.

"로스쿨 졸업식 초대장이잖아요! 다음 주네요!"

"맞아. 네가 와줬으면 좋겠어."

고개를 끄덕였다. 아빠가 손을 뻗어 나를 끌어안자 눈가에 눈물이 고였다.

"레이첼, 우린 괜찮을 거야. 다 괜찮을 거야."

그 순간만큼은 나는 아빠의 말을 믿었다.

일주일이 지났고, 졸업식이 열렸다. 아빠가 무대 위로 걸어가 활짝 웃으며 로스쿨 학위증을 받는 모습을 보고 미소 지었다. 아빠는 나에게 손을 흔들었고, 나도 아빠에게 손을 흔들었다. 하지만 안타깝게도 아빠는 나를 볼 수 없었다. 아빠 눈에 보이는 건 그저 졸업식 현장을 촬영하고 있는 카메라였고, 나는 기내 와이파이 덕분에 졸업식 현장을 스트리밍으로 볼 수 있었다. 왜냐하면… 서프라이즈! 아빠가 나를 졸업식에 초대한 바로 다음 날, DB 엔터테인먼트가 〈Summer Heat〉 프로모션 투어를 위해 토론토에 가야 한다고 갑작스레 통보했기 때문이었다. 나는 제이슨, 미나와 함께 오일 동안 프로모션 투어를 하게 됐다. 제이슨과 오랜 시간 동안 붙어 있어야 한다는 생각에 가슴이 철렁 내려앉았다. 하지만 회사가 시키는 대로 하지 않으면 나를 데뷔시키지 않을 것이다.

미나는 자기 아버지 회사의 전용기로 떠나야 한다고 고집했다. 이 전용기는 레아와 내가 도쿄에 갈 때 탔던 제이슨의 전용기보다 호화스러웠다. 소파는 벨벳으로 뒤덮여 있었고, 모든 사람에게 회사 로고가 새겨진 두툼한 슬리퍼, 실크 안대, 무선 헤드폰이 제공됐다.

미나는 비행기 뒤편의 요가실에서 개인 요가 수업을 받고 있었다. 프로모션 투어에 동행한 한 이사는 와인 바에 앉아 메를로 와인 한 잔을 손에 들고 헤드폰을 쓴 채 아이패드를 두드리고 있었다. 나는 내 자리에서 등을 구부리고 앉아 테이블에 잔뜩 쌓여 있는 추가 점수 과제를 들여다보고 있었다. (다행히 이 주일간의 여름 방학 기간이었고 내가 추가 점수 과제를 하기로 한 덕분에 엄마가 프로모션 투어에 가는 걸 허락했다.) 보통 영어 과제는 식은 죽 먹기였지만, 이번 과제는 좀 어려웠다.

"셰익스피어 책을 집에 두고 올 순 없었던 거야?"

제이슨이 말했다.

제이슨은 내 옆자리에 앉아 초콜릿 수플레를 한입 가득 떠먹었다. 포장마차에 갔던 그 끔찍한 밤 이후로 제이슨은 내가 택한 '무슨 일이 있어도 피하기' 전략을 선택하지 않았다. 대신 그는 '무슨 일이 있어도 얼쩡대기' 전략을 택했다. 내가 사귀었던 남자, 그러니까 대형 카세트 플레이어를 들고 프롬포즈를 하던 다정하고 세심한 남자는 사라졌고, 두어 달 전에 연습생 숙소 밖에서 만났던 건방지고 비아냥대는 남자가 있었다.

제이슨을 무시하고 《맥베스》의 기나긴 독백에 눈길을 돌렸다.

"너는 극적인 스토리텔링을 좋아하는 것 같아."

제이슨이 계속 말했다.

"나는 항상 셰익스피어 극작품이 좀 지루하다고 생각했어. 등장인물들이 하는 말을 이해하긴 해? 아니면 이해하는 척하고 나중에 인터넷에서 다 찾아보는 거야?"

"제발 내가 집중할 수 있게 좀 내버려 두면 안 돼요?"

평정심을 잃고 쏴붙였다.

제이슨은 남은 초콜릿을 천천히 먹고는 스푼을 빈 그릇에 시끄럽게 떨어뜨렸다.

"아, 미안."

제이슨은 눈썹을 곤두세우며 놀라는 시늉을 했다.

"집중하려는 중이었어?"

제이슨 머리에 책을 집어 던지고 싶은 충동을 겨우 억눌렀다.

갑자기 제이슨이 멋쩍은 표정을 지었다.

"레이첼, 내가 정말로 미안⋯."

바로 그때 내 휴대폰에서 카카오톡 메시지 알림이 울렸고, 제이슨은 황급히 몸을 돌렸다. 제이슨을 무시할 구실이 생긴 데 안도하며 휴대폰을 집어 들었다. 화면을 내려다보니 아빠가 보낸 셀카가 도착해 있었다. 사진 속 아빠는 함박웃음을 지은 채 로스쿨 학위증을 들고 있었다.

아빠가 마침내 졸업했다!

가슴이 먹먹했다. 얼른 답장을 보냈다.

정말 자랑스러워요!

소파에 등을 기대고 앉았다. 졸업식에 참석할 수 있었다면 더좋았겠지만, 하트 모양 이모티콘을 보이는 대로 다 보내는 데 만족해야 했다. 아빠는 모든 하트를 받을 자격이 있었다. 아빠는 정말 열심히 노력했다. 졸업을 한 아빠가 엄마와 레아에게 비밀을 털어놓을지 아니면 취직이 될 때까지 비밀을 숨길지 궁금해졌다. 내가 아는 아빠의 성격이라면, 왠지 후자를 선택할 것 같았다.

휴대폰을 향해 다시 손을 뻗었다. 좋은 소식을 아카리와 나누고 싶었다. 하지만 메시지를 쓰기도 전에 손가락이 움츠러들었다. 트레이닝, 학교생활, 제이슨까지 이 모든 것들 사이에서 허덕이느라 몇 주 동안 아카리와 거의 대화를 하지 못했다. 얼마 전 아카리를 만났을 때는 마치 낯선 사람처럼 느껴지기도 했다.

지난 주말에 유진 언니가 나를 사무실로 불렀다. 먼저 와 있었던 아카리는 창틀에 놓인 화분에 물을 주는 중이었다. 바로 그 순간 내가 제일 하고 싶었던 일은 아카리와 함께 유진 언니 사무실 소파에 앉아서, 빼빼로 과자에 바나나 우유를 마시며 몇 시간이고 수다를 늘어놓는 것이었다. 우리가 어린 시절에 했던 것처럼 말이다. 도쿄, 제주도, 강지나, 제이슨, 심지어 롯데월드에서 만난 그 여학생들의 이야기까지 전부 하고 싶었다. 하지만 내가 입을 떼기도 전에 유진 언니가 나를 붙잡았다.

"네가 제이슨과 미나하고 함께 부른 노래가 무척 인기를 끌고 있어. 그래서 회사는 너희를 토론토에 보내 노래를 홍보하기로 했어! 해외 무대에 진출하는 거야!"

"와, 정말 좋은 소식이네요."

아카리가 입으로만 웃으며 말했다.

"정말 신나겠다."

"응, 신나."

나는 억지로 웃었다.

"정말 신나."

유진 언니에게 속마음을 털어놓을 수가 없었다. 언니는 기껏해야 제이슨이 커리어에 방해가 되지 않도록 현명하게 처신하라고 조언할 것이었다. 최악의 경우에는 언니가 직접 노 대표에게 가서 상황을 설명한 뒤 나를 방출시킬 수도 있었다. 그래서 나는 볼이 아프도록 웃으며, 유진 언니가 스파클링 라즈베리 주스가 담긴 잔을 들고 나를 위해 건배하는 동안 잠자코 있었다. 아카리와 함께 유진 언니 사무실에서 나온 후에야 겨우 얼굴에서 미소를 거둘 수 있었다.

아카리를 보며 입술을 깨물었다.

"아카리, 너한테 할 말이 있어."

아카리는 문 앞에서 머뭇거렸다.

"나 연습하러 다시 가야 하는데…."

아카리가 복도를 보면서 말했다.

"제발."

아카리에게 애원했다.

"나는 내 절친과 밀린 이야기를 할 시간이 필요하단 말이야. 널 위한 공짜 음식도 있을 텐데."

아카리가 나를 쳐다봤다. 입술에 옅은 미소가 어려 있었다.

"나는 공짜 음식이라면 절대로 거절하지 못하는 사람이 아니거든? 바보야."

턱 아래로 두 손을 모으고 초롱초롱한 눈망울로 아카리를 쳐다
봤다.

"알겠어, 알겠어."

아카리가 웃었다.

"그럼 십 분만! 나도 너한테 하고 싶은 말이 있…."

"레이첼 김!"

성큼성큼 다가오는 그레이스가 보였다.

"그 허벅지 안쪽 살을 조금이라도 뺄 준비를 하는 게 좋을 거야!
피팅 룸으로 가, 당장! 가는 길에 팔 벌려 뛰기 좀 하고."

다시 아카리를 쳐다봤다.

"미안, 나… 가야할 것 같아."

죄책감이 가득 묻어나는 목소리로 말했다.

"그래."

아카리가 무미건조하고 공허하게 대답했다.

"당연하지. 중요한 일을 해야 하니까."

"밤에 메시지로 얘기할까?"

머뭇거리며 물었지만 아카리는 벌써 저만치 걸어갔고, 내 말을
못 들은 것 같았다.

유진 언니 사무실에서 이야기를 나눈 이후로 우리는 서로 대화
를 하지 않았다. 휴대폰 화면을 쭉 내리며, 며칠 동안 내가 아카리

에게 보낸 메시지들을 봤다. 아카리는 답장을 하지 않았다. 나도 모르게 눈에 눈물이 차올랐다. DB 엔터테인먼트에 온 이후부터 아카리는 나의 가장 친한 친구였다. 우리 삶은 언제나 정신없이 바빴지만, 트레이닝 사이사이에 짬을 내서 밀린 이야기를 나눴고 밤새 메시지를 주고받았다. 요즘 특히 분주하긴 했지만 누군가 내 상황을 이해해줘야 한다면, 그건 바로 아카리였다. 하지만 〈Summer Heat〉 활동이 시작된 이후로 우리 사이에 벽이 세워진 것 같았고, 나는 그 이유를 알 수 없었다.

휴대폰이 다시 울렸고, 화면을 내려다봤다.

나도 사랑한다. 우리 딸.

"괜찮아?"

제이슨이 나를 쳐다보며 물었다.

그의 표정이 부드러워져 있었다. 내 기분의 변화를 알아차린 것 같았다. 제이슨에게 아빠 사진을 보여줄까 하고 고민했지만, 휴대폰을 들기도 전에 그가 말을 꺼냈다.

"《맥베스》는 복잡한 이야기가 아니야. 그냥 순진한 남자가 예쁜 여자한테 놀아나는 이야기지."

제이슨 얼굴에 상처를 받은 듯한 눈빛이 언뜻 스쳤지만, 금세 특유의 거만한 미소가 돌아왔다. 제이슨은 벌떡 일어나 비행기 반대편에 있는 플레이스테이션 게임기 쪽으로 걸어갔다. 나는 헤드폰을 쓰고 볼륨을 높여 〈Lemonade〉를 재생했다. 내가 미쳐버리기 전에 비욘세가 내 정신을 붙잡아주길 바라면서 말이다.

토론토에 도착할 때쯤 정신없이 머리 손질과 화장을 하고 의상을 갈아입었다.

"여기서 예정된 방송과 공연 스케줄을 모두 마치면 북쪽으로 이동해서 뮤직 페스티벌 공연을 할 거야."

한 이사가 스케줄을 말해줬다.

"이번 투어가 끝나면 캐나다 사람들 모두 너희 이름을 알게 되겠지."

"이미 우리 이름을 알걸요?"

제이슨이 자신만만하게 웃으며 말했다.

"그런데 이제는 우리 이름을 잊는 게 불가능하겠죠."

투어 넷째 날이었다. 우리 셋은 조명이 환하게 켜진 스튜디오에서 지역 방송의 아침 토크 쇼 촬영을 하고 있었다. 호스트는 미디어 트레이닝 수업을 떠올리게 만드는 중년 남자였다. 그와 똑같이 느끼하고 교활하게 보였는데, 다만 치아가 더 하얗고 선탠 스프레이를 뿌린 탓에 피부가 얼룩덜룩했다. 미나와 나는 가죽 재킷에 밀리터리 스커트 차림으로 스툴에 앉아 있었고, 제이슨은 같은 스타일의 밀리터리 팬츠에 블랙 티셔츠 차림으로 미나와 나 사이에 놓인 안락의자에 앉아 있었다. 카메라가 시시각각 우리를 비췄지만, 솔직히 말하면 나는 카메라를 거의 의식하지 못했다. 한 이사가 투어 내내 우리를 꼭 붙여 놓는 바람에 제이슨을 외면하는 데 모든 에너지를 쏟고 있었기 때문이거나 혹은 인터뷰어들이 나와 미나에게 끈덕지게 물어보는 특정한 질문들 때문이었다.

"미나, 레이첼."

토크 쇼 호스트가 실실 웃었다. 나는 인상을 찌푸리지 않기 위해 얼굴 근육을 다잡았다.

"공연 준비를 하면서 화장을 할 때 누가 더 오래 걸리나요?"

짜증스럽다는 표정을 짓고 싶었지만 겨우 참았다. 미나도 뻣뻣하게 구는 게 느껴졌다.

이번 주 스케줄 내내 불쾌한 일투성이였다. 팬과 전화 연결을 한 라디오 방송에서도 마찬가지였다.

"레이첼, 영어를 정말 잘하네요."

사람들이 말했다.

"정말 자랑스럽겠어요!"

"음… 저 미국 사람이에요."

공손하게 웃으면서 이야기했지만 속은 부글부글 끓었다. 이번 투어에서 '영어를 정말 잘하네요!'라는 말을 들을 때마다 일 달러씩 받았다면, 전용기를 살 만큼의 돈을 모았을 것이다.

그래도 이 사건들은 제이슨에게 흠뻑 빠진 매거진 기자와 가졌던 인터뷰보다는 나은 편이었다. 투어 첫째 날, 토론토 시내에 있는 포 시즌스 호텔의 DB 엔터테인먼트 스위트룸에서 인터뷰를 가졌다. 기자는 제이슨에게 홀딱 빠져서는 그가 어떻게 일약 스타덤에 오를 수 있었는지, 창의성을 유지하기 위해 스스로 어떤 노력을 하고 있는지 등 질문에 질문을 거듭했다. 한 이사가 살짝 끼어들어 나와 미나에게도 질문을 해달라고 부탁했다. 기자는 제이슨에게서 떨어지지 않는 눈길을 간신히 거두며, 우리에게 제이슨의 관심을 더 받으려고 서로 싸운 적이 있느냐는 질문을 했다….

아침 토크 쇼 호스트의 질문에 DB 엔터테인먼트가 미리 정해 준 답변으로 대답하려고 입을 뗐다. (그 대답은 '우리는 함께 화장하죠. 제일 친한 친구끼리는 다 그렇게 하잖아요!'였다.)

그때 제이슨이 내 다리에 손을 얹고 나에게 미소를 건넸다.

"괜찮으시면, 제가 이 질문에 대답을 할게요."

제이슨이 다시 호스트를 바라보며 말했다.

"정답은 바로… 저예요!"

호스트가 재미있다는 듯 하얀 치아를 빛내며 부담스럽게 웃었다.

제이슨이 말을 이어갔다.

"그룹에서 제일 손이 많이 가는 멤버는 확실히 저예요. 특히 피부 관리에 신경 쓰고 있죠."

제이슨이 거울을 보며 얼굴을 문지르는 흉내를 내자 호스트는 다시 웃음을 터뜨렸다. 하지만 재빨리 진지한 질문을 건넸다.

"제이슨, 고향에 돌아온 기분이 어때요?"

호스트가 엄숙한 표정을 지었다.

"평소보다 어머니 생각을 더 하게 되나요?"

기습 질문을 받은 제이슨이 놀라는 소리가 들렸다. 그간 만났던 인터뷰어들은 대개 제이슨 어머니 이야기를 꺼내지 않았다. 제이슨 표정을 보자마자 내 가슴이 먹먹해졌다. 무방비 상태로 있다가 당황한 표정이었다. 그 순간에는 음악실에서 자작곡을 불러주는 제이슨, 도쿄에서 돌아오는 비행기 안에서 내 손을 잡은 제이슨이었다. 하지만 제이슨은 재빨리 정신을 차렸고, 목을 가다듬은 뒤 활짝 웃었다. 내 마음도 다시 닫혔다.

"고향에 돌아와서 정말 기분이 좋아요."

제이슨이 노련하게 질문을 피하며 대답했다.

"이 세상에 토론토 같은 곳은 없어요. 더 머무르면 좋겠지만, 우리는 두 번째 투어 일정을 위해 곧 뉴욕으로 떠난답니다."

제이슨이 의미심장하게 나를 쳐다봤다.

"뉴욕도 우리에게 특별한 도시죠. 레이첼의 고향이거든요."

미나와 나는 고개를 휙 돌려 제이슨을 쳐다보면서, 충격을 받은 표정을 감추려고 애썼다. 뉴욕에 가게 될 것이라고 아무도 말해주지 않았다.

"정말 신나는 일이네요! 뉴욕 팬들도 여러분을 정말 만나고 싶어 할 겁니다. 팬들을 위한 깜짝 소식이네요!"

팬들에게만 놀라운 소식은 아니었다.

인터뷰가 끝난 후 한 이사가 우리에게 다가왔다.

"레이첼, 미나. 미국으로 출발하기 전에 추가 서류 작업을 하려면 너희 여권이 필요해."

한 이사가 사무적으로 말했고 나는 우두커니 서 있었다.

"여권이요?"

내가 천천히 말했다.

"그런데 아무도 우리한테 말… 악!"

미나가 구두로 내 발을 슬며시 밟았고, 나는 비명을 질렀다.

"아, 그래! 너희 노래 반응이 정말 좋아서 이번 투어에 다른 도시를 추가하기로 했어."

한 이사가 손을 비비며 말했다.

"세 사람이 정말로 인기가 좋아. 그래서 내일 브랜트우드 뮤직 페스티벌 공연이 끝나면, 우리는 뉴욕으로 날아간다."

제이슨이 미소를 지으며 한 이사와 주먹을 맞부딪쳤다.

"완전 기대돼요. 뉴욕에 안 간 지 오래된 것 같아요."

한 이사도 제이슨에게 미소로 화답했다. 그런데 나와 미나가 반응을 보이지 않자, 한 이사가 우리를 쳐다봤다. 그의 얼굴에 짜증스러운 기색이 스쳤다. 연습생이라면 무슨 일을 시키든지 불평하지 않는 게 불문율이었다. 또 모든 일에 감사해야 했다. 기나긴 연습, 복도에서 받는 벌, 엄격한 식단 관리까지 포함해서 말이다. 그러므로 뉴욕으로 떠나는 깜짝 일정은 더더욱 감사해야 하는 일이었다.

"설레지 않니? 이건 정말 좋은 소식이야."

미나는 할 말이 있는 듯 입을 뗐다가 얼른 다시 입을 다물었다. 그리고 활짝 웃으며 말했다.

"당연히 두근거리죠. 항상 뉴욕에 가고 싶었거든요!"

미나가 웃으며 손뼉을 쳤다.

"네가 좋아할 줄 알았어."

한 이사의 표정이 누그러졌고, 그는 미나와 함께 웃었다.

나도 미나와 제이슨처럼 기뻐해야 했다. 그런데 케이 팝 업계가 나에게 요구하는 것들만 모조리 생각났다. 세상을 반 바퀴 돌아 새로운 나라로 이사하는 것, 아빠 졸업식을 놓치는 것, 매일 하루종일 연습하는 것, 어떤 상황이든 끊임없이 웃어야 하는 것, 심지어 남자 친구와 헤어져야만 하는 순간에도 웃는 것. 설령 그 남자 친구가 나를 이해하고 내 삶의 방식을 존중하고 나와 같은 꿈을 꾼 유일한 사람이었더라도 말이다. 나는 오랫동안 고향에 돌아가는 상상을 해왔다. 그런데 지금은 뉴욕에 가는 사실은 안중에도 없었고, 그저 케이 팝 업계가 또 다른 요구를 하는 것으로만 보였다. 사전 공지도 없고 귀띔조차 받지 않고 대뜸 새로운 도시에 가는 일이 유쾌하지 않았다. 기뻐서 방방 뛰어야 했지만 내가 상상했던 것과 기분이 사뭇 달랐다. 사실 모든 게 그랬다.

세 사람 모두 내 쪽으로 고개를 돌렸다. 나는 재빨리 표정을 바꾸고 환한 미소를 지었다. 그리고 이 세 사람이 나의 가장 친한 친구라는 듯이 웃어 보였다.

"정말 굉장한 소식이네요. 꿈이 이뤄졌어요."

19

"구글에서 검색해봤는데, 브랜트우드는 토론토 북쪽에 있는 작고 고급스러운 휴양 도시래. 여름에 열리는 블루 마운틴 뮤직 페스티벌이 유명하대."

영상 통화를 하는 동안 레아가 브랜트우드에 대해 일러줬고 나는 앓는 소리를 내며 이를 닦았다. 어젯밤에 잠이 오지 않아서, 새벽 다섯 시쯤 잠에 드는 것을 포기하고 레아에게 영상 통화를 걸었다. 레아는 한 시간 내내 밀린 드라마 내용에 대해 설명하고 브랜트우드 정보를 찾아 읽어줬다.

"호텔에서 거기까지 가는 데 세 시간쯤 걸릴 거야."

레아가 명랑한 목소리로 종알댔다.

"제이슨 오빠랑 세 시간 동안 함께 차를 타다니! 언니, 정말 운이 좋다."

"응, 그래. 내가 운이 좋네."

물론 우리 둘 사이에 무슨 일이 있었는지 레아에게 말하지 않았다. 레아는 나와 제이슨이 자신을 당일치기 일본 여행에 데려간 절친한 친구 사이라고만 생각했다.

휴대폰을 들고 여행 가방이 놓인 곳으로 가서, 늘어난 추리닝 바지와 헐렁한 주황색 티셔츠를 꺼냈다.

"언니. 맙소사!"

휴대폰에서 레아의 고함이 터져 나왔다.

"뭐?"

"그거 집에서 빈둥거리면서 영화 볼 때 입는 티셔츠 아니야? 좀 더 예쁜 옷 입어!"

"뭐? 됐어! 괜찮아. 한 이사님이 차로 이동할 때는 편하게 입어도 된다고 했어."

내가 방어적으로 말했다.

"그리고 이 옷 정말 편해. 지난 나흘 내내 하이힐을 신고 꽉 끼는 치마를 입었단 말이야."

"알겠어."

레아가 미덥지 않다는 듯 대답했다.

레아가 자신을 가꾸는 일의 중요성에 대해 또다시 일장 연설을 할 기세였기에 재빨리 대화 주제를 바꿨다.

"그런데 너 오늘 에버랜드 안 갔어? 엄마가 학교 친구들이 널 초대했다고 말하던데."

레아가 눈을 옆으로 피하며 대답했다.

"아, 그럴 예정이었는데… 안 가게 됐어."

"그게 무슨 소리야?"

"음."

레아가 천천히 말했다.

"에버랜드 다녀와서 다들 우리 집에서 잘 계획이었는데, 친구들이 언니가 집에 없다는 걸 알고 그래서…."

레아가 말끝을 흐렸다.

"괜찮아! 언니 돌아오면 언니랑 같이 가도 되지?"

갑자기 목이 메었다. 눈물이 흐르는 것을 참느라 눈을 꼭 감고 대답했다.

"물론이지! 내가 집에 도착하자마자 같이 티익스프레스를 타러 가는 거야."

아니나 다를까 레아는 에버랜드에서 제일 좋아하는 놀이 기구에 대해 혼자 신나게 떠들었다. 몇 분 후, 엄마가 레아에게 전화를 끊고 숙제를 하라고 말하는 소리가 들렸다. 나는 통화를 마치고 아래층으로 내려가면서 나중에 차에서 먹을 생각으로 호텔 베개 위에 놓여 있던 웰컴 초콜릿 두 개를 챙겨 토트백 안에 넣었다.

호텔 로비로 향했다. 몇 미터 떨어진 곳에서 제이슨이 창가를 왔다 갔다 하며 통화하는 모습이 보였다. 제이슨이 로비에 나와 있지 않기를 바랐지만, 그도 잠을 자지 못한 것 같았다. 제이슨이 눈치채지 못하게 몰래 지나가려고 했는데, 의도치 않게 제이슨이 분노에 차 격렬하게 말하는 소리를 들었다. 나는 재빨리 커다란 화분 뒤에 쭈그리고 앉았다.

"이해가 안 돼요. 우리가 마지막으로 본 게 이 년 전이에요. 토론토 일정이 하루밖에 안 남았어요. 심지어 그때도 서울에 안 오셨잖아요. 아뇨. 일하셔야 하는 거 알아요…. 안다고요…. 그런데 오늘 밤이 여기서 보내는 마지막 밤이에요."

머뭇거렸다. 남의 대화를 엿들으면 안 되지만 지금 움직이면 제이슨이 나를 발견할 것 같았다. 이제 제이슨은 나와 불과 몇 센티미터 떨어진 곳에 서서 머리를 쓸어 넘기고 있었다.

"브랜트우드에 한 발짝도 들이지 않겠다는 게 무슨 말도 안 되는 소리예요? 여기서 어른 역할을 할 사람은 내가 아니잖아요? 됐어요…. 알겠어요. 이해했어요. 네, 끊어요."

제이슨은 전화를 끊더니 짜증이 가득 담긴 한숨을 짧게 내쉬었다. 통화 상대가 누구였든지 아침 여섯 시 삼십 분에 주고받는 대화치고는 너무 살벌했다. 커다란 바나나 잎이 얼굴을 찔렀고, 그제야 내가 아직도 화분 뒤에 숨어 있다는 걸 깨달았다. 엘리베이터를 타고 방으로 돌아가려고 황급히 돌아섰다. 그런데 제이슨이 갑자기 뒤를 돌아봤다. 하마터면 그와 또 부딪칠 뻔했다.

놀란 제이슨 눈이 커졌다.

"레이첼, 안녕. 여기에 얼마나 오래 있었던 거야?"

침을 꼴깍 삼켰다.

"음… 얼마 안 됐어요. 그냥… 잠이 안 와서요."

제이슨이 의심스러운 눈초리로 나를 바라봤다.

"그래."

아무것도 모른다는 표정으로 제이슨을 올려다봤다.

제이슨은 어깨를 으쓱하더니 몸을 조금 늘어뜨리고 말했다.

"응, 나도 그랬어. 나도 못 잤어."

제이슨은 부드러운 말투였지만, 전에 들어본 적 없는 날이 선 목소리였다. 제이슨은 다른 말을 하고 싶은 것처럼 입을 뗐다가 다시 입을 다물었다. 그리고 뒤로 물러나 주머니에 손을 찔러 넣었다. 마침 미나가 포니테일로 올려 묶은 머리를 찰랑거리며 로비에 들이닥쳤다. 미나는 로즈 골드 컬러의 메탈릭 배꼽티를 입고 호박 단추 귀걸이를 하고 있었다. 세 시간 동안 차를 타고 도시를 떠날 준비가 아니라, 파리에 가서 쇼핑을 할 준비를 한 것처럼 보였다. 나는 내 추리닝 바지를 내려다보며 한숨을 쉬었다. 레아가 옳았던 것 같다.

"잘됐다. 둘 다 여기에 있었네. 나는 준비 다 했어. 그리고 가는 길에 아침을 먹어야겠어. 이런 콘티넨털 호텔 조식을 먹으면 배가 아프거든."

미나는 로비를 쓱 둘러봤다.

"한 이사님은 어디 계셔?"

"저기 안내 데스크 옆에 계셔."

한 이사를 비롯한 스태프 몇몇이 오늘 공연에 필요한 것들을 준비하기 위해 모여 있는 곳을 가리키며 말했다.

"출발할 준비 다 됐다고 말씀드리자."

미나가 나를 보고 말했다.

"아니면 우리 아침으로 스크램블 먹어야 해. 정말이지 이 호텔 사람들은 달걀 조리법을 한 가지밖에 모르는 것 같다니까."

"나한테 더 좋은 생각이 있어."

제이슨이 말했다.

"우리끼리 차를 렌트해서 가자. 내가 한 이사님께 브랜트우드에서 만나자고 말씀드릴게."

미나와 나는 제이슨을 쳐다봤다.

"무슨 소리예요?"

내가 물었다.

"나 열받은 것 좀 식혀야 해."

제이슨이 머리를 마구 흔들며 말했다.

"음, 지금 농담이죠?"

미나가 물었다.

"우리끼리 돌아다니는 걸 허락할 것 같아요? 게다가 이미 우리가 탈 차를 한 이사님이 준비해놨어요."

"막 돌아다니는 게 아니야. 목적지에서 한 이사님을 만나는 거지."

제이슨이 카운터에 기대서 말했다.

"너희는 걱정이 너무 많아. 괜찮을 거야."

나는 제이슨의 천하태평한 말을 한두 번 들은 게 아니었다.

"공연 때 입을 의상은 어쩌고요? 어젯밤에 호텔 드라이클리닝 서비스에 맡겼는데 삼십 분은 지나야 찾으러 갈 수 있어요."

"그럼 내가 당장 한 이사님께 가서 물어볼게."

제이슨은 로비를 성큼성큼 가로질렀다. 미나와 나는 한 이사가 제이슨 어깨에 손을 올리고는 공감하듯 고개를 끄덕이는 모습을 지켜봤다.

제이슨이 빙긋 웃으며 돌아와 말했다.

"한 이사님이 괜찮대. 그리고 의상도 챙겨주시겠대. 나 차 렌트할 건데, 너희도 올 거야?"

"좋아요. 한 이사님이 괜찮다고 했으면 난 합류할게요."

미나가 먼저 대답했다.

로비 맞은편에서 한 이사가 우리를 향해 소리쳤다.

"레이첼, 미나! 우리랑 같이 가고 싶으면 DB 엔터테인먼트 차량에 자리가 남아 있어. 그리고 재현 트레이너가 이동하는 동안 연습할 수 있는 간단한 춤 동작을 몇 개 보냈어."

눈을 감고 각 선택지를 헤아려봤다. 제이슨이 운전하는 동안 지껄이는 헛소리와 미나가 내 옷차림을 두고 비아냥거리는 소리를 들으며 보내는 세 시간이 나을지 아니면 한 이사와 함께 미어터지는 차를 타고 다리 운동을 하며 보내는 세 시간이 나을지 고민했다.

"레이첼?"

제이슨 목소리에서 절박함이 느껴졌다.

지금 제이슨에게는 드라이브가 필요한 것 같았다. 누구와 통화했든 간에 그 사람이 제이슨을 흔들리게 만든 것이 틀림없었다. 잠시나마 자유로운 시간을 보내고 나면 제이슨이 공연 전에 다시 힘을 낼 수도 있다는 생각이 맴돌았다.

"좋아요. 나도 갈게요."

내가 눈을 뜨며 말했다.

"자, 가요."

"우리 에어컨 좀 켜면 안 돼요? 미친 듯이 덥잖아요."

미나가 이마에 맺힌 땀방울을 닦으며 짜증난다는 듯이 코를 찡그렸다.

"안 돼."

제이슨이 웃으며 말했다.

제이슨은 도요타 캠리의 창문 밖으로 한쪽 팔을 내밀었다. 호텔에서 급하게 빌릴 수 있는 차는 캠리뿐이었다. 운전대를 잡은 제이슨은 느긋해진 모습이었다. 제이슨이 이 순간을 그리워했다는 사실을 알 수 있었다. DB 엔터테인먼트에 소속된 스타들과 마찬가지로 제이슨 역시 어디에 가든지 다른 사람이 운전하는 차를 탔다. 한국에서는 직접 운전할 기회가 흔치 않았다.

"열려 있는 창문으로 들어오는 신선한 바람을 맞으면서 드라이브하는 것만큼 좋은 건 없지."

"아니요. 있어요. 바로 에어컨이요."

미나가 퉁명스럽게 말하고서는 백미러로 나를 봤다.

"이봐, 레이첼 공주님. 너도 지금 땀 흘리고 있는 거 다 알아."

대개는 더운 날씨보다 미나의 끊임없는 불평이 더 거슬리지만, 지금은 내 양팔이 좌석 등받이 시트에 달라붙을 지경이었다.

조심스럽게 시트에서 몸을 떼어내며 말했다.

"좀 덥네요."

제이슨이 한숨을 쉬더니 창문을 닫고 에어컨을 켰다.

"이제 행복해?"

"우리가 어디로 가는지 알면 더 행복할 것 같네요."

미나가 눈을 찡그리고 휴대폰을 보며 말했다.

"이 길이 아닌 것 같아요."

"긴장 풀어. 내가 직접 운전해서 다니던 길이야. 어디로 가야 하
는지 안다고."

북쪽으로 올라갈수록 길이 더 험해졌다. 도시를 벗어난 건 확실
했다. 제이슨이 갑자기 방향을 틀었고 차는 도로에서 벗어나 흙투
성이 길로 곧장 접어들었다.

미나가 제이슨의 팔을 붙잡으며 소리쳤다.

"지금 뭐 하는 짓이에요?"

"이 길 잘 안다니까. 여기가 지름길이야. 그냥 나를 믿어."

두 사람이 말싸움하는 데 끼고 싶지 않았다. 브랜트우드에 도착
하기만 한다면 문제가 될 건 없었다. 그저 오늘 밤에 열리는 공연
에 집중해야 했다. 눈을 감고 머릿속으로 안무를 되짚기 시작했다.
바로 그때 좌석 등받이가 내 등을 세게 쳤고 차가 휘청거리며 멈
춰 섰다.

번쩍 눈을 뜨며 말했다.

"왜 안 움직이지?"

타이어가 끼익 소리를 냈다. 먼지와 진흙이 마구 튀었지만 차는
꿈쩍도 하지 않았다.

"하. 꼼짝달싹도 못 하는 것 같네."

제이슨이 한숨을 쉬며 말했다.

'오, 안 돼, 안 돼, 안 돼.'

"정말이지 대단하네."

미나의 목소리에서 짜증이 뚝뚝 떨어졌다.

"괜찮아. 아빠가 이용하는 컨시어지 서비스를 해외에서도 부를 수 있거든. 그 사람들이 차를 견인해줄 거야."

미나가 휴대폰을 꺼냈다.

"맙소사. 휴대폰 신호가 안 잡혀."

미나 목소리는 짜증에서 공포로 바뀌었다.

나도 벌떡 일어나며 말했다.

"뭐라고? 내 휴대폰 확인해볼게."

토트백에서 휴대폰을 꺼냈지만 내 휴대폰 역시 신호가 잡히지 않았다. 심장이 터질 것 같았다. 견인차를 부를 수도 없었고, 한 이사에게 메시지를 보낼 수도 없었다. 갑자기 토할 것 같은 기분이 들었다. 제이슨이 다시 시동을 걸었지만 소용없었다.

제이슨은 손가락으로 운전대를 톡톡 치면서 골똘히 생각했다.

"좋아."

마침내 입을 뗀 제이슨이 시동을 껐다.

"진정하고 여기 가만히 있어. 내가 도움을 요청하고 올게."

"그게 무슨 말이에요? 우리 주변에 아무것도 없다고요!"

미나가 소리쳤다.

"몇 킬로미터 전에 주유소를 봤어. 거기에 우리를 도와줄 사람이 있을 거야."

"제이슨."

내가 침착하려고 애쓰며 말했다.

"도움을 요청하러 갈 시간 없어요. 출발해야 돼요. 당장이요."

"그러니까 더욱 빨리 가야겠네."

제이슨이 나에게 윙크하며 말했다.

"걱정하지 마. 여러분을 구해줄 흑기사가 금방 돌아올게."

"무슨 소리예요? 애초에 오빠 때문에 곤경에 빠졌다고요!"

도로로 걸어 나가는 제이슨 등 뒤에 대고 미나가 소리쳤다.

미나와 나는 차 안에서 숨 막히는 열기를 견디며 앉아 있었다.

"안 좋은 생각인 줄 알았어."

미나가 이를 악물고 말했다.

"대재앙이다."

미나는 차 밖으로 나가며 문을 꽝 닫았다.

나는 잠시 가만히 앉아서, 질식할 것 같은 차 안에 계속 있을지 아니면 미나와 밖에 서 있을지 고민했다. 질식하는 것보다는 미나와 함께 있는 것이 낫겠다는 판단을 내렸다. 사실 그다지 큰 차이는 없었지만 말이다.

나와 미나는 밖에 서서 도로를 응시했다. 물론 아무 대화도 나누지 않았다. 아침도 먹지 못한 내 배에서 꼬르륵 소리가 났다. 토트백 안을 뒤져 호텔에서 가져온 초콜릿을 꺼냈다. 조금 녹기는 했지만 먹을 만했다. 역시 이 초콜릿이 요긴하게 쓰일 줄 알았다. 내가 초콜릿 껍질을 벗기자 미나가 나를 뚫어지게 바라봤다.

미나를 바라보며 물었다.

"하나 줄까?"

"아니. 우리 둘 다 배고픈 상태로 서 있는데 나한테 먼저 먹어보라고 권하지 않다니, 너는 참 예의가 없다."

"내가 방금 물었잖아."

격분해서 대답했다.

"자."

초콜릿을 던지자, 미나가 반사 신경으로 초콜릿을 받았다.

"녹았잖아."

"알겠어. 그럼 다시 줘."

미나가 머뭇거리며 초콜릿을 살짝 움켜쥐었다.

"내가 안 먹으면 제이슨한테 줄 거야? 그럼 차라리 내가 먹으려고."

미나가 인상을 쓰며 중얼거렸다.

"다 제이슨 잘못이야. 그런데 아무도 제이슨을 탓하지 않겠지. 제이슨은 초콜릿을 먹을 자격도 없어."

웃음이 났다. 찌푸린 미나 얼굴을 보자, 레아가 드라마에서 좋아하는 등장인물이 죽을 때마다 짓는 표정이 떠올랐다.

"뭐?"

미나가 무뚝뚝하게 말했다.

"아무것도 아니야. 그냥, 네 말이 맞아. 제이슨은 안 혼날 거야.

오히려 사람들은 너무나도 자상한 제이슨이 손수 운전해 우리를
태우고 왔다면서 박수를 쳐줄걸?"

올라간 입꼬리를 내리며 대답했다.

"하."

미나가 콧방귀를 꼈다.

"내 말이. 사람들이 이 일을 알게 되면 우리한테는 무모했다며
욕하고, 제이슨한테는 공짜 차를 선물로 주면서 캐나다 관광업을
대표하는 새 얼굴이 돼달라고 할 거야."

미나가 멈칫했다. 나와 길게 대화하는 동안 나를 한 번도 모욕
하지 않은 사실이 스스로도 믿기지 않는 눈치였다.

"맞아. 우리를 대하는 방식과 제이슨을 대하는 방식은 하늘과
땅 차이야. 인터뷰어들도 마찬가지고. 화장하는 데 얼마나 오래 걸
리는지 물어보는 인터뷰어가 세상에 존재한다는 게 믿어지기나
하니?"

내가 대답했다.

"나만 그렇게 생각하는 줄 알았어!"

미나가 흥분을 주체하지 못하고 말을 쏟아냈다.

"제이슨한테 묻는 질문의 절반만큼이라도 흥미로운 질문을 우
리한테 해줄 수는 없나?"

"그렇지? 우리를 뉴욕에 보내는 방식도 문제가 있어. 뉴욕에 가
는 게 싫은 건 절대 아니지만 적어도 미리 말해줄 순 있었잖아. 다
음은 뭔데? 서프라이즈! 너희를 남극에 보내기로 했단다!"

"스틸레토 힐을 신고 가!"

"시종일관 웃는 게 좋을걸!"

우리는 함께 웃었다.

미나는 한숨을 쉬며 트렁크에 기대서서 팔짱을 꼈다.

"솔직히 이제 익숙해질 때도 됐는데."

멈칫했다. 드레스 리허설이 끝난 후 격분한 추민희 회장의 얼굴이 떠올랐다.

"네 가족 말하는 거야?"

"응."

미나는 나를 똑바로 바라보지 않으며 어깨를 으쓱했다.

"직접 결정할 필요 없다, 그냥 웃으면서 시키는 대로 해. 이게 우리 집 가훈이나 마찬가지거든. 이렇게 사는 일에 왜 아직도 새삼스럽게 놀라는지 모르겠어. 평생 이렇게 살아왔는데."

미나 뺨이 빨갛게 물들었다.

"가끔은 내가 어째서 아직도 시키는 대로 하고 있나 싶어."

"그래. 무슨 말인지 알겠다."

지난 몇 주를 돌이키며 생각에 잠겼다. 내 안에서 분노와 슬픔이 차곡차곡 쌓이고 있었다. 제이슨을 잃은 것, 아빠 졸업식을 놓친 것, 아카리와 더는 대화하지 못하게 된 것, 레아가 에버랜드에 못 간 것….

"데뷔를 하기 전에 도대체 얼마나 더 희생하라는 걸까? 온 가족이 나 때문에 뉴욕 생활을 뒤로하고 훌쩍 떠나왔어. 그리고 칠 년이 지났는데 아무것도 이뤄지지 않았어. 이제 엄마는 대학 입학으로 날 닦달하는데, 내가 얼마나 열심히 노력하든지 간에 엄마 성에 차지 않는 것 같아."

말끝을 흐렸다. 미나 눈을 바라보지 않으려고 땅을 쳐다봤다.

"우리 아빠랑 엄청 비슷한 것 같네."

미나와 내가 공통점이 많다는 사실을 깨달았다.

"맞아. 우리 엄마는 실망시키기 두려운 사람이야. 심지어 우리 아빠도 로스쿨에 다닌다고 이 년 동안 말하지 못했어. 아빠가 이번에 졸업했는데, 취직할 때까지 엄마한테 비밀을 지켜달라고 신신당부하더라고."

미나가 낮게 휘파람을 불었다.

"와우. 그래도 금방 취직하시겠다. 네 아빠가 레이첼 공주님만큼 성실하다면 분명 서울에서 제일가는 변호사가 되실 거야."

미나가 나를 보며 장난스러운 미소를 던졌고, 나도 모르게 웃음이 새어 나왔다. 미나가 나를 괴롭히는 것 이외의 목적으로 내 별명을 부르리라고는 생각지도 못했다.

"그나저나 제이슨이 죽은 것 같아 아니면 어디에 묶여 있는 것 같아?"

미나가 웃음과 한숨이 뒤섞인 목소리로 물었다.

미나는 손목시계를 봤다. 시계에 박혀 있는 루비가 태양 빛을 받아 반짝였다.

"제이슨이 빨리 오지 않으면 제시간에 도착하지 못할 거야."

그때 길 저편에서 경적이 울렸다. 고개를 들자 녹이 슨 하얀색 견인 트럭의 조수석에 앉아 있는 제이슨이 보였다.

"도와줄 사람을 데려왔어!"

제이슨이 창문 밖으로 고개를 내밀고 소리쳤다.

"드디어 왔네요. 우리가 여기서 죽는 게 아닐까 생각하던 참이었어요."

미나도 제이슨에게 소리쳤다.

견인 트럭에 연결되는 자동차를 지켜보는 동안 내 배에서 다시 꼬르륵 소리가 났다. 역시 초콜릿 한 조각으로 배고픔을 달래기는 역부족이었다.

"다시 차를 타고 출발하면 잠깐 어디 들러서 먹을 것 좀 살 수 있어요?"

제이슨 얼굴에 활기가 돌았다.

"그럴 필요 없어!"

제이슨이 견인 트럭으로 걸어가더니 트럭 기사에게 잠시 작업을 멈춰달라는 손짓을 했다. 그리고 앞 좌석으로 손을 뻗어 상자 두 박스를 꺼냈다.

"식량을 가져왔지."

"와, 신난다."

미나가 말했다.

"팽 오 쇼콜라에 에스프레소 한잔 마시고 싶어 죽겠어."

미나는 빨간색과 노란색으로 칠해진 박스 하나를 받아 들었다. 그러더니 서서히 경악스러운 표정을 보였다.

"내가 생각했던 게 아닌데?"

미나가 박스 안에 든 내용물을 마구 흔들며 나에게 물었다.

"이거… 도넛 구멍들이야?"

"당연히 아니지. 팀빗이라는 거야."

제이슨이 태평하게 웃으며 대답했다.

"팀빗이 뭔데요?"

미나가 역겹다는 듯 얼굴을 구기며 되물었다.

"캐나다의 별미지."

미나가 또다시 얼굴을 찌푸렸다.

나는 웃으면서 팀빗을 입 안에 던져 넣었다.

"왜? 그렇게 나쁘지 않아. 자."

미나에게 설탕과 크림이 두 스푼씩 들어간 커피를 내밀었다.

"너도 좋아할 거야."

"아닐 텐데."

"아, 맞다. 다 마시면 잊지 말고 컵 챙겨둬."

제이슨이 흥분해서 말했다.

"컵 가장자리 말린 부분을 펼쳐 보면 경품에 당첨됐는지 확인할
수 있거든."

미나는 못마땅하다는 눈치였지만 배에서 꼬르륵 소리가 나자
어쩔 수 없이 커피를 받아 들었다.

"너무 싸구려 맛이 난다."

미나가 몸을 떨며 말했다.

"자, 이걸로 입가심해."

제이슨이 박스를 내밀며 안에 든 팀빗들을 흔들었다.

미나는 설탕 가루를 뿌린 팀빗을 두 손가락으로 집어 들고 살짝

깨물었다.

"내가 이걸 먹고 있다니 믿을 수가 없네."

미나가 투덜댔다.

"나도 못 믿겠다. 동영상으로 찍어야겠어."

내가 말했다.

"그러기만 해봐."

미나가 팀빗을 마저 먹으며 말했다.

차는 흙투성이 길에서 다시 도로로 나왔고 우리는 빈 컵들을 트럭 기사가 준 봉지에 던져 넣었다.

"미나야, 남은 팀빗 먹을래?"

내가 물었다.

미나가 걸어오더니 상자 안을 들여다봤다.

"한두 개 더 먹을까?"

미나가 냉큼 대답한 다음 손에 냅킨을 들고 설탕 가루를 뿌린 팀빗과 설탕 시럽을 입힌 팀빗 몇 개를 챙겼다.

"단지 도로 여행에 대비하는 거야. 또 진흙 길에 빠질 수 있으니까."

내가 씩 웃었다.

"물론이지. 도로 여행에 대비해야지."

20

온타리오주 한복판에서 옴짝달싹 못 하고 있을 때는 커피와 설탕을 많이 먹어도 괜찮은 것 같았다. 하지만 브랜트우드에 도착할 즈음에는 심장이 튀어나올 듯 가슴이 쿵쾅거렸다. 내 옆에 앉은 미나도 온몸을 부르르 떨고 있었다.

차에서 내리자마자 한 이사가 무섭게 달려들었다.

"드디어 왔네! 너희한테 얼마나 많이 전화한 줄 알아?"

"이제 막 휴대폰 신호가 다시 잡혔어요."

제이슨이 미안한 목소리로 말했다.

"자, 서둘러 준비해라. 한 시간 뒤에 무대에 올라가야 해. 의상 가지고 있지?"

나는 제이슨을 보며 미간을 찌푸렸고, 제이슨은 다시 한 이사를 보며 미간을 찌푸렸다.

"이사님이 우리 의상 챙겨준다고 하지 않으셨어요?"

제이슨이 물었다.

한 이사가 제이슨을 응시하며 농담인지 진담인지 모르겠다는 표정을 지으며 대답했다.

"아니. 너희가 직접 의상을 챙길 수 있으면 차를 렌트해도 된다고 말했는데."

다들 충격에 빠져서 할 말을 잃고야 말았다.

제이슨과 한 이사를 번갈아 쳐다보던 미나의 얼굴빛이 점점 창백해졌다.

"그럼 우리 의상을 챙긴 사람이 아무도 없어요?"

한 이사가 절망스럽다는 듯 고개를 저었다.

"그런 것 같네."

"이럴 순 없어."

미나가 제이슨에게 다가갔다. 미나는 공포와 분노가 뒤섞여 일그러진 표정이었다.

"오빠 때문에 공연을 망쳤어요. 경박한 드라이브 계획 세우느라 정신이 팔려서 우리 의상에 신경도 쓰지 않은 거잖아요! 그 콩알만 한 뇌로 생각이라는 걸 하긴 해요?"

제이슨은 놀라서 입을 다물지 못했지만 아무 말도 하지 않았다. 그래도 부끄러워할 줄 아는 정도의 분별력은 있는 듯했다.

미나는 손으로 얼굴을 꽉 눌렀다. 그녀의 언성이 높아졌다.

"공연을 망쳤어. 맙소사. 우리 아빠가 뭐라고 하실까?"

"괜찮아. 방법을 생각해보자."

한 이사의 목소리에 자신감이 없었다.

공황에 빠진 미나의 눈에 눈물이 차올랐다. 미나는 떨리는 손으로 눈물을 닦았다.

"우리 아빠가 뭐라고 하실까요?"

미나가 울먹이며 속삭였다.

나는 입술을 깨물었다. 처음으로 미나가 자란 환경을 이해하게 됐고, 이 공연을 위해 할 수 있는 건 전부 해야 했다.

"걱정하지 마. 내가 다 준비했지."

토트백 속으로 손을 넣어 끈 달린 하이힐과 반짝이는 주황색 미니 드레스를 꺼내 보였다.

"연습생 숙소 사건 이후로 여분 의상을 항상 챙겨 다니거든."

농담도 건넸다.

미니 드레스를 내밀자 미나는 민망한 듯 얼굴을 붉혔다.

"자, 받아."

"너는 뭘 입을 건데?"

씩 웃으며 발레리나 턴을 선보였다.

"당연히 이 옷이지."

헐렁한 주황색 티셔츠를 잡아당기며 웃었다.

"적어도 의상 색깔은 맞췄잖아. 그게 중요하지. 안 그래?"

한 이사는 제이슨을 바라봤다. 제이슨은 상의와 하의 모두 검은색 옷을 입고 있었다.

제이슨이 바지를 들어 올려 주황색 양말을 보여주며 말했다.

"이러려고 그랬나 봐."

미나가 제이슨을 보며 콧방귀를 꼈다.

"내 부탁 하나만 들어줄래요? 나한테 말 걸지 마요."

한 이사는 비장한 표정으로 우리 셋을 보고 고개를 끄덕였다.

"괜찮겠다. 가자."

머리 손질과 화장을 마친 뒤, 바람을 쐬러 대기실에서 나와 주변을 거닐었다. 주위를 빙 둘러싼 산과 공연 장소 맞은편에 펼쳐진 거대한 호수를 눈에 담았다. 먼 길을 와야 했지만 마을 풍경은 정말 숨이 멎을 듯 아름다웠다.

"아이고! 그 사람들이 너를 제대로 안 먹이는구나!"

한국어로 말하는 소리가 뒤에서 들렸다. 깜짝 놀란 나는 소리가 들리는 쪽으로 몸을 돌렸다. 하지만 나에게 건네는 말이 아니라, 제이슨에게 하는 말이었다. 제이슨은 아주머니 세 명과 함께 서 있었다. 똑같이 꼬불꼬불한 파마머리를 한 아주머니들은 돌아가면서 제이슨을 껴안으며 얼굴을 어루만졌다. 내 시선을 느낀 듯 아주머니 한 명이 고개를 돌려 나를 쳐다봤다. 등산 바지에 네온 컬러의 경량 재킷과 조끼를 입은 그녀는 이제 막 등산을 마치고 돌아온 듯했다. 얼른 시선을 돌렸지만 이미 늦어버렸다. 아주머니는 내게 손짓했고, 나는 한발 뒤로 물러나며 방해하고 싶지 않다는 몸짓을 했다. 하지만 어느새 그녀는 내 옆으로 와서 손을 덥석 잡았다.

"안녕, 제이슨 친구! 뮤직비디오에서 봐서 너를 알아볼 수 있지.

이리 와. 가서 인사하자."

그녀가 나를 데려가며 말했다.

제이슨이 수줍게 웃었다.

"레이첼, 우리 이모들이야. 네가 만난 분은 채린 이모고, 이쪽은 새린 이모, 이분은 애린 이모야. 이모들, 레이첼이에요. 레이첼은 제…."

제이슨이 말끝을 흐리자 내 뺨이 발그레해졌다. 불편한 침묵이 흘렀다.

마침내 제이슨이 말을 이어갔다.

"같이 노래 부르는 사람. 레이첼은 나와 같이 노래를 부르는 사람이에요. 우리 트리오의 삼분의 일이죠."

우리가 어색하게 웃자 이모들이 서로 시선을 교환하며 눈썹을 씰룩였다. 왠지 민망한 기분이 들었다.

"공연 끝나고 우리하고 같이 저녁 먹을 거지?"

채린 이모가 다시 내 손을 잡으며 말했다.

정중하게 거절하려는 찰나 한 이사가 나타났다.

"제이슨, 레이첼! 다음이 너희 차례야."

제이슨이 이모들과 포옹을 했고 이모들은 관객석으로 향했다.

"저녁 식사에 안 와도 괜찮아."

제이슨이 무대로 걸어가며 말했다.

"아, 알겠어요."

"이모들은 나를 봐서 그냥 들뜨신 거야. 좀… 지나치게 반겨주실 때가 있지."

"네."

가슴을 옥죄는 느낌이 밀려왔다. 하지만 무대 뒤에 도착하자 그 느낌은 밀어내기로 했다.

미나가 내 주황색 미니 드레스를 입고 하이힐을 신은 채 빙글빙글 돌고 있었다. 미나는 나를 보고 미소 지었고 나도 미나에게 미소로 화답했다.

"좋아, 나의 스타들! 이제 DB 엔터테인먼트를 자랑스럽게 만들 시간이다!"

한 이사는 무대로 올라가는 우리 모두에게 행운을 빌어줬다.

조명이 꺼진 무대 위에서 제이슨이 노래 첫 소절을 무반주로 불렀다. 관객석이 쥐 죽은 듯 조용해졌다. 벨벳처럼 부드러운 제이슨의 목소리가 공연장 구석구석을 채우며 모든 관객을 매료시켰다. 스포트라이트가 켜지고 밴드 연주가 시작되자 무대는 조명과 음악으로 환히 빛났다. 우리 셋이 함께 후렴구를 부를 때 제이슨의 이모들이 맨 앞줄에서 춤추며 환호하는 모습이 보였다. 사실 이모들뿐만이 아니었다. 모든 관객이 신이 나서 야광 봉을 흔들며 우리의 이름을 외치고 있었다. 미나의 솔로 부분에 이르렀다. 미나는 전혀 힘들이지 않고 무대 위에서 미끄러지듯이 움직였다. 미나의 춤은 음악과 완벽하게 맞아떨어졌고, 미나의 목소리는 탄탄하고 허스키했다. 미나는 나에게 윙크하며 다가와 내 손을 잡아끈 다음, 어깨와 엉덩이를 살짝 흔드는 장난스러운 춤을 함께 추도록 리드

했다. 그러자 관객들이 열광했다. 오늘 받았던 스트레스가 스르르 녹아 없어졌다. 급조된 의상도 형편없게 느껴지지 않았다.

제이슨 이모들을 제외하면 관객들은 거의 백인이었지만 다들 공연을 마음껏 즐기고 있었으며 노래를 따라 부르고 있었다. 한국 어로 된 가사조차 따라 불렀다. 수많은 사람이 휴대폰으로 우리 공 연을 찍고 있었다. 처음으로 많은 카메라 앞에서 떨리지 않았다. 케이 팝을 사랑하는 이유가 기억이 났고 온몸 가득 온기가 퍼졌다. 나의 언어와 문화를 전 세계인과 공유하고, 더 나아가 전 세계인이 그 언어와 문화를 알고, 이해하고, 사랑하게 만들 수 있는 일이 얼 마나 특별한 것인지 생각했다. 투어가 시작된 이후 처음으로 마음 이 가볍고 자유로웠다. 내가 왜 이곳에 있는지, 왜 이 일을 사랑하 는지 떠올렸다.

마지막 소절에 다다랐을 때, 미나는 무대 건너편에 있었다. 미 나는 위풍당당하게 마지막 소절을 부르면서, 양팔을 벌리고 기다 리는 제이슨 품속으로 휘리릭 회전해 안기는 퍼포먼스를 선보였 다. 제이슨이 미나 허리를 잡으려고 팔을 뻗는 순간 미나가 신은 하이힐의 한쪽 굽이 흔들렸다. 무슨 상황인지 파악할 새도 없이 굽 은 부러지고 말았다. 미나는 휘청거리다가 양손으로 무대 바닥을 쓸며 넘어졌다. 모두 놀랐지만 미나는 순발력 있게 옆으로 데구루 루 굴러 멋지게 포즈를 취했고, 관객들은 다시 환호를 질렀다. 미 나는 곧장 일어난 다음 발을 차는 동작을 보여주며 하이힐을 벗어 던졌다. 미나는 계속 웃고 있었지만 눈에는 고통스러운 기색이 언 뜻 비쳤다. 함성을 지르는 관객들에게 고개 숙여 인사할 때 오른발을 무척 조심하는 게 보였다.

무대 뒤로 내려가자마자 미나가 달려들며 내 어깨를 밀쳤다.

"나쁜 년! 일부러 그랬지!"

"뭐?"

목구멍에서 숨이 턱 막혔다.

"나한테 망가진 하이힐을 줬잖아. 날 방해하려고 그런 거지!"

"아니야!"

충격에 빠진 채로 대답했다.

"미나야, 정말 미안해. 난 몰랐⋯."

미나가 다시 나를 밀쳤고, 나는 휘청거리며 뒤로 물러났다.

제이슨이 미나를 붙잡으며 말했다.

"미나야, 진정해."

"나한테서 꺼져!"

미나가 제이슨을 밀치며 으르렁댔다. 나를 쳐다보는 미나 눈에서 분노가 타오르고 있었다.

"네가 나한테 이런 짓을 할 줄 알았어야 했어."

"미나야, 괜찮아?"

한 이사가 달려와 미나를 부축하고는 급속도로 부어오르고 있는 미나 발목을 살폈다.

"심각해 보이는데."

미나가 얼굴을 찡그렸다. 고통 때문에 분노가 조금 사그라든 것 같았다.

"아… 아파요."

미나는 아픈 것을 도저히 인정하지 못하겠다는 듯이 마지못해 대답했다.

"괜찮아요. 얼음주머니만 있으면 돼요."

"병원에 가야겠다."

한 이사는 무거운 목소리로 말하고 미나를 문 쪽으로 이끌었다.

"아니요. 괜찮아요!"

미나는 계속 우겼다.

"그냥… 살살 걸으면서 좀 풀어주면 돼요."

미나는 허리를 세우고 걸으려고 했지만 오른발에 무게를 싣자 마자 바로 중심을 잃었다.

"병원에 가자. 당장."

한 이사가 단호하게 말했다.

미나가 부축을 받아 무대 출구 쪽으로 향했다. 미나는 마지막으로 다시 한 번 나를 노려봤다.

내 머릿속에서 온갖 생각이 소용돌이쳤다.

'나는 왜 그 구두를 미나한테 줬지? 오늘 아침에 구두를 가방에 넣기 전에 왜 확인을 안 했지? 왜 내가 신지 않았을까? 지금쯤 병원에 가는 사람은 나여야 했는데….'

절망의 늪으로 깊숙이 빠지기 직전에 제이슨 이모들이 무대 뒤편으로 와서 나와 제이슨을 힘껏 끌어안았다.

"정말 멋진 공연이었어!"

채린 이모가 말했다.

"저녁 먹으면서 두 사람을 축하해야겠다!"

"앗, 저 빼고 가세요."

제이슨을 쳐다봤지만 그는 내 눈을 피하고 있었다.

"가족끼리 오붓하게 보내는 시간을 방해하고 싶지 않아요."

"무슨 말도 안 되는 소리니."

애린 이모는 다이아몬드로 수놓인 샤넬 로고가 눈에 띄는 블랙
벨벳 머리띠를 매만지며 말했다.

"이번 기회에 두 사람에게 맛있는 음식을 먹여야겠다. 둘 다 뼈
밖에 없네!"

"게다가 내가 훌륭한 레스토랑을 알아."

새린 이모가 거들었다.

새린 이모는 아이패드로 나와 셀카를 찍었다.

"별 다섯 개짜리. 브랜트우드에서 제일 훌륭한 레스토랑이지."

전형적인 이모들의 야단법석에 완전히 걸려들었다. 제이슨 이
모들은 은근히 죄책감을 유발하는 말과 진심에서 우러나온 걱정
을 능수능란하게 섞어가며 말했다. 우리 집 친척 모임도 늘 이런
풍경이라는 사실이 떠올랐다.

제이슨을 쳐다봤다. 이번에는 제이슨도 나에게 눈을 맞췄다. 그
리고 어쩔 수 없다는 듯 어깨를 으쓱했다.

"우리 이모들이 먹으라고 하면."

제이슨이 멋쩍은 미소를 지으며 덧붙였다.

"먹는 것밖에 방법이 없어."

브랜트우드 시내는 내가 본 장소 중 가장 예쁜 곳이었다. 작은 돌들이 촘촘하게 박힌 길과 달콤한 진저브레드로 지은 과자 집 같은 건물들이 눈을 사로잡았다. 평범한 가게들조차 운치 있어서 마치 그림 동화책에서 그대로 튀어나온 동네 같았다. 채린 이모는 겨울이 되면 눈이 내려 이 모든 풍경이 동화 속 마법의 나라처럼 보인다고 설명했다. 제이슨의 이모들은 지나치는 사람들 대부분과 아는 사이였다. 레스토랑으로 걸어가는 내내 몇 미터마다 멈춰 서서 누굴 부르거나 누군가와 잠깐 대화를 나눴다.

레스토랑에 도착했을 때 애린 이모가 말했다.

"캐나다에서 제일 맛있는 시저 칵테일을 파는 곳이지. 이곳 시저가 특히 매콤해!"

제일 좋은 자리처럼 보이는 곳으로 안내를 받았다. 편안한 마호가니 식탁과 등받이가 높은 가죽 의자가 마련돼 있었다. 그리고 우리를 둘러싼 창밖에는 산이 내려다보이는 광활한 풍경이 펼쳐져 있었다. 브이아이피 서비스에 감명을 받은 나는 제이슨을 힐끗 쳐다봤는데, 그는 특별 대우를 인지조차 못 하고 있었다. 다시금 한바탕 짜증이 밀려왔다. 참 제이슨다운 반응이었다. 내가 눈을 흘겼고 마침 나를 쳐다본 제이슨이 혼란스러운 표정을 지었다.

"무슨 문제 있어?"

제이슨이 이모들에게서 몸을 살짝 떨어뜨리며 속삭였다.

"문제없어요. 나는 사랑이 넘치는 팬 서비스를 누리는 데 아직 익숙하지 않아서요."

제이슨이 나를 보며 미간을 찌푸렸다.

"뭘 모르고 하는 소리야."

이번에는 내가 혼란스러웠다.

"무슨 소리⋯."

웨이터가 화이트 와인을 들고 불쑥 나타났다.

"다들 뵙게 돼서 너무 좋네요!"

웨이터는 제이슨 이모들에게 인사하며 와인을 따랐다.

"타이밍도 좋고요. 와인 공급 업체에서 이제 막 와인들을 받았는데 여러분을 위해 이 와인을 따로 빼 뒀죠. 2001년산 빈티지 와인을 특별히 좋아하시잖아요."

새린 이모가 웃으며 와인 잔을 들어 올렸다.

"그럼요. 제일 좋은 것들은 모두 2001년에 만들어졌죠."

새린 이모가 제이슨에게 윙크했다.

제이슨 얼굴이 붉어졌다. 나는 제이슨이 2001년생이라는 사실이 생각나 혼자 미소 지었다.

"옳소!"

애린 이모가 맞장구치고는 와인을 한 모금 마셨다.

"이 와인 정말 굉장하네요."

"제일 좋은 것만 누리셔야죠."

웨이터가 무척 기뻐하며 말했다.

눈앞의 상황을 파악하려고 애썼다. 이곳 사람들은 제이슨 팬이 아니라 이모들 팬에 더 가까웠다. 제이슨 이모들도 유명한 사람일까?

"자, 레이첼."

주문을 마친 애린 이모가 물었다.

"제이슨과 일하니까 어때? 제이슨이 스포트라이트를 독차지하려고 하진 않니? 어렸을 때부터 사람들의 관심을 독차지하지 못하면 항상 울었거든."

"아, 진짜. 이모, 내가 언제 그랬어요?"

제이슨이 뺨을 붉혔다.

"우리 제이슨 잘생기지 않았니?"

채린 이모가 제이슨을 애정 어린 눈길로 바라보며 말했다. 그리고 나에게 다정하게 윙크했다.

"좋은 유전자를 물려받았지."

나는 예의 바른 미소를 지으며 대답했다.

"맞아요. 제이슨은 한국에서 정말 인기가 많아요."

새린 이모가 몸을 당기고 나를 쳐다봤다.

"레이첼, 네 이야기 좀 해보렴. 부모님은 무슨 일 하시니?"

"이모."

제이슨이 난처해했다.

"뭐 어때? 그냥 네 친구에 대해 잘 알고 싶은 거야."

머뭇거렸지만 이내 웃으며 우리 가족에 대한 이야기와 뉴욕에서 살았던 이야기를 했다. 그러던 중 음식이 나왔다. 몇 주 전에 제이슨 가족을 만났다면 꿈이 이뤄진 것처럼 좋았을 테지만, 이제는 제이슨을 잃게 된 사실만 되새기게 될 뿐이었다. 하지만 이모들은 사랑스러운 눈빛으로 우리 둘을 바라봤다.

"이러다 우리 버릇없어져요!"

웨이터가 특별 서비스로 티라미수 다섯 조각과 와인을 추가로 가져오자 새린 이모가 말했다.

"이씨 패밀리는 제일 좋은 것만 누려야 하니까요."

갑자기 퍼즐 조각들이 맞춰졌다. 이씨 패밀리. 조금 전에 길거리를 걸으면서 지나쳤던 그림 같은 가게들을 떠올렸다. 리 약국, 리 식료품, 리 세탁소…. 레스토랑에서 받고 있는 특별 대우, 제이슨 이모들이 마주치는 사람들과 나눴던 인사…. 이모들은 제이슨 엄마와 자매 사이이다. 그리고 알려진 것처럼 제이슨은 엄마가 돌아가신 뒤 엄마의 성을 따랐다. 즉, 이모들도 이씨 성을 가지고 있다.

제이슨에게 몸을 돌리고 목소리를 낮췄다.

"외가가 이 마을을 소유하고 있거나 뭐, 그런 거예요?"

이 어이없는 질문에 제이슨이 웃음을 터뜨릴 것이라고 반쯤 기대했다.

"아니."

"아, 그렇죠? 미안해요. 그냥 내 생각…."

제이슨이 나를 쳐다보며 한숨을 쉬었다.

"네가 상관할 바는 아니지만 굳이 알고 싶다면, 마을 전체는 아니고 그냥… 대부분을 소유했지."

입이 다물어지지 않았다.

"정말이에요? 그런데 어떻게 한 번도….''

"건배!"

채린 이모가 내 말을 자르며 잔을 들었다.

"제이슨, 레이첼, 그리고 환상적인 공연을 위하여!"

채린 이모 눈가가 촉촉해졌다.

"네 엄마가 너를 무척 자랑스러워했을 거야. 제이슨."

"이런, 이런. 분위기 깨기는. 울지 마."

애린 이모가 채린 이모의 잔을 빼앗으며 말했다.

"너무 많이 마셨다. 울려고 하네."

"그래, 그렇네."

채린 이모가 눈물을 훔치며 말했다.

"건배!"

새린 이모가 나를 보고 미소 지었다.

"레이첼, 우리를 보러 언제든지 놀러 와."

제이슨과 나도 잔을 들었다. 제이슨 눈에도 눈물이 어려 있었다.

"건배!"

스태프들이 투어 밴에 짐을 싣는 동안 제이슨과 나는 무대 뒤편 계단에 조용히 앉아 있었다. 이모들이 차에서 먹을 간식을 챙겨 가라고 하는 바람에, 우리 둘 다 레스토랑에서 먹고 남은 음식이 잔뜩 담긴 봉지를 들고 있었다.

제이슨에게 브랜트우드와 그의 가족에 대해 더 묻고 싶었지만 물어보지 않았다. 제이슨도 아무 말이 없었다. 저녁 식사 후에 서로에게 거리를 두려고 애쓰고 있었다.

"미나가 병원에서 돌아왔네."

제이슨이 일어나며 말했다.

한 이사가 걸어왔고 미나가 목발을 짚고 천천히 뒤따라왔다. 두 사람을 마중하러 뛰어가는데 심장이 내려앉았다.

"미나가 발목을 접질렸어."

한 이사는 피곤한 목소리로 말했다.

"그래서 미나는 뉴욕 투어 일정에 참여할 수 없을 거야. 미나는 오늘 밤에 한국으로 돌아가 쉬게 될 거고."

한 이사는 스태프들에게 지시를 내리기 위해 자리를 떠났다. 미나가 천천히 고개를 돌려 나를 쳐다봤다. 두 눈은 분노의 눈물로 반짝이고 있었다.

"네가 원한 걸 얻었길 바랄게."

미나 말이 망치처럼 내 가슴을 때렸다. 어떻게 이 모든 일이 내가 의도한 바라고 생각할 수 있을까?

"미나야, 내가 절대 고의로⋯."

그때 미나 휴대폰이 울렸고 나는 말을 멈췄다. 미나는 처음에 전화를 받지 않으려고 했지만, 전화가 울리고, 울리고, 또 울렸고, 결국 체념한 듯 전화를 받았다. 미나가 무슨 말을 꺼내기도 전에 추민희 회장의 고함이 수화기 너머로 새어 나왔다.

"수치스럽다. 완전히 수치스러워! 혼자 넘어지지 않고 노래 한 곡도 못 끝내? 너무 멍청한 거 아니야? 이 정도로 망신스러운 일은 네가 멍청하다는 것 말고 설명이 안 되니까! 너는 추씨 가문 사람이 아니다. 내 딸이 아니야."

미나는 듣기만 하면서 고개를 무겁게 떨궜다. 미나 얼굴 위로 눈물이 줄줄 흘렀다. 나와 제이슨은 괜스레 다른 곳을 쳐다봤지만 속으로는 가슴이 미어졌다. 마침내 통화를 끝낸 미나는 휴대폰을 끄고 가방 깊숙이 처박았다. 그리고 눈을 빠르게 깜빡이며 눈물을 거뒀다.

"미나야."

다시 용기를 내서 미나를 불렀지만 부질없었다. 미나는 턱을 치켜들고 나를 완전히 무시한 채, 몸을 휙 돌려 투어 밴을 타러 갔다.

내가 미나를 뒤따라가자 제이슨이 말했다.

"나랑 같이 렌터카를 타고 가도 돼. 미나하고 어느 정도 거리를 두고 싶으면 말이야."

멈칫했다. 솔깃한 제안이긴 했다. 하지만 지금 제이슨은 예측 불가능했다. 내 삶은 이미 예측 불가능한 것투성이었기에 예상치 못하는 일들을 더 감당할 수 없었다. 미나는 나를 증오할 것이다. 미나와 있으면 적어도 무슨 일이 벌어질지 정확히 예측할 수 있었다.

"고마워요. 그런데 나 밴 타고 갈게요. 토론토에서 다시 봐요."

"알겠어."

제이슨이 고개를 끄덕이며 손을 흔들었다.

"이따 봐."

밴들이 세워져 있는 쪽으로 걸어가 밴에 올라탔다. 그리고 안전 벨트를 매려고 몸을 돌렸다. 창밖에는 아직도 그 자리에 서서 나를 지켜보는 제이슨이 있었다.

21

"여기가 뭐가 그리 대단하다는 거야?"

제이슨이 물었다.

베데스다 분수에 걸터앉은 우리는 뺨이 맞닿을 정도로 가까이 있었다. 물의 천사 조각상 위에 앉아 있는 비둘기들이 우리를 흥미롭게 바라보고 있었다.

"음… 이 분수는 센트럴 파크에 있는 아름다운 역사적 명소예요."

한쪽 팔로 제이슨 어깨를 감싸 안았다.

"또 인스타그램에 올릴 사진을 찍기에도 완벽한 곳이죠. 셀카를 찍기 전에 물에 비친 자기 모습을 확인할 수 있거든요. 자, 치즈!"

휴대폰을 꺼내서 분수대에 앉아 있는 우리 두 사람의 셀카를 찍었다.

"컷!"

제이슨과 내가 움직이지 않고 그대로 앉아 있는 동안 감독과 촬영 팀이 카메라 각도를 조정했다.

"다시 한 번 갑시다, 여러분! 그리고 이번에는 제이슨 얼굴을 더 가까이 잡으세요. 잘 먹히는 걸로 가야죠."

나는 휴대폰을 내리며 얼굴을 찌푸렸다.

뉴욕에 도착한 당일인 데다가 아직 열두 시밖에 안 됐는데, 벌써 여덟 시간째 카메라 앞에 있었다. DB 엔터테인먼트가 갑작스럽게 필요하다고 결정한 투어 홍보 영상을 촬영하기 위해서였다. 내가 뉴욕에서 제일 좋아하는 장소를 제이슨에게 소개해주는 내용이었다. 물론 내가 진짜 좋아하는 장소는 단 한 군데도 포함되지 않았다. 온종일 짜인 각본대로 움직였다. 장소 선정부터 해야 하는 말까지 모두 정해져 있었다. 피로와 허기 사이에서 허덕이는 오늘 하루의 유일한 장점을 꼽자면, 카메라 앞에서 긴장할 기운조차 없다는 것이었다.

"여자애 브런치 의상으로 갈아입혀."

감독이 외쳤다.

의상을 또 갈아입어야 한다는 생각에 아찔했다. 장소를 이동할 때마다 머리 손질과 화장을 새로 받아야 했다. 세심하게 스타일링한 의상을 입는 일이라면 나도 무척 좋아하지만, 그래도 이건 해도 해도 너무했다. 반면 제이슨은 온종일 똑같은 청바지 차림이었고 선글라스만 바꿔 착용했다. 또 에비에이터 룩에 묶어 올린 머리가 나을지 땋아 내린 머리가 나을지를 이십 분 동안 입씨름하는 스태프에게 시달릴 필요도 없었다. 스태프들이 내 머리를 곱슬곱슬하게 연출하고 아이스 블루 랩 드레스("가벼운 브런치 의상으로 딱이지!")를 입힌 다음 내가 어렸을 때 제일 좋아했던 식당이라고 설정된 곳으로 데려갔다. 어떻게 발음해야 할지조차 헷갈리는 이름을 가진 고급스러운 프렌치 레스토랑이었다.

"메뉴판을 오랫동안 쳐다본 다음에 어니언 수프를 골라야 한다."

감독이 나를 보며 지시했다.

"제이슨은 아무거나 시켜요. 액션!"

메뉴판을 바라봤다. 와플에 오리 구이를 올린 덕 콩피 와플이 훨씬 맛있을 텐데…. 사실 내가 좋아하는 가게는 〈이상한 나라의 앨리스〉 콘셉트로 꾸며진 멋지고 오래된 찻집 '앨리스의 티컵'이었다. 레아와 나의 생일을 기념할 때 가던 곳이었다. 그곳에서 새끼손가락을 든 채 차를 마시고 스콘을 곁들여 먹으면 마치 공주가 된 기분이 들었다. 요즘에는 너무 바빠서 피곤한 마음을 제외한 다른 감정을 느낄 여유가 없었지만, 갑자기 가슴 저릿한 그리움이 밀려와 정신이 아찔했다. 나는 자세를 다잡고 앉아 공연히 메뉴판을 오랫동안 살펴보는 시늉을 했다. 그새 제이슨은 덕 콩피 와플을 주문했다. 제이슨에게 한 입만 달라고 부탁하고 싶었지만, 브랜트우드에서 저녁 식사를 한 이후로 우리 사이에는 여느 때보다 어색한 기류가 흘렀기 때문에 그럴 수 없었다. 감독은 나에게 얼른 대사를 말하라는 손짓을 했다.

잔을 들어 올리고 웃으며 말했다.

"건배!"

제이슨과 잔을 부딪칠 때 어색함 때문에 그와 오래 눈을 맞추기가 어려웠다. 그런데 하필 꼬르륵 소리가 요란하게 나고야 말았다. 제이슨이 코웃음을 치며 웃었다. 당장이라도 제이슨에게 어니언수프를 부어버리고 싶은 마음을 들킬까 봐 재빨리 시선을 돌렸다. 그리고는 음료를 한 모금 홀짝였다. 내 잔에 담긴 음료의 맛도 구분되지 않았다. 핑크 레모네이드인가? 포도 주스인가?

"잘 먹겠습니다."

제이슨이 말했다.

하지만 와플을 벌써 절반이나 먹어 치운 상태였다.

"프랑스 사람처럼 말해야죠."

내가 카메라를 보고 웃으며 도도하게 말했다.

"본 에퍼티!"

스푼이 내 입술에 닿기도 전에 감독이 소리를 질렀다.

"컷! 완벽해. 다음 장소로 이동합시다."

"저 아직 먹지도 않았는데요."

눈을 깜빡이며 말했다.

"포장해달라고 할 거야."

감독이 건성으로 대답했다.

"빨리빨리 움직여야 해. 오늘 안에 촬영 끝내려면."

감독은 어시스턴트에게 몸을 돌렸다.

"여자애한테 다른 의상 입힐 수 있어?"

슬픈 표정으로 수프를 내려다봤다.

제이슨이 걱정스러운 표정으로 나를 보더니 덕 콩피 와플이 담긴 접시를 내 쪽으로 밀며 말했다.

"자, 남은 거 먹어."

제이슨과 옥신각신하기에는 너무 배가 고팠다. 접시를 냉큼 받았고 맛을 음미할 여유도 없이 와플을 허겁지겁 씹어 삼켰다.

다시 정신을 차려보니 피부에 딱 달라붙는 가죽 바지를 입고 스틸레토 힐을 신은 채로 타임스 스퀘어 한복판에 놓여 있었다. 태양이 너무 강렬해서 정수리를 만지면 손가락이 데일 지경이었다. 뉴욕에서 가장 붐비는 장소에 가는데 가죽 바지에 스틸레토 힐이 적절하다고 생각한 사람이 누구든지 간에 심각하게 패션 감각을 의심해야 한다.

한 무리의 여자아이들이 몇 미터 떨어진 곳에 멈춰 섰다. 숨이 넘어갈 기세로 휴대폰을 찾더니 우리 사진을 찍었다.

"맙소사. 넥스트 보이즈의 제이슨 리다!"

"아, 그런데 그 레이첼 김인가 하는 여자랑 같이 있어."

여자아이 한 명이 나를 노려봤다.

"한국은 성형 수술 기술이 유명하지 않나? 나라면 얼굴을 완전히 뜯어고칠 텐데."

온종일 제이슨 팬들이 따라다녔다. 한 사람이 우리를 발견하고 SNS에 위치를 올리면 수많은 사람이 예상치 못한 곳에서 마구 튀어나와 제이슨을 보고 야단법석을 피웠다. 롯데월드의 악몽이 다시 떠올랐다. 다리에서는 땀이 줄줄 흘렀지만 카메라가 계속 돌아가고 있었기 때문에 계속 웃는 표정을 유지할 수밖에 없었다.

감독은 타임스 스퀘어 한복판을 누비며 우리를 여기저기 끌고 다니다가, 빨간색 TKTS 부스 계단의 맨 아래 줄에 앉게 했다. 그리고 나에게 대사를 시작하라는 손짓을 했다. 내가 뉴욕에서 제일 좋아하는 장소가 바로 여기고, 이곳에서 유명 케이 팝 스타가 될 미래를 상상하곤 했다는 대사였다. (당연히 사실이 아니다. 게다가 정신 건강을 소중히 여기는 진짜 뉴요커라면 타임스 스퀘어에는 오지 않으려고 할 것이다.) 할랄 음식을 파는 가판대를 지나칠 때는 지글거리는 고기 냄새에 정신을 잃을 뻔했다. 뉴욕에서 살 때 부모님이 금요일 밤마다 아파트에서 두 블록 떨어진 곳에서 파는 샤와르마와 팔라펠을 사주시곤 했다. 부모님은 할랄 음식을 팔던 청년 역시 자신들처럼 더 나은 삶을 찾아 미국에 왔다고 말했다. 할랄 음식은 언제나 맛있었다. 부드러우면서도 쫄깃쫄깃한 피타 빵, 석쇠에 구운 닭고기, 그리고 시원하고 새콤한 차지키 소스….

눈을 떠보니 제이슨 팔에 감싸인 채 그의 가슴에 뺨을 대고 있었다. 눈을 깜빡였다. 무슨 일이 있었던 걸까?

"괜찮아?"

제이슨 얼굴에 걱정스러운 기색이 가득했다.

"네가 휘청휘청했어. 금방이라도 쓰러질 것 같더라."

"내가요?"

내리쬐는 햇빛 때문에 눈을 가늘게 뜨고 손으로 이마를 짚었다. 머리가 어지러웠다.

제이슨이 촬영 팀을 매섭게 쳐다보며 화를 냈다.

"촬영 멈춰요! 레이첼이 지금 쉬어야 하는 상태인 거 안 보여요?"

"하지만 일정이 빡빡해요."

감독이 다음 촬영 내용이 적힌 종이를 훑어보며 말했다.

"일정이 빡빡해도 상관없어요."

제이슨이 쏴붙였다.

"내가 쉬고 싶다고 말했다면 촬영을 바로 중단했을 거잖아요."

감독이 고개를 홱 들었다.

"제이슨 괜찮아요? 쉬고 싶어요? 여러분, 휴식! 제이슨을 위해서 휴식합니다. 제이슨한테 물 좀 줄래요?"

제이슨이 머리를 마구 흔들었다.

"아니, 뭐라고요? 이게 바로 내가 말한 거예요. 이 영상의 주인공이 밥도 못 먹고 물도 못 마셔서 쓰러지기 직전이에요. 그런데도 지금 나를 더 신경 쓰잖아요."

"왜냐하면 제이슨 리니까요. 최고의 스타…."

"있잖아요."

제이슨이 감독의 말을 잘랐다.

"맞아요. 나는 제이슨 리죠. 그리고 오늘 남은 일정은 취소하기로 내가 결정했어요."

제이슨은 의상들이 걸려 있는 옷걸이에서 티셔츠와 트레이닝 바지, 운동화를 챙긴 다음 나를 이끌고 촬영 팀이 있는 곳을 벗어났다. 팬들이 휴대폰을 들고 소란을 피웠다. 스냅챗에 모든 대화 내용과 장면이 올라올 게 분명했지만 개의치 않았다. 지난주 내내 카메라 앞에서 너무 많은 시간을 보낸 탓에, 오늘은 카메라들이 있다는 사실조차 거의 인지하지 못했다는 사실을 깨달았다.

"이리 와."

제이슨이 손을 내밀며 웃었다.

그리고 세상에서 가장 아름다운 세 단어를 내뱉었다.

"점심 먹으러 가자."

매디슨 스퀘어 파크 옆에 세워둔 우버 안에서 두 다리를 바짝 끌어당기고 앉아 쉑쉑버거를 두 개째 먹기 시작했다. 이제야 겨우 살 것 같다는 생각이 들었고 안도의 한숨이 나왔다. 내 옆에 앉은 제이슨은 창문을 열고 유별나게 뚱뚱한 다람쥐들에게 프렌치프라이를 던져주는 관광객들의 모습을 찍고 있었다.

"음… 뉴욕에 다시 오니 어때?"

허기를 달래고 나니, 포장마차에 갔던 밤 이후 처음으로 단둘이 있다는 사실이 실감 나는 듯했다. 우리 둘 모두 그랬다.

"이상해요."

머뭇거리다가 솔직하게 말했다.

다른 어떤 말을 꺼내야 할지 알 수 없었다. 다시 햄버거를 한 입 먹었다. 마음속에 그리움이 그늘을 드리우고 있었다. 제이슨이 고개를 끄덕였다. 그는 공원 이쪽저쪽으로 눈길을 던지면서도 내가 앉아 있는 쪽은 쳐다보지 않으려고 했다.

"어떤 면에서?"

제이슨의 질문에 한숨이 나왔다. 뉴욕에 돌아오니 한국으로 가기 전과 후에 나와 우리 가족의 상황이 얼마나 달라졌는지 더 확실해졌다.

"글쎄요. 모든 면에서요."

휴대폰을 꺼내 아빠의 로스쿨 졸업식 사진을 보여줬다.

"이번에 아빠가 로스쿨을 졸업했어요. 우리 가족 중에서 나밖에 몰라요. 아빠는 성공할 수 있다는 확신이 들 때까지 비밀로 하고 싶어 하거든요."

화면 속 아빠는 웃고 있었다.

"그 마음을 이해해요. 나도 압박감에 시달려요. 지금 하고 있는 일이 제대로 풀리지 않으면 트레이닝에 쏟은 모든 시간이 부질없어지잖아요. 그런 일이 진짜 일어나는 건 아닌지 너무 무서워요."

다시 침묵했다. 제이슨은 조금 놀라워했지만 곧 이해한다는 듯 고개를 끄덕였다.

"맞아. 나도 압박감을 느껴."

살짝 웃을 생각이었는데, 나도 모르게 비아냥거리는 목소리가 불쑥 튀어나왔다.

"오빠의 애정 넘치는 팬들과 사랑스러운 감독님은 그렇게 생각 안 할 것 같은데요."

제이슨은 손가락으로 머리카락을 쓸어 넘기며 생각에 잠겼다.

"밖에서 보는 시선이 어떤지 알아. 그런데 데뷔를 해야 한다는 압박감 때문에 지금 네가 얼마나 열심히 노력하는지 생각해봐. 그 압박감은 데뷔하고 나면 훨씬 커져."

말문이 턱 막혔다.

"데뷔할 수 있을지 걱정하느라 막상 데뷔하고 난 다음의 일은 별로 생각 안 해본 것 같아요. 만약 데뷔를 한다면 말이에요."

"할 거야."

제이슨이 내 눈을 똑바로 바라보며 말했다.

"그리고 네가 콘서트를 할 때마다 널 응원하기 위해 온 가족이 올 거야. 레아가 반드시 그렇게 할 테니까. 내가 장담해."

제이슨이 활짝 웃었다.

"사돈 남 말 하시네요! 오빠 이모들도 레아와 막상막하예요!"

제이슨은 또다시 웃었지만 이번에는 조금 씁쓸해 보이는 미소였다.

"맞아. 참, 저녁 식사 일은 미안해. 이모들이 부담스러울 때가 있지. 특히 아름다운 소녀와 함께 있을 때."

가슴속에서 익숙한 떨림이 일어났다. 하지만 애써 떨림을 외면했다.

"토론토에 가니까 어땠어요?"

"이상했어. 이모들을 사랑하지만 이제 집에 거의 안 가. 그냥 그러기가… 어렵거든."

꼬치꼬치 캐묻고 싶지 않았다. 하지만 우리가 너무나 당연하게 진솔한 대화에 빠져들었던 때가 그리웠다.

"엄마 때문에요?"

제이슨은 나를 바라보더니 보일 듯 말 듯 어깨를 으쓱했다.

"맞아. 그리고 또."

제이슨이 뜸을 들였다.

"우리가 캐나다에 있었을 때, 우리 아빠가 날 보러 오지 않은 거 너도 눈치챘지?"

얼른 고개를 끄덕였다.

"자라는 동안 엄마랑 나는 늘 아빠와 대결 구도였어. 일부러 그런 건 아니야. 엄마랑 나는 음악을 사랑했어. 특히 케이 팝을 사랑했지. 엄마는 날 재울 때 정유나 선생님의 옛 노래를 불러주곤 했어. 우리 둘만 공유하는 순간이었지."

제이슨이 슬프게 웃었다.

"그런데 아빠는 그런 모습을 정말 싫어했어. 엄마가 나에게 한국말로 말하는 것은 물론 한국 음식을 만드는 것도 싫어했지. 아빠는 엄마가 십 대 때 이민을 왔으니까, 토론토 삶에 동화하라고 입버릇처럼 말하곤 했어. 아빠는 엄마에게 아니, 우리에게 한국과 연결돼 있다는 느낌이 어째서 그렇게 중요한지 이해하지 못했거든."

제이슨은 한숨을 푹 쉬면서 손가락으로 프렌치프라이를 돌리고 또 돌렸다.

"엄마가 돌아가신 다음에 아빠와 사이가 멀어졌어. 나는 엄마 기억을 생생하게 간직하고 싶어서 엄마가 가르쳐준 노래를 부르곤 했어. 그런데 아빠는 내가 케이 팝을 연주하는 기타 소리를 들을 때마다 노발대발했어. 노래 하나로 격분하는 아빠를 보면 무서웠어. 고작 한국 노래 한 곡 때문에."

목구멍에 골프공만 한 혹이 생긴 듯 목이 메었다.

"이모들은 엄마가 자란 브랜트우드에서 계속 살았어. 아빠와 싸울 때마다 울면서 이모들한테 전화했지. 그런데 그런 일이 너무 빈번해지니까, 결국 이모들이 양육권 소송을 걸었어. 이모들은 아빠가 양육권을 지키려고 무척 열심히 싸웠다고 말했지. 그런데 서울에 오기 직전에 진실을 알아버렸어. 이모들이 재산 일부를 팔아서 아빠한테 거액의 합의금을 줬고, 아빠는 아무것도 묻지 않고 돈을 받았대. 그걸로 끝이었어. 나는 브랜트우드로 이사했고, 엄마 성씨를 따랐어. 그 후로 아빠하고는… 쭉 복잡했어. 이번 투어 때 아빠를 봐야겠다고 생각했는데, 아빠가 일하느라 시간을 낼 수 없다고 하더라고."

며칠 전 호텔 로비에서 제이슨이 통화를 하며 화를 내던 장면이 떠올랐다. 이제야 모든 일들이 이해됐다. 침을 힘껏 삼켰지만, 목구멍에 묵직하게 걸려 있는 무언가는 꿈쩍도 하지 않았다. 손을 뻗어 제이슨을 만지고 싶었다. 내 마음이 얼마나 안타까운지, 내 가슴이 얼마나 미어지는지 알려주고 싶었다. 하지만 건넬 수 있는 말이 별로 없었다.

"제이슨, 나는 아무것도 몰랐어요."

"사실을 아는 사람이 많지 않으니까."

제이슨이 가벼운 목소리로 말했다.

"하지만 그다음에 일어난 일은 모두가 알지. 이모들은 내가 계속 음악을 할 수 있도록 격려해줬고, 내가 엄마를 그리워하고 엄마를 떠올릴 수 있게 도와줬어. 나는 유튜브에 커버 곡을 올리기 시작했고 DB 엔터테인먼트가 나를 찾아온 거야. 그리고 지금."

제이슨이 양팔을 활짝 벌리며 말했다.

"난 여기 있지. 매디슨 스퀘어 파크에 말이야. 세상에서 제일 뚱뚱한 다람쥐가 프렌치프라이 먹는 광경을 구경하면서."

내가 손바닥으로 눈을 꼭 누르며 웃었다.

"엄청난 여정이었네요."

"응, 그렇지?"

제이슨이 미소를 지었다가 금세 미소를 거뒀다.

"레이첼, 미안해."

"뭐가요? 나를 거의 울릴 뻔한 거요?"

제이슨이 고개를 흔들더니 점점 진지한 표정을 내비쳤다.

"그 이중 잣대 말이야. 네 말이 맞았어. 그날 밤에 강지나 이야기를 듣고 너와 지나가 지나치게 예민하고, 괜히 겁을 먹고 있다고 확신했어. 그런데… 내가 틀렸어. 네 이야기에 귀를 기울이고 관심을 가져야 했어. 하지만 아무것도 보지 못했지. 보고 싶지 않았으니까. 사람들이 너와 미나 그리고 지나를 다르게 대하고 있다는 사실을 인정하고 싶지 않았던 거야."

제이슨이 말을 멈추고 힘겹게 침을 삼켰다.

"나는 너의… 남자 친구여야 했잖아."

제이슨은 뺨을 붉히며 말을 더듬었지만 꿋꿋이 말을 이어갔다.

"그런데 나는 좋은 친구조차 되지 못했어. 수년 동안 바로 내 눈앞에서 벌어지고 있는 일을 못 봤지. 나도 이사진, 팬들, 다른 사람들만큼이나… 나빴어. 그런데 이제는 네가 말한 현실들이 보여. 무슨 일이 있더라도 네 곁에 내가 있다는 걸 알아주면 좋겠어. 매사에 머저리처럼 굴어서 미안해."

"오빠 정말 그랬어요."

웃으며 대답했다.

"하지만 지금이라도 그렇게 말해줘서 고마워요. 친구."

제이슨에게 손을 내밀어 악수를 청했다.

"친구."

제이슨이 내 손을 잡으며 말했다.

제이슨은 무슨 말을 더 할 것처럼 입을 뗐지만 아무 말도 하지 않았다. 그저 내 손을 잡고 잠시 세게 줄 뿐이었다.

22

다음 날 아침 호텔 방문을 두드리는 시끄러운 소리에 잠에서 깼다. 설마 DB 엔터테인먼트가 내 방으로 아침 식사라도 보낸 것일까? 문을 활짝 열었다. 소리를 지를 틈도 없이 사과 꽃 향수 냄새와 무지갯빛 헤어 핀이 나를 덮쳤다.

"서프라이즈!"

"대박!"

주현이와 혜리가 나를 와락 껴안았고, 나는 소리를 질렀다.

"두 사람 여기서 뭐 해?"

"우리 사촌이 약혼반지를 자랑하려는지 브루클린에서 성대한 약혼식을 올리거든."

주현이가 내 침대에 털썩 앉으며 말했다.

"그래서 우리 깜찍한 세계적인 케이 팝 스타 숙소에 들러야겠다고 생각했지."

"깜짝 이벤트 성공이다!"

혜리가 뿌듯하게 웃으며 말했다.

"아유. 심지어 울기까지 하잖아!"

웃음도 나왔다. 얼굴 위로 흐르는 눈물 때문에 녹차 팩 찌꺼기가 녹아내렸다. 뉴욕을 그리워하기 바빴던 나는 서울이 얼마나 그리운 곳인지 잊고 있었다…. 그리고 쌍둥이는 마치 문 앞으로 곧장 배달된 나의 고향의 일부 같았다.

"안 바쁘지?"

주현이가 물었다.

테이블에 쌓아둔 숙제 더미를 힐끗 봤다. 오늘은 정신없는 투어 일정에서 딱 하루 주어진 휴일이었다. 숙제를 끝내야 하는 날이기도 했다.

"음….."

"같이 쇼핑이나 갈까 생각했어."

혜리의 말에 내 눈이 반짝였다.

"쇼핑?"

"삭스 피프스 에비뉴 백화점에 우리 명의로 된 전용 스위트룸이 있거든."

주현이가 눈썹을 씰룩이며 말했다.

삭스 피프스 에비뉴의 전용 스위트룸에 갈 수 있는 기회를 놓칠 수 없었다.

"잠깐만 기다려."

화장실로 들어간 나는 하얀색 데님 반바지에 민트색 실크 티를 입고 머리를 두 가닥으로 부스스하게 땋은 다음 핸드백을 어깨에 걸치고 다시 등장했다.

"앞장서."

"이건 어때?"

주현이가 새하얀 실크 드레스를 입고 빙그르르 돌았다. 구김 있는 시스루 소재로 만든 소매에 스커트 밑단의 주름 장식이 돋보이는 드레스였다.

전용 스위트룸에 있는 긴 벨벳 의자에 등을 기대고 앉아 크리스털 잔을 들고 레몬이 든 탄산수를 마시며 말했다.

"귀엽다. 그런데 결혼식 같은 행사에 참석할 때는 보통 흰색은 피하지. 흰색은 신부를 위한 색이니까."

"어휴. 그냥 약혼식이야."

주현이가 나를 보고 혀를 쭉 내밀며 말했다.

"게다가 이 드레스는 오늘 밤에 입을 옷이 아니야. 몰리 폴리 기업 파티 때 입을 거야. 너는 입을 옷 정했어?"

완전히 잊어버리고 있었다. 매해 여름마다 쌍둥이네 부모님이 주최하는 파티에 참석했었다. 그런데 요즘 일이 너무 많아서 파티는 생각하지도 못했다. 탄산수를 빙빙 돌리며 크리스털 잔을 들여다봤다.

"아마도… 올해는 갈 시간이 없을 것 같아."

"안 돼, 레이첼. 꼭 와야 해."

혜리가 말했다.

"맞아. 우리 절친 사이의 전통이잖아. 내가 메이크업을 해주고, 다 함께 멋지게 변신한 모습으로 파티에 가서 스시를 잔뜩 먹으면서 우리 부모님이 서울에서 제일 재수 없는 부자들이랑 이야기하는 거 구경하기. 그다음 우리 집에서 드레스를 입은 채로 영화 〈퀸카로 살아남는 법〉 보기!"

주현이가 맞장구쳤다.

"알지. 나도 너무 좋아해. 그런데 올여름에 시간이 날지 모르겠어."

"고급 스시와 린제이 로한을 위한 시간도 없어?"

주현이 놀라워하며 물었다.

"케이 팝이 네 영혼을 삼키기라도 한 거야? 너무 열심히 일만 하느라고 노는 방법을 잊어버린 것 같아."

겉으로는 웃었지만 속으로는 움찔했다. 주현이는 장난으로 건넨 말이겠지만 확실히 내 정곡을 찔렀다.

"나는 너한테 필요한 걸 알지."

혜리가 단호하게 말했다.

혜리는 옷걸이에서 폴카 도트 시폰 미니 드레스를 가져왔다.

"약혼식에 입고 갈 드레스."

"뭐? 난 네 사촌 약혼식에 못 가! 아는 사이도 아니잖아."

"갈 수 있어."

주현이가 군인처럼 단호하게 말하면서 드레스를 몇 벌 더 꺼냈다.

"우리랑 계속 입씨름해봤자 소용없어. 레이첼."

혜리가 웃으며 말했다.

"그냥 기분 전환이라고 생각해."

"알았어, 알았어. 내가 항복할게."

양손을 들며 대답했다.

"좋아. 이것부터 입어보자."

주현이가 끈 없는 은색 드레스를 던졌다.

내가 마지막으로 브루클린 브리지 파크에 갔을 때는 로제 와인을 뿜어내는 유니콘 모양의 분수대는 물론 작은 디스코 볼이 가득 든 핫 핑크 볼 풀도 없었다. 그리고 디제이 디플로가 나무 위에 지어진 투명 플라스틱 집 이 층에서 형형색색 글리터를 뒤집어쓴 채, 디제잉을 하며 라이브 공연을 하지도 않았다. 눈앞의 광경을 보는 내내 입이 다물어지지 않았다.

쌍둥이를 쳐다보며 물었다.

"이게 가능해?"

"우리 가족이 오늘 저녁 시간 동안 공원을 통째로 빌려서 파티장으로 꾸몄지."

주현이가 말했다.

"딱 하룻밤만 여기 있는 것들이니까, 즐길 수 있을 때 즐기자고!"

어린 시절에 봤던 거대한 회전목마 옆에는 결혼반지 모양의 마카롱이 잔뜩 쌓여 있는 커다란 테이블과 식용 글리터부터 딸기 맛 팝핑 캔디까지 다양한 토핑이 마련된 수제 솜사탕 바가 있었다. 그 뒤편으로는 뉴욕의 스카이 라인이 반짝거리며 파티의 배경이 돼 주고 있었다. 보이는 사람마다 광채를 뿜어내고 있었다. 순수한 기쁨이 여과 없이 흘러나오는 것이라고밖에 표현할 방법이 없었다. 아니면 다들 불이 들어오는 후광 모양의 머리띠를 쓰고 있어서 그랬을까?

공원 안으로 들어가자 유니콘 모양의 분수대 옆에 서 있는 제이슨이 보였다. 제이슨은 누군가를 기다리듯 두리번거리고 있었다. 갑자기 숨이 멎었다. 제이슨을 볼 것이라고는 상상도 못 했다. 제이슨의 눈길이 나에게 닿는 순간 그의 얼굴 전체가 미소로 빛났다. 비로소 제이슨이 기다리고 있던 사람이 나였다는 사실을 깨달았다. 제이슨이 혼자가 아니라는 사실을 깨닫는 데에는 시간이 좀 더 걸렸다. 놀랍게도 민준과 대호가 함께 유니콘 모양의 분수대에서 로제 와인을 떠 마시고 있었다.

민준이 나를 보고 활짝 웃으며 내 쪽을 향해 잔을 들어 올렸다.

"레이첼, 네가 올 때가 됐다고 생각했어."

민준이 제이슨 옆구리를 푹 찔렀다.

"이 자식이 널 찾으려고 수색대를 보낼 참이었어."

"레이첼, 안녕."

대호가 로제 와인을 마시며 말했다.

"이게 무슨 일이야?"

이 사람 저 사람을 번갈아 보다가 다시 쌍둥이를 쳐다봤다. 쌍둥이는 다 아는 듯한 표정으로 씩 웃었다.

"설명은 제이슨한테 맡길게."

혜리의 말에 제이슨이 수줍게 웃더니 부드러운 눈빛으로 내 눈을 바라봤다.

"나는 네가 고향에서 좋은 추억을 남기길 바랐어. 네가 첫 번째 투어를 돌이켰을 때, 밥도 못 먹은 채로 옷을 천 번쯤 갈아입고 온종일 촬영한 기억이 전부가 아니길 바랐거든. 잊고 싶지 않은 추억을 만들어주고 싶었어. 그래서 쌍둥이한테 도움을 요청했지. 쌍둥이가 사촌 약혼식 때문에 뉴욕에 온다고 말했을 때, 음…."

제이슨은 무심하게 어깨를 으쓱했지만 얼굴에 드러난 기쁜 기색은 감춰지지 않았다.

"깜짝 이벤트를 준비할 수 있었지. 오늘을 함께 기념해주기 위해 민준이랑 대호도 같이 날아왔고."

"제이슨…."

하고 싶은 말을 전부 떠올렸다.

'정말로 달콤한 이벤트예요. 고마워요. 오빠가 직접 준비했다는 게 믿기지 않아요. 근사하다는 말로도 부족해요.'

하지만 주변에 있는 사람들이 시야에 들어왔고, 불안감이 엄습했다. 공원 안에는 약혼식에 초대된 사람들로 가득했다. 이 중에 넥스트 보이즈 팬이 있을까 봐 두려웠다.

내 표정을 본 제이슨의 미소가 희미해졌다.

"무슨 문제라도 있어?"

"그냥… 너무 좋은데… 혹시 누가 우리를 알아보면 어쩌죠?"

이 일로 야기될 엄청난 후폭풍을 상상만 해도 겁이 났다. 또다시 넥스트 보이즈 팬들에게 시달릴 자신이 없었다. 나와 제이슨이 브루클린에서 열린 파티에 함께 있는 사진이 인스타그램을 도배하게 된 이유를 DB 엔터테인먼트에 설명할 재간도 없었다. 마침내 우리 사이가 점차 회복되고 있는 지금은 특히 더 조심스러웠다.

"레이첼, 여기는 브루클린이야."

재빨리 끼어든 주현이가 내 팔을 꼭 잡으며 나를 안심시켰다.

"여기 있는 사람들은 이렇게 멋있고 빛나는 케이 팝 스타들을 알아본다고, 아니 좋아한다고 인정하느니 차라리 죽음을 택할 사람들이야. 걱정할 것 하나도 없어."

주변을 살폈다. 주현이 말이 맞았다. 유명 디제이 사진을 슬쩍 찍는 사람도 없었고, 월드 투어를 막 마친 이십 대 팝 스타와 그의 약혼녀인 빨간 머리를 한 고혹적인 할리우드 스타가 볼 풀 안에서 격렬하게 키스하는 모습을 힐끗거리는 사람도 없었다. 그제야 마음이 놓였다.

"네 말이 맞다."

나는 제이슨을 보고 웃었다.

"믿기지 않아요. 고마워요."

"좋아, 좋아."

민준이 끼어들며 말했다.

"이제 우리 놀아도 된다는 거지? 이 남자가 유니콘 주스 마시고 취해버리기 전에 슬슬 놀아보자고!"

민준은 대호를 엄지손가락으로 가리켰다. 대호는 와인 한 잔을 마셨을 뿐인데 어느새 뺨이 붉어졌다.

"그렇게 심해?"

대호가 한 손으로 뺨을 꼭 누르며 물었다.

"내 눈엔 근사해 보여."

혜리가 완전히 다른 이유로 뺨을 붉히며 말했다.

민준이 고개를 저었다.

"이 남자야, 지금 그야말로 빅애플 속에 있는 애플이야."

제이슨의 두 눈이 흥분으로 빛나고 있었다.

그는 나에게 손을 뻗으며 물었다.

"제일 먼저 하고 싶은 게 뭐야?"

제이슨을 보고 씩 웃었다. 내 등허리 오목한 곳을 어루만지는 제이슨 손길이 느껴졌다. 가슴이 울렁거리는 익숙한 그 느낌이 되살아났다.

"오빠는 뭐 하고 싶은데요?"

우리 둘은 동시에 외쳤다.

"도넛 그네!"

공원을 마구 뛰어다니면서 거대한 도넛 모양 그네로 향했다. 민준은 그네를 타다가 중간에 뛰어내려 뒤로 텀블링을 했다. (다행히 민준은 뒤에 있던 열대 섬 모양 바운스 하우스 위로 떨어졌다.) 그다음 나무 위에 지은 집으로 뛰어갔다. 민준이 혜리 어깨에 팔을 둘렀고, 두 사람은 함께 〈Sucker〉를 열창했다. 목덜미가 땀에 젖어 머리카락이 달라붙었고 춤을 추느라 발이 아팠지만, 아무도 우리를 알아보지 못하는 뉴욕의 한 파티에 다 함께 모여 있다는 사실만으로도 무척 들떠 있었다. 제이슨과 나는 서로를 붙들고 함께 소리를 질렀다. 제이슨이 양팔로 나를 껴안았다. 단풍나무와 민트 향기가 나는 구름에 따뜻하게 감싸인 느낌이 들었다.

음악 소리가 희미해지고 디제이의 목소리가 스피커에서 울려 퍼졌다.

"지금 사랑에 빠진 사람이 누구인가요?"

맨 앞에서 환호를 지르는 쌍둥이네 사촌과 그녀의 약혼자가 보였다. 친구들이 두 사람 주변으로 모여들고 있었다.

"제가 원했던 반응이네요! 다음 곡은 많은 분이 처음 들으시는 곡일 텐데요. 이제 막 케이 팝 차트에서 대망의 일 위를 차지한 곡입니다. 다들 이 노래와 사랑에 빠질 거예요. 기대하세요!"

환호가 더욱 커지는 와중에 노래가 시작됐다. 스피커에서 제이슨 목소리가 흘러나왔다. 나는 탄성을 내뱉을 수밖에 없었다. 그냥 노래가 아니었다. 케이 팝 차트에서 일 위를 차지한 곡은 바로 우리의 노래였기 때문이다. 손으로 입을 틀어막은 채 그대로 굳었다. 제이슨도 깜짝 놀란 표정으로 올림픽 챔피언인 양 양손을 번쩍 들어 올렸다.

"우리예요."

제이슨이 소리를 질렀다.

"우리가 일등이에요!"

제이슨 목소리는 사람들의 함성에 파묻혀 잘 들리지 않았다. 주변 사람들 모두 노래에 맞춰 환호하며 활짝 웃는 얼굴로 격렬하게 춤을 췄다. 다들 우리 노래에 푹 빠졌다.

나도 폴짝폴짝 뛰면서 소리를 질렀다.

"우리가 일 위다! 우리가 일 위야!"

제이슨이 나를 번쩍 들어 올리더니 빙글빙글 돌리고 또 돌렸다. 내 허리를 감싸는 제이슨의 손길이 느껴졌다. 아주 오랫동안 꾹꾹 눌러온 감정들이 봇물 터지듯 터져 나왔다.

그 순간 깨달았다. 내가 제이슨과 처음 키스했을 때 느꼈던 감정은 두려움이었다. 꿈을 이루지 못할 것이라는 두려움, 오랜 시간에 걸쳐 이루려고 노력한 꿈이었지만 이 꿈이 전부가 아닐지도 모른다는 두려움, 그리고 친구들을 비롯해 유진 언니와 가족을 실망시킬 것이라는 두려움. 하지만 두려움은 꿈을 키울 수 없다. 두려움은 두려움만 키울 뿐이었다.

마음이 가는 대로 기꺼이 모험한다면 어떻게 될까…? 업계 내에서 이뤄지는 끊임없는 평가와 경쟁을 뛰어넘겠다고 결심한다면? 자신의 행복을 쟁취하는 걸 두려워하지 않는 사람이 되겠다면? 나와 제이슨 사이에 일고 있는 불꽃의 불빛이 향하는 곳으로 가볼 수 있지 않을까? 마음의 노래를 하게 만드는 소년과 손을 잡고 자유롭게 웃는 소녀가 될 자격이 있지 않을까? 설사 그게 내 꿈을 포기해야 한다는 뜻이더라도 괜찮지 않을까? 아니, 어쩌면 새로운 꿈을 받아들이겠다는 뜻이 아닐까?

마침내 제이슨이 나에게 몸을 돌렸다. 제이슨 얼굴은 제이슨답게 빛이 났다. 가슴속에서 수천 개의 작은 폭죽이 터지는 것 같았다. 우리는 서로에게 가까이 다가갔다. 입술이 닿으려는 찰나 제이슨이 잠시 주저했다. 그동안 있었던 모든 일이 공기 중에 맴돌고 있었다. 나는 제이슨을 감싸 안고 먼저 키스했다. 친구들이 옆에서 휘파람을 불며 환호하는 소리가 들렸다. 하지만 오로지 나와 제이슨만 존재하는 순간이었다. 이 순간, 모든 것이 완벽했다.

23

레아가 가장 좋아하는 〈오 마이 드림스〉 에피소드가 있다.

박도희와 김찬우가 처음으로 데이트를 하는 내용이다. 두 사람이 만나기로 한 레스토랑에 약속 시간이 지나도록 김찬우가 나타나지 않았는데, 갑자기 비가 쏟아졌다. 박도희는 김찬우가 마음이 변해서 안 오는 줄 알고 우산도 없이 집으로 걸어가기 시작했다. 하지만 반쯤 도착했을 때 비가 갑자기 그쳤다. 김찬우의 우산이었다. 박도희 머리 위로 우산을 들고 선 김찬우는 흠뻑 젖어 있었다. 그의 양손에는 식재료가 가득 들려 있었다. 김찬우는 레스토랑에 일찍 도착했지만 박도희가 제일 좋아하는 메뉴의 재료가 떨어진 것을 알고, 셰프가 박도희를 위해 요리를 할 수 있도록 이 가게 저 가게를 뛰어다니며 식재료를 구하느라 약속에 늦은 것이다.

이 장면을 볼 때마다 레아는 행복에 젖은 얼굴로 숨을 내쉬었다.

"저게 바로 진정한 사랑일 거야."

드라마에 푹 빠져 황홀해하는 레아를 생각하면 미소가 지어졌다. 이제 레아가 더 좋아할 이야기가 생겼다. 바로 나와 제이슨의 이야기였다. 우리 사이는 여전히 조심스러웠다. 그래도 희망에 부풀어 있었다. 희망적인 기분은 아주 오랜만이었다.

집 현관문을 열었을 때, 가족들을 빨리 보고 싶어 견딜 수가 없었다. 뉴욕 스카이 라인이 아로새겨진 가죽 장정 노트를 아빠에게 선물하면, 아빠가 무척 기뻐할 것이었다. 세계 곳곳의 스노볼을 모으는 엄마에게 뉴욕 택시 모양의 스노볼을 건넬 생각을 하니 엄마를 보는 일도 기대됐다.

"나 왔어요!"

신발을 발로 차듯이 벗으며 가정용 슬리퍼를 신었다.

"레이첼?"

안에서 엄마 목소리가 들렸다.

"우리 다 거실에 있어."

행복한 기분으로 여행 가방을 끌고 거실로 갔다.

"우리 가족 모두 준비하세요. 내가 선물….'

"레이첼, 안녕?"

미나가 달콤한 미소를 건네며 인사했다.

"나머지 투어 일정은 어땠어?"

그대로 얼어붙었다. 엄마가 말한 대로 다들 거실에 있었다. 아빠, 엄마, 레아, 그리고 추민희 회장과 미나까지 모두 접이식 다도 테이블에 둘러앉아 있었다. 테이블 위에는 보리차가 담긴 머그잔들, 깔끔하게 깎은 배 한 접시, 과일용 포크가 놓여 있었다. 아무도 배에 손을 대지 않았고 보리차에서 김이 모락모락 나는 것을 보니, 추민희 회장과 미나가 온 지 얼마 되지 않은 것 같았다. 게다가 레아는 반쯤 먹은 메로나 아이스크림을 들고 있었다. 손님이 와 있었다면 아이스크림을 먹어도 된다고 엄마가 허락했을 리가 없었다.

"좋았어."

천천히 대답했다.

두 사람을 보고 당황한 나는 충격과 공포에 휩싸인 표정을 숨기고 기분 좋게 놀란 표정을 지어내려고 젖 먹던 힘까지 짜냈다.

"미나야, 잘 지냈어? 발목은 어때?"

"최고로 좋아! 아빠 덕분이야. 서울 최고의 물리 치료사에게 치료를 받았어. 지금 컨디션은 최고지."

"레이첼, 완벽한 타이밍에 왔구나."

추민희 회장이 말했다.

추민희 회장은 미나를 보고 웃더니 나에게 앉으라고 손짓했다. 추민희 회장이 우리 집에서 나에게 앉으라고 했다는 것에 속이 부글부글 끓었다. 머리에 젤을 덕지덕지 바르고 더블 버튼 정장을 입은 추민희 회장이야말로 번지수를 잘못 찾은 사람 같았다.

추민희 회장은 활짝 웃으면서 우리 아빠를 쳐다봤다.

"네 아버지께 우리 회사 인하우스 법률 컨설턴트 자리를 제안하려던 참이었어."

방에 완벽한 정적이 내려앉았다. 심장이 멎는 듯했다. 미나를 쳐다봤다. 미나 짓이었다. 브랜트우드 교외에서 꼼짝달싹 못 하고 있을 때 미나에게 아빠 이야기를 했었다. 이제 미나는 그 정보를 이용해서 나를 망치려고 하는 것이다. 하지만 도대체 무슨 속셈인지 알 수 없었다. 아빠에게 일자리를 주는 것으로 어떻게 나를 망칠 수 있다는 걸까? 도무지 상황이 이해되지 않았다.

추민희 회장은 우리 가족의 무반응에 아랑곳하지 않고 빠르게 말을 이어나갔다.

"당신이 최근에 로스쿨을 졸업한 사실을 알게 됐을 때, 이게 우리 두 사람 모두에게 좋은 기회가 되리라고 확신했습니다. 저는 오랫동안 새 법률 컨설턴트를 찾고 있었어요. 이 자리에 적합한 사람이 나타날 때까지 기다리고 있었거든요. 근면하고 성실하며, 믿음직스러우면서도 우리 기업의 가치를 지킬 수 있는 그런 사람이요. 제가 들은 바에 의하면 당신이 제격인 것 같습니다."

"무슨 말을 해야 할지 모르겠네요."

아빠가 말했다.

아빠와 레아는 함박웃음을 짓고 있었다.

"저에게 정말로 굉장한 기회입니다."

"네, 굉장한 기회네요."

엄마는 맞장구를 쳤지만 눈은 분노로 번뜩였다. 정갈하게 자른 배와 점잖은 태도를 보이는 엄마는 추민희 회장과 미나를 속일 수 있을지 몰라도 나를 속일 수는 없었다. 지금 엄마는 아빠가 로스쿨에 다녔다는 사실을 느닷없이 알게 돼 몹시 화가 나 있었다.

"잠깐, 그럼 아빠가 추민희 아저씨 회사에서 변호사로 일하는 거예요?"

레아가 흥분해서 손을 마구 흔들며 물었다.

녹은 아이스크림이 바닥 여기저기로 떨어졌다. 하지만 아무도 알아차리지 못했다.

"와, 대박이다!"

추민희 회장은 온화한 웃음을 지었지만 그의 눈빛은 차갑고 계산적이었다.

"정말로 거짓말 같은 기회지요. 추 코퍼레이션은 가족 같은 기업입니다. 이제 다들 우리 가족의 구성원이 되는 거예요. 영원히 연결되는 거죠."

추민희 회장의 말이 왜 협박처럼 들리는 걸까? 불현듯 강지나가 추민희 회장을 조심하라고 했던 말이 떠올랐다. DB 엔터테인먼트에서 수없이 봤던 'C 마트 가족이 후원하였습니다.'라는 문구, 토론토로 투어를 떠날 때 탔던 추 코퍼레이션 전용기, 추민희 회장이 미나에게 몇 번이나 폭발했던 일…. 내 마음은 여러 기억들 사이를 정신없이 오고 갔다. 가슴이 철렁 내려앉았다. 추민희 회장은 권력을 가진 사람이었다. 우리가 건드릴 수 있는 사람이 아니었다. 그런 추민희 회장 그리고 추 코퍼레이션과 영원히 연결된다는 소리가 달갑게 들리지 않는 것은 당연했다. 그 말이 뜻하는 바를 알았기 때문이다. 가족이 되는 것이 아니라, 우리를 자기 손아귀에 넣는 것일 뿐이었다.

추민희 회장이 일어나 아빠에게 손을 내밀었다.

"곧 사람을 통해서 서류를 보내겠습니다. 죄송하지만 오늘은 더 앉아서 이야기를 나눌 수가 없네요. 늘 그렇듯이 처리할 일이 많아서요."

"그럼요, 그럼요."

아빠가 말했다.

자리에서 일어난 엄마와 아빠는 추민희 회장과 악수를 했다.

"다시 한 번 무척 감사드립니다. 정말 영광입니다."

나도 레아와 함께 일어나서 추민희 회장에게 인사를 했지만, 내 두 주먹에는 잔뜩 힘이 들어갔다.

추민희 회장은 고개를 까딱하고는 현관문으로 향했다. 엄마와 아빠는 그를 배웅하려고 뒤따라가다가, 실수로 레아가 만든 찐득찐득한 아이스크림 웅덩이를 밟게 됐다. 결국 거실 여기저기에 멜론색 발자국이 남았다. 그런데도 본인들이 어떤 진창에 발을 들였는지 깨닫지 못했다.

"흠, 참 멋지다. 안 그래?"

미나가 배를 아작아작 씹으며 밝게 말했다.

"이제 행복한 대가족이 되는 거야. 그리고 레이첼, 내가 네 여동생을 만나고 싶어서 죽을 뻔한 거 알지?"

"정말요? 그랬어요?"

레아 눈이 커지며 말했다.

나에게서 미나 이야기를 많이 들었던 레아는 미나를 경계하고 있었다. 그런데 미나가 막상 자신을 만나고 싶어 했다고 생각하니 우쭐한 것 같았다. 레아를 보호하려고 한발 앞으로 나가서 미나를 노려봤다.

"물론이지. 언제나 여동생이 있으면 좋겠다고 생각했거든. 일렉트릭 플라워 언니들이 나를 여동생처럼 대해줘서 나도 받은 만큼 베풀고 싶어. 언니들은 나한테 최고의 조언을 해줘."

미나가 비밀 이야기를 하듯 목소리를 낮췄다.

"이건 우리끼리만 하는 이야기야. 사실 어떤 언니들은 자기 자신이나 챙겨야 해. 항상 나한테 건강 관리를 해야 한다고 말하는 언니가 있거든. 그런데 그 언니가 달달한 음식을 너무 좋아해서 무대 의상 소매에 사탕을 달아놓는 사실을 어쩌다 알게 됐어. 배신하고 싶지는 않지만, 주세미 언니는 정말 신경 좀 써야 해. DB 엔터테인먼트에서 매년 세미 언니 치과 비용으로 돈을 상당히 쓴다더라고."

신이 난 레아의 눈이 튀어나올 것처럼 휘둥그레졌다. 레아가 경계를 허물며 미나 쪽으로 바짝 다가갔다.

"말도 안 돼요."

"정말이야."

소리를 지르고 싶었다. 이럴 수는 없었다.

"아무튼 나도 슬슬 가야겠다."

미나가 나에게 미소 지으며 말했다.

"레이첼, 나 엘리베이터까지 배웅해줄래?"

"기꺼이 배웅해야지."

이를 악물고 대답했다.

미나는 나가면서 우리 가족에게 인사를 건넸다. 현관문을 닫자마자 미나는 비열한 웃음을 내비쳤다.

"네가 왜 이런 짓을 하는지 모르겠어. 하지만 난 아빠한테 사실대로 다 말할 거야. 네가 얼마나 끔찍한 인간인지 듣고 나면, 우리아빠가 그 일자리를 받아들일 리가 없어."

"아유, 레이첼. 우리 아빠 이야기 들었잖아. 이제 우리는 행복한 대가족이야. 거기에 걸맞은 예의를 지켜야지. 그리고 법률 컨설턴트 자리가 네 아빠한테 얼마나 큰 의미인지 알잖아. 설마 네가 이 기회를 망치고 싶지 않겠지?"

나는 미나를 노려봤다. 온몸이 뜨거워졌다. 집으로 뛰어가 아빠에게 모든 사실을 말하고 싶었지만, 그렇게 할 수 없다는 것을 알았다. 이 일은 아빠의 전부였다. 어두운 생각이 꼬리에 꼬리를 물며 내 머릿속을 가득 채우고 있었다.

"뉴욕에서 제이슨과 축하 파티는 했어?"

미나의 물음에 복잡한 생각이 멈췄다.

"축하?"

눈을 깜빡이며 물었다.

투어에서 있었던 일이 하나도 생각나지 않았다. 갑자기 뉴욕이 몇 광년이나 떨어진 곳처럼 느껴졌다.

"아, 케이 팝 차트에서 일 위를 한 거?"

미나는 고개를 옆으로 갸우뚱하더니, 엘리베이터 하강 버튼을 누르고 눈썹을 치켜세우며 말했다.

"아니, 그거 말고."

미간을 찌푸리자 미나가 재미있다는 듯 활짝 웃었다.

"너 아직 모른단 말이야?"

미나가 말했다.

얼빠진 내 표정을 본 미나는 기쁨을 숨기지 못했다.

"오, 레이첼 공주님. 아직 세상에 대해서 배워야 할 게 무척 많네요."

미나는 주머니에서 휴대폰을 꺼내 들고 화면을 내 쪽으로 돌렸다. 레아가 제일 좋아하는 케이 팝 가십 블로그였다. 기사 헤드라인이 줄줄이 떠 있었다. 눈을 가늘게 뜨고 헤드라인을 읽었다.

'제이슨 리 솔로 데뷔!'

'넥스트 보이즈 안녕! 제이슨 리 영원하라.'

'솔로 아티스트로 거듭난 제이슨 리와 기꺼이 새로운 음악 행보를 시도하는 DB 엔터테인먼트.'

그 자리에 가만히 서 있었다. 엘리베이터 문이 열렸고 머리가 핑핑 돌았다.

"배웅해줘서 고맙다, 레이첼."

문이 닫히는 동안 미나가 말했다.

그녀의 얼굴이 사악한 미소로 빛나고 있었다.

"아 그리고! 집에 온 거 환영해."

24

굳게 닫힌 엘리베이터 문을 쳐다봤다. 움직일 수가 없었다.

'제이슨이 솔로 데뷔를 한다고? 왜 말을 안 했지? 엄청난 일인데.'

제이슨에게 전화를 걸었다. 제일 먼저 축하해주고 싶었고, 어떻게 된 일인지 묻고 싶었다. 하지만 곧장 음성 사서함으로 연결됐다. 발을 동동 구르며 카카오톡 메시지를 보냈다. 일 분이 지나도 답장이 오지 않자, 더는 기다릴 수가 없었다. 의구심이 들면, 인스타그램에 들어가라는 말이 있다. 인스타그램에 들어가 '제이슨 리'라고 검색하자마자 오 분 전에 팬들이 올린 사진이 여러 장 떴다. 제이슨이 친숙해 보이는 건물로 들어가는 사진이었다. DB 엔터테인먼트 사옥이었다.

여전히 비행기에서 입었던 헐렁한 옷에 줄무늬 가정용 슬리퍼를 신고 있다는 사실을 깨닫지 못하고, 아파트에서 나와 근처 지하철역으로 뛰어갔다. 흥분 때문에 온몸이 떨렸다. 머릿속에는 한 가지 생각밖에 없었다.

'제이슨을 봐야 한다.'

지하철을 타자마자 주머니 속에서 휴대폰이 울렸다. 제이슨의 전화인 줄 알고 허둥지둥 휴대폰을 꺼내다가 휴대폰을 맞은편으로 내동댕이칠 뻔했다. 제이슨이 아니었다.

아카리의 메시지였다.

이야기 좀 할 수 있어?

아카리 메시지를 물끄러미 응시했다. 뇌가 작동을 멈춘 듯했다. 제이슨 생각은 잠시 저 멀리로 사라졌다. 유진 언니 사무실 밖에서 잠시 동안 이야기를 나눈 이후로 아카리는 나에게 말을 걸지 않았다. 손가락이 휴대폰 위에서 머뭇거렸다. 아카리에게 할 말이 너무나 많았다. 무슨 이야기부터 시작해야 할지 또 어떻게 시작해야 할지 고민됐다. 답장을 보내려던 찰나 지하철 맞은편에 앉은 십 대 소녀가 나를 알아보고서는 눈을 동그랗게 떴다.

그녀는 자기 친구에게 몸을 기울이고 속삭였다.

"걔다! 그 여자. 제이슨 연인이야."

숨이 턱 막혔다.

'뭐라는 거지?'

얼른 카카오톡을 종료하고 웹 사이트에 들어가 '레이첼 김'을 검색했다. 그 순간 등골이 오싹해졌다. 최신 기사의 헤드라인이 휴대폰 화면을 가득 채웠다.

'제이슨 리, 두 여인 사이에 갇히다.'

온몸이 뻣뻣해졌다.

'이게 뭐지?'

나와 제이슨이 셀프케어 데이를 보낸 도쿄에서 찍힌 사진이 기사에 실려 있었다. 하라주쿠를 걷는 사진, 몬스터 카페에서 식사하는 사진, 마리오 고카트에서 내가 레아 등을 문지르는 사진···. 그 사진 바로 옆에는 제이슨과 미나 사진이 있었다. 촛불을 밝힌 레스토랑에서 두 사람이 함께 식사하며 고개를 숙이고 웃는 사진, 해질 녘에 한강을 산책하는 두 사람의 얼굴을 노을빛이 비추고 있는 사진, 아이스크림 그릇 하나를 사이에 두고 각자 스푼으로 떠먹는 사진까지 있었다.

손이 차가워졌고 식은땀 때문에 손이 축축해졌다. 상황을 이해할 수 없었다. 기사를 쭉 읽으며 최대한 빠르게 내용을 훑었다.

'불가능한 선택', '두 소녀 사이에서 갈팡질팡하다' 같은 문구들이 눈에 들어왔다. 배 속에서 위산이 꿀렁대며 목구멍까지 역류해 오기 시작했다. 토할 것 같은 기분이 들었다. 제이슨이 미나와도 사귀었던 것일까? 주변 사람들도 쑥덕대기 시작했고 자신의 휴대폰과 나를 번갈아 쳐다봤다.

"야, 저 사람 레이첼 김 아니야?"

"맞아. 기사에서 레이첼 김 부분 읽었어? '레이첼은 제이슨 리

마음을 가지고 밀당하는 것으로 악명이 높다. 제이슨을 밀고 당기며 제이슨을 긴장시키기 위해 헷갈리는 신호를 보냈다. 레이첼은 제이슨에게 홀딱 빠진 듯했다가 다음 순간 바로 냉랭해졌다.'"

"어이없네. 제이슨은 더 좋은 여자를 만날 자격이 있어."

목뒤가 따끔거렸다. 나를 향하고 있는 사람들의 휴대폰 카메라가 느껴졌다. 재빨리 양손으로 얼굴을 가리고 자리에서 몸을 웅크렸다. 지하철이 멈추자마자 자리에서 벌떡 일어나, 탑승하려고 기다리는 사람들 사이를 황급히 지나쳤다. DB 엔터테인먼트 사옥까지 전속력으로 뛰어갔다. 하지만 그 안의 사정이 나은 건 아니었다.

어린 연습생들이 나를 가리키며 속삭였다.

"누군지 봤어?"

"민준의 사생아를 임신해서 제이슨이 떠났다던데."

"투어 때 레이첼이랑 미나가 구두끈으로 서로 목을 조르려고 했대."

DB 엔터테인먼트의 루머 제조기는 소재 고갈 문제에 시달리지는 않는 듯했다. 몸에 밴 습관 때문에 나는 자연스럽게 복도를 지나 연습실로 향했다. 익숙한 노랫소리가 들렸다. 제이슨의 노래, 제이슨이 학교 음악실에서 나를 위해 연주했던 그 노래였다.

연습실 문을 벌컥 열자 기타 끈을 어깨에 두르고 의자에 앉아 있는 제이슨이 보였다. 민준도 함께 있었는데, 제이슨 노래에 맞춰 유치하고 반복적인 안무를 짜는 중이었다. 두 사람이 동시에 고개를 들어 나를 쳐다봤고 곧 제이슨 얼굴에 커다란 미소가 번졌다.

"잉꼬 한 마리가 자기 짝에게 부르는 구애 노래에 응답했네."

민준이 가슴에 손을 얹으며 말했다.

"아름다워. 정말 아름다워."

"여기 웬일이야?"

제이슨은 밝게 웃으며 물었다.

내가 안아줄 거라고 생각한 제이슨이 양팔을 활짝 벌렸다.

"보고 싶었어."

'내가 보고 싶었다고?'

머릿속에 수만 가지 생각이 밀려왔다. 그 생각들은 서로 얽히고 설키며 가슴속에 아주 커다란 매듭을 만들었다. 모든 일이 동시에 터진 것 같았다. 아무렇지 않게 기타를 메고 앉아서 내가 보고 싶었다고 말하는 나의 제이슨과 기사 속에서 미나와 함께 웃으며 아이스크림을 먹는 제이슨이 서로 다른 사람인 것 같았다. 가슴이 떨리고 숨이 잘 안 쉬어졌다.

하지만 그 어떤 감정들보다 분노가 앞섰다. 제이슨에게 한바탕 퍼부으려고 했지만 아무 말도 나오지 않았다. 막상 얼굴을 마주 보고 있으니 입이 떨어지지 않았다. 충격으로 모든 것이 마비됐다.

민준이 우리 둘을 번갈아 보더니 달라진 분위기를 감지했다.

"두 사람한테 시간 좀 줄게."

민준이 연습실을 나가며 등 뒤로 문을 부드럽게 닫았다.

제이슨이 미간을 찌푸렸다.

"레이첼, 괜찮아?"

그제야 깨달았다. 제이슨은 아직 내가 알고 있는 사실에 대해 전혀 모르고 있었다. 연습 중에는 휴대폰 사용이 금지되기 때문에 기사를 보지 못한 것이다. 아무 말 없이 휴대폰을 건넸다. 휴대폰 화면에는 제이슨과 미나가 함께 찍힌 사진이 떠 있었다. 제이슨이 내 손에서 휴대폰을 가져갔다. 기사를 읽는 동안 제이슨은 점차 겁에 질린 얼굴로 변했다. 조금씩 상황이 파악됐는지 제이슨 눈이 점점 더 휘둥그레졌다.

제이슨이 힘겹게 입을 뗐다.

"레이첼, 지금 보이는 것과 사실은 달라. 제발 내가 설명할 수 있게 해줘."

제이슨이 신중하게 천천히 말했다.

'그래요. 제발 설명해줘요.'

그의 말에 대답하고 싶었다.

'지하철에서 내린 다음부터 나를 통째로 삼켜버린 이 소용돌이에서 나를 꺼내줄 말을 해줘요. 내 가슴이 산산조각 나지 않도록 아무 말이라도 해줘요. 지금 한 가닥 실에 매달려 간신히 버티고 있어요. 오해라고 해줘요. 아니, 차라리 다음 날 일어나면 잊어버릴 꿈이라고 해줘요. 이 모든 일을 사라지게 만들 설명을 해줘요.'

하지만 나는 아무 말도 하지 못한 채 바닥만 쳐다봤다.

"해봐요, 그럼."

내 목소리가 갈라졌다.

"설명해요."

제이슨이 심호흡을 하며 바지에 손을 닦았다. 제이슨은 중요한 말을 할 때 내 눈을 똑바로 바라봤지만, 오늘은 다른 곳을 다 쳐다보더라도 내 눈만은 피하고 있었다.

"육 개월 전쯤에 내가 직접 쓴 곡을 DB 엔터테인먼트에 보여줬어. 너한테 들려줬던 노래 말이야. 솔로 활동이 하고 싶었고, 그 노래가 나의 솔로 데뷔 곡이 되길 바랐어."

"하지만 넥스트 보이즈는요? 또 민준 오빠는요?"

나도 모르게 불쑥 말이 튀어나왔다.

제이슨은 한숨을 쉬었다.

"민준이는 이해했어. 다른 멤버들은… 어쩔 수 없었어. 내가 너한테 우리 엄마 이야기를 했었잖아. 엄마한테 케이 팝이 얼마나 큰 의미인지, 또 나한테도 마찬가지이고. 다시 나에게 의미 있는 음악을 하고 싶었어."

천천히 고개를 끄덕였다.

"그 부분은 이해해요. 내가 이해하지 못하는 부분은 이게 나랑 미나하고 무슨 상관이냐는 거예요."

제이슨이 침을 꿀꺽 삼켰다.

"이사진이 허락하긴 했는데 문제가 하나 있었어. 이사진은 내가 솔로 아티스트로서 정말 성공할 수 있을지 확인하고 싶어 했어."

제이슨 시선이 재빨리 나에게 향했다.

"이사진은 내가 연습생과 함께 새 싱글 앨범을 녹음하길 원했어."

"우리 노래네요."

차츰차츰 상황이 이해되기 시작했다.

"맞아. 우선 시험 삼아 미나와 듀엣을 부르는 것으로 결정됐지.

하지만 너와 내가 함께 노래를 부르는 영상이 인기를 끈 다음에 나는….”

제이슨은 말을 멈추더니 신발을 내려다봤다.

“너희 두 명과 함께 노래하면 대중의 관심을 더 끌 수 있을 것이라고 생각했어.”

그 말을 듣자 심장이 조여왔다.

“그게 오빠 생각이었어요?”

회의실에서 모든 희망을 잃었다고 생각했을 때, 한 이사가 나를 두둔해준 일이 떠올랐다. 제이슨은 자기가 한 짓을 생각만 해도 견딜 수 없다는 듯 고개를 겨우 끄덕였다.

“너랑 내가 함께 노래를 부른 다음에 한 이사님께 부탁했어.”

“위대한 제이슨 리를 돋보이게 해줄 여자가 더 필요했겠죠.”

“레이첼, 아니야! 그런 게 아니었어. 나는 너와 노래하는 순간이 정말 좋았어. 마치….”

“우리가 함께 노래할 운명 같았다고요?”

건조한 목소리로 그의 말을 끊었다.

“맞아. 바로 그거야. 마치 운명 같았어.”

“나머지도 설명해야죠?”

제이슨 손에 들려 있는 내 휴대폰을 가리키며 물었다.

“회사에서 나보고 이 노래를 띄우기 위해 할 수 있는 건 전부 하라고 했어.”

제이슨 말이 빨라졌다.

“DB 엔터테인먼트가 매스컴의 관심을 얼마나 중요하게 생각하느지 알잖아. 회사는 내가 너와 미나, 두 사람과 데이트하는 장면을 연출하게 만들고 파파라치를 붙였어. 하지만 제발 이해해줘."

제이슨이 내 손을 잡고 나에게 시선을 고정했다.

"미나랑 한 데이트는 전부 연출된 거야. 계획대로 진행한 것이었지. 하지만 너는 달랐어. 도쿄에서 그리고 비행기 안에서 내가 한 말은 진심이었어. 지금까지도 진심이야. 나는 네 곁에 있는 게 좋아. 나는 너를 사랑…."

"그만!"

내가 소리를 질렀다.

"말하지 마요. 지금 나한테 그 말, 하지 마요."

머리가 어지러웠다. 무엇을 믿어야 할지 혼란스러웠고, 어떤 감정을 느껴야 할지 알 수 없었다.

"미나는 그 사실을 알았어요?"

제이슨이 머뭇거리며 대답했다.

"미나 아빠가 미나한테 바로 알려줬어."

제이슨이 인정했다.

"한강에 갔던 날, 미나는 카메라를 의식하면서 연기를 한 거야. 물론 나도 그랬고."

"왜 나한테는 아무도 말 안 해준 거죠?"

제이슨이 양손에 얼굴을 묻었다가 다시 고개를 들었다.

"이사진은… 네가 카메라 앞에 서면 굳어버리는 걸 알았어. 너 때문에 계획을 망치고 싶어 하지 않았지…."

나는 아무것도 몰랐지만 미나는 모든 내용을 알고 있었다. 지난 몇 개월 동안 있었던 일을 빠짐없이 떠올렸다. 도쿄에서 보낸 셀프 케어 데이, 제이슨이 우리 학교에 몰래 왔던 일, 브랜트우드에서 제이슨 이모들과 함께 한 저녁 식사, 브루클린에서 열린 약혼식까지. 과거를 생각할수록 수치심이 커졌다. 제이슨과 함께 있는 데 온 마음을 빼앗긴 나는 정작 내가 얼마나 어리석었는지 깨닫지 못했다. 얼마나 순진했던지, 처음부터 자기 커리어만 생각한 남자를 위해 내 미래를 기꺼이 포기하려고 했던 것이다. 제이슨은 진심이었던 순간이 한 번이라도 있을까?

"오빠를 못 믿겠어요. 그날 공원에서 한 말도 믿을 수 없어요. 내 곁에 있겠다고 한 말, 이사진만큼 나쁜 사람이 되고 싶지 않다고 했던 말이요. 오빠는 이사진보다 더 나빠요. 적어도 그 사람들은 자기 모습을 속이진 않잖아요. 그런데 오빠는 전부 다 진심이었던 것처럼 날 속였어요."

"제발, 레이첼. 그런 게 아니야. 도쿄에서 돌아온 날부터 파파라치한테 그 사진들을 인터넷에 올리지 말아달라고 돈을 주고 있었어. 네가 이런 식으로 알게 되는 걸 바라지 않았거든. 곧 너한테 전부 털어놓을 계획이었어. 그런데…."

제이슨이 내 휴대폰을 봤다.

"누군가 그 사진들을 유출한 게 분명해."

기사가 점점 더 많이 올라오고 있었다. 모든 기사에서 제이슨을 순진하고 사랑에 번민하는 케이 팝 스타로 그리고 있었다.

나는 기사 내용을 읽었다.

"제이슨 리는 마음의 상처를 회복할 수 있을까? 제이슨 리를 양쪽에서 잡아당기는 두 여자. 한국에서 가장 사랑받는 스타, 거대한 삼각관계에 놓이다."

"제발 읽지 마."

제이슨이 말했다.

"DB 엔터테인먼트의 연습생들은 정상에 서기 위해서라면 물불을 가리지 않는 것으로 유명하다. 하지만 레이첼 김과 추미나는 그것을 한 차원 더 끌어올렸다. 두 사람은 본인이 스포트라이트를 받고 빛나기 위해서 사랑앓이를 하는 케이 팝 스타 제이슨 리를 조종했다."

기사를 읽는 것을 멈췄다. 너무 화가 나서 더 읽을 수가 없었다.

"오빠의 솔로 데뷔를 축하해주려고 오는 길이었어요. 그런데 이런 기사가 뜬 거예요⋯."

제이슨이 했던 말이 주마등처럼 머리를 스쳤다.

'DB 엔터테인먼트가 매스컴의 관심을 얼마나 중요하게 생각하는지 알잖아.'

그제야 깨달았다.

"DB 엔터테인먼트예요. 회사에서 사진을 유출했다고요."

제이슨을 쳐다봤다. 퍼즐 조각이 맞춰졌다.

"오빠는 오빠 때문에 파파라치들이 인터넷에 사진을 안 올리고 있다고 생각했지만, 파파라치들은 DB 엔터테인먼트가 완벽한 타이밍을 알려주길 기다리고 있었던 거예요."

"무슨 소리야?"

"생각해봐요, 제이슨! 〈Summer Heat〉는 오빠의 솔로 앨범을 떡

우기 위해 떠들썩한 분위기를 만든 것에 불과해요. 이사진은 오빠를 두 소녀 사이에서 가슴앓이를 하는 소년으로 연출한 거예요. 그럼 오빠가 솔로 데뷔를 해서 그토록이나 아끼는 노래를 부를 때, 대중은 그 노래에 오빠의 경험이 녹아 있다고 생각하고 열광할 테니까요. 이사진이 삼각관계에 나랑 미나를 던져 넣은 이유도 간단하죠. 우리는 소모품이나 다름없는 연습생이니까요. 대중이 우리에게 등을 돌려도 상관없는 거죠!"

"하지만 말이 안 돼."

제이슨이 얼굴을 찌푸리며 말했다.

"내 노래 들어봤잖아. 서로 다른 정체성 사이에 갇힌 채로 두 세계의 틈에 끼어버렸다는 이야기야. 삼각관계 이야기가 아니라고."

"정체성에 대해 노래하는 곡을 DB 엔터테인먼트가 정말로 허락할 거라고 생각해요?"

제이슨을 바라보며 물었다.

"앞으로 갔다가 또 뒤로 가, 밀었다가 또 당겨. 빠르게 추락했다가 또 자유롭게 날아. 나는 반밖에 남지 않은 물, 또 반이나 남은 물. 두 은하 사이에 갇혀버린 걸까."

가사를 줄줄 읊었다.

"제이슨, 정신 차려요. 앞으로 갔다가 또 뒤로 간다고요? 밀었다가 또 당긴다고요? 두 은하는 두 여자로 해석될 수 있다고요. 모래성에 사는 여왕과 바다의 연인이 될 수 있어요. 어째서 이사진이 우리 세 사람을 삼각관계로 연출했겠어요?"

"아닐 거야."

제이슨은 고개를 저었지만, 목소리에 불안과 공포가 묻어 있었다.

"이사진이 그런 짓을 할 리가 없어. 나한테 그럴 리가 없다고. 공항에서 나와서 차에 타자마자 이사진에게 전화가 왔어. 엄청난 뉴스를 전해줬지. 솔로 데뷔를 위해 연습을 시작하라고 했어. 왜냐하면… 왜냐하면…."

흥분이 가라앉은 제이슨이 말끝을 흐렸다. 제이슨도 이제 내 말이 맞다는 사실을 알았다.

"레이첼."

제이슨이 애원하듯 나를 바라봤다. 하지만 처음으로 그의 눈을 보고도 아무 감정이 느껴지지 않았다.

"나 어떡하지?"

그에 대한 마음이 내 안에 조금도 남아 있지 않았다.

"나도 몰라요."

떨리는 목소리로 대답했다.

"하지만 오빠가 나한테 거짓말을 할 수 있는 것도 이제 끝이라는 사실은 알겠네요."

등을 돌리고 떠나려고 했다.

제이슨이 눈을 차갑게 뜨고 말했다.

"네가 그런 소리를 하다니. 나만 거짓말을 한 게 아니라는 사실을 이제 우리 둘 다 알잖아."

제이슨이 날카롭고 거친 목소리로 말했다.

"아빠 로스쿨 이야기라면, 오빠하고 전혀 상관없…."

"그 영상 말이야. 광택에서."

제이슨이 말을 이어갔다.

"네가 이사진의 관심을 끌기 위해 유진 트레이너와 같이 작전을 짠 거 다 알아. 네가 한 일과 내가 한 일이 뭐가 달라? 전부 솔직하게 해명하면 네가 이해할 줄 알았어."

가슴이 철렁 내려앉았다.

"맞아요. 이해했을 수도 있죠. 그런데 이런 식으로는 아니에요."

내 마음을 간신히 붙잡고 있던 한 가닥 실이 뚝 끊어졌고 나는 와르르 무너졌다.

내 과거의 기억을 더듬어, 지금의 나를 위해 꿈을 계속 간직해 준 어린 나의 모습을 떠올렸다. 케이 팝 스타가 되기를 간질히 원했던 열한 살의 나를 생각했다. 그 아이가 가지고 있던 케이 팝에 대한 사랑과 그 아이가 케이 팝을 부를 때 느꼈던 즐거움이 등대처럼 내 길을 비춰주고 있었다. 어디로 향해야 할지, 무엇을 해야 할지 알려줬다. 하지만 지금 내 가슴속에 있는 그 아이의 목소리는 겨우 들릴 듯 말 듯 희미해졌다.

제이슨의 배신이 내 가슴을 산산조각 냈다.

"안녕, 제이슨."

작별을 고하는 내 목소리에는 떨림도, 머뭇거림도 없었다.

연습실에서 나가는 동안 내 목소리는 전혀 흔들리지 않았다. 연습실을 등지고 선 뒤, 나는 손으로 입을 틀어막았다. 뺨 위로 눈물이 하염없이 흘러내렸다. 제이슨이 나를 잡지 않았다.

25

삶이 순식간에 무너졌는데도, 전과 하나도 다르지 않을 수 있다는 데 놀랐다. 몇 시간 전, 나는 제이슨 리와 몰래 사귀는 중이었고 내 노래는 케이 팝 차트 일 위였으며 우리 가족은 행복했다. 지금은 온갖 사람들이 나와 제이슨이 사귀고 있었다고 이야기하고(이제 아닌데), 내 노래는 아직도 케이 팝 차트 일 위이며, (엄마는 아빠와 말을 섞지 않을 게 분명하고 이제 내 최대 원수인 추미나의 가족에게 우리 가족의 생계가 달려 있기는 하지만)내 가족은 여느 때보다 행복해 보였다.

내 예상이 맞았던 일이 하나라도 있었던가? 세상이 온통 거짓말이었을까? 열한 살 아이에게 정교하게 꾸며낸 판타지가 꿈을 이룰 수 있다고 믿게 만든 다음 그 아이가 자기 인생을 바치자 그 꿈을 한 방에 산산조각 낸 것 같았다.

팬들이 기사에 댓글을 달기 시작하며 자기 생각을 여과 없이 드러냈다.

'이 저급한 연습생들이 감히 제이슨 마음을 찢다니.'

'자기들이 뭐라도 되는 줄 아는 건가?'

'이것들은 죽어야 해. 우리 사랑스러운 제이슨을 아프게 하다니.'

'못생긴 얼굴을 뜯어버리고 싶다!'

팬들이 앙심을 품고 증오를 쏟아내는 상황에서 DB 엔터테인먼트가 나를 데뷔시킬 리 없었다. 나를 수렁으로 빠뜨린 장본인은 DB 엔터테인먼트였다. 나를 수년 동안이나 트레이닝 시킨 뒤, 본인들이 세운 기준에 부합하지 않는 '데뷔 불가능한' 상태로 만들어버린 것이다. 너무 기가 막혀서 거의 웃음이 나올 뻔했다. 휴대폰 전원을 껐다. 기사나 댓글을 더는 보고 싶지 않았다. 내 커리어는 끝났을지 몰라도 그 사실을 오 초마다 되새길 필요는 없었다.

발길이 가는 대로 걸었다. 머릿속이 안개 낀 것처럼 멍했다. 서울 이곳저곳을 정처 없이 떠돌았다. 정신을 차려보니 조 쌍둥이네 아파트 앞이었다. 혜리와 주현이는 오늘의 일을 잠시 잊을 수 있도록 도와줄 수 있을 것이다.

혜리가 나를 맞이했다. 혜리 머리 위로 커다란 분홍색 롤들이 말려 있었다.

"레이첼!"

혜리는 조금 놀랐지만 반가운 표정으로 나를 집 안으로 들였다.

"파티에 가려고 마음을 바꿨구나. 완벽한 타이밍이야!"

"너 금방 레이첼이라고 했니?"

주현이가 화장실에서 소리치며 밖으로 고개를 내밀었다.

반만 그린 주현의 눈썹이 보였다.

"레이첼, 왔구나! 좋아. 그냥 앉아서 아무 생각도 하지 말고 있어. 나 준비 마치는 대로 네 머리 손질도 해주고 화장하는 것도 도와줄게!"

거실은 완전히 난장판이었다. 갈색 가죽 소파 등받이 위로 드레스들이 널려 있었고, 커피 테이블 위로는 메이크업 파우치가 보물상자처럼 활짝 열린 채 화장품을 잔뜩 쏟아내고 있었다. 마루에는 마스카라 자국이 길게 묻어 있었고 튜브형 립스틱이 흐르고 있었다. 오늘 밤에 몰리 폴리 기업 파티가 있다는 것을 완전히 잊고 있었다. 쌍둥이는 파티에 갈 준비를 하느라 정신이 없었다. 두 사람이 아직 기사를 못 본 게 분명했다. 오히려 다행이었다. 그 이야기는 최대한 미루는 것이 나았다.

"지저분해서 미안해."

혜리는 나를 부엌으로 데려갔다.

식탁 위에는 쌍둥이가 파티 전에 가볍게 한잔하려고 준비한 술들이 일렬로 늘어서 있었다. 혜리는 의자 하나를 빼고는 앉으라는 듯이 손으로 의자를 톡톡 쳤다. 그녀는 파티에 갈 준비를 마치기 위해서 거실로 바삐 돌아갔다.

"편히 있어."

혜리가 어깨 너머로 말했다.

혜리가 하라는 대로 하기로 했다. 의자에 몸을 늘어뜨리고 팡이

나는 식탁 표면에 얼굴을 박았다. 무기력 그 자체였다.

얼마나 오랫동안 앉아 있었는지 모르겠지만, 어느새 쌍둥이가 내 앞에 서 있었다. 두 사람을 보려고 고개를 들자 머리카락이 눈을 덮었다. 쌍둥이는 완벽하게 그린 눈썹을 찡그리며 걱정스러운 표정을 짓고 있었다. 주현이는 올림머리를 했고, 혜리는 머리를 곱슬곱슬하게 말아서 등 뒤로 길게 늘어뜨렸다. 잠옷을 입고 있는 것만 빼면, 둘 다 파티에 갈 준비를 완벽하게 마친 상태였다.

"레이첼, 괜찮아?"

혜리가 물었다.

"응."

"아니라는 뜻으로 '응.'이라고 한 거야?"

"응."

혜리와 주현이가 시선을 교환했다.

"무슨 일인지 이야기하고 싶어?"

주현이가 물었다.

"아니."

나는 다시 식탁 위로 엎드렸다.

"너희의 밤을 망치고 싶지 않아. 파티에 가야 하잖아."

쌍둥이가 내 말에 반발하자 나는 손을 내저었다.

"아니, 아니. 진짜 괜찮아. 그냥 술이 필요해. 지금."

테킬라 병을 들고 뚜껑을 열었다. 그리고 나뭇가지를 놓지 않으려고 하는 나무늘보처럼, 식탁 위에 늘어진 상태 그대로 병을 입에 대고 테킬라를 마셨다. 테킬라를 벌컥벌컥 들이켰고 쓴 술맛에 얼굴을 아주 살짝 찌푸렸다.

주현이와 혜리가 나를 물끄러미 응시했다.

"좋아. 누가 우리 레이첼한테 무슨 짓을 한 걸까?"

주현이가 물었다.

"그렇게 꼬치꼬치 캐물을 거면, 최소한 같이 마셔주면서 물어봐."

턱 밑으로 흘러내린 테킬라를 손으로 닦으며 말했다.

"알겠어."

혜리가 대답했다.

혜리는 복숭아 막걸리 병을 들더니 뚜껑을 열었다.

"분명 너한테 슬픈 일이 있지만 그래도 혼자 술 마시는 것보다 더 슬픈 일은 없지. 우리가 너랑 함께 마실게. 짠!"

주현이는 맥주 캔을 들었다.

"짠!"

우리는 건배를 하고 술을 남김없이 마셨다. 한 시간이 지나자 정신이 알딸딸했다. 살짝 취한 것 같기도 했는데, 정말로 아주 조금 취했다. 내가 주현이와 혜리에게 고급 파자마 파티에 가는 사람 같다고 하자, 쌍둥이는 소리를 지르면서 나도 예쁘게 꾸며야 한다고 우겼다. 두 사람은 내 머리를 돌돌 말고 완벽한 캣 아이 아이라이너와 새빨간 립스틱으로 화장을 해줬다. 심지어 주현이는 내 손톱에 우주 네일 아트까지 해줬다. 파티에 가지 않더라도 파티 의상으로 차려입어야 한다는 아이디어를 누군가가 냈고, 우리는 화려한 칵테일 드레스로 갈아입었다. 와인 한 병과 대용량 오징어집 봉지를 들고 소파에 앉아 대리석과 유리로 만든 거대한 테이블에 발을 올렸다.

"그나저나 이렇게 예쁜 옷을 입자고 한 건, 누구 아이디어였지?"

나는 와인 잔을 들고 딸꾹질을 하며 웃었다.

"너!"

주현이와 혜리가 동시에 외쳤다.

우리는 다 같이 마구 웃기 시작했다. 소파에 몸을 파묻고 주현이 어깨에 머리를 기댔다. 술기운 때문인지 아니면 DB 엔터테인먼트에서 방출될 거라는 사실이 실감 나지 않았기 때문인지, 어쨌든 이상한 안도감이 들었다. 자유로워진 기분, 심지어 평범해진 기분이었다. 이 모습이 나의 일상이라면 어떨지 상상했다. 친구들과 파티에 갈 준비를 하고, 자투리 시간을 모두 연습에 쓰지 않아도 죄책감을 느끼지 않고 오히려 즐겁게 놀 수 있고, 혜리가 공중에 던진 과자를 입으로 받으려고 할 때 손으로 쳐서 방해하는 주현이를 보며 웃고…. 복잡할 이유가 하나도 없는 삶이었다. 이 삶에 익숙해질 수 있을 것 같았다. 어쩌면 늘 필요했던 시간이었다.

현관문을 두드리는 소리가 들렸다. 우리 셋은 함께 신음했다.

"안 돼."

소파로 더욱 깊숙이 몸을 파묻으며 말했다.

"너무 편안하단 말이야."

"나도."

주현이가 말했다. 주현이가 발가락으로 혜리를 콕 찔렀다.

"네가 가서 문 열어. 제일 어리잖아."

"너는 나보다 겨우 십 분 먼저 태어났잖아."

혜리가 맞받아쳤다.

"그래도 언니는 언니야. 막내야."

현관문 밖에 선 사람이 다시 노크했다.

"알았어. 그런데 이거 내가 가지고 갈 거야."

혜리가 오징어집 봉지를 쥐면서 말했다.

혜리는 오징어집 봉지를 아기처럼 안고 스틸레토 힐을 신은 채 휘청거리며 거실을 지나 현관문을 활짝 열었다. 대호가 서 있었다. 대호는 파란색 벨벳 턱시도를 차려입고 있었다. 왁스로 머리를 단정하게 넘기고는 빨간색 장미 꽃다발을 든 대호는 꽤 잘생겨 보였다. 심지어 비비 크림도 살짝 바른 것 같았다. 잘한다, 대호야.

"안, 안녕."

대호가 잔뜩 긴장하며 말했다.

"대호야."

혜리가 눈을 동그랗게 떴다.

"여기에 웬일이야?"

혜리는 황급히 옆으로 물러나며 소파에 앉아 있는 나와 주현이 쪽으로 손짓했다.

"주현이 때문에 왔구나."

"주현이?"

대호가 물었다. 대호 얼굴에 혼란스러운 표정이 스쳤다.

"음, 사실은."

대호는 심호흡을 하더니 장미 꽃다발을 혜리에게 줬다.

"너 때문에 여기 왔어."

혜리는 너무 놀라서 들고 있던 오징어집 봉지를 떨어뜨렸다. 안에 들어 있는 과자가 사방으로 튀며 마루에 깔렸다.

"나 때문에?"

"꽃다발 안에 카드가 있어."

대호가 목뒤를 문지르며 말했다.

혜리는 카드를 뽑아서 소리 내어 읽었다.

"이 말을 하기까지 오랜 시간이 걸렸는데, 사실 나 매일 너를 생각해. 내 심장은 이미 네 거야. 내 여자 친구가 돼줄래?"

혜리는 휘둥그레진 눈으로 대호를 올려다봤다.

"정말이야?"

대호 얼굴이 창백해졌다.

"왜? 너무 유치해? 아니면 징그러워? 너무 유치하고 징그러워?"

주현이가 소파에 앉아 소리쳤다.

"유치해!"

"아무도 너한테 안 물어봤어!"

혜리가 응수했다. 그리고 머리를 격렬하게 흔들었다.

"쟤 무시해."

혜리는 가슴에 카드를 꼭 안았다.

"완벽해. 나는 사실 네가 주현이를 좋아하는 줄 알았거든."

"어?"

이번에는 대호가 머리를 격렬하게 흔들었다.

"절대 아니야. 내가 좋아하는 사람은 너야. 언제나 너였어. 단지 어떻게 표현해야 할지 몰랐어. 네가 주현이랑 친하다는 사실을 아니까, 나도 주현이한테 잘하는 게 중요하다고 생각했어."

대호가 미간을 살짝 찌푸렸다.

"내가 잘못 생각한 거니?"

주현이와 나는 소파에서 서로 부둥켜안고 상황이 어떻게 전개되는지 지켜보고 있었다. 갑자기 훌쩍이는 소리가 들렸다. 옆을 돌아보자 주현이가 눈에 눈물을 가득 머금고 있었다.

"아니, 잘못 생각하지 않았어."

혜리가 조용히 말했다.

"나도 너를 정말 정말 좋아해, 대호야."

"진짜?"

대호 얼굴 가득 미소가 번졌다.

"네 감정을 확신할 수가 없었거든. 우리는 너무 오랫동안 친구 사이였으니까. 나는 그 관계를 망치고 싶지 않…."

혜리가 대호를 와락 껴안고 대호 입술에 자기 입술을 갖다 댔다. 대호가 혜리를 감싸 안으며 열정적인 키스로 화답하자, 주현이와 내가 환호했다. 혜리와 대호 발밑에 널브러진 오징어집이 부서졌다.

"한 번도 생각해본 적 없는데, 두 사람 정말 귀여운 커플이 될 것 같아."

주현이가 나에게 속삭였다.

"눈에 훤하다."

"응."

내가 웃으며 대답했다.

"내 눈에도 훤해."

아침 햇살이 창으로 쏟아져 들어왔다. 나는 눈을 떴다. 내 방 침대 위였다. 머리가 띵했고, 숙취 기운이 있었다.

'내가 집에 어떻게 왔지?'

기억을 더듬어 지난밤을 떠올렸다. 수현이와 내가 대호에게 얼굴 마사지를 해준다고 우기고, 대호가 나를 집까지 바래다줬으며, 내가 하이힐 때문에 죽을 것 같다고 징징대자 대호가 신발까지 벗어준 일들이 스쳤다. 대호와 혜리를 생각하자 얼굴에 미소가 퍼졌다. 하지만 곧 어제 일어난 다른 일들도 전부 생각났고 얼굴에서 금세 미소가 사라졌다. 제이슨, 유출된 사진, 댓글, 이제껏 노력한 모든 일이 수포가 돼버린 것.

한숨을 쉬고 침대에서 뒤척였다. 누군가 머리에 망치질을 하고 있는 것 같았다. 그때 침대 협탁 가운데 서랍에서 삐죽 튀어나와 있는 한 무더기의 종이가 보였다. 몇 달 전에 엄마가 준 대학 입학원서가 그대로 있었다. 그날 이후 원서에 손도 대지 않았지만 다시 원서를 집어 들고 획획 넘겼다. 그러다가 자기 소개서에 적힌 질문들을 보고 멈칫했다.

'자신을 어떻게 묘사하겠습니까?'

'십 년 후 당신은 어디에 있을 것 같습니까?'

'가장 열정을 느끼는 일은 무엇입니까?'

머릿속이 백지장 같았다. DB 엔터테인먼트에서의 내 인생이 끝난 마당에 이런 질문에 대답할 수 있을까? 케이 팝을 빼면, 나는 내가 누구인지, 원하는 일이 무엇인지 알고 있긴 한 걸까? 나한테 다른 열정이 있기는 하나? 아주 오랫동안 내가 원하는 미래를 정확하게 그릴 수 있었지만, 이제는 커다란 물음표가 내 미래를 통째로 삼켜버린 것 같았다. 그런데 어쩌면 지금이 새로운 꿈을 상상할 때인지도 모른다.

침대에서 일어나서 책상 앞에 앉아 머리를 느슨하게 올려 묶었다. 엄마가 내 방문을 노크하고 고개를 내밀었을 때, 나는 대학 입학 원서를 차근차근 작성하던 중이었다.

"레이첼."

엄마가 부드러운 목소리로 말했다.

"뭐 하니?"

나는 고개도 들지 않은 채 책상 위에 있는 원서들을 가리켰다.

"대학 입학 준비해요."

대학이라는 단어를 내뱉는 내 목소리가 가라앉았다. 마침내 모든 상황이 실감 나기 시작했다. 엄마의 물음이 갑옷처럼 단단하게 나를 감싸고 있던 무감각을 뚫었고 마침내 고통이 밀려왔다.

"이제 끝이에요."

내가 말했다.

엄마는 방으로 들어와 내 침대에 앉았다.

"케이 팝은 이제 다 끝났어요. 생각했던 대로 이뤄진 일이 하나도 없어요. 케이 팝 업계에 처음 발을 들일 때는 내가 하려는 일에 대해 정확히 안다고 생각했는데, 실은 하나도 몰랐어. 내가 틀렸어요. 전부 다요."

"겨우 열한 살이었잖아."

엄마가 부드럽게 말했다.

"이런 삶이 나한테 얼마나 큰 희생을 요구할지 몰랐던 거예요. 너무 버거워요. 나는 자질이 없어요. 한 번도 자질을 갖추지 못한 것 같아요."

눈물이 점점 차올라 금방이라도 쏟아질 것 같았다. 내 침대에 앉은 엄마는 나를 오랫동안 물끄러미 응시했다. 엄마는 내가 고통스러워하는 모습을 보고 슬픈 표정을 지었지만, 나는 엄마가 마음 한편으로 안도했으리라 확신했다. 케이 팝을 포기하고 나면 학교생활과 대입 준비에 전념할 수 있었고, 그건 엄마가 늘 바라던 바였다.

엄마가 자기 소개서 작성을 도와줄 거라고 생각했지만 엄마는 침대에서 일어나서 내 방을 나갔다. 안방에서 서랍장을 들추는 소리가 났다. 내 방으로 다시 돌아온 엄마는 오래된 앨범을 들고 있었다.

"엄마, 이게 뭐예요?"

"한번 보렴."

앨범을 받아 들고 조심스럽게 한 장 한 장 넘겼다. 소녀였던 엄마가 배구를 하는 사진부터 시상대에서 각종 메달과 트로피를 받는 사진까지 붙어 있었다. 십오 년에 걸친 엄마의 어린 시절 삶이 기록된 사진들이 펼쳐져 있었다. 앨범 뒤에서 무거운 물건이 부딪치는 소리가 났다. 앨범 커버에 금메달이 테이프로 붙여져 있었다. 메달에는 '여자 배구 1등, 전국 대학 챔피언십, 1989.'라고 적혀 있었다.

말문이 막혔다.

"엄마, 나는…."

"레이첼, 진작 너에게 내 과거 이야기를 들려줘야 했는데…. 배구는 나한테 고등학교 시절 취미 활동 그 이상이었어. 물론 네 할머니는 허락하지 않으셨지만 말이야. 할머니는 내가 공부를 해서 번듯한 직업을 갖길 바라셨거든. 그런데 내가 말을 듣지 않았지. 난 올림픽에 나가고 싶었어."

엄마가 깊은 한숨을 내쉬었다.

"하지만 나에게 그런 기회는 주어지지 않았어. 나는 배구를 잘했지만 뛰어나게 잘하지는 않았던 거지. 불행히도 그 사실을 깨닫기까지 너무 오래 걸렸고, 그래서 마음고생을 했단다…."

"엄마, 이제 내 걱정 안 해도 돼요. 나도 노래를 뛰어나게 잘하지 않아요. 이제 케이 팝은 포기했어요."

엄마가 내 뺨을 손으로 감쌌다.

"내 딸이 내 말을 오해했네."

엄마가 미소 지었다.

"우리가 왜 한국에 왔다고 생각하니?"

나는 어깨를 살짝 으쓱했다.

"글쎄요. 할머니가 돌아가신 다음이었잖아요. 그때 엄마가 마음을 바꾼 이유를 굳이 물어보고 싶지 않았던 것 같아요."

"맞아. 네 할머니가 돌아가신 다음 장례식 때문에 한국에 왔지. 나는 수년 동안 우리 엄마를 보지 않았어. 엄마를 위해서 울고 싶었고 슬퍼하고 싶었는데, 화가 나더라. 엄마가 내 꿈을 응원해주지 않았던 사실과 내 열정을 좇을 수 있게 믿어주지 않았던 사실이 그때까지도 너무 화가 나는 거야. 나는 너와 내 관계가 그렇게 되지 않길 바랐어. 그래서 다 함께 서울로 와서 네가 네 꿈을 이룰 수 있도록 도와주기로 결심했지."

나를 바라보는 엄마 눈에 눈물이 맺혔다.

"하지만 결국 그 부모에 그 자식인가 봐. 내가 너를 제대로 지지해주지 못했으니까. 경쟁이 너무 치열한 사회잖아. 어떤 엄마가 자식이 고통을 받길 바라겠니? 나는 네가 꿈을 이루는 과정에서 고생을 할 것이라는 사실을 알았고, 널 보호하고 싶었어. 우리 엄마가 날 보호하려고 했던 것처럼."

엄마는 휴대폰을 꺼내서 영상 하나를 재생한 뒤 내가 화면을 볼 수 있도록 들었다. 제이슨과 미나와 함께 서울 올림픽 스타디움에서 공연한 영상이었다. 관객석 쪽에서 찍은 탓에 심하게 흔들렸지만, 내 모습만 확대해 따라다니는 그 영상에는 나의 모든 동작, 음정, 표정이 다 담겨 있었다. 고개를 들어 엄마를 봤다. 엄마 표정에 안타까운 미소가 어려 있었다.

"레아가 나한테 이 영상을 보냈어. 나는 꿈을 이룰 만큼 잘하지 못했지만, 너는 훌륭해. 너한테는 자질이 있어. 언제나 있었지."

엄마가 나에게 손을 내밀었고 나는 그 손을 잡았다. 정확한 이유는 모르겠지만 그 순간 제이슨의 아빠가 떠올랐다. 엄마와 나는 다툴 수는 있어도 엄마가 나를 떠난다는 건 상상조차 할 수 없었다. 나는 엄마의 사랑 속에서 늘 안정감을 느꼈고, 엄마는 오로지 내 안전과 행복을 바랐다. 마음을 제대로 표현하지 못할 때도 있긴 하지만 말이다. 엄마가 나의 엄마라는 사실이 얼마나 큰 행운인지 자꾸 잊곤 했다.

"나는 네가 자랑스러워. 그리고 엄마가 미안해. 이 말을 하기까지 너무 오래 걸려서 미안해."

마침내 내 뺨 위로 눈물이 쏟아지기 시작했다. 요즘은 좋지 않은 일로 눈물을 흘릴 일이 많았지만, 지금 흘리는 눈물은 나 자신을 조금 더 온전하게 만드는 눈물이었다.

"고마워요, 엄마."

엄마 손을 꼭 잡았다.

"그럼 이제 더는 내 걱정 안 한다는 뜻이죠?"

"걱정돼서 죽겠어."

엄마가 웃었다.

"걱정이 사라지는 날이 올지 모르겠어. 걱정도 엄마 역할의 일부거든. 하지만 너는 도전할 자격이 있어. 그건 네가 쟁취한 기회니까. 다른 사람이 그 기회를 빼앗지 못하게 해."

고개를 끄덕이며 엄마를 끌어안았다. 그때 문이 쾅 열렸다.

"두 사람 이제 다 울었어? 들어오려고 기다리고 또 기다렸어!"

레아가 소리를 치며 내 침대 위로 올라오더니 나와 엄마 사이를 비집고 들어왔다.

나는 웃었고, 눈물을 훔치며 말했다.

"그래. 다 울었어. 약속해."

레아를 힘껏 껴안고, 레아 머리 위로 엄마를 보며 웃었다. 아주 오랜만에 느낀 홀가분한 기분이었다.

양손으로 레아 어깨를 잡고 물었다.

"언니가 미워? 네가 자처한 것도 아닌데, 한국에 와서…."

레아가 가볍게 코웃음을 치더니 내 손을 뿌리쳤다.

"언니, 나 괜찮아."

"레아야 진지하게 말해봐. 한국 생활이… 쉽지만은 않았잖아."

레아 주변에 있는 못된 친구들을 떠올렸다. 다시 눈물이 차오르기 시작했다.

레아가 나를 살짝 밀쳤다.

"그만 울어. 약속했잖아!"

울음을 삼키고 웃었다.

"나 안 울어!"

"언니는 가끔 정말 눈치가 없어."

레아가 능글맞게 웃으며 말했다.

"학교 여자애들이 뭐라고 하는지 내가 신경이나 쓸 것 같아? 언니는 내 언니고, 언니 꿈이 내 꿈이야. 그것보다 중요한 건 없어."

레아는 엄마 쪽으로 고개를 돌리더니 음흉한 웃음을 보냈다.

"게다가 DB 엔터테인먼트의 연습생 오디션이 곧 다가와…. 이제 나도 열세 살이니까 케이 팝 트레이닝을 시작할 나이가 된 것 같아. 가족 중에 언니만 케이 팝 스타가 될 수는 없지!"

내 입이 쩍 벌어졌다. 곁눈으로 보니 조금 창백해진 엄마 얼굴이 보였다. 엄마 휴대폰이 울렸다. 엄마는 휴대폰을 향해 손을 뻗으면서도 레아에게서 눈을 떼지 못했다. 하지만 레아는 평상시처럼 눈치 없이 인스타그램을 쭉 훑어보며 케이 팝 가십에 흠뻑 빠져 있었다.

엄마가 내 옆구리를 찔렀다.

"유진 트레이너야. 너한테 계속 연락하려고 했대."

어제 휴대폰을 끄고 나서 한 번도 휴대폰을 확인하지 않은 사실이 생각났다. 휴대폰을 켜자 유진 언니에게서 온 부재중 전화 몇 통과 다급해 보이는 카카오톡 메시지가 줄줄이 화면에 떴다.

DB 엔터테인먼트로 최대한 빨리 와! 널 만나야 해!

26

　　DB 엔터테인먼트 사옥에 도착했을 때 유진 언니가 로비에서 기다리고 있었다. 언니는 나를 보자마자 달려와서 꼭 안아줬다.

　　"레이첼! 무슨 일이 있었는지 전부 들었어."

　　"전부요?"

　　심장이 철렁하고 내려앉았다. 나와 제이슨의 관계도 알고 있다는 것일까? 부디 그건 아니길 바랐다. 언니는 한발 뒤로 물러났다. 언니 눈에서 화가 이글거리고 있었다.

　　"제이슨 솔로 활동을 홍보하려고 회사가 너랑 미나를 이용했다고 들었어."

　　언니는 날카롭게 눈썹을 곤두세우고 내 표정을 유심히 살폈다.

　　"왜? 내가 알아야 할 일이 더 있어?"

고개를 저었다. 속으로 안도의 한숨을 쉬었다.

"아니요. 전혀 없어요."

언니는 미심쩍은 눈빛이었지만, 표정은 한층 누그러졌다.

"있잖아, 레이첼. 나는 DB 엔터테인먼트가 이런 계략을 꾸미고 있는 줄 전혀 몰랐어. 알았다면 할 수 있는 모든 일을 동원해서 막으려고 했을 거야."

언니는 침착하려고 애쓰는 듯 입술을 꾹 다물었다.

"널 더 보호해주지 못해서 미안해."

유진 언니가 죄책감을 가졌을 것이라는 생각이 들자, 가슴이 미어졌다. 언니가 이 사건에 관여했을 것이라고 추호도 의심하지 않았다. 사과해야 할 사람은 언니가 아니었다.

"제발 미안해하지 말아요. 처음 만난 순간부터 언니는 나를 한결같이 지지해준 사람이에요. 그리고 이 정도면, 나 나름 괜찮아요."

완전히 거짓말은 아니었다.

"정말로?"

유진 언니가 다시 내 표정을 유심히 살폈다.

"정말로 나한테 하고 싶은 말 없어?"

언니는 나를 너무 잘 알았다. 언니에게 나와 제이슨 사이에서 일어난 일을 전부 말해버리고 싶었다. 모두 털어놓으면 무척 홀가분할 것 같았다. 비밀도, 거짓말도 더는 없는 것이다. 하지만 언니 얼굴에 떠오를 실망스러운 표정이 그려졌다.

최대한 활짝 웃으며 말했다.

"정말이에요. 걱정하지 마세요."

언니는 한숨을 쉬었다.

"그렇게 말해도 소용없어. 걱정거리는 늘 생기거든."

로비 맞은편에서 이 년 차 연습생 두 명이 구내식당에서 나오며 정신없이 수다를 떨고 있었다.

"아카리 이야기 들었어?"

"응. 믿을 수가 없어! DB 엔터테인먼트에 있는 여자 연습생 중에서 절대로….."

이야기를 마저 들으려고 용을 썼지만, 두 사람이 복도를 따라 걸어갔고 그녀들의 목소리도 멀어졌다.

유진 언니를 쳐다봤다.

"들었어요? 아카리한테 무슨 일 있어요?"

"아직 이야기 못 들었다는 말이야?"

놀란 눈치였다. 어리둥절한 표정으로 언니를 바라봤다. 언니는 유감스럽다는 표정을 지으며 입술을 깨물었다.

"아카리가 다른 소속사로 옮겼어. 더 이상 DB 엔터테인먼트 소속이 아니야."

가슴이 또 철렁 내려앉았다.

"뭐라고요?"

사실일 리 없었다. 사실이었다면 내가 알았을 것이다. 당연히 그랬을 것이다. 하지만 이내 내가 틀렸다는 사실을 깨달았다. 요즘 아카리의 삶 속에 내가 없었는데 무슨 수로 아카리의 소식을 알 수 있었을까? 어제 아카리가 보낸 메시지가 떠올랐다. 입이 바싹 말랐다. 모든 일이 한꺼번에 터졌던 바로 그 순간 내가 아카리를 완전히 저버렸다. 또다시 말이다.

아카리에게 메시지를 보냈다. 하지만 메시지는 바로 반송됐다. 아카리에게 전화를 걸고 영상 통화까지 시도했지만 전부 되돌아오며 아카리 휴대폰이 해지됐음을 알렸다. 그렇게 아카리가 떠났다.

"이리 와."

유진 언니가 부드럽게 말했다.

언니는 내 팔꿈치에 손을 얹고 복도로 향했다.

"오늘 신입 연습생 대면식이야. 내키지 않겠지만 가면 기분 전환이 될 거야. 가자."

각목처럼 굳은 채로 언니를 따라 강당으로 갔다. 가슴이 텅 빈 기분이었다.

무대 위에는 모든 연습생이 신입 연습생들에게 인사를 받기 위해 서 있었다. 아카리만 빼고 모두 있었다. 가슴이 더욱 내려앉았다. 아카리가 이곳에 있어야 했다. 아카리가 떠났다는 사실이 믿기지 않았다.

못마땅한 얼굴을 한 은지가 나를 위아래로 훑어봤다.

"누가 얼굴을 내밀고 있는지 좀 봐."

은지는 멜론 향 풍선껌을 불어 입술 위로 터뜨렸다.

"지금쯤 네가 쪽팔려 죽은 줄 알았어."

리지가 말했다.

리지는 내가 앞줄로 가자 나를 노려봤다.

"이봐, 공주님."

미나가 치아를 모두 드러내고 웃으며 내 앞을 가로막았다. 미나는 스캔들 기사로 충격을 받은 기색 없이 평소처럼 태연해 보였다.

"이제쯤 본인 위치를 알겠지."

미나의 말에 정신이 번쩍 들었다. 미나 말이 맞았다. 나는 내 위치를 알았다. 나는 대열 앞쪽, 미나 바로 옆자리에 섰다. 연습생 서열에서 내 자리는 정확히 그곳이었다.

"여기가 내가 있어야 할 위치야."

미나와 내가 서로를 노려보자 무대 전체가 쥐 죽은 듯 조용해졌다. 우리 두 사람 사이의 신경전으로 튄 불꽃이 강당 안을 마구 헤집는 듯했다. 모든 이가 숨죽인 채 앞으로 일어날 일을 지켜봤다. 신입생들이 차례대로 나와서 인사를 시작하자 곧바로 노 대표가 뒤따라왔고, 미나는 나에게서 시선을 돌렸다. 그제야 사람들도 참고 있던 숨을 토해냈다. 등을 꼿꼿이 폈다. 투지가 온몸 구석구석으로 뻗어나갔다. 오늘은 그 누구도 나를 짓밟지 못하게 할 작정이었다. 온갖 노력을 쏟아부어 얻어낸 자리였기에, 절대로 짓밟혀서는 안 됐다. 내가 쟁취한 자리를 빼앗겨서도 안 됐다. 이사진조차 내 자리를 위협할 수 없다고 생각했다.

바로 그때 이사진이 우르르 내 앞에 멈춰 섰다. 다들 활짝 웃는 얼굴이었지만 매정한 표정이었다.

"레이첼."

심 이사가 말했다.

"네, 심 이사님."

꾸벅 인사하고 노 대표를 쳐다봤다.

"잘 지내니?"

노 대표가 망설이는 듯한 목소리로 물었다.

그의 안경에 비친 창백하고 피곤한 내 얼굴이 보였다.

"레이첼."

임 이사가 못마땅한 표정으로 끼어들었다.

"우리가… 음… 너를 여기에서 볼 줄 몰랐구나."

이사진을 올려보며 이를 악물었다. 임 이사는 불만에 찬 눈빛을 번뜩였고, 노 대표는 양복 가슴 주머니에 꽂힌 새틴 손수건을 만지작거렸다. 불현듯 깨달았다. 이사진은 내가 모든 진실을 알았다는 걸 눈치채고, 나의 반응을 보려고 한 것이다. 상대방 의중을 떠보는 일이라면 나도 그 분야 최고에게서 배웠다. DB 엔터테인먼트에서 트레이닝을 받았으니까.

"대면식을 절대 놓치면 안 되죠. 그리고 저는 당분간 여기 있을 거예요."

완벽한 연습생의 표상처럼 활짝 웃어 보였다.

노 대표에게 시선을 고정하고 말했다.

"우리는 가족이고, 가족은 영원하다는 걸 기억하세요."

임 이사 표정이 점점 차가워졌다. 하지만 노 대표는 체념한듯 옅게 웃었다.

"역시 너답구나."

노 대표는 계산적인 눈빛을 보냈다. 하지만 그 눈빛이 뜻하는 바를 알 수 없었다. 어느새 노 대표는 멀어져 있었다.

무대에서 내려가 모든 사람이 착석하기 전까지 긴장을 풀지 않았다. 좌석 뒤편에 혼자 앉은 후에야 비로소 몸을 늘어뜨릴 수 있었다. 눈을 감은 채로 벨벳 좌석 등받이에 등을 기댔다. 가장 끔찍한 시간은 끝난 것이다. 누군가 내 옆에 앉는 바람에 의자가 푹 꺼졌다. 눈을 번쩍 떴다. 제이슨이었다.

우리는 그저 서로를 잠시 동안 바라봤다. 무슨 말을 꺼내야 할지 알 수 없었다. 제이슨도 안절부절못하고 앉아서 다리를 위아래로 떨었다. 그는 피곤해 보였고 기죽어 있었다. 자신감이 흘러넘치고 온 세상 사람들이 자신의 가장 친한 친구라고 믿어 의심치 않던 호기로움이 한풀 꺾인 모습이었다.

"레이첼…."

제이슨은 말끝을 흐렸다. 그리고 손을 뻗어 내 손을 잡으려고 하다가 주춤하고는 팔걸이를 잡았다.

"축하해."

제이슨이 애써 웃으며 말했다.

제이슨은 자리에서 일어나더니 좌석 통로 사이로 사라졌다. 나는 그의 뒷모습을 응시했다. 어안이 벙벙했다.

'축하한다고? 뭘 축하한다는 거지?'

노 대표가 공지 사항을 전하려고 무대 위에 섰다. 방금 제이슨이 한 말을 이해하는 데 정신이 팔려서 노 대표가 하는 말을 놓칠 뻔했다. 하지만 아직 놀랄 일이 하나 더 남아 있었다.

"정말로 흥분됩니다."

강당 안에 노 대표의 목소리가 쩌렁쩌렁하게 울려 퍼졌다.

"DB 엔터테인먼트가 새로운 걸 그룹, 걸스 포레버를 데뷔시키기로 했습니다. 앞으로 한국 최고의 스타이자, 케이 팝을 대표하는 새로운 얼굴과 목소리가 되리라 자신하는 아홉 명의 소녀를 호명할 겁니다. 여러분도 함께 환호해주십시오!"

강당 안은 활력이 넘쳤다. 연습생과 트레이너들은 누가 호명될지 추측하느라 분주했고 사람들 모두 강당 안에 누가 있는지 보려고 목을 쭉 뺐다. 나는 자리에서 허리를 더욱 꼿꼿이 세웠다. 충격 때문에 온몸에 전율이 흘렀다. 새롭게 데뷔할 걸 그룹에 대한 소식을 오늘 발표할 예정이었다는 점을 전혀 모르고 있었다. 다들 어리둥절한 표정인 것을 보니 아무도 몰랐던 것 같았다.

"호명된 사람들은 무대 위로 나와주십시오."

노 대표가 말했다.

"제일 먼저, 모든 일에 폭죽 같은 에너지를 더하는 신은지, 우아하고 세련된 류수민, 최고의 화음을 선사하는 윤영은, 창의적인 아티스트 이지윤, 발라드 가수들을 능가하는 파워 보컬 심아리, 탁월한 춤꾼 임리지, 연습생들 가운데 가장 실력이 출중한 래퍼 최선희."

노 대표는 의미심장하게 뜸을 들이며 강당을 둘러봤다. 강당 안을 가득 메운 기대감이 내 가슴을 짓눌렀다. 미나는 몸을 앞으로 당기고 앉아 손톱을 세우고 팔걸이를 움켜쥐었다. 우리 둘 다 아직 호명되지 않았다. 노 대표는 지금 우리를 DB 엔터테인먼트에서 방출하려고 하는 걸까? 모든 사람 앞에서 걸스 포레버 멤버들을 호명한 다음에 방출 사실을 알리려는 걸까? 이건 가장 잔인한 방식이지만 무척 DB 엔터테인먼트다운 방식이기도 했다. 노 대표가 무슨 말을 할지 기다리며 마음을 단단히 다잡았다.

"끝으로 저는 이 마지막 멤버 두 명을 특별히 자랑스럽게 호명하려고 합니다."

노 대표는 자랑스럽다는 듯 양팔을 활짝 벌렸다.

"이미 DB 엔터테인먼트에 엄청난 성공을 안겨준 소녀들입니다. 두 사람이 앞으로도 완벽한 DB 엔터테인먼트의 스타다운 모습을 멋지게 보여주리라 믿습니다."

상어처럼 날카로운 미소를 띤 노 대표의 말이 은근한 협박처럼 들렸다.

"제가 걸스 포레버의 리드 보컬로 레이첼 김을, 리드 댄서로 추미나를 호명하게 돼서 무척 기쁩니다!"

'제가 걸스 포레버의 리드 보컬로 레이첼 김을 호명하게 돼서 무척 기쁩니다.'

똑같은 말이 머릿속에서 계속 반복됐다. 다리에 힘이 풀렸다. 내가 어떻게 움직였는지 모르겠지만 어쨌든 통로를 지나 무대 위로 올라갔다. 무릎이 후들거렸고 강당 전체에 메아리처럼 울려 퍼지는 환호는 거의 들리지도 않았다. 오늘 아침 나는 내 커리어가 끝났다고 생각했다. 그런데 지금 나는 데뷔하기 일보 직전이었다.

노 대표가 치아를 활짝 드러내고 웃으며 나에게 악수를 건넸다.

"축하한다."

노 대표는 내 생각을 읽은 듯 덧붙였다.

"꿈이 이뤄졌구나."

두 뺨이 젖은 느낌이 났고 그제야 내가 울고 있다는 사실을 알았다. 마침내 그토록 바랐던 순간이 찾아온 것이다. 반사적으로 나는 사람들 속에서 유진 언니를 찾았다. 유진 언니도 박수를 치며 울고 있었다. 달려가서 언니를 안고 싶었지만 지금은 때가 아니었다. 강당 구석에 서 있는 제이슨이 보였다. 그리고 제이슨 옆에 추민희 회장이 서 있는 모습을 보고 깜짝 놀랐다. 그가 몸을 기울이고 제이슨 귀에 무슨 말을 속삭이자, 제이슨이 결연한 표정으로 고개를 끄덕였다. 발표를 마친 노 대표는 무대에서 내려간 다음 두 사람에게 다가갔다. 제이슨은 노 대표, 추민희 회장과 악수를 했다. 제이슨 표정이 침울하면서도 비장했다. 깊숙한 곳에서 불안감이 터져 나왔다. 제이슨이 나에게 축하의 인사를 건넨 이유는 바로 데뷔 소식이었다. 제이슨은 내가 DB 엔터테인먼트에서 쫓겨나지 않을 것이라는 사실과 데뷔하게 된다는 사실을 모두 미리 알았던 것이다. 어떻게 알았을까? 나를 이 자리에 세우기 위해서 무슨 일을 한 걸까?

"축하해, 레이첼."

미나가 양옆에 리지와 은지를 대동하고 서 있었다.

"리드 보컬."

리지가 가식적인 기쁨이 뚝뚝 떨어지는 목소리로 말했다.

"화려한 타이틀이네."

"이제 한 그룹이 되니까 정말 좋을 것 같아."

은지가 말했다.

"앞으로 얼마나 재밌을지 상상해봐."

"얘들아, 레이첼이랑 단둘이 일 분만 있게 해줘. 개인적으로 축하 인사를 건네고 싶거든."

미나의 말에 리지와 은지는 늘 그랬던 것처럼 고분고분하게 무대에서 내려갔다. 미나는 다시 나를 보며 활짝 웃었지만, 눈에는 내가 익히 아는 교활한 눈빛이 어려 있었다.

"레이첼, 대면식에서 보여준 쇼는 깜찍하더라."

미나가 낮은 목소리로 속삭였다.

"하지만 그렇게 한다고 해서 네 진짜 위치가 조금이라도 바뀔 거라고 생각하지 마. 이제 우리가 같이 데뷔하게 됐으니, 더는 유진 언니가 네 주변에 머물면서 널 보호해줄 수 없어. 그 사람 없이 네가 얼마나 오래 살아남을 거라고 생각해?"

"혼자 살아남을 수 있다고 생각하는데."

팔짱을 끼며 맞받아쳤다.

"어쨌든 리드 보컬은 나야."

미나는 내 말에도 동요하지 않고 계속 미소를 지었다.

"내가 너라면 그런 타이틀에 우쭐해하지 않을 거야. 너무 안주하지 마. 언제 네가… 발을 헛디딜지 모르잖아."

미나는 휴대폰을 꺼내서 영상 하나를 재생했다. 서울 올림픽 스타디움 공연을 찍은 영상이었다. 엄마와 본 영상은 아니었다. 하지만 이 영상 역시 관객석 쪽에서 찍어서 마구 흔들렸는데, 자세히 보니 일렉트릭 플라워의 〈Starlight River〉 무대를 촬영한 것이었다.

나는 얼굴을 찌푸리며 미나에게 경계심 가득한 눈빛을 던졌다. 어째서 이걸 나한테 보여주는 걸까? 별빛 암막이 올라가고 조명이 다시 켜지자마자 무대 뒤에서 키스하는 나와 제이슨의 모습이 한쪽 화면 구석에 언뜻 스쳤다. 영 점 오 초 정도였지만 틀림없이 우리였다.

"이거 어디서 났어?"

목소리가 너무 심하게 흔들리는 바람에 놀라지 않은 척을 할 수조차 없었다.

"레아에게서 받았지."

미나가 차분하게 말했다.

"내가 너희 집에 갔던 날 네가 오기 전에 레아가 콘서트 영상 몇 개를 보여줬어. 그리고 난 이 영상에서 아주 흥미로운 점을 발견했지. 그래서 레아한테 영상을 보내달라고 했어. 알다시피 내가 일렉트릭 플라워의 열렬한 팬이잖아."

마른 침을 삼켰다. 얼굴이 굳었다. 이 영상이 유출되면, 지나처럼 나도 끝이었다. 제이슨은 케이 팝 업계가 변하는 중이라고 자신 있게 말했지만, 지난 이틀 동안 내가 배운 교훈이 있었다. 내가 변화를 느낄 만큼 빠르게 변하고 있지는 않다는 사실이다.

"영상을 유출하지 않을 거지?"

미나가 유출하고도 남을 사람인 걸 알면서도 떨리는 마음으로 물었다.

미나는 망설이지 않을 사람이었다. 미나가 나를 자기 손아귀에 넣은 것이다. 미나는 웃으며 치마 주머니에 휴대폰을 집어넣었다.

그리고 미나는 비아냥거리며 말했다.

"다시 한 번 축하해, 레이첼. 다가오는 해가 정말 재밌겠다."

27

"여러분, 이제 곧 데뷔 무대를 선보일 텐데요. 데뷔 순간을 앞두고 있는 소감 한마디씩 부탁드립니다."

여덟 명의 걸스 포레버 멤버들과 함께 앉아 있었다. 우리는 네온 컬러의 꽃무늬가 수놓인 파란색 의상을 맞춰 입고 있었다. 내가 입은 홀터 드레스는 내 몸에 꼭 맞았고, 드레스 옆 라인을 따라 핫핑크 꽃잎들이 붙어 있었다. 나는 허벅지까지 올라오는 흰색 오버니 삭스에 새하얀 하이 톱 운동화를 신고 있었다. 완벽한 컬이 돋보이는 머리카락을 어깨 뒤로 쓸어 넘긴 채 인터뷰어에게 미소를 지으면서 속눈썹을 깜빡였다.

'고개 들고, 다리 꼬고, 배에 힘주고, 어깨 펴.'

카메라가 내 얼굴을 확대해서 잡았다. 전국에 있는 수백만 명의 사람들이 볼 생방송이었다.

"힘겨운 도전이었어요. 하지만 다들 정말 열심히 연습했고, 지금 저희는 완벽하게 준비돼 있습니다."

내가 능숙하게 대답하며 다른 멤버들을 가리켰다.

"이토록 재능 있는 멤버들과 함께 연습하는 것 자체가 저한테 엄청난 영감을 줬어요. 모든 멤버들한테서 정말 많이 배웠죠."

예를 들면 한시도 방심하지 않고 뒤를 살피는 법을 배웠다. 은지가 자기 것이 아니라고 맹세한 헤어브러시에 붙어 있던 풍선껌부터 의상 피팅을 할 때마다 미스터리하게 사라지던 내 신발까지 사건이 끊이지 않았다. 데뷔 준비를 하는 내내 나의 삶은 트레이닝, 수면 부족, 온 세상 사람들이 나의 가장 친한 친구인 줄 아는 아이들의 못된 장난을 피하고, 또 피하는 일의 반복이었다.

카메라를 보고 웃었다. 세상 사람들이 우리의 진짜 삶이 어떤 모습인지 볼 수 있다면 좋을 텐데….

내가 다정하게 이야기를 계속하자, 나머지 멤버들이 탄성을 내뱉었다. 심지어 내 양옆에 있던 수민이와 리지는 몸을 기울여서 나를 끌어안기도 했다. 나도 사랑이 넘친다는 듯 두 사람을 꼭 껴안았다. 수민이와 리지가 긴 손톱으로 내 팔을 할퀴는 동안 인터뷰어는 활짝 웃었다.

"모든 멤버의 사이가 참 좋은 것 같네요."

인터뷰어가 말했다.

"물론이죠."

미나가 완전히 들뜬 목소리로 대답했다.

"이 여정을 함께하는 데 우리 멤버들보다 좋은 사람을 떠올릴 수 없어요."

미나는 모든 멤버를 살갑게 둘러보더니 나에게 시선을 고정했다. 그리고 환한 미소를 지었다.

"우리 앞에 아름다운 길이 놓여 있어요."

공연 전 무대 뒤에 서서 심호흡을 했다. 지난달이 정신없이 지나갔고 마침내 우리가 데뷔하는 순간이 다가왔다. 온 세상을 향해 우리가 걸어갔다. 우리가 가진 모든 걸 보여줄 때였다.

그때 웃음소리가 내 주의를 끌었다. 미나가 다른 멤버들에게 휴대폰으로 영상을 보여주고 있었다. 다들 미나 휴대폰을 서로 더 잘 보기 위해 밀치며 깔깔댔다.

"맙소사, 대박이다."

"이 장면을 영상으로 포착하다니, 대단해!"

위가 뒤틀리는 것 같았다. 설마 내가 제이슨과 키스하는 모습이 찍힌 영상일까? 나는 달려가서 미나 손에 들려 있는 휴대폰을 낚아챘다. 어떤 소녀가 강아지와 함께 피아노 듀엣 곡인 〈젓가락 행진곡〉을 연주하는 인스타그램 영상이었다. 내 얼굴이 달아올랐다.

"레이첼, 무슨 짓이야? 뭐가 문제야?"

은지가 말했다.

"신경 쓰지 마, 얘들아."

미나가 경쾌하게 말하며 물을 한 모금 마셨다.

"레이첼 공주님은 자기가 주인공이 아닌 영상을 별로 안 좋아해."

미나 휴대폰을 움켜쥐었다. 미나가 영상으로 날 협박할 수는 있다. 하지만 그 사실이 내가 가만히 앉아서 당해야 한다는 뜻은 아니었다. 미나 휴대폰을 물 잔 속에 처박았다. 물방울이 사방으로 튀었고 다들 소리를 지르며 뒤로 물러났다. 충격을 받은 미나 입이 떡 벌어졌다.

"어머나, 미안해. 미나야."

내가 달콤한 목소리로 말했다.

"손이 미끄러졌어. 근데 차라리 잘된 건지도 몰라. SNS 금지 규칙 알잖아. 나는 네가 곤경에 처하는 거 싫어."

미나에게 등을 돌리다가 멈춰 섰다. 그리고 이게 뒤로 시선을 던지며 미나의 손목에 있는 시계를 빤히 쳐다봤다. 한 이사가 할아버지께 물려받은 세상에 단 하나뿐인 시계였다. 나는 토론토에서도 그 시계를 알아봤지만, 그때는 아무 말도 하지 않았다. 미나가 그 시계를 가지고 있는 이유를 알 수 없었다. 하지만 짐작은 할 수 있었다.

"그나저나, 지금 몇 시야?"

내가 태연하게 물었다.

미나 눈이 휘둥그레졌다. 미나는 당황하면서 시계를 내려다보더니 얼른 손으로 가렸다.

"아, 어… 거의 한 시야."

"고마워. 얘들아, 공연할 시간 거의 다 됐다."

다른 멤버들은 나와 미나를 번갈아 쳐다보며 우리가 어떤 말을 삼키고 있는지 알아내려고 했다. 은지와 리지가 서로 시선을 교환하더니 나에게 걸어왔다.

"우리 준비됐어!"

미나 표정이 어두워져 있었다. 하지만 나는 미나를 남겨두고 가버렸다. 마지막으로 메이크업을 수정한 다음 무대 위에 올라가 대형을 만들고 서서, 커튼이 올라가기를 기다렸다. 나는 내 자리인 무대 정중앙에 섰고, 내 양쪽으로 다른 멤버가 네 명씩 일렬로 섰다. 카메라가 사방에서 우리를 향하고 있었고 커튼 뒤에서 사람들의 환호가 들렸다. 모두 우리 무대를 볼 생각에 들떠 있었다. 나는 턱을 들어 올렸다. 이제 관객들에게 그들 생애 최고의 무대를 선보이기 위한 준비를 마쳤다.

내가 열한 살이었을 때 누군가가 지금 내가 이 자리에 서기까지 희생해야 하는 것들과 빼앗겨야 하는 것들을 모두 말해줬다면, 나는 그 사람에게 드라마를 쓰고 있는 것인지 물었을 것이다. 데뷔에 도달하는 과정은 상상할 수 있는 그 어떤 일보다 어려웠지만 그래도 나는 지금 여기에 있다. 모든 어려움을 이겨내고 데뷔 순간까지 이르렀다.

제주도에서 만난 해녀의 말을 생각했다.

'더는 이 일을 못 하겠다는 생각이 들 때는 지금껏 이 일을 해왔다는 사실 그리고 앞으로도 해나갈 거라는 사실을 떠올립니다.'

레아를 생각했다.

'언니 꿈이 내 꿈이야.'

엄마를 생각했다.

'너는 도전할 자격이 있어. 그건 네가 쟁취한 기회니까.'

커튼이 올라갔다. 마음을 굳게 먹고 가운데 카메라를 똑바로 바라보며 한 걸음 앞으로 성큼 나아갔다. 일렬로 선 다른 멤버들을 내 뒤에 남기고 혼자서 스포트라이트 안으로 걸어 들어갔다.

내가 빛날 시간이었다. 아무도 나를 막을 수 없었다.

감사의 말

제가 이 꿈을 실현하는 데 도움을 준 분들이 너무 많은데요.

가장 먼저 사랑하는 우리 팬들, 나의 골든 스타들에게 감사의 인사를 전합니다. 여러분 덕분에 저는 끝까지 의욕과 열정을 잃지 않을 수 있었어요. 저를 항상 빛나게 해줘서 고마워요.

이 책의 미국 출판사인 사이먼 앤 슈스터Simon & Schuster의 전 직원을 비롯해 빛나는 스타 편집자 제니퍼 웅Jennifer Ung에게 감사드리고 싶습니다. 그녀의 도움 덕분에 이 책이 반짝일 수 있었어요. 유일무이한 존재인 메라 아나스타스Mara Anastas와 에너지 넘치는 홍보마케팅 팀의 케이틀린 스위니Caitlin Sweeny, 알리사 니그로Alissa Nigro, 서배너 브레킨리지Savannah Breckenridge, 애나 자르자브Anna Jarzab, 에밀리 리터Emily Ritter, 니콜 루소Nicole Russo, 캐시 말모Cassie Malmo에게도 감사합니다. 또 세라 크리치Sarah Creech에게 각별한 마음을 전하고 싶어요. 훌륭한 디자이너인 그녀가 있어 반짝이는 빛과 별이 가득한 아름다운 책 표지를 선보일 수 있었습니다.

이 책이 세계 곳곳에서 출판될 수 있도록 해준 유나이티드 탤런트 에이전시United Talent Agency의 맥스 마이클Max Michael, 앨버트 리Albert Lee, 메러디스 밀러Meredith Miller에게도 무한한 감사를 전합니다. 제가 방문하기도 했던 여러 국가의 독자들과 하루빨리 만나고 싶습니다.

잉크웰 매니지먼트Inkwell Management의 능력 있는 담당자 스티븐 바버라Stephen Barbara는 처음부터 이 프로젝트를 신뢰해줬을 뿐만 아니라 이 책의 첫 보금자리를 찾아줬으며, 언제나 응원을 보내줬습니다. 또 글라스타운 엔터테인먼트Glasstown Entertainment의 멋진 여성들이 없었다면 저는 이 일을 해내지 못했을 거예요. 저와 티타임을 가지며 비밀스러운 이야기들을 들어준 렉사 힐리에르Lexa Hillyer, 책의 세세한 부분까지 모두 완벽하게 검토해준 레베카 쿠스Rebecca Kuss에게도 고마움을 전합니다. 로라 파커Laura Parker와 린리 버드Lynley Bird, 그리고 에이스 엔터테인먼트Ace Entertainment의 맷 캐플런Matt Kaplan과 맥스 시머스Max Siemers까지 모두 이 책의 이야기가 스크린에 올라갈 수 있도록 애써줬습니다. 진심으로 감사드려요. 그리고 진정한 스타, 세라 석Sarah Suk에게 고맙다는 말을 건넵니다. 그녀의 노력이 이 책을 더욱 반짝이게 만들었습니다.

저를 절대적으로 지지해주는 우리 가족, 엄마와 아빠에게 감사함을 전합니다. 두 분이 언제나 제 곁을 지켜주셔서 너무 든든해요. 타일러^{Tyler}에게도 고마움을 전하고 싶습니다. 그가 있었기에 이 모든 여정을 지혜롭게 헤쳐나갈 수 있었습니다. 마지막으로 하나뿐인 내 동생 수정이, 늘 그랬듯이 앞으로도 서로에게 의지하며 힘이 돼주는 정 자매가 되자.

제시카 정

옮긴이 **박지영**

전남대학교 영어영문학과를 졸업하고 인디애나 대학교 대학원에서 언어학 석사 학위를 받았다.
대학 부설 어학당에서 외국인 유학생들에게 한국어를 가르쳤으며, 지금은 바른번역 소속 번역
가로 활동하고 있다. 옮긴 책으로는 『5가지 절대 법칙』 등이 있다.

샤인
shine

1판 1쇄 발행 2020년 10월 30일
1판 2쇄 발행 2020년 11월 20일

지은이 제시카 정
옮긴이 박지영

발행인 양원석 **편집장** 차선화 **책임편집** 윤미희
디자인 남미현, 김미선 **표지 일러스트** 김이슬
영업마케팅 양정길, 강효경, 김보미

펴낸 곳 ㈜알에이치코리아
주소 서울시 금천구 가산디지털2로 53, 20층 (가산동, 한라시그마밸리)
편집문의 02-6443-8854 **도서문의** 02-6443-8800
홈페이지 http://rhk.co.kr
등록 2004년 1월 15일 제2-3726호

ISBN 978-89-255-9294-7 (03840)